The Cartographer of No Man's Land

無人地帶的製圖師

P. S. 達菲 P. S. Duffy —— 著 謝佳真 —— 譯

獻給　喬

序曲

男孩哈哈笑著，在浮雲下的寧靜灰色海面上，聽父親唱著一首海中魚兒都攀在海草樹上的滑稽老歌[1]。這時，一圈圈的太陽光波突破雲層，掠過水面，直射到他們船上。他父親沒有唱下去，停止划船，環顧四周。男孩也不再晃盪位子底下的兩條腿，跟著張望。輕風拂亂他的頭髮。他們周遭的水面給陽光一照，此時拍擊得並不有力的水波舞動便一覽無遺。那水舞迷惑住感官，時斷時續的漣漪充盈開闊水域上的一切，除了水舞，別無其他。

他父親收起兩隻磨得光滑的沉重船槳，木槳的聲音便隱遁到船上。灑落在船底板上的陽光是金色的。瑩瑩生輝的海面明燦無比，兩人都移不開視線——盪漾的水波、閃爍的光芒，彷彿要將他們吸入其中。他父親將男孩拉進懷裡，始終沒有從銀色海面移開視線。男孩在父親的長腿中間轉個身，一隻小手擱在父親的膝蓋上。他父親伸出一條胳臂圈住他，從手部感覺到男孩的心跳。

天地間只剩下輕晃的船和舞動的水。所有的時間——過去、現在、未來——聚合、擴張、再四散。邊界不復存在，也沒有喪失邊界的恐懼。

男孩想伸手捕捉水波的舞動，卻更想永遠輕倚著父親粗粗的毛呢上衣，讓父親的手貼在他的胸膛上。

他們就這麼一動不動，直到一陣遼闊的微風吹過船，而他父親輕聲說：「我們目睹了上帝的美，偶然遇到了神。」或許那只是他的想法。或許他其實沒說半個字，只有微風捎來清新，水色重拾蔚藍，波浪變

---

1 營火歌〈It Ain't Gonna Rain No More〉的其中一個歌詞版本。

大，不再波光粼粼。他拿起船槳，塞進木製的槳架。男孩轉身，蹦著跳回自己的位子。他父親以流暢的長划動作操槳，又一次唱起了海裡的魚兒都攀附在海草樹上。

一

一九一七年二月一日
法國　西方戰線

安格斯．麥葛拉斯解開軍用大衣的鈕扣，倚著河岸上僅存的一棵樹。他不知道這是什麼河。下游不遠處，一個二等兵站在及腰的河水中，捧著一塊香皂用力一握，香皂便向上射出，四、五個大兵撲過去抓，嘩啦啦摔成一團。他們的制服、軍靴、步槍疊成一堆，放在一排高矮不一的焦黑樹木殘幹旁邊。在稀薄的晨光下，一縷縷的輕煙從冷冽的河面升起，偶爾吞沒士兵，令他們白色的手臂和軀幹時隱時現，看來宛如幻夢。

軍用列車的車頭停在河上的低矮石橋上。他們啓程一天後，車頭便顚簸著在那裡停擺，無法或不願繼續行駛。車軌平嵌在一望無際的平坦原野上，通往位於東東北方的戰線。安格斯掀開袖珍型的舊指南針確認方位，其實呢，他只是圖個心安，看完又收回口袋。據他猜測，他們很快就得改成行軍，車頭還在橋上呢。

趁著車頭仍在修理，大兵們漫無目的地在列車附近打轉，嘴裡埋怨行程被耽擱，內心的感恩卻絲毫不打折扣。同時慶幸突如其來的好天氣。他們在五天前越過英吉利海峽，踏上法國領土，抵達勒阿弗爾附近一個滿地泥巴的營區，營房裡老有穿堂風，多數人索性就不洗澡了。河裡那些大兵是因爲接受挑戰才下水的。一個阿兵哥喊著：「讓我受洗、祝福我吧！」涉入水中。跟在他後面噗通跳進河裡的人則大叫：「媽呀，凍死人了！」在列車上的高級軍官板著一張臉，一再喝著隨身酒瓶裡的酒。

河裡的大兵跟在橋上爲他們喝采的人，都跟安格斯一樣是新兵。他們在英格蘭的營部受訓，然後打散分配到現有的其他營。多數人要到第六十一營報到。唯獨安格斯一個人雀屏中選，重新分發到皇家新斯科細亞高地團第十七營，遞補一位亡故的中尉——跟他從軍以來見識過的各種命令相比，這道人事令並沒有更胡來。若說如今成爲麥葛拉斯中尉的安格斯學到了什麼，那就是世事難料。他千算萬算，也算不到自己會成爲步兵軍官。

半懸在已知世界與全然未知之間的安格斯，凝視著天光與水霧的交互影響、朦朧的邊緣、空白的空間，以及河濱的無聲渦流。上方的天空轉爲像蒙著薄紗的灰色，一陣細雨飄落。他仰起頭，閉上眼睛。雨。過去幾個月的大小事件都發生在雨中。雨水將載運他到英格蘭的運兵船甲板淋得滑溜溜，斜雨一陣陣打在營地的營帳上，就是在營帳裡，他第一次拿步槍，適應步槍的重量和長度，穩穩地持槍，在營帳裡，他訝異地發現自己是神射手。也是在營帳裡，他毫不訝異地察覺衝向塡滿乾草的粗麻袋，將刺刀刺進麻袋濕透的內裡很痛快。

雨與憤怒。雨與懊悔。安格斯帶著高特少校給一位奇澤姆上校的公文到營部報到，公文上說安格斯將擔任製圖員，安格斯便以爲一切萬無一失。他會在倫敦。在後方。但奇澤姆沒聽過高特的名號，也不缺製圖員，就把安格斯編進永遠缺員的步兵團。「步兵團？」難以置信的安格斯彷彿陷入深淵。

「你耳朵又沒聾。」奇澤姆的副官厲聲說。「你大可在戰場上畫你的地形圖。同時，步兵團可以借重你的其他技能——那些你即將學會的技能。」

他確實跟第一百八十三營的其他人，在令床褥潮濕笨重、軍服濕透、營區泥濘的滂沱大雨中，學會那些技能。他們告訴他，這樣正好提早適應前線的環境。

在安格斯得知自己當上中尉那一天，雨水不斷滴進少校桌子旁的水桶。「你的學歷是另一回事。」少校嘆息。「你念的是神學院，畢竟不太符合軍隊的傳統，反正這場戰爭的一切都不符合傳統。這是公民軍隊，我們——」

不能太挑剔？

「我要說的是基於你的年齡和成熟——以及你一向都當船長的事實，是什麼船來著？貨船嗎？」他用筆敲敲桌子。

「是的，長官，新斯科細亞省，近海商船。」安格斯回答。其實他可以補充是小小的雙桅帆船，船員就三個人，沒什麼了不起。

「我知道你本來要當製圖員。」少校咳一聲，放下筆，又拿起來。「哎，你看起來頭腦很清楚。個性穩重，教育背景良好，坎貝爾中士認爲你是中尉的適當人選，我同意他的看法。」

坎貝爾？牛頭犬坎貝爾推薦**他**？就在那天早上，坎貝爾在圖表架匆匆擺出幾張血淋淋的照片，以令人作嘔的細膩畫面呈現刺刀的功能以及應有的威力。將人開膛破肚，跟刺穿乾草靶子根本是兩碼子事啊。坎貝爾最後說那些是**協約國**將士的照片，弟兄們便義憤塡膺地揚言復仇。安格斯垂著頭，默然無語。唷……原來你是小孬孬**啊**？坎貝爾揶揄他。安格斯識相地不應聲。笑他是小孬孬還是最客氣的侮辱。

「怎麼樣？」少校不耐煩地問。「給你當中尉。你覺得如何？」

安格斯無話可說。中尉跟小兵一樣是砲灰——有過之而無不及。他們要帶兵衝鋒，死者不計其數。他的教育背景完全不符合戰場的需求，但他都三十四歲了，確實有點年紀。「成熟」是婉轉的說法。他覺得如何？他覺得錯愕又害怕。一個人究竟要怎樣，才會萌生奪取別人性命的願望？

唯一能說的是：「謝謝長官，我會全力以赴，爲團部爭光。」

「是是是，那當然。」少校說，視線回到文件上。然後又直視安格斯的眼睛，說：「我相信你會的，麥葛拉斯。」

安格斯在外面搖搖晃晃的階梯上站定，卻沒有少校的信心。他豎起大衣的衣領來抵禦濃霧。「麥葛拉斯中尉。」他輕輕重說一遍。那一夜的雨以冷雨的節拍，穩定打在蘿拉李號的畫布上。雨勢令船頭激起波浪，波浪起起落落，呆板的浪湧聲化為反覆迸發的悔恨。

升官三週後，他在倫敦休假，雨停了，剎那間天空一片清朗。四面八方的黑傘統統放下，抖一抖、摺好。大家綻出笑容，灰色石板上微微反光的水窪映出天空的淡青，以及一個孩童手裡英國國旗的紅、藍、白色。安格斯不費吹灰之力，就在酒吧裡以速寫重現那個景致，連片片段段的倒影都沒有遺漏。他跟軍官同袍說，他要記住藍天的樣貌，免得日後看不到，大家還覺得他好笑。那幅畫是炭筆畫。

現在，弟兄們凍得蹦蹦跳，用軍毯擦乾身體，安格斯任憑記憶中的色彩與天空的倒影吞沒他。他放縱自己回溯到更早之前——回到聳立在山坡上俯瞰海灣的白色房屋，還有屋子後方的低矮棚屋、松節水的刺鼻氣味、貂毫畫筆在凹損的馬口鐵罐子裡轉動、濺到顏料的地板。接著，回憶轉往山坡下的石灘，灘上披掛著退潮遺留的海草，赫蒂．愛倫就在那裡，髮絲在風中飛散，她倚著一塊大岩石看賽門．彼德輕鬆地打水漂，石頭在水面彈了三下、四下、五下。再往外就是蘿拉李號，船正在停泊處上下晃動，明亮的船身在長長的夕陽餘暉映照下閃閃發光。

這些是美化的畫面，每個都是。安格斯心裡有數。畢竟，他處理這樣的畫面。他能作畫、能賣畫。也做過那樣的事。不論是否經過美化，那些畫面裡的柔美如洪水洶洶湧現——這些脆弱的記憶片段連遠方微弱的砲火聲都碰觸不到——直到柔美淹沒了他，然後記憶旋轉散開，取而代之的是一個未經修飾的畫面。畫面中，他的父親頹然坐在桌子前，不懂安格斯怎麼會背棄他。

安格斯猜得沒錯，車頭修不好。他們必須行軍。他跟其他人一塊步行十五哩路，到鐵路的一個卸載點，到的時候又累又餓。他們得知不出一小時就會有另一列開赴戰線的運兵車。大塊的麵包和水果蛋糕分發下來。一個姓穆勒的年輕士兵摔倒在地——大家覺得他是體力不支，不然就是吃掉太多水果蛋糕。但他熱燙燙的，在發燒。

擔保會來的列車果然來了。他們在走道清出一塊空間，讓穆勒躺下。安格斯扶著他喝自己水壺的水，吩咐人拿條毯子墊在他的頭底下，然後在一個悶聲不響的年輕上等兵旁邊找到空位。列車轟隆行駛。安格斯掏出香菸，抽出艾賓的照片。他幾乎每次見人都亮出照片，已經習慣成自然，同時說：「見過這個人嗎？」他不曾打聽到任何消息，覺得自己好像跟照片的邊緣一樣破爛。在倫敦時，他總算買了一個裝照片的皮套。別人會端詳照片，問他：「這是你兄弟嗎？」安格斯會耐心說明：「是我的舅子。」安格斯比艾賓高一個頭，深色頭髮，眼睛顏色也較黑，長得根本不像無憂無慮、皮膚白淨的艾賓，但說他們是「兄弟」或許確實一樣精確。照片裡的安格斯拿著繩索，和艾賓並肩站在蘿拉李號的甲板上。有個美國來的攝影師，名叫克萊因，他身穿西裝，領帶歪了，擺弄著相機和三腳架拍下這張照片，還照了一堆斯納格港跟眾島嶼的相片，準備製成風景明信片。那時安格斯剛從雅茅斯返航，正將船繫在梅德碼頭上，這時艾賓信步過來。攝影師當場要求艾賓入鏡。艾賓萬分樂意地跳上甲板，將安格斯的水手袋甩到肩頭上，擺出海員終於打道回府的姿勢，但其實艾賓是蹩腳的水手，動不動就暈船。就這樣，艾賓笑嘻嘻的，安格斯則撇著嘴笑。攝影師想多拍幾張，提議出航，並且要求由艾賓掌舵。你也一塊來，他稍後才想到對安格斯說。艾賓爆出大笑。我看我們請你喝一杯好了，艾賓建議。這樣比較安全，相信我。攝影師滿口答應。還有一張更好看的肖像照，那是艾賓一年後的戎裝照，但安格斯選擇隨身攜帶的照片是這一張。

他將照片收回口袋，回想艾賓在運兵船的登船通道上豪情萬丈地揮舞手臂，劃出大大的弧型，而那股熱忱從他抵達前線的第一封家書起就消失殆盡。他還想起了即將許下作戰承諾的艾賓．韓特。

「我要從德國蠻子的手中救回世界。」他抬起下巴，在一九一五年韓特家族挨挨擠擠在赤斯特共進的禮拜日晚餐上說。「我昨天簽字入伍了。」他撥亂身邊同父異母弟弟的頭髮，但一瞥見父親的眼睛，神情立刻正經起來。坐在桌首的阿莫斯．韓特挪一挪龐大的身軀。眾人停止談話。「好，兒子，你去吧。」阿莫斯慢慢地說。安格斯瞄一眼自己的父親鄧肯．麥葛拉斯，他坐在桌位下首，孩子氣的臉孔轉為陰霾。

阿莫斯用火腿似的拳頭搥桌子，搥得幾個盤子彈起，蘋果酒濺出。「以上帝為證，去吧！把他們統統轟進地獄！」他站起身。「敬艾賓！為我們爭光！」他舉起酒杯，看看在座的人。「敬大英帝國、上帝和國王[2]！」他吼道。

鄧肯斜斜拿著鹽罐，在桌上轉動鹽罐。赫蒂．愛倫在椅子上靠向椅背，活像挨了一槍。其餘的每個人，包括小孩，都舉起杯子。站起身。「為元首與國家而戰！」他們說：「敬艾賓！」艾賓歪著頭，跟著起身說：「敬加拿大！」將酒一仰而盡。

安格斯拉住赫蒂的手。她的手軟綿綿垂在身側，但她沒有回握安格斯，並在大家聊起戰爭話題時抽出她的手，這時燉肉和蔬菜正好端上桌，一個個盤子沿著長桌分遞下去。

坐在阿莫斯對面、在桌子另一頭的艾爾瑪．韓特，告退去廚房。安格斯發現她倚著桌面，指節發紅的雙手按在臉上，頭低低的。「不用在意我。」她說，在安格斯進廚房時推開椅子，站直。「我一會兒就沒事了。」她是個魁梧的女人，骨架子寬大，個子也高。她望著窗外，溫呑呑地摺一條毛巾。「我或許不是

2 加拿大是大英國協的一員。

艾賓的親生母親，願上帝讓她的靈魂安息，可是……」

「艾賓可以照顧自己。」安格斯說。

她聳起肩膀。「我還以為……他在育空、在西部的日子過得夠好呢。」她搖搖頭，對上他的眼睛。「我倒是想知道，赫蒂會怎麼樣——她哥哥要上戰場？艾賓想過沒有啊？還有阿莫斯。萬一艾賓有個三長兩短，阿莫斯會怎麼樣？你沒看過以前他晚上來抱還是小嬰兒的他們，他小心得不得了，總是先把兩隻手的髒東西都刷得乾乾淨淨，才會碰他們。綁好他們帽子的繫帶……」

阿莫斯．韓特的粗手指撥弄著帽子繫帶的畫面，令安格斯說：「戰爭很快就會結束的。」

「聽說是下個聖誕節前吧？」她滿懷希望地看他一眼。「還是那是他們去年說的？」

「是去年說的，但要不了多久，戰爭就會落幕。」

「對。早在年紀小的男孩們成年之前。」她振作起精神，說：「好了。你來廚房做什麼？」

「只是要拿一支叉子。」

她擦擦鼻子，打開櫥櫃抽屜。「嗯，我馬上可以滿足你的需求。你的要求一向不多，安格斯。」她將一支叉子放在他的手心，彎起他的手指，讓他的手指蓋住叉子。

那天深夜，返回斯納格港的家後，安格斯看到澤布．莫拉許的卡車停在山腳下，艾賓跳下車，從容地順著路走向屋子——在月光照亮的海面映襯下，他是一道黑影，直到漆黑的雲杉在他背後擋住海面。他試圖想像艾賓穿著軍服的模樣，卻無論如何想像不出艾賓向軍事管理低頭，是的長官，不是的長官，成為軍隊最底層的小兵。

一小時前，在樓上的走廊上，赫蒂．愛倫抱著楊．弗萊德，讓他的頭靠在她的肩膀，一邊拜託安格斯說服艾賓改變心意。他已經簽字從軍了，安格斯告訴她。木已成舟。她求他無論如何試試看。在他們結縭十三年裡，她始終是艾賓的好妹妹，一如她是安格斯的好妻子，安格斯認爲這是他們婚約的一部分，是他必須付出的代價。

當艾賓跳上門廊，安格斯舉起擱在腳邊的蘭姆酒，隨著令人滿意的啵一聲，拔出軟木塞蓋，整瓶遞給他。他們的酒杯空盪盪地擺在門廊欄杆上。「你要從德國蠻子手裡拯救我們啊？」安格斯說。

艾賓長飲一口酒，揩揩嘴，笑嘻嘻的。「總要有人出面啊。」他說。「我猜赫蒂睡了吧。」

「你指望她來拯救世界嗎？」

艾賓促笑一聲，又倚著欄杆說：「晚飯後，她就不肯跟我說話。我早上再找她。她會回心轉意的。」

「我看不太可能。這次大概不行。總之，管那麼多幹麼？你醉了嗎？」

「是啊，也許吧。我跟哥兒們喝了幾杯。」他點了一根菸。

「跟誰喝？」

「維吉爾，還有喬治．馬瑟。反正，我們早晚都要入伍的。我們沒有家累。不去很難說得過去。不能眼睜睜看著德國人的鐵蹄踏遍全歐洲，把歐洲收歸己有，看在老天份上。英國有危險。」

他們聊起戰爭局勢，以及戰場上那些他們認識的人。接著，艾賓仰起頭，對著夜空揮了一下香菸。「這就是未來的趨勢，大時代。我要參與大時代。」他停口，轉頭看安格斯。「別說你家的老頭子讓你反戰了。他變成和平主義者了吧？」

「變成和平主義者？他一向都是啊。你明明知道的。」

「我一直認爲，對他來說，『和平主義者』只是反帝國的另一種說法。」

「並不是。或許吧。以目前的輿論來看，抱持這兩種想法都很危險。」安格斯給自己點一根菸。「至於我，我不反對戰爭，只反對你參戰。」

「是啊。我有同感。但我要跟你說——我報名從軍的時候，覺得自己很不一樣。我覺得……」他搖搖頭。

自豪，安格斯心想。他覺得自豪。艾賓念過法學院，在鐵工廠爲父親工作，然後否決兩者。他曾考慮從事舞臺表演，但認爲沒有前途。他常常一口氣消失行蹤幾個月——在西部馴馬，在魁北克北部、育空的荒野漂泊天涯。有一回，他跟隨一個測勘隊伍在美國懷俄明州熊牙山麓待了一個冬季。他追蹤一個殘暴世界的細微跡象，回來時荷包飽飽、還有可以講述的故事，有的故事會逗得你發笑，有的則讓人起疑心——擊退一個不用馬鞍、倒著騎馬到他們營地的躁狂騎警；從一條可以嘗到大地、天空、糖味的純淨溪流喝水。他有赫蒂的眉清目秀和靜不下來的個性，但缺乏赫蒂那種源源不絕的自信及毫不勉強、感染力強大的樂觀。大家都說，只要給艾賓一個恰當的機會，他就會有所作爲。但是安格斯看過他眼睛周圍的細紋，那是晦暗的疑慮。現在他突然間全心投入一個目標。發生這種事的機率有多少？大概只有在戰爭時。或是墜入愛河。

「你跟我一道走吧，如何？我們可以像把海盜逐出山島一樣，打跑德軍。」艾賓說。「說眞的，你要幫老頭子駕駛蘿拉李號，在近海來回載貨多久？你幾時才要脫身？」

「蘿拉李號就是我的脫身之道。」

「這只是一時的吧？光是踏上蘿拉李號的甲板，就要冒生命危險。」

「船哪有那麼舊？」當然就是那麼舊。

「明明就有。那艘船愈來愈破爛，你跟著一塊爛掉。鐵路、機動車交通運輸——那才是現代貿易的大勢所趨。」艾賓拿菸往安格斯的方向戳一下。「起碼，赫蒂昨天是這樣跟我壓低聲音講的，像在唱甜美的歌。」他揚起雙眉又放下，裝出演戲的誇張表情。

「鐵路？她說過這種話？」

「大致如此。」艾賓聳聳肩。「她想的是未來，哪像你啊。重點是，你從事近海貿易應該是暫時的。記得嗎？你卻還待在這一行，繼續做，同時分分秒秒都討厭這一行。」

「但我出航的時候例外。」安格斯反駁。

「那倒是眞的。」艾賓同意道。

確實如此。儘管安格斯怨恨在父親手下工作，駕駛蘿拉李號出航滋養了他的心靈深處，令他覺得自己是「大時代」的一分子——不是參與歷史，而是突破地球圓面的第一道曙光、海面下的水流、天上的風、推著他前進，讓他明白自己在這個大時代何其渺小，儘管如此，他依然——置身其中。滯留、停駐在羅盤的指針外的疆域。這才是他想呈現在畫布上的東西——不僅僅是呈現，還要讓它流進他，然後從他流出再流入。神賜予他天賦，或只給他那份渴望，但對於兩者，他都缺乏信賴的勇氣。他又深深吸一口菸。

艾賓彷彿參與了這些思緒，說：「也許你應該豁出一切，去租一間閣樓，然後——」

安格斯抬起一隻手。「讓以前的夢想安息吧，行不行？一次就好？」

「夢想絕不會好好安息的。海鳥、海景。你畫起來易如反掌。」

「輕鬆得過分。沒有想像力。」他不曾學過藝術，沒進過博物館或畫廊。他自然而然就會畫，全不費工夫，但他要的不只是多愁善感。他要畫出自己的感受，不要單純複製他看到的景物。他要捕捉超越他所知的東西——一種天人合一，精準呈現，並予擴展。但是，他極少冒險嘗試，即使試了，也往往覺得自己是笨蛋。

「韋爾喜歡你的畫。」艾賓提醒他。

「韋爾喜歡是因爲有銷路。他稱爲『插畫』，實在名副其實。水手會買回家送給母親。」

「你覺得——有銷路的畫還不夠好？」

「價格很賤。這樣並不夠。」

「那你不敢給人看的那些畫呢？何不帶給韋爾瞧瞧？」

安格斯將香菸彈到院子裡。

艾賓搖頭嘆息。「每次可以升起整張船帆的時候，你都會半途縮手。你把自己的日子搞得很難捱。你自己也知道吧，對不對？」

「好吧。你講得好像那很簡單。」

「那是個人選擇！選擇永遠存在。直到你決定選項不存在為止。」

安格斯交叉雙臂，歪著頭。「我還沒聽過你講更蠢的話。」

「或者該說是最深奧的。」艾賓笑著回嘴。

安格斯報以微笑。「把酒瓶給我。我還沒醉到聽得進你的陳腔濫調。」

現在他們肩並肩，面向院子。片刻後，艾賓說：「我不清楚你真心想追求的是什麼，但我知道你要的更多。我本來不會跟你說這些，只不過，我要去當兵了……」

一隻蝙蝠振翅而過。安格斯說：「但願你不要走。可是，我也知道你在追求什麼。」

「是嗎？真的嗎？」

「哪還有假的？」

艾賓一手搭著安格斯的肩膀。「記得我們在一百年前相遇的那一天嗎？那時候你很怕滑雪橇？」

「我才不怕。老天。」

「才怪，你怕死了。總之，你很擔心你老爸會怎麼說。就我所知，你現在還在怕。」

安格斯舉起酒瓶，灌了一大口。那天的回憶美妙無比。在許久之前的那一天是個陰天，山坡上積雪深厚。安格斯的母親已過世一年；他父親蟄居在乾燥的陸地上，父子倆在長長的桃花心木桌兩端各據一方，夜復一夜沉默相對。然後，韓特一家人躍進畫面。赫蒂．愛倫是個裹著厚毛呢衣裳和圍巾的瘦牙籤，那天她坐在湯姆．帕格斯利駕駛的雪橇上，坐在他後面。她的尖叫順著陡峭的滑道迴盪到山坡下，回音衝撞著安格斯的遲疑與渴盼。而他剛認識的艾賓在打著蝴蝶結的雪橇上揮手說：「這架給你。你只要讓雪橇從兩塊石頭中間滑過去就成了。保證是你這輩子最棒的體驗。」那耀眼的笑容、豪爽的示好——跟他父親恰恰相反。那陣子，他父親轉而擁抱憤怒、古板的舊約上帝，剝奪歡樂的生命力，消滅生命裡的歡樂，而在艾賓面前，歡樂似乎伸手可及、全然可能實現。安格斯戒慎恐懼地伸出一隻腳，跪在雪橇上，衝下山坡，得到人生最暢快的體驗。

艾賓翻過門廊欄杆，貓也似地落在院子裡。「把畫帶去給韋爾，看看會怎樣。就當是爲我去的。要知道，去蒂柏瑞里的路可是很遠的[3]。」他掏出口琴，開始吹開頭的音符。

「法國更遠……」安格斯說。「好吧。去就去。我去給韋爾狠狠笑一頓。」

「這才像話。」銀色的口琴閃著反光，〈安妮．蘿莉〉[4]的甜美音符飄下山坡，擾動了楓樹，楓樹藏在雲杉之間，被月光染成銀色，新葉攀附在枝枒上。艾賓攀著門廊欄杆，一翻身又跳回來。「我很快就會回家。」

腳步不太穩的安格斯給他一個酒杯。「很快就會回家。」他附和他，兩人舉起空酒杯相碰。

---

3 典故出自一戰期間在英軍間傳唱的流行歌〈It's a long way to Tipperary〉。

4 Annie Laurie，蘇格蘭民歌，原是一首情詩。

在十個月後的一九一六年三月，在加拿大軍隊死傷超過一千三百人的聖埃洛伊彈坑戰役前不久，艾賓例行的家書就中斷了。但坐著輪椅從前線歸來的喬治．馬瑟告訴鄉親父老，他在那之後見過艾賓——每個還鄉的人都帶著傷殘；從軍代表「耐熬」。喬治宣稱九月分在蒂耶普瓦勒附近打完古瑟列特戰役之後，曾見過艾賓。他的說明夾雜了反覆出現的幾組數字跟「銀」、「天使」、「旋風」之類的字眼，很難聽懂他看見了什麼。在剛返鄉那幾天的語無倫次大吼大叫後，喬治幾乎一言不發。

從艾賓出征到失去音訊的那幾個月裡，赫蒂．愛倫宛如水流裡的一片落葉，這些年來她曾經好幾次這樣。自從他下落不明，她似乎便旋轉著跟自我漸行漸遠。

對安格斯來說，艾賓變得像一個幻肢，明明存在，卻又不存在。一開始，他未知的命運給人希望。但希望一天比一天黯淡。他們寫信給艾賓的指揮官，但沒有回音。寫信給高層，高層則宣稱艾賓的狀態不明。艾賓尚未正式裁定爲失蹤戰鬥人員。沒有任何線索指出艾賓的下落——沒有蛛絲馬跡、沒有隻字片語、沒有遺體、沒有墳墓。

他會不會是醫院裡的無名氏？被炸成碎片？也許他腦震盪就走失了，沒辦法跟某個貧窮的農夫報出自己的名字。也許他在戰俘營，被禁止寫信。也許……也許……安格斯在夜裡清醒地躺在赫蒂身邊，夫妻倆默默幻想各種情境，他在被子裡的手像個搖籃，托著她的手。

隨著艾賓失蹤，成千上萬的傷亡人數節節攀升，戰火更加熾烈，安格斯自己曖昧不明的目標就變得明確起來。他做起關於畫作的狂烈夢境，每每從夢中驚醒，感到滿心悔恨。在他夢中，他的畫是畫在被海浪打得嘩嘩響的一顆乳白石頭上、在一枚黑色淡菜殼上侵蝕出來的一個個條紋半圓形裡。在從一杯藍天裡疾速飄走的雲帶上。在隔著一道蕾絲窗簾看見的霧氣中，在夾在曬衣繩上隨風飄盪的女性襯褲上。在一座油漆斑駁的孤伶伶鐘聲浮標上，也在浮標隨著緩緩升降的海面而發出的沉悶鐘聲裡。

對你母親來說是不錯的嗜好，他的父親這麼說他的繪畫，但男人要靠體力或腦力工作，你兩樣都很充足。好好善用行不行？你還有大好人生。不要虛度。

就這樣，要養活妻小的安格斯答應為父親駕船，在近海載運貨物來來去去——他的父親曾是掌管雙桅捕魚帆船的英雄，以斯納格港的標準算富人，擁有幾艘漁船以及造船的木料。他放棄捕魚生涯來照顧兒子，並且從不容許兒子忘卻此事。在他眼中，談論生命的聖潔、榮譽、義務、銀行存款，就算充分表達了父愛。在安格斯最需要他的時候，他二話不說地支持他，那是安格斯十九歲的事了，安格斯穿著濺滿顏料的靴子、口袋空空地站在他面前，他便為赫蒂和寶寶建造一間房屋。

掌管蘿拉李號，讓安格斯能夠擁抱自我的一部分本質。如今蘿拉李號在水中很笨拙，索具疲乏得吱嘎響。整修是徒勞。用帆船載運甘藍、馬鈴薯、木料、鹽、木桶板片的年代已逼近尾聲。儘管如此，有時當他讓船側風航行，船照樣挺住了，他可以感覺到奔流的海水以完美的協調動態打上前甲板，流過背風的船舷欄杆，再重回大海。「好小子，帶著蘿拉李往前衝啊！她在唱歌呢。」瓦勒斯會這麼喊。

在一個明亮的七月早晨，此時艾賓仍然失蹤、索穆河戰火方酣，安格斯跟父親在屋子後的空地攤開蘿拉李號的主帆。安格斯跪著檢查有沒有鬆弛的接縫，這種接縫很多，一邊說：「史帝文斯說只能換新帆了。等哈特池塘結冰，他會馬上到池塘上幫我們裁一組新帆。」鄧肯咕噥著站起來。「這個嘛，」他說：「藍道夫．史帝文斯或許是這裡製作船帆的第一高手，但蘿拉李號早就失去換新帆的價值。裝輔助馬達也行不通。震動會把船板震鬆的。」

而且會把蘿拉李震到魂飛魄散，安格斯心想。他將手心平貼在柔軟的棉質船帆上，看著被太陽曬得發白的船帆，他想起船帆本來是深奶油色的，還想起他跟瓦勒斯為船帆上塗料，讓日出和日落時的和風將主帆吹出完美的曲線。他想起有一回怒濤洶湧，艄帆都碎掉了，主帆升降索卡住，以致主帆不能降下，桅杆裂開一條縫，裂縫迅速竄到桅杆的一半高，然後風颳得船帆的兩條接縫裂開。他想著史帝文斯的完美修復，一邊撫過整張船帆。

他父親就挑在這一刻，說他一直考慮跟鮑福談談。

「鮑福？」安格斯猛然往上看。「爲什麼？難不成，你想利用赫蒂跟凱蒂的交情？」

他父親不慌不忙地回答：「當然不是。我是想利用赫蒂在鮑福的職員突然過世時去幫忙他的那個夏天。鮑福要從哈利法克斯去赤斯特看房地產，我準備過去帶他四處看看。談點生意。我要你陪我去。」

安格斯跪坐起來。這是他最不願意做的事。光是聽到凱蒂跟她的銀髮父親鮑福，一位哈利法克斯的資本家，安格斯便想起赫蒂在西北岬的石造鮑福大宅度過的那年夏天。想起大宅的草坪和花園，想起凱蒂邀請赫蒂跟她的堂哥布蘭查——大家叫他「小布」——搭船兜風。船是鮑福買給布蘭查的三十二呎時髦小赫瑞雪夫單桅帆船。小布穿著打摺的白長褲，斜倚著艉凹艙，跟大夥兒傳著喝一個銀質隨身酒瓶的酒，小布跟他的朋友們找安格斯來組裝索具和駕船，簡直把他當成雇傭人員。事隔這麼多年，安格斯仍然記得那艘單桅帆船反應多麼靈敏，像一把快刀切過碎浪，那艘帆船減輕了他受到的羞辱，在返航回到遊艇中隊俱樂部時加足馬力，小布一夥人開口赫蒂、閉口赫蒂，活像她是他們的一分子。

「人脈。那才是辦事的門道。」他父親這麼說。「連赫蒂都懂這個道理。」

「也許你應該找她當合夥人。」

「你愛怎麼開玩笑都隨便你，但我是認眞的。鮑福聽說我在道森公司的獲益很豐厚。他考慮買一家在橋水的製磚廠，可能會找我合夥投資。他打算讓它跟山谷那間製磚廠合併。促成這種生意的金主可以撈一筆。併購之類的。而且休．鮑福做人還算老實，沒有發戰爭財。好人一個。問題是，我不能假裝我懂這種鉅額融資的生意，我這把年紀了，哪裡學得了新玩意兒？我只懂我能摸到的東西——木料變成船、腳踩得到的土地。但我不介意有一番作爲。現在是你告別船運、幫我一把的時候了。擴展你的眼界。」

「你要把蘿拉李號報廢。」

「我沒那樣說！」

安格斯命中他的要害，他就知道這招有效。這道防線曾經讓他不必留在陸地上，在父親眼皮底下工作，做個風光的辦事員，一個經理，勘查房地產和持股，並督導別人的工作。這回情況更糟——鉅額融資、大財主、金錢遊戲——全是會讓鮑福那種人熱血沸騰的東西。他的父親並不像那夥人，生活幾乎跟以前一樣簡樸。他攢積的財富跟他夢想中的財富，不過是抱著滿捧的漁獲從淺灘回來的另一種形式。奔向終點線。安格斯或許不懂區分紙漿跟車輛的差別，但風險有多高他一清二楚，他也知道拒絕繼承父親衣缽的話，將嚴重打擊這個他愛恨交織且欣賞的男人。以及讓步的下場。

他父親解開菸草袋，慢條斯理地裝塡菸斗、點燃。瞇眼望向海灣說：「我們把蘿拉李拖上岸，瞧瞧需要修理什麼，但我們最好面對現實。這船沒有換一套新帆的價值。用帆船做近海貿易已經過時了。沒賺頭。再說，我拉拔你長大，不是爲了讓你當普通水手的。」

安格斯站起來。世界向他逼進。「也許我就是普通水手，也只想當普通水手。」他說。「就因爲你放棄水上生活，不代表——」他打住話頭。太遲了。他父親見縫插針：「我這麼辛苦是爲了誰？就是你。一個沒媽的小孩。」

隔了幾年後，安格斯才察覺父親這句話的虛構成分。其實他母親剛斷氣時，他父親就在心魔的驅策下，姑且不論是些什麼心魔，直奔淺灘捕魚，也因爲同一批心魔而回歸陸上生活，像溺水似地擁抱《聖經》，從唱船歌變成沉思命運與天意。時光荏苒，他做生意似乎無往不利，他開始認爲這是上帝對他的盤算，是上帝在獎勵他道德、正直的生活，而他的成果、他的衣缽，或許敵不過死神，報酬倒是非常豐厚。

他父親拉扯船帆，摺成百摺狀。「我花了好幾年，才從船員爬到船長。好幾年哪。哪像你有現成的船長可以當。你想要虛擲生命，漂泊海上？老天。看看艾賓。從來都不安分。不正經。現在他是什麼下場？淪落到戰壕底下去啦。沒有比這更沒意義的死法了。」

「又還不確定他死了沒。」安格斯生氣地說。他只能做到不要撕破父親手上的船帆，把父親推到畜棚牆壁上。

「笨蛋才相信他還活著。你要接受事實。你老婆也一樣。瞧瞧她那副德性。幾乎不吃東西，難得說上一句話，晃到東、晃到西，好像漂流的船隻。幸好我能讓艾妲過去你們那兒照顧你們的生活起居。」

安格斯拚命按捺火氣，說：「不用她照顧，我們照樣過得好好的。」但是有穩健的艾妲在他們身邊，確實鬆了一口氣。他轉身走下山坡。「她受不了的是渾沌不明的狀態。」他說。

「那就幫她撥雲見日啊。」他父親在他背後喊。「說服她。好好過日子。」

一週後，安格斯帶了三幅油畫到韋爾在哈利法克斯的藝廊——一幅是畫一隻瓣足鷸，牠在風暴中站在搖搖晃晃的林屈鐘聲浮標上，浮標從畫布左下角冒出來，另外兩幅幾乎沒有半點色彩——一排海鷗擠在泛白的灰鯨骨骸上面，迎風而立，還有一幅白灰色的畫，以最淡的線條繪成的桅杆和船體浮現在霧氣中。三幅畫都以厚厚的油彩繪成，統統不太能捕捉到那懸疑的神祕感，沒能在畫面上呈現他想要的柔弱與殘缺。韋爾立起這些畫，皺眉站在前面。他強烈的不屑、佯裝的不在乎都消失無蹤。他前進、後退個幾步。他撫順抹了許多髮油的頭髮。但是最後，他宣告其中兩幅缺乏色彩而且古怪，是沒有說服力的實驗作品，三幅都不可能有買家，尤其是那幅浮標上的鳥。「你畫眞鳥就好。」他說。安格斯拿了畫就走。

返航時，切布托岬在右斜艉方向，瓦勒斯在抽出艙底水，安格斯將畫一幅一幅扔到船舷外。三幅畫的最後一幅是那隻瓣足鷸，一足縮起、一足在鐘聲浮標上——幾乎就要飛逃而去，卻依舊攀附在靠不住的避難所上——在順浪風中迴旋。在油畫落進尾流之際，安格斯衝過去，卻沒來得及挽救，在畫消逝許久之後，他仍在回望，然後轉動方向舵，查看羅盤，將船調整到正確的航線。

他盤算著回家以後，要告訴赫蒂。她穿著上漿的白衣藍裙，突然健談起來，還魂了。但那不是他有話可說的主題，她在談論鮑福。說鄧肯在安格斯出航時帶鮑福登門拜訪。鮑福很高興地坐在廚房桌子前，活像他是常客似地，連忙請她坐下，跟她聊凱蒂的紐約生活點滴，在話題轉爲磚廠和造紙廠時也沒有冷落她，「憑著紙頭，就能糊出一條脫離一九一三年經濟蕭條的出路。」她羞怯地笑著補充，引述鮑福的話。紙頭就是指有價證券，文字遊戲，她不得不爲安格斯說明。從她開始說話到最後的解釋，安格斯都想著那幅瓣足鷸在波浪間漂浮、沉入海底。

八月時，安格斯口袋裡裝著另一封令人不滿意的陸軍回覆，前往赤斯特，走進陰暗的鐵工廠，熊熊的熔爐映出艾賓的父親阿莫斯．韓特的剪影，他握著夾具，捶打在檯子上的熱鉛。阿莫斯在安格斯開口時停止捶打，在他說完後又繼續工作，眼睛都沒抬一下。安格斯將手放在阿莫斯雄渾的肩頭，移開視線，不去看在他寬闊的煤污臉龐上劃出兩道痕跡的淚水。

回到斯納格港後，他直接去酒館，大家聊著有一艘紐芬蘭的雙桅帆船在三布羅燈塔附近看到一艘德國U型潛水艇，而對面牆壁上募兵海報裡的基奇納勛爵[5]，手指直直指著安格斯。

希爾神學院的院長安德魯．倫尼克，曾在聖安德魯教堂的布道壇上力陳加拿大子弟兵在戰場上

5 Lord Kitchener，一八七一—一九一六，英國陸軍大臣。

的困境——犧牲的榮耀正是神的遠大目的，驗證了一個人的信仰。布道結束後，他建議安格斯去當製圖員，說他可以居間牽線，請高特少校幫忙打通關節。倫尼克提醒安格斯，這些年來他已經數度修訂官方的省地圖，訂正放錯位置的沙洲、尚未標出位置的岩石、不精確的深度。安格斯可利用在倫敦繪製地圖的地利，到各家醫院搜尋艾賓，院長強調——是在後方——不必冒著丟掉性命或缺手斷腳的風險。

安格斯站在教堂的門廊，想著赫蒂和阿莫斯；想著確定性與不確定性，還有繪製地圖的機械精密度及重現。他了解繪圖的深度概念，但不懂標高。對測量學一無所知，但應該不需要知道。他一定可以學會把照片畫成地圖的平面線條。

「別人冒生命危險，飛到敵線後面拍這些照片。」倫尼克說。「你把照片畫成地圖，就能幫忙拯救性命。」

或許，安格斯心想，神一直引導他走上這一步。畢竟，他擅長描繪「眞」鳥。接受眞實的自己，倫尼克幾年前就告訴他，認同安格斯離開神學院的決定。現在，運用自己的技能做正經事的機會來了。

實用的畫，他的父親曾經這麼說他的製圖工作。當他的父親白髮散亂、雙眼圓睜、發抖著克制怒氣，告誡他做戰爭引擎的小齒輪違反道德，不管離戰場再遠，都是將他的才華應用在邪門歪道，安格斯便用這句父親說過的話來回敬他。

這是安格斯第一次聽到父親將「才華」這個詞，用在他身上。

從他旁邊的地板上傳來穆勒的呻吟聲，頓時把安格斯的思緒拉回運兵列車，車速正在減緩，即將在一個傷員醫療站停靠。幾支旗幟在護士長的營帳上颯颯飛揚，安格斯跟幾個人攙著穆勒下火車，由兩個出奇愉悅的年輕女性接走。救護車司機。多倫多人，她們告訴他。她們背後有一群二等兵，他們的傷勢和疾病都已康復，出院準備重返戰場，爬上了車。有個人被留在月臺上。他的肩膀在一對拐杖支撐下突兀地拱起，他的腿甩著前後移動，健全的腿幾乎沒有碰地。安格斯多看一眼，才看出那是他唯一的腿。那個大兵的嘴唇拉長成笑臉。「我現在可以回家了。很棒吧？」安格斯擠出笑容，點點頭。「我是伐木工人。」士兵說。仍然在笑的他，一顆頭上下點著。

當列車搖搖晃晃地前進，伐木工人歪斜的笑容停駐在他心裡，「傷員醫療站」這個詞也是。傷員……索穆河戰役第一天的傷亡人數是五萬七千人，在古瑟列特一帶戰鬥兩個月，就有兩萬四千位加拿大將士傷亡。還有「醫療」——處理人員傷勢，醫治他們，讓他們重返戰場再度成爲傷亡人員。在尋找艾賓的過程中，安格斯在倫敦的醫院看得夠多了，了解燒傷、盲目、截肢、失語、植入器械裝置填補臉部缺少的部位，只是家常便飯。他們告訴安格斯，若是艾賓進過醫院，就會有他的姓名紀錄。沒有軍籍牌的軍士極少能回到英格蘭，一旦回來了，幾乎都能查出他們的身分。他們帶安格斯去看無名傷兵，他看到流著涎、下顎鬆垂的臉孔，雙眼空洞、但求一死的人，他感謝上帝艾賓不在其中。

聽來像打雷的槍火在遠方轟隆隆，列車上的英國兵唱起〈行軍到普列托利亞〉。加拿大兵接腔，加進幾句下流的歌詞。英國兵跟著加料。每個人都開懷大笑，連安格斯也忍不住捧腹。

眞正好笑的是，他在他們一曲終了、換唱其他歌的時候心想，他竟然以爲可以像某種安樂椅英雄一樣，待在大後方，在安全的距離外找到艾賓。現在他要去傷害人命，自己可能也會變成傷亡人員。但是，失去艾賓將會失去他和自己的連結——以及和赫蒂的連結。艾賓是她的另一半。以前她對艾賓千依百順。安格斯在心裡把她當成艾賓的小妹妹，而且是好幾年，直到她去外地念書。接著，就是她與凱蒂共度的那年夏天——她開心地穿著凱蒂借她的衣服參加舞會，坐在露臺牆上，在垂掛的燈籠下，用有溝槽造型的酒杯啜飲香檳，似乎渾然不知自己對小布一夥人的魅力。

安格斯愈來愈常登門造訪，赫蒂和安格斯違背了艾賓的信賴，發現了彼此，開始試探，然後漸漸壯了膽，直到激情在鮑福家草坪盡頭的露臺背後引爆。那一刻沒有盡頭，時間不復存在，但那一刻終究落幕了，隨後便是一陣摸索，徒勞無功地在陰暗的草坪上尋找兩枚珍珠鈕扣，爲了蕾絲撕破而垂淚，並在發現衣服背後沾了幾道綠色污痕時尖叫，那可是凱蒂最高檔的白色亞麻衣服啊。之後是更多的困惑與懊悔。原本震驚、無言的艾賓，發現自己願意原諒安格斯，並在不久後，宣告這樁婚姻和即將降臨的寶寶，將是一份永遠連結他們三人的禮物。

賽門．彼德是一份禮物的觀點，在此後十三年不曾受到質疑。他個性隨和，想像力豐富，沒有被寵壞，是他們心愛的孩子——唯一的孩子。將他帶到這個世界的熱情火焰不曾重燃。安格斯始終溫柔地保護赫蒂，一心要她快樂，他希望自己的付出能得到回報但並不指望什麼，努力不去想自己是否破壞了她的機緣。她說不後悔，宣稱他救她脫離凱蒂．鮑福那群蠢人。但婚禮結束後，他坐在她身邊，她戴著灰色手套的纖纖玉手輕放在大腿上，旅行車在滿是車轍的路上顛簸著經過棚屋和魚網、堆疊的龍蝦誘捕籠和斯納格港那些穩固的碼頭，他懷疑她眞的不後悔。

疏離、遙遠、幾乎超脫塵俗的赫蒂是個謎團，吸引他陷進去，困住他。儘管如此，有的時候，她會像個不知道在地習俗的遊客，提出的問題切穿了長久抱持的假設，直指核心，將截然不同的絲絲縷縷編織成一個整體，呈現驚人的創意且務實。就是她建議安格斯在出航運送貨物的時候，順道販賣他畫的鳥和海濱，風格要相近一些，好打響Ａ．Ａ．麥葛拉斯的名號；是她敦促鄧肯幫忙在盧嫩堡開立一個保險基金，她指出，長期來說，這對寡婦和漁業族群等等有益。怪不得她對鮑福推心置腹。她聳肩沒有應聲，面露不悅。

她告訴過安格斯，「和」是她最心愛的字，因爲「和」的前面一定有個什麼，後面也必然跟著個什麼，就像無止盡的數字，給人安心的感覺。她對未來的務實願景，雖然跟她對現實世界夢幻般的疏離、對他的常態性疏遠格格不入，卻可能是她確保他們仍有未來可言的方式。

但過去和未來，現在已無足輕重。只有煎熬的現在。坐在他隔壁位子的上等兵將頭垂在膝蓋上方，拱手祈禱。列車準備靠站。找到艾賓的指望急遽下降，卻是安格斯唯一的希望。眼前要面對的不是作戰訓練，也不是戰爭激發的國家自豪。眼前要面對的是作戰的確定性及他在戰爭中不確定的定位。即使在他抖顫地這麼想的時候，他仍然企盼上天自有更宏大的目的，命中註定他該來到這裡，略盡棉薄，而艾賓就在轉角處，在某條戰壕裡、躺在原野上，或是躲在一間農舍裡，啃著一顆蘋果，等待安格斯找到他。

列車完全停止，安格斯挪移著，繞過上等兵到走道，他想起在赤斯特火車站最後一次看到的賽門．彼德——挺著胸膛，兩腿張開，雙手僵硬地擺在身側。但當他下車踏上月臺，在擁擠的大兵之間穿梭前進，停駐在他腦海裡的是那最後的微微揮手——一個孩子的揮手。要保住性命，安格斯告訴自己。保住性命。

二

一九一七年二月三日
新斯科細亞　斯納格港

被子堆在賽門．彼德．麥葛拉斯身上，他清醒地躺著，無力動彈，暗想自己說不定死翹翹了。他對著黑暗眨眼睛，希望東西都變回熟悉的原樣。

五斗櫃依舊是一座碼頭；抽屜，是釘在樁木上的階板。地板，是港口底部的泥地。他的靴子，是裸露的岩石。在夢中，斯納格港及整個馬洪灣的海水都被吸乾，每顆岩石和每條海草統統暴露出來。船隻孤絕地側倒在地上，桅頂橫桿插進淤泥；船隻的龍骨，是許多死魚的鰭。蘿拉李號斜掛在梅德碼頭上，船首綁了一個活繩圈。在對岸上，一小列咚咚從雲杉間走出來。咚咚是常出現在他夢境的鹿，小巧，凶惡，兩眼空洞。牠們踩著滑溜溜的岩石過來，走過扁塌的海草，踏過魚，悲哀地翻動尾巴，嘴巴緩緩開合，最後牠們佇立在那裡，無聲地列隊搖晃，彷彿在等待一個訊號。在灣口，海水向後退縮，形成一堵遮蔽太陽的高牆，準備轟隆沖回來。

賽門慢慢轉身下床，讓腳平貼著寬大的油漆地板，直到寒意穿透夢的迷霧。在房間另一頭，他的表弟楊．弗萊德在床上蜷成一團，睡得正香。兩人床鋪之間有一張擱在窗戶下的書桌，桌上擺著賽門的課本，東西都在原位，檯燈、一顆來自芬地的紅白斑點石頭，還有一支沉甸甸的放大鏡，銀質的把手有繁複的渦紋裝飾——是海斯特先生借他的。他條紋圍巾上那隻快活、自負的海雀也在桌上，那是他父親用一小塊畫布畫給他一個人的。

賽門將柔軟的舊棉被披在肩膀上，躡手躡腳走到書桌，駝背坐到椅子上，腳丫擱在椅面，膝蓋抵著胸膛，望向窗外。隔著結霜的窗片，他辨識出東北方通往底下狹長水域的原野，還有堤道上的小橋，堤道隔開他們居住的半島跟陸地。從屋子裡看，白皚皚的雪花像是點亮了，夜就是那麼黑。他認出斜坡下的雲杉，隱約看到港口連接到更遠處的黑暗。他只能憑著信念，相信水仍在港灣裡。窗檯上站著一個鉛製的士兵，一個單獨的哨兵。賽門幾週以前從箱子裡拿出它，其餘的一概送給楊．弗萊德，楊．弗萊德幾乎不碰，寧願玩他的「人」，也就是偷偷拿來的長短不一的鉛筆，有的啃過，有的沒有。賽門已經十三歲，自然嫌玩具兵太幼稚。儘管如此，他很高興自己留下了這一個。黑暗遮蔽了它的殖民地軍裝，但毛瑟槍直挺挺豎著。他的父親，此時應該在守衛防線，手持步槍——德國佬蹲伏在他們的戰壕裡，在父親警醒的眼睛對面。前線有成千上萬的將士，但在這一刻，賽門只想像得到一個。

一切都凝滯在冰冷的靜寂中。小時候，他常做噩夢，他母親會喃喃說著語無倫次的話平息他的尖叫，她的頭髮垂落在他四周，宛如一枚絲繭。然後她會在他身邊躺下，沉沉入睡，渾然不知那些雙眼空洞的咚咚跟乳齒象在房間的黑暗角落潛行、用腳扒地。

可是父親在家的話，就會進來攬起賽門，在地上踱步，緊緊抱著他，直到世界恢復原狀，不管那要多久。之後，他們會一起在棉被上方幾吋揮動僵硬的手臂，清除這個區塊的團團轉，這是他父親給噩夢取的名字，賽門就能安心睡著，父親的手放在他的背上。有時候，他的父親也需要慰藉，但那極少發生，而且只會在畫室裡，除非他答應，否則誰都不准走近一步。

賽門小時候曾經站在畫室門口一次，驚愕地看到父親緊緊咬著畫筆，垂頭喪氣地坐在凳子上，頭埋在雙手間。賽門鼓起全部的勇氣，低聲問：「是團團轉嗎？」畫室是那麼幽靜，他父親又承認得如此徹底，賽門都不能呼吸了，直到他的父親眼也不抬地伸出一隻手，父子聯手在畫布上向團團轉發動猛烈攻勢，在奮力拚搏中，他們鞏固了一個信念：再怎麼排山倒海的驚駭，也能夠平安度過——不過或許只限有同伴的時候。

但賽門已經大到不怕團團轉，現在他孤單一人。

在父親啓程到英格蘭那一天，賽門坐在床上看他收拾行李。從賽門出生起，他爺爺就聘用的管家艾妲．柯昆實在織了太多襪子，每雙都是奶油色的羊毛襪，頂端是紅、褐色條紋。他父親拉拉襪子，一雙一雙捲好，放回原位。襪子派不上用場。

「太短了，是吧。」賽門說。

「是啊，但天氣很冷的時候，你穿靴子可以穿，襪身反摺就好。」

「可是你穿裙子，兩條腿要怎麼保暖呢？」

「是蘇格蘭裙，賽門。你又不是不知道。喔，我懂了——你在拿我的軍服開玩笑嗎？」

賽門笑了。「對。但問題還是一樣，你要怎麼保暖？」

「蘇格蘭裙的厚度是長褲的兩倍，腿露在外面久了會變強壯，就跟你的手啊、臉啊一樣，不太會覺得冷。你問埃瑟爾．麥拉倫就知道——你沒看過他穿長褲吧？況且，我大多數時候應該會在室內。」

「所以說……你要去當陸軍，但不用去打德國人？」賽門已經反覆問過很多遍了，但答案始終不太能排解他既失望又鬆一口氣的心情。

他父親翻個白眼。

「我知道啦。製圖。」

「對。我會跟我的單位分開，分發到倫敦當製圖員。但我繪製的地圖會在前線使用。所以，我對戰爭也盡了一己之力。」

賽門接著問了之前一直不敢提的問題。「既然你去當兵，爺爺還會反對戰爭嗎？」

他父親很快便回應。「這我毫不懷疑。他有權利主張自己的觀點。只要記住，武斷是年紀很小或很老的人才有的奢侈特權。」

「定義武斷。」賽門最近都這樣講，而不說：「那是什麼意思？」不料，他的話因此染上不符合他本意的語氣。

「好。」他父親嘆息。「認爲世界非黑即白。知道了嗎？」他扒一下頭髮，將三雙襪子扔進水手袋，說道：「聽我說，我知道你一定不會好過。」

他是對的。他閃避不了他的祖父，躲不過他對戰爭的憤怒。祖父住在山坡上，擁有他們住家的這片土地，也擁有他們居住的房屋——他常常來賽門家，即使沒來，也對他們家的大小事瞭如指掌。最近，當祖父斥責賽門的小小違規，他活脫像是卜萊艦長，賽門則是密謀叛變的弗萊契·克里斯提安。英國皇家海軍邦蒂艦[6]是爺爺跟他說了很多遍的故事，他對反抗艦長、將艦長放在小船上漂流的軍官毫無好感。也曾多次講述這個故事的他父親，則比較同情克里斯提安先生。賽門跟父親同一陣線，但爺爺描繪得比較仔細，多出許多精彩的情節和細節。

他父親又說話了。「反戰不成問題——而且令人欽佩。但我們一定要好好面對我們的現況。我們不是和平主義者，你爺爺也不是，總之他不符合和平主義者的正規定義。他教導我尊重生命，不是奪走生命，

6 H.M.S. Bounty。一七八九年四月二十八日，這艘艦上的船員推舉Fletcher Christian爲首領，對抗艦長Blight，將艦長及效忠艦長的船員驅逐到小船上流放。

但那不代表我會袖手旁觀……」他拎起床上的袋子，將繫繩拉緊。「我得做我認爲正確的事。」他站著看袋子，雙手扠腰。「我或許不是當兵的料，但……」

賽門抬頭看著父親高瘦的骨架，健壯的外表和寬廣的肩膀。「你怎麼那樣說？你是蘿拉李號的船長。」

「是沒錯。」他父親對著他笑。「但蘿拉李號不是軍艦，對吧？我不是尼爾森麾下的艦長。」他坐到床上，一手搭著賽門的膝蓋，彷彿有話要說。他的拇指和食指之間有一條陷進肉裡的白色的長長疤痕。那是因爲有一次他在風暴中解開繩索，結果被繩索劃破手肉，用布條纏起來，眼睛眨都沒眨一下。即使到了現在，他父親依然絕口不提。告訴賽門細節的人是瓦勒斯，每次都是。「最厲害的船長。」瓦勒斯跟其他曾跟隨他父親出海的人都同意。「最高明的。對這些水域瞭若指掌。跟他父親一樣，在濃霧跟黑暗裡都找得到方向。」普南．帕格斯利總會補上這句。

賽門跟父親並肩坐在床上，呼吸相同的空氣，享受跟他們出航時一樣的閒適靜謐，一邊想著等父親去了海外，家裡一定會比父親出航時更空虛。他問了蘿拉李號在父親不在的期間會怎樣，由瓦勒斯駕駛嗎。

「瓦勒斯在找別的工作。蘿拉李號屬於你爺爺，他想退出近海貿易。」他父親再次用手攏過頭髮，這是他一向的習慣。一波濃密的髮浪向前翻滾。

「他絕對不會賣掉船……吧？」賽門小聲說。

他父親的視線飄向窗戶，即將破曉的天空轉爲藍灰。「當然不會，」他在片刻後說：「誰會買？」但他的笑容很僵硬。

「我不會讓爺爺賣船。我一定會讓船好好拖進梅德船塢，等你回來。」

「這才是我的好兒子。我心胸寬大、理智、強壯的兒子……」

冷不防聽到父親以如此悲傷的口吻說出這句他聽慣的話，賽門覺得淚水盈眶。「你想，艾賓舅舅還活著嗎？」他低聲說。「如果你找到他，你就會回家嗎？」

他父親猛然站起來。「老天，賽門。你以為我為什麼要從軍？我要去那裡盡我的本分。」他匆匆翻動一些文件，塞進袋子。「我沒辦法想走就走，即使可以我也不幹。」他自己停口，改說：「對不起，兒子。對不起。我忘了是在跟你說話。」他拍拍賽門的頭，賽門不禁覺得自己好渺小、好沒用，所以他選擇在這一刻說：「既然蘿拉李號不會出海，不如我今年夏天去淺灘吧？卡爾・凱帝、馬汀・拉富斯、達爾・諾斯還有很多人都要去。」淺灘把男孩變男人。達爾一逮到機會就重講一遍他老爸的這句話。

他父親深色的眼眸更晦暗。「小孩在淺灘捕魚很辛苦。累死人。又危險。那些男孩沒有選擇。他們家裡需要錢。別把捕魚想得太浪漫。」

「我沒有。我只是想去。」

他父親會心地點頭。「想必如此。不然就是你以為自己想去。但在淺灘打魚不適合你。你有其他的天分。你只是還沒發現而已。再說，現在離夏天還久得很，家裡需要你照顧。」賽門沒有作聲，他父親於是說：「好了啦。振作起來。我會寫信。你會回信，對嗎？讓我知道你在忙些什麼，還要告訴我楊・弗萊德的情況。」

「我看他會在我們家住到天荒地老吧。」賽門帶著誇大的順從說。

「有可能。我看你的特利表舅短期內不會回來。你不介意吧——讓他住你的房間？」

「不會啦。每天晚上他都跟我說，他準備好要自己一個去睡那個空房間。好歹，他現在不會跟我擠一張床。」賽門勉強笑一笑。

「沒錯。沒有母親是很難熬的。那孩子現在只能依靠我們了。」

楊・弗萊德的父親特利，有時會當伐木工人，一直都是酒鬼。沒人清楚他的老婆幾時過世，但特利在老婆死了一段時間以後，把兩歲半的弗萊德寄放在這裡，沒有交代歸期。如今，弗萊德將近四歲。怎麼每個人都鬧失蹤呢？賽門納悶著。他父親拎起水手袋。父子倆低頭瞪著袋子。「爸？」賽門頭也不抬地說。

「萬一艾賓舅舅死了呢？萬一——」

「沒有萬一。我們會查個水落石出。不知道比知道更痛苦，即使眞相是你最害怕的事。現在，」他父親掏出錶，「時間快不夠了。你最好去請爺爺過來。還有，賽門，我不在的時候，要聽艾妲的話，也要聽爺爺的話。還有你母親。」他加上一句。

賽門或許也樂意聽母親的話，但她幾乎不會管他是不是不守規矩。反正，那些規矩不是她訂的。

他的祖父沒有到赤斯特的火車站送行。「我這身老骨頭吃不消。路太遠了。」他在賽門去接他的時候說——其實赤斯特車站只在十六哩外。賽門央求他，祖父只望著港口。那是個美麗的早晨，冷冽清新完美。「我已經道別過了。你們最好趕快出發。去吧，孩子。去車站。」

「爸爸會找到艾賓舅舅的。」賽門說，叉著手臂。

他祖父帶著憐憫的神色，目送賽門離開屋子。

現在，沉浸在夢境和記憶片段裡的賽門將被子拉得更緊，頭靠在膝蓋上想著法國，忖度著那裡的星象是什麼樣子。

在祖父書房的展示架上，有一顆大學圖書館等級的地球儀。他跟爺爺以前常一塊在地球儀上比劃路線，更常用他爺爺在偌大的海圖桌上攤開的海圖。「尙普蘭[7]，」他祖父會這麼說，用布滿老繭的手牽引賽門的手移動，「就是從這條路線到南岸，當時南岸還不叫南岸，這裡也不叫新斯科細亞，不是新蘇格蘭[8]。還有這裡，他在聖十字河河口的一座島建立聚落。結果很慘。還有，這是約翰．卡博托[9]一百年前的路線。把籃子之類的東西像把水桶放進水井那樣垂到水裡，連鉤子都不必用，就能撈到鱈魚呢。要知道，鱈魚是底棲攝食動物——數量多到那些魚一定是一條疊著一條，才一路游到從甲板垂下去的籃子裡。」壓軸必然是：「這裡是馬洪灣，世界最美的海灣，神賜予我們住在這裡的殊榮。」

現在他們有其他的共同嗜好——對戰爭報導的熱情。這是嚴肅的興趣。他跟祖父會貪婪地看完每一則前線的新聞，予以分析，兩人的觀點經常分歧，但總是愉快共度這段時間。賽門喜歡祖父對他的尊重——足以讓他無視祖父偶爾冒出的激昂反戰言論。他暗暗懷疑戰爭新聞是他爺爺關心父親近況的方式。

前一天下午，報紙說加拿大軍隊開赴一座名爲維米的山嶺，集結在阿拉斯地區，一直沒人能從德軍手中拿下那座山嶺。「法軍一九一五年兩度進攻維米嶺都打敗，傷亡累計超過十五萬人。」他祖父說，放低報紙。「我的消息來源說，維米嶺的西面是沒有邊際的墳場。現在法國堅持換英國去打打看。英國佬就徵召我們的子弟兵。阿拉斯——就是你父親現在所在的位置。」他按照摺痕，窸窣地摺好報紙，啪的打在桌上。「一場終結所有戰爭的戰爭，是嗎？老天，頭腦簡單的瘋狂想法。」

「也許，」賽門說：「戰爭會在那裡結束。」

賽門回想著新聞和夢境，伸手拿窗檯上孤伶伶的玩具兵，將冷冷的鉛製材質握在手中，直到掌心的熱度溫暖了它。

---

7 Champlain，一五七四—一六三五，法國探險家，魁北克城的建立者。

8 新斯科細亞，其實是拉丁文的「新蘇格蘭」。

9 John Cabot，一四五〇—約一四九九，義大利探險家，於一四九七年探勘北美大陸，於紐芬蘭島登陸。

三

一九一七年二月三日
法國　阿拉斯地區

安格斯滑倒了。他老是踩不穩腳步。一縷縷、一陣陣的難聞煙霧低低縈繞在地面，很難看見就蹲在前方幾呎的中士。中士一路帶著他走，彷彿很篤定該往何處去，然後以打直的手臂示意壓低身體、壓低身體。淺淺的交通壕八成是坍塌了，不然就是被風吹平，他們是在開闊的地面。完全沒有第十七營的影子。

他的呼吸變短促。他一直想記起中士的名字。四處遍布著彈坑——一灘灘的臭水，有的呈硫磺的黃，有的是磷光的綠，滲進未爆彈、空的毒氣罐、生鏽的彈片，還有人體的殘塊。白堊色的泥巴下有黏答答的骨骸，發黑的腐肉無疑仍然附著其上。

月亮從雲層裡短暫露臉，照出連綿起伏的不起眼地貌，一道道粗大的有刺鐵絲網切穿大地。他和中士兩人孤單得詭異。所有的夜間活動——運送補給品、作業隊、補充兵員、維修戰壕呢？天上沒有半顆星星，但他們是向北走，而不是前線所在的東方，這點安格斯很確定。

他們迷路了。

安格斯的個子比中士高很多，要一路蹲在他後面實在很不容易。安格斯又滑一跤，一條腿陷入感覺比流沙更快的東西裡。

中士察覺他停止移動。「中尉？」他壓低音量轉頭問。

中士四肢著地，爬回安格斯身邊，放下背包。安格斯向後靠，中士像拔一根木頭似地，直接拔出他的腿。幸好，靴子還在腳上。雖然沾了滑膩的淤泥，依舊牢牢穿在腳上。

也幸好，中士沒有低語：「長官，別擔心，你不是第一個從壕板滑下去的人。」他只有動手拉，然後露出笑容。方臉上的雙眼很和善。他的年紀看起來比安格斯大很多。他叫什麼來著？什麼名字？他們面對面跪著一會兒，像在禱告。安格斯低聲道謝。「不客氣，別放在心上。」中士輕輕回應，然後，拍一下自己的大腿，彷彿在說既然沒事了，我們繼續上路吧，他不知為什麼站起身，掉頭，一聲槍響，他就倒下來，將安格斯撞倒在地上，壓得安格斯喘不過氣。

安格斯躺在原位吸氣，然後小心翼翼地抬起頭。別再從壕板摔跤了，他告誡自己。他在中士身體下慢慢向後退。現在中士躺在他雙腿中間，凝視上方。

「中士！」安格斯嘶聲說。中士的頭向後仰。他顛倒的臉看來多麼奇怪呀——顴骨和下巴比之前尖，嘴唇變薄，雙眼莫名的不對稱，向天空睜開。安格斯伸手拂過他額頭上的深色污痕。但污痕是一個洞，而中士沒有眨眼。一股溫熱的涓涓細流從中士後腦勺流到安格斯的另一隻手上。在盈滿掌心後向下流。

安格斯伏下身體。一枚星光彈照亮天空，火花如瀑布般落下，萬物都染上銀白的光亮。他一顆心蹦到了喉頭，大著膽子抬起頭。壕板只有鋪到前方幾呎外，然後是一個缺口，約二十碼外有一道道粗肥的有刺鐵絲網，再過去則是……但光亮熄滅了。他必須通過缺口。

他渾身戰慄，從中士的屍身上方爬過去，中士的身體以自己的動作回應。安格斯想像他們兩人從壕板側邊滾下，陷進泥地，從此消失。安格斯伸出一條手臂，越過中士的靴子上方時，壕板歪向左邊。他匍匐爬到壕板的盡頭，滾進淺溝，落在一堆沙包上。前進戰壕！沒有衛兵。沒有生命跡象。棄置了——從外觀判斷，棄置已久。

這時中士的軀幹滑進一個水坑，安格斯不忘壓低頭部，撲回去抓中士的靴子。中士半個人在水裡，半個人在外面。安格斯在戰壕裡躺平，雙手抓住中士的靴子。靴子碰碰敲打著壕板。他將靴子抱得更緊，但靴子一直打到壕板。因爲他的手在抖。他滿腦子只想著要幫忙中士，設法帶他找到第十七營。

突如其來的爆裂伴隨咻的一聲，在戰壕底部的安格斯彎下身體——胸部、頸部、腹部、四肢蜷起。胸牆上沒有沙包。被颳下。被颳走。怪不得狙擊手可以輕鬆瞄準這裡。安格斯沿著戰壕爬行，膝蓋被大衣絆到，爬過——什麼——屍體？不，是沙袋。有一些被刺破了，他的雙手陷進沙袋中滲出水分的內容物。

爬了大約十碼後，坍塌的戰壕變深。在一堵完好的胸牆和木板戰壕壁的保護下，他坐下來，低頭瞪自己的雙手。**在法國和法蘭德斯戰場上的血，與我們的主爲我們犧牲的寶血是一脈相承的。**倫尼克院長的高調言論從講道壇盤旋到戰壕底下，在戰壕裡的安格斯開始有點懂血的犧牲。**犧牲昇華出我們的眞正人性、眞正的天命；從中得到我們的救贖，**倫尼克曾說。**最沒有意義的死法，莫過於死在戰壕下，**這是他父親的話。

安格斯看著眼前的木板，一片在另一片之上。在朦朧的月光下，鮮明的木板紋理給他莫大的安慰。橡木，安格斯心想。在污穢的空氣中，他回想鎮上碼頭的木材防腐油、梅德船塢裡一艘船底下的芬芳捲曲木屑，雜亂的槳、漁網浮標、網子、吊索。還有賽門．彼德，他的面孔無比清晰，在畫室門口微笑，太陽框著他的金色頭部，外面的港口陽光閃耀。安格斯睜開眼睛，木紋變成狹窄的缺口，他或許可以神不知鬼不覺地從中溜走，不再回頭。

停止顫抖後，他冒險讓下一顆德國照明彈照亮他的身影。在彈坑邊上的兩隻靴子緩緩下沉，中士隨之消失。

「威克漢，」安格斯向夜低語，「約翰．威克漢。」

「威克漢眞倒楣。」上尉對總算在凌晨找到第十七營的安格斯說。「好人一個。之前在波耳戰爭當二等兵。做到中士。」外套的鈕扣解開，蘇格蘭裙內的腿大大張開，深色眸子陰沉沉的，當安格斯向他敬禮，他只聳了聳肩。他擺出兩個馬口鐵杯子，然後倒酒。不是配給的蘭姆酒，而是蘇格蘭威士忌。整瓶的。「敬威克漢。」他說，遞了一杯給安格斯。

安格斯伸出一隻顫抖的髒手接下，一仰而盡。

「再來一杯？」上尉的闊臉染上提燈的黃光。「我想也是。我跟一個災星罩頂的軍需官打賭贏來的。比一般配給的蘭姆酒高級吧？」安格斯一口乾了威士忌。灼炙的感覺向他擔保他還活著。他拿了上尉給的破布，用裝在水罐裡的水洗手洗臉。沖掉泥巴，血一併洗去，都流到泥地上。

「你是從……第一百八十三營來的？」

「是的，長官。」

「好，你現在是第十七營的人了。皇家新斯科細亞高地團，假設你能在這裡活過兩星期的話。很高興至少你的格子呢花紋沒弄錯。你有人事令嗎？」

安格斯從大衣裡掏出來。

「麻煩關一下。」

安格斯愣愣看著自己的大衣。「關門啦。」上尉嘆氣，接下人事令。「爛天氣。不是膝蓋以下陷進爛泥巴，就是快被雪凍死了。在這裡，世界眞的是平的，排水系統卻在兩年前被轟爛，人幾乎隨時都濕答答。坐。」

安格斯關上波浪紋的門，噗通坐到充當上尉辦公桌的木板桌子旁邊。一盞提燈散發暖意。煤油的氣味穿透泥味和潮濕，一切頓時宜人起來，只是這間由泥地和木板建構的低矮地下掩蔽部裡有點煙霧繚繞。

上尉推開一個生鏽的沙丁魚罐頭、一支鐵絲剪和一本小小的綠皮書，攤開的那一頁有些句子底下畫了線。沙丁魚和鐵絲剪壓著一疊凌亂的文件，安格斯覺得那疊文件愈看愈亂。現在那本書對著他，他視線移過去。荷馬。是《奧德賽》嗎？

「你聽到沒，麥葛拉斯？」

安格斯跳起來。「長官！」

「盡量保持清醒。」上尉耐心地說。「現在起不用叫我『長官』。我是老詹。詹姆士．麥庫斯特．康隆。有時候，我會對繁文縟節很感冒。現在就是那種時候。」他就著提燈的光線審視文件。他的肩膀寬厚，跟安格斯一樣高，體格精壯，說起話來卻輕聲細語，令人不由得豎起耳朵。「你怎麼會來我們這裡？」他在說。

「塔克少校的命令。」塔克發過一份比較詳細的文件給拉許福少校，但安格斯沒見過拉許福，只見到他的副官，副官派威克漢帶他來這裡。

「你的其他弟兄呢？」

「跟我一道的弟兄分發到第六十一營。其他的還在英吉利海峽另一邊。」

「你最後可能會希望自己跟他們在一起。少校說過原因嗎？除了我們需要軍官以外的理由？找到了。在這裡。這裡說你或許能幫忙搜集情報。這個，」康隆說，用疲乏的眼睛盯著安格斯，「是指派人出去搜集情報。你還沒見識過眞槍實彈。不用看也知道。」

「是。」還沒**見識過**。剛才只是身歷其境而已。

「我們喜歡用突襲讓老德操操心。這就是我們搜集情報的方式。逮幾個俘虜。趁著逮人的時候鬧鬧事。」康隆喝完杯中的威士忌，不甘願地塞回瓶塞。

「是的，長官。在後方威名遠播。」

「反正，是新聞報導的好題材。振奮鄉親父老的民心。」康隆的謙遜似乎是眞誠的。「我們前兩個中尉就是這樣沒了的。」他補充說。「一個被俘。一個在無人地帶大失血，我們來不及帶他回來。某個在後方的上校想出一個絕妙好點子，要我們在大白天突襲，老德會覺得更意外。突襲可以讓弟兄們上緊發條，直到下一次的大舉進攻。但在大白天突襲或許不太適合。也許那不是個好主意。」他搖搖頭，握著酒瓶的瓶頸搖一搖。「這個能提振我們的士氣，是吧？」他打開一個凹痕累累的小置物箱的蓋子，鄭重地收好威士忌。「可惜，我們不能常常這樣激發士氣。沒什麼比得上高級威士忌，不論是蘇格蘭的或愛爾蘭的。」他將腳擱在置物箱上，雙手放在後腦勺，面向安格斯。「我個人偏好愛爾蘭。你是什麼人，麥葛拉斯？」

「長官？」

「蘇格蘭人？愛爾蘭人？農夫、漁夫？補鍋匠、裁縫……花花公子？」

「水手。」安格斯回應。「近海貿易，在斯納格港那邊，新斯科細亞省。」

「好特別的地名。」

「斯納格。斯納格港，不是死哪個。」

「啊，不太特別。我可能聽過。在盧嫩堡那邊？」

「海灣另一邊。」

「我母親在馬洪灣有親戚。好像，是馬里奧特灣。」康隆又拿起文件。「這邊說你是優秀的領袖。可惜，優秀的領袖必須領導別人，然後賠上性命……具備藝術的特殊才能。」康隆疑惑地抬頭。「你是畫家？」

「畫家？」

「這上面寫的。『具備藝術的特殊才能』。喔，我知道了。他們派你來，是因爲我在這個被陸地包圍的地獄裡需要一個會畫畫的水手。而我還以爲你不過又是一個混吃等死的傢伙。」

安格斯盯著手掌，找威克漢鮮血的殘跡。他清清嗓子。「指揮官看到我憑著記憶畫的一些速寫。我不是畫家。我會畫畫。」他含糊地說。

康隆等著。

「地圖。」安格斯說。「我有畫地圖的經驗。」

「那你怎麼會來前線，沒跟其他的製圖員待在倫敦？沒通過審核嗎？」

「因爲那邊製圖員很多。」

「實在不令人意外，是吧？在後方的輕鬆差事。然後，他們把你趕到步兵團。」

「是的。」

康隆似乎在等他說下去，於是安格斯接著說：「我猜少校是指畫地形圖。還有辨識方位的技能，畢竟，我是水手——夜視能力很好、懂得估計距離。或許在夜間突襲派得上用場？」他成了喋喋不休的白痴了。

「嗯哼。你是高明的水手？目前還沒看到你擅長分辨方位的證據。」

我不是自己找到這裡來了嗎，安格斯想要說。但沒來得及開口，康隆就笑了。「對不起。我剛才就說過，今天晚上累死了。外面有個大坑……叫牧師坑。德國佬跟我們日夜隔著大坑相望。那是例行的巡邏，突然間，我們就掛掉四個弟兄。所以，我們的威名根本是虛名。但守衛地上的坑洞，是我們的職責所在。或許你的夜視能力能幫上忙。好，現在告訴我。你跟威克漢怎麼會偏離路線那麼遠？」

這個問題問得像聊天，既不急迫也不帶責怪。但安格斯覺得喉嚨發緊，舌頭有千斤重。他說遇到砲擊，在煙霧與困惑中，威克漢帶他走不同的路徑，比較少人走，比較安全，他說。看起來，是廢棄了。即使沒有查看指南針，安格斯也覺得他們方向錯誤。但偏離多遠呢，他就沒有概念了，畢竟他不知道第十七營的確切地點。說完後，安格斯不清楚自己的講述或記憶有沒有條理，因爲當他看著自己的手，手上似乎仍然沾著血，紅豔豔的血。

「這麼說，威克漢奉命帶你到這裡，半途受驚，就自行決定換一條路走，因此遇害。可憐的笨蛋。」康隆說。「你竟然沒想到問他怎麼偏離路線，你的軍階比他高欸。而且，擅長分辨方位。」

安格斯垂著頭。視線移向康隆桌子上那本綠皮書的畫線字句。是《伊里亞德》，不是《奧德賽》。現在軍隊集結，「一陣旋風從陰鬱的雲層捲來，駭人的風之翼承載著朱庇特的雷霆，暴風橫掃的大地無比遼闊……」他看不下去了。他不如陷進椅子裡，靴子永遠固定在泥地上，海鷗、燕鷗、瓣足鷸、軍艦鳥組成的海鳥大軍在他腦海裡搧風……

「對不起，長官。在砲擊之後，我……」他仍然可以感覺到大地的震盪。「我辜負了你——他。」他痛苦地小聲說。

「好吧。」康隆語氣很和善。「我晚點再聽你報告。帕布里卡佛中尉會帶你到營房，等會兒作戰待命的時候他會幫你代班。你睡一下。顯然你需要睡眠。」他那熊也似的影子在他站起時竄上木板牆壁。「對了，那是《伊里亞德》。」他說。「我們不是第一批在特洛伊城絕壁下集結的人。想到就覺得有點安慰。也許我們會有一些人可以活著說出這裡的故事……你看過卷頭語嗎？」安格斯搖頭。「你也許會想看。」康隆說。他打開門，一陣冷風颼進來。「我們不是在那座山嶺揚名立萬，就是粉身碎骨。」

安格斯起身要走，又跌坐回去，威士忌在他體內發威，令他四肢沉重。他視線回到那本書的時候，帕布里卡佛中尉便闖進來。安格斯還沒從椅子站起來，帕布里卡佛便笑嘻嘻地自我介紹，行了軍禮又打開門。

安格斯的神智恢復到能夠報出姓名。

「嗯。上尉告訴過我了。走吧。」帕布里卡佛說。安格斯步履沉重，跟隨他到他們的地下掩蔽部，除了比上尉的那個空間小之外，格局大同小異。現在將近凌晨四點半，是待命的時間，弟兄們會排列在胸牆的射擊踏板上，刺刀就位，直視前方，眼睛眨都不眨一下，他們每天黎明都這樣等待可能的攻擊命令，每天日落時再重來一遍。無人地帶另一頭的德軍也一樣。

怎麼會有人在黎明或日落每個人都做好萬全準備時才進攻，是個謎團。然而那正是正面攻擊會發生的時間。他受訓時認識一個叫羅迪．戈登的人，這人體格像大麋鹿，蓄著紅色八字鬍，來自安提哥尼什，他的結論是這就像一場精心安排的戲劇──黎明時拉起布幕，人員各就各位，第二幕在晚上，黎明時謝幕。安格斯很喜歡羅迪。不曉得將來還能不能見到他。

帕布里卡佛帶安格斯去他的鋪位，開始像機槍似的埋怨前一夜的傷亡。要是他參加了突襲，他們運氣會好一點。「說不定能多逮幾隻德國豬，或多宰幾個人。我們折損了幾個軍官──那大概就是你來的原因。」

「那兩個中尉，」安格斯慢慢說：「是你的朋友嗎？」

帕布里卡佛聳聳肩。「連名字都不太知道。」他指著牆壁。「這個是你的掛物鉤。」他將安格斯的背包掛上去，然後從安格斯的鋪位抄起一把步槍。「這個是我的朋友，我的李恩菲爾德步槍。」他摸著槍管說。「準頭或許不如加拿大製的羅斯步槍，但槍栓比較不會打到額頭。」

「你佩帶步槍？軍官竟然用步槍？」

「我跟任何優秀的軍官一樣佩帶左輪手槍。這個是我的紀念品。一年前從一個翹辮子的二等兵那邊拿來的，那時候還不能拋棄老羅斯。哎，重點是——」

「等一下。你在這裡一年了？」

「一九一五年入伍。一六年才到前線。但我照樣是一個『元老』。」帕布里卡佛的眼睛在黑暗中發亮。

他就像長大的賽門．彼德。一樣的沙色頭髮，一樣的杏眼，但他的眼珠是湛藍的。個子比較高。年紀當然也比較大，但沒年長多少。有一些雀斑，連光線這麼暗都看得見。「你幾歲？」安格斯問。他看來絕不超過十七歲。

「我給步槍上油，保持在最佳狀態。」帕布里卡佛繼續說，捧著步槍，慢慢轉動。「這裡的泥巴三兩下就會弄壞東西。東西永遠都壞掉。實在可惡極了。還有，我真的很想要一把刀，但還沒找到適合的。我一定要弄到一把上等的鮑伊刀——不要店面買的。我要一把曾經出生入死、也會繼續出生入死的刀。」他將李恩菲爾德步槍平放在自己的鋪位上。「二十歲。我二十歲。」

「是喔。」安格斯壓根兒就不信。

「好啦。是十九歲，跟二十歲差沒多少。」

「這麼說，你十七歲入伍。」

「對。而且還在這裡。這樣更棒。」少年中尉笑著說。「你睡一下。我會負責我們的作戰待命。上尉的命令。我晚點再叫你起床。」他邊說邊離去。

晚一點實在來得太匆匆。帕布里卡佛在一個男人的慘叫傳來時搖醒他。狙擊手？安格斯瞥了帕布里卡佛一眼。

「在戰壕！快來！」帕布里卡佛拔腿狂奔，安格斯緊跟著他。

繞過一堵護牆後，他們看到四個人，另外一人倒在地上，外套敞開，血從衣領汩汩湧出。一個中士在斥責一個嚇呆了的二等兵：「你幹了什麼好事？」有時則是罵一個跪在一邊的擔架兵，他正在割開那人的外套，「你忙個什麼勁？他死了，我說他死了！」

「里克茲！怎麼回事？」帕布里卡佛質問。中士向後轉。

「好像是法洛斯開槍打到奧蘭。是意外。人已經報銷了，長官，奧蘭掛了。」

擔架兵繼續治療。安格斯俯身查看傷兵。帕布里卡佛轉向魂不附體的法洛斯。「法洛斯？」

法洛斯結結巴巴地解釋：「我、我……剛從作業隊回來。我在清步槍，保險栓——我也不知道。子彈就射出去了，奧蘭剛好從護牆後面出來。」

「我看到了。事情經過就是這樣，長官。」里克茲恢復鎮定。

安格斯查看脈搏，向帕布里卡佛搖頭。擔架兵繼續割開奧蘭的外套，伸手要拿他背包裡的繃帶。「住手，大兵。」安格斯說。「他沒救了。」但擔架兵加緊手腳，在傷口上淋碘酒，用繃帶按住。更多人來圍觀。

「奧蘭報銷了。」其中一人說。

「怎麼會？」另一人問。

「法洛斯。槍枝誤擊。」

擔架兵又伸手拿繃帶。「夠了！」安格斯說。「他死了。別在死人身上浪費繃帶。」擔架兵不理他。

安格斯又檢查一次脈搏，用手確認他的呼吸，完全沒有生命跡象。好多血。子彈必定擊中動脈。

「這是命令，大兵。」安格斯說。

「他們是親兄弟，他是奧蘭的弟弟，長官。」里克茲說，指著又拿一塊繃帶按住傷口的擔架兵。另一個擔架兵一屁股坐下。

「你聽到命令了。住手。那是命令。」帕布里卡佛說。他抽出左輪。「士兵！你聽見沒有？」

擔架兵依然故我。帕布里卡佛下垂的手臂繃得緊緊的，握著手槍，擠過人群到跪著的擔架兵身邊。眾人退開，他緩緩舉起槍，對準那人的頭。帕布里卡佛的反應既自制又熟練。即使在暗影中，他的眼睛也是藍色的寒冰。安格斯拉住擔架兵的手腕。擔架兵沒有動。「他死了。」安格斯說。「不，他沒死。」那人喃喃說，用繃帶壓住傷口。

安格斯將那人的手腕抓得更緊，右手同時在死者上方幾吋畫出十字。「復活在我，生命也在我。」他輕聲說。「信我的人雖然死了，也必復活。我們存活的時候，也離死不遠。」慢慢的，擔架兵抬起頭，雙眼噙滿淚水。安格斯迎視他的眼睛。「而在這裡，我們死亡的時候，也必復活。」他說。

帕布里卡佛扳動手槍的槍機。被槍口抵住太陽穴的擔架兵定睛看著安格斯，慢慢張開手指，鬆開一條紗布，紗布在屍體上攤開，落到泥地上。然後他坐在腳跟上，頭和染血的雙手都垂下來。安格斯站著，帕布里卡佛一秒都沒停頓，立刻說：「中士，先帶這些弟兄去吃早餐，然後向康隆上尉報告。法洛斯，你現在跟我們去報告。你們兩個，」他對兩個擔架兵說，「把奧蘭抬回去。」奧蘭的弟弟在號啕大哭，另一個擔架兵將屍體搬到擔架上。

幾小時後，在他們的地下掩蔽部裡，帕布里卡佛雙手扠腰，站在安格斯前方幾吋。「你是天殺的牧師還是瘋子還是兩者皆是？」他質問，鼻孔張大。「弟兄們必須知道軍官下達的命令就是軍令。我想向康隆舉發你。」

安格斯反駁那個男孩是一時驚呆了，眼裡只有哥哥在失血。

「向他下達命令的人是你！」

這倒是眞的。

「你最好想清楚，麥葛拉斯。想得非常清楚。當時有五個弟兄在場，不是只有一個。你下達的軍令，最好說到做到。」

「那個人嚇壞了。」安格斯回答。他很難相信這男孩是對的，但他心裡有譜。

「沒嚇到不管一把已經打開保險的左輪。」

「你會斃了他？」

「槍跟他還有其他弟兄都溝通良好，不管你有沒有舉行儀式都一樣。請容我向你說明前線的狀況，中尉。在前線，遵守命令才能活命，你沒聽說過嗎？」

有個東西在附近扒抓。兩人都往下看。是一隻胖老鼠，牠的毛色油亮，鼻子染成粉紅色、薰衣草色和黃色，仍在檢視安格斯歪歪掛在鉤子上的背包。老鼠的後腿附近有一盒粉彩筆，每個顏色一枝。粉彩筆被啃了一半的碎塊散落地上。

「老天。這什麼鬼？」帕布里卡佛不敢置信地看著安格斯。

「粉彩筆。」安格斯沉著地回答。

「粉彩筆？老天啊。親愛的老天爺。粉彩筆……」帕布里卡佛吹了一聲向下降的口哨。「你眞是瘋子。我們還以爲他們派了一位軍官給我們咧。」

「我聽說只有瘋子能活命。」

老鼠蹣跚地走向他們。「嗯，或許如此，但我跟你說一件事，」帕布里卡佛溫吞吞地說，手臂交抱，

「鼠仔不太愛你的粉彩筆。」

安格斯也交抱手臂。「我應該帶油彩來的。或者，牠可能會比較愛吃水彩。」

帕布里卡佛噗嗤笑了。老鼠抽動染得五顏六色的鼻子，抬頭眨眨眼睛。「這張臉啊，」帕布里卡佛說，盯著牠，「可能是接下來幾個月裡，我們唯一看得到的彩妝臉蛋了。」

安格斯蹲下來，收拾起粉彩筆碎塊。只有褐色系、黑色系和一枝灰色的粉彩筆完好如初。

那晚待命的時候，天空自己繪上一條條的薰衣草色、黃色、玫瑰粉紅色，下面則是精神錯亂的大地、蛇腹型鐵絲網、未爆彈、被留在無人地帶鏽蝕的設備——一片坑坑洞洞的殘敗景色。若是粉彩筆安然無恙，安格斯必然會心癢難耐地想把那個景致移轉到紙張上。因爲在上方絲綢般的天空，跟底下千瘡百孔的大地，存在著一個人所需知曉的一切——那份洞見如此一目瞭然，根本不需要畫家擴充爲更寬宏的眞理。

四

一九一七年二月九日
新斯科細亞　斯納格港

六、七、八年級的共同老師埃梵．海斯特闔上書本，摘下眼鏡。他抽出一條摺得方方正正、潔白無瑕的手帕，擦拭兩片鏡片。他摺好手帕，放回口袋，宣告正課結束——現在他要跟他們談別的事情。他背後的黑板是乾淨的，地圖都鬆鬆地捲起。地圖上方掛著喬治國王和瑪莉王后的裝框肖像，畫掛得不好，向前傾斜。

海斯特先生審視仰望著他的學生臉孔。他從桌前起身，走到西牆的那一排窗戶前，背對著學生說：「德國。」

他的小腳立定在原地，搖晃身體一會兒，雙手在背後交握。肥大的雪花飄過窗戶。學生在位子上動動身體。時鐘的指針向三點前進一格。

「德國。」海斯特先生又說一遍。他鬆開手，拉平黑色的毛呢背心，轉向學生。「德國不是一個邦，而是很多個。我們最好記住這一點。」

賽門和澤努斯．維果一頭霧水地互看一眼。

「德國是由許多個邦組成，如今全國被幾個邦挾持。」

挾持？賽門坐直身子。

「今天早上，學校裡有人打架。那些小混混是些什麼人，你們自己清楚。但那不重要。重要的是，」海斯特先生快步走回桌子，「他們在拳腳相向的時候，罵了很多髒話。**德國**豬、**德國**狗、**德國**蠻子。滿嘴都是損人的話，朋友對抗鄰居。沒用腦筋思考自己說的話是什麼意思。」

他拿出鉛筆，叩叩敲著桌子。他把筆在桌上放正，說：「我決定把這當成傳遞知識和教育的機會，反擊不了解這些詞語的無知。你們或可把這視爲關於寬容的一堂課。」

柴火爐裡一根覆滿灰燼的木材輕輕落在將熄的餘燼上。教室愈來愈冷。海斯特先生渾然不覺。「你們聽過一位住在拉阿沃的弗里茲先生嗎？」他說。「不知道嗎？我看不是吧。多年來他都是忠誠的加拿大人，一個有德國血統的加拿大人，他不能當兵。志願從軍被**回絕**。德國姓氏讓他被打回票——一個觸動了嚴重偏見的姓氏。」

提姆．貝休恩在位子上靠向椅背，手臂交抱。

「我們很多人有德國血統。」海斯特先生繼續說。「我也有。有些人的德國血源比其他人更近。」

「不是開玩笑的吧。」羅比．麥拉倫向提姆吃吃竊笑。

「很多人是一七五〇年代在英國要求下，來到這裡農耕和捕魚的新教徒後代子孫。爲什麼呢？」海斯特先生停口。「諾拉？」

平時答題很快的諾拉．丘奇遲疑著。「我們爲什麼是後裔？」

海斯特先生心痛地閉上眼睛。「不，不是我們爲何是**後代子孫**。我問的是爲什麼英國人邀請別人，主要是**德國**各邦，到這些沿海地區殖民？」

「建立跟天主教徒——我是說——法國，抗衡的殖民地？」

「完全正確！兩個說法都正確。或可說，新教徒在盧嫩堡的殖民地，就是一座活堡壘，與法國天主教徒的殖民地和法國堡壘對峙。你們看出世事的變化有多大了嗎？我們在十八、十九世紀對抗法國。現在，在二十世紀初，我們跟法國結盟對抗德國。好，一百六十年前的德語殖民者來自哪裡？」

他們還沒回答，他便解開繫住歐洲掛圖的帶子。地圖掉到地上。全班哄堂大笑。賽門皺起臉。海斯特先生老是出這種糗。他祖父形容他是在平庸之輩裡的學者。海斯特先生背對學生，一動不動，直到笑聲止息。「賽門。」他說。

賽門是這一天負責地圖和黑板的值日生。他敏捷地跨過提姆．貝休恩伸出的腿，撿起地圖，幫忙海斯特先生組裝。當地圖重新掛好，海斯特先生拿起教鞭，轉身打在德國上面。「老師的馬屁精。」提姆在賽門回到位子時悄聲說。「平庸之輩。」賽門回嘴，很滿意這個詞挑起的困惑表情。

「誰再說話，我們就在教室待到天黑。」海斯特先生揚起眉毛。「好，再問一遍，德國殖民者來自哪裡？」沒人回答，於是他又打一下地圖。「是這裡。巴伐利亞，位於德國南部的一個邦。也有瑞士部分地區和法國東部的人，但我現在要講的是德國各邦。巴伐利亞。大家一起講一遍好嗎？」

「巴—伐—利—亞。」學生們意興闌珊地複誦。三點零二分。走廊另一邊的低年級學生出了教室。

達爾．諾斯在小紙片上畫一個問號。

「而上面這裡，這是哪裡？各位？」

梅西．莫林舉手。「普魯士。」她撥了一下鬈髮說。

「正確，梅西。謝謝妳。普魯士，另一個德國邦。好，」他的雙手又在背後交握，「別弄錯了，德國人擁有文學、音樂、科學、哲學的豐富文化遺產。但普魯士人一向認同其他的事物。」

他在踱步。他的話語加快。口音變重。「普魯士人有古老的貴族地主統治傳統——自大、沒有文化、懷抱刀劍之志！」教鞭打在地圖的普魯士上。「普魯士人比起在他們之前的西哥德人[10]和汪爾達人[11]有過之而無不及，他們反對自由！」又一擊。「反對文化！」再一擊。「反對議——會——政府！」最後一擊。「而在這種原始的思維模式中，誰崛起了？誰？」教鞭直揮到他漸禿的頭上方，差點把喬治國王弄歪。就在那一瞬間，海斯特先生戳一下肖像的另一側，將它扶正。「是誰？」他說。在教室裡漣漪擴散的竊笑旋即消失。

「俾斯麥？」坐在第二排的小奧圖．布林克回答。

「奧圖．梵．俾斯麥！完全正確！謝謝你，奧圖。不用擔心你的教名。」

小奧圖坐挺一點。海斯特先生繼續說，音量上揚。「俾斯麥憑著政治天才，登上權力的巔峰。在他的治理下，德國沒有像我們歷史課本說的**統一**。」他舉起問題課本。全班都迷惑了。課本是錯的？

「沒有統一——」他啪的放下課本，兩隻拳頭放在桌子上，身體傾向學生，嗓音縮小為刻意讓人聽見的耳語，「而是**屈服**。」他站直身體。「向他的鋼鐵意志屈服！之後呢？然後呢？然後他把腦筋動到歐洲的其餘部分，首當其衝的是……？」

「阿爾薩斯和洛林[12]！」賽門．彼德叫道。他們剛上過普法戰爭。

「對！很好！他在一八七〇年跟衰弱、腐敗的法國政府對戰並打贏。他怎麼可能不贏？但貴族地主普魯士人還不滿意，對吧？對！當然不滿意！」他嗓音又提高。「他們沉浸在成功的喜悅中，將軍事抱負轉向大海，建立海軍，要征服世界。誰擋了他們的路？」

10 Visigoths，曾在西元五世紀入侵義大利、法國和西班牙。

11 Vandals，曾在西元四五五年攻占羅馬。

12 法國在一八七一年普法戰爭後割讓給德國的領土。

「英國海軍！」丹尼．波爾大聲說。

「整個大英帝國！」另一個人說。

「喬治五世！」

「加拿大遠征軍！」澤努斯喊。接著，大家轟隆隆地跺腳，用手拍打桌子。

「沒錯！沒錯！」埃梵．海斯特嚷著回應他們。他一把摘下眼鏡，閉著眼睛，捏捏鼻樑，彷彿很感謝學生們如此聰慧。然後他瞇起眼睛看他們。「而喜愛和平的巴伐利亞人呢？其餘的德國呢？」他揮舞眼鏡說。「他們呢？被這些巨大的目標挾持！就像協約國軍隊在保護你們的自由，他們也會將自由帶給德國的人民！德國皇帝會**垮臺**，**普魯士**人會被粉碎！不是德國人，是普魯士人！」

現在雪很大。他慢慢收尾。「**德國豬**和**蠻子**，**德國賊**和**德國狗**！我不允許這種不包容的行爲。不，我絕對不准。我們的父兄叔伯，有姓辛克的跟姓茲維克爾的，姓凱瑟的跟姓海斯勒的，姓諾斯的跟姓布雷姆納的，這些和平德國人的後裔定居在本省各地，此刻他們投效加拿大軍隊去作戰。而一個姓**弗里茲**的人，」此時他悲傷地搖頭，「卻不准跟他們去。」他讓大家玩味這句話。「被擋在門外！」他抬頭說。「這個人跟你們一樣是加拿大人。跟我一樣是加拿大人，取得公民身分已經十五年！」他將身體伸得比實際身高高一點，雙手拉一拉他的背心。「下課！」

全部二十三個學生，有一瞬間停在位子上沒動，然後才轟隆隆去衣帽間，將圍巾纏在脖子上，綁好書本，戴上帽子，穿好外套，衝出門外。賽門．彼德抓起夾克往回看。海斯特先生又在窗前。

有人用力把賽門推倒。「看看你這下子怎麼辦？」提姆低聲說，將賽門拉近自己。「嗯？你要去跟那隻德國豬哭訴嗎？」他將一口痰吐進賽門耳朵，哈哈笑著跟在門外的澤努斯擦肩而過，澤努斯探進頭，叫賽門看在老天份上加快動作，天氣冷死人啦。

賽門腳步沉重，跟澤努斯並肩走下覆雪的昆恩街，在梅西那群吱吱喳喳的朋友後面。「我好想把提姆．貝休恩那傢伙揍成肉醬。」他說，揉揉耳朵。

「人家身高比你高四吋，體重比你重四十磅。他要念一輩子六年級。別把他放在心上。」澤努斯回答。「不過老海斯特先生慷慨激昂地大談德國佬，還完完全全就是德國腔，實在很有意思。」

「是啊。但他不是德國佬。他是加拿大人，跟我們一樣。」賽門說。「這才是重點。」但賽門仍然試圖釐清來龍去脈。普魯士人、巴伐利亞人。德國的一部分挾持其餘部分。以前聽都沒聽過這些事。「你聽說過那個弗里茲先生嗎？」

「沒。我敢說是他捏造的。」

他們已走到漢尼格乾貨雜貨店。梅西回頭對賽門說她得幫母親買線，給母親帶到賽門家參加紅十字茶會。「你拿給她就好。」她說，領著她那群朋友到店裡。

賽門翻白眼。「我運氣怎麼那麼好？」

「也別跟她計較。」澤努斯說。「我們的女孩在那裡。」他指著店面的櫥窗。他們在小比利時小姐面前，總是肅靜不語，小比利時從一袋袋的畢佛麵粉和堆成金字塔的梨子罐頭後面的戰爭海報上盯著他們。小比利時小姐——一位五官柔美的農家女孩，蓬鬆的深色鬈髮圍著她的臉，灰色披巾披在頭頂後方。披巾垂墜到她的肩頭，形成皺褶，露出來的深紅色洋裝領口有一抹蕾絲。她陰霾的眼眸裡噙著悲傷與疲乏；她歪著的頭流露出脆弱與哀求。一個淡淡的金色圓圈圈住她。在她上方的句子是：你們有值得捍衛的婦女同胞嗎？當然有。在她下方，幾乎被梨子罐頭遮住的是斜斜向上的淡藍色斜體字：「記住比利時的婦女。」

他們怎麼忘得了？誰能淡忘？可憐的小比利時，遭到強暴和掠奪，屋舍焚燬，婦女被揪著頭髮在市街上拖行，孩童死在挺進的德軍刀劍下，淪爲德軍尋仇洩憤的對象。這一切所爲何來？只因爲小小的比利時軍隊選擇捍衛他們小小的國家。他祖父說這是「可憎的文宣」，但對賽門和澤努斯而言，櫥窗裡的女孩就是小比利時，而她需要拯救。

「只要再過幾年……」賽門向前傾身，雙手插在口袋裡，額頭靠在玻璃上。

「三年，如果戰爭還在打的話。」澤努斯說。

賽門猛然挺直身體。「一定會的。我爺爺很肯定。再說，一、兩年後，我們可以謊報年齡。」

「是啊。」澤努斯附和他。「對了，你那張募兵卡片呢？你拿了一星期了。」

卡片夾在賽門的習字簿裡。「一星期是七天。我還多拿了一天。」

「反正拿出來瞧瞧吧。依你看，這隻大猩猩是德國蠻子還是普魯士人？」澤努斯笑著伸手。

賽門蹲下來，解開書本。「是普魯士人或巴伐利亞人？」

「是啊……難不成我們在那邊的阿兵哥應該先問他們：『你好。你能不能告訴我，你是巴伐利亞人還是普魯士人，我跟我的哥兒們才曉得要不要轟出你的腦子？』德國狗就是德國狗。就這樣。」

海斯特先生那麼心煩意亂的確很奇怪。賽門在他的書本堆裡找那張募兵卡片，小心翼翼地不讓澤努斯看到那本詩集，作者是海斯特先生本人，集結成冊，書封是暗綠色的亞麻布。他告訴賽門，想看多久都行，因爲賽門也許有一點詩才。

「該死！你動作快一點！」澤努斯嘶聲說。「來不及啦。她們出來了。」

女生們湊成一團，輕笑著走出雜貨店。梅西拉住賽門的手，大動作將線扔在他手上。賽門又翻一次白眼。

賽門撇下眾人走了，澤努斯喊道：「別忘了，明天輪到我！跟紅十字會的太太小姐們好好玩唷，臭普魯士人！」

賽門朝他丟了一顆雪球。「死德國仔，你叫誰普魯士人？」

賽門在通往半島的堤道小橋上獨自徘徊，看著雪花無聲地落在眾島嶼上——蛇島、鞍島，在看不到的更遠處，有山島、馬克島、伍迪島、林區島、貴格島、拉富斯島、克雷島、醋栗島、橡島等等諸多島嶼。還有西南方的大坦庫島和小坦庫島。島上居民製作的德國泡菜一桶桶排放在坦庫碼頭上，搬到下頭蘿拉李號的船艙內，載運到哈利法克斯。**德國佬**。原來如此！他以前都沒想到他們是德國佬。

他想著可憐的弗里茲先生被留在大後方，還有海斯特先生，他家在隔著兩個小水灣外的貓頭鷹頭岬，一人獨居，沒人替他燒飯。他怎麼不住在鎮上？大家這麼問。但賽門知道。海斯特先生喜歡待在自己偏僻的小屋，他可以拉小提琴、養花蒔草、在祥和寧靜中作詩——他寫過一段詩，描述那裡靜到可以聽見小鳥的振翅聲和海潮的無聲漲落。

天色愈來愈黑，看不見島嶼了。鼓丘是他父親對那些島的叫法。那是鼓丘——屹立在海灣的橢圓形山丘，他父親說，跟緬因州沿海那些有零星樹木拚命攀附在嶙峋岩石上的深色露岩不一樣，鼓丘是圓潤的島，從高聳的迎風面斜向背風的沙灘盡頭。或許是冰河後退造成的。誰曉得？天曉得。那無關緊要。形狀才要緊。圓圓的橢圓。「女性臀部的渾圓、鯨背的橢圓、地球本身的曲線。你要多多欣賞。」他的父親告訴他。「沒有比那更討人喜歡的形狀。」全世界，就數這裡的鼓丘保護得最完善，這都多虧了灣口鐐銬島跟珍珠島的峭壁。在這最後兩個島之外，延展到這個奇觀的邊緣的，便是藍色地球本身的圓潤曲線。

雪花迴旋著隱沒在黑水中。他父親說，沒什麼事是黑白分明的。賽門在薄暮時分轉身，走向山坡上的家，雪在他眼前轉爲灰色。

女士們湧進前廳，搓著手，抖掉靴子上的雪。哎呀，這雪幾時才會停，天氣眞糟，爐火聞起來好舒服，不是嗎？冷空氣依附著她們的外衣。賽門將她們的外衣掛在木鉤上，任由冷空氣包圍他。他幫忙母親將桌子往壁爐搬近，貝休恩老太太照例說：「我要坐了不會陷進去的椅子，靠背要硬的，賽門．彼德，不然我休想爬起來。」他低頭看著她灰色小腦袋的頭頂。要是她知道自己的孫子是大爛人就好了。

楊．弗萊德晃進來，兩隻手裡各拿著幾枝鉛筆，在客廳桌子下挑個位子窩著，果然，他的鉛筆人又展開激烈舌戰。楊．弗萊德的鉛筆人比他本人健談很多。他們的歧見難得化解一次。

賽門為布隆利夫人拉開椅子，她揮手要他走開，說她得先從包包裡翻出一些東西。她們絮絮叨叨聊著賽門長高很多，其實他沒有。她們說，現在賽門是一家之主。他笑著點頭，她們也不想要更多回應，只有黛爾西．沃克拉著他的手，詢問他父親的近況。

艾妲端著蘋果酥餅從後門進屋，來取代他母親崩毀的酥餅，傳出一聲如釋重負的嘆息。以前，當他母親端出做壞的麵包、稀薄的海鮮濃湯或是會卡在喉嚨的燉肉，艾賓舅舅會說：「你母親多才多藝，但廚藝不包括在內。」她聽了只是聳聳肩，彷彿人生自有比燒一手好菜更重要的事。

對艾妲來說，沒什麼比燒一手好菜更要緊，唯有乾淨的地板或可匹敵。她的年紀幾乎跟他祖父一樣老，擀起麵糰或揉麵包的時候，她短胳臂上的肌肉仍然會跳動。老天保佑發得不夠快的麵包。賽門覺得她像一個啵啵冒泡的厚實小茶壺。

「賽門，」黛爾西說：「我有一本新書要給你。書是哈利法克斯的麥金尼斯醫生給我的。」

「是小說嗎？」貝休恩太太問，突然活潑起來。「我好喜歡小說。有的小說很扣人心弦！」

「聽到妳這句話，我好高興。」黛爾西拍拍她的手說。「妳一定要告訴我妳喜歡的作者，我會想法子進書。」圖書館在她家。

布隆利夫人陰沉地低聲說起關於現況的廢話，但黛爾西在她的針織包包裡翻翻找找。「書名是《第一次航行》。講一個男孩逃到一艘前往南美洲的船上。正是適合你的冒險。噢，哎呀……看來我是忘記帶了。我都蓋好借書章了呢。」

布隆利夫人不讚許地清嗓子，也不曉得是不認同這本書，還是覺得正事被耽擱，或兩者皆是。她吩咐賽門去拿她的披肩。賽門將披肩披到她的肩膀上。她從皮匣取出眼鏡，接到她脖子上的黑繩上，拿好她的文件。

賽門的父親叫她「布夫人」。她曾是平凡的赫絲佩拉．丘奇——他祖父老愛說她擺架子的氣焰令人難忘。她年輕時對他祖父傾心，但她的情意落了空。晚年，她到英格蘭拜訪親戚，與愛德華．安德魯．瑟斯頓勛爵相識並成婚。他是有頭銜的貴族，輕易給人承諾，年紀比她大，瘦得像欄杆。回到斯納格港時，夏天他會坐在門廊上，冬天坐在火爐邊，以一杯啤酒展開每一天的序幕，一天終了時也來上一杯，在兩杯酒之間則無所事事。布夫人無畏於他缺乏銳氣和財富，一肩扛起兩人份的貴族架勢。而且，還染上一點他的英國口音。

她動用英國腔，跟賽門說他或許會想聽聽第一項討論事項。前一天賽門在郵局遇到她，她說想在本地創立藍十字[13]的分會「不會說人話的朋友聯盟」，以支援戰爭時期的馬匹。他們愉快地談論馬匹需要的援助——睡眠的馬廄、毯子（「那邊的冬季氣候很惡劣」）、乾草和燕麥，當然，還有在衝鋒後的按摩。她放下她的郵件，直勾勾盯著賽門的眼睛說他的愛國情操不輸給任何男孩，叫他可別忘了。聽到有人把「愛國」這個詞跟他串在一起，他很開心。

13 一個保護動物的慈善機構。

在麥葛拉斯家，除非他祖父在咆哮時說出這個詞，否則平時是聽不到的。他的母親，絕對一次都沒說過。儘管賽門的父親在前線，關於愛國、責任或犧牲的字眼卻無法激勵她或安慰她。有一次，賽門追問她對戰爭的看法，她聳肩說：「我怎麼想的不重要。打仗的人不是我。假如我在戰場上，我會支持戰爭，因爲在戰場上的人得支持戰爭才能活命。但既然我愛的男人們在打仗，我反對戰爭。」

他母親坐在布隆利夫人對面的位子，傾身拿擺在桌上的繃帶籃子。幾縷鬆脫的頭髮飄落下來。她以迷濛的不在乎態度，撥回頭髮。她纖細的足踝在綠色毛呢裙子後面交叉，腳上穿著鮮亮的藍色皮鞋，有低矮的黑色鞋跟，還有編成網狀的藍色皮革蕾絲。沒人有那樣的蕾絲，也沒有藍鞋。不會是那種藍。他父親在雅茅斯買這雙鞋給她。天藍色的鞋配天藍色的夏日，他掛著難得的無憂笑容說。她實在美得不可方物，不管她的儀表如何、穿的鞋是否適合冬季，一概無所謂。她的五官細緻得像雕花玻璃，話說回來，她好像哪裡斷了線似的，賽門很想替她把斷線打個結，重新接上，但他隨時都願意捍衛她。在她的世界裡，穿著並不重要，時間則要等她偶然看了一眼時鐘才會流逝。她會花幾個鐘頭爲果醬製作華麗的標籤，渾然不覺果醬在爐子上煮到完全乾涸。

坐在她旁邊的艾妲，棒針打得咔啦響，織出她爲賽門的父親織的那種襪子。伊迪絲．安德魯斯跟芙蘿拉．辛克測量並裁剪紗布和繃帶，伊妮德．拉富斯和黛爾西遵照紅十字會的要求，捲起繃帶。梅西的母親靠著椅背坐好，就著檯燈縫手帕的滾邊。貝休恩太太已進入夢鄉。

布隆利夫人擠出好幾層下巴，威嚴地宣布會議開始，訂正伊妮德的會議紀錄，讚許他母親做的財務報表。「妳總是很精確，赫蒂，謝謝妳。」

他母親聳聳肩。「數字，」她告訴正在爲數字頭痛的賽門，「很撫慰人心。數字絕不會說謊。」她爲賽門的祖父記錄帳本。當她揪出帳目有四分錢的誤差，或是不假思索卻永遠精準地估算出下一季的淨利，他會搖著頭說：「妳太厲害了。」他會問：「妳去求神問卜了吧？」她會帶著暗自覺得好笑的神情說：「說不定喔。」

布隆利夫人攤平一封信。「多倫多婦女愛國聯盟一位成員來信，請我們做一件事。她要泥炭蘚。」

「泥炭蘚？」芙蘿拉問。女士們停止捲繃帶。艾妲也不織毛線了。

「對，芙蘿拉，泥炭蘚。我們現在不能採集，但是等春天來了就可以，這是我們該做的事。」

「他們要苔蘚這種東西幹麼？」艾妲問。

「因爲，」布隆利夫人誦讀道，「泥炭蘚『**可吸收本身重量二十五倍的液體，吸收速度比棉花快，維持和釋出液體的效果都更好，也更舒服。**』這是信上說的。」

「妳是說水苔啊。」艾妲插嘴。「我們要用水苔做敷料。」

「對，親愛的艾妲。」布隆利夫人露出微笑，毫不掩飾架子。「高地人用它治療膿腫和傷口已經有幾個世紀的歷史。在這裡，英格蘭皇家外科學院的院長評論了他宣稱的『經久不癒的敗血症普及』。」她用一隻手指劃過信文。「他說去年他們估計我們每位戰士至少需要三十塊敷料。他還說因爲脫脂棉的價格上揚，泥炭蘚是絕佳的替代品。」

「一個人三十塊敷料？」梅西的母親喃喃說。

賽門想像一個有三十個傷口的人，用泥炭蘚包紮。

「一個人三十塊敷料……」伊妮德．拉富斯複誦。

「那是**估計値**，數學的平均數。」布隆利夫人說，看著赫蒂，尋求確認。

「去西岸打仗的盧瑟福．林區的事妳們聽說了沒？他上星期回來囉。被毒氣弄瞎眼睛。」艾妲插嘴。

「不曉得可憐的喬治．馬瑟現在如何。好幾個月沒看到他了。」

「我聽說，他把他可憐的母親嚇壞了。她很怕帶他到鎮上。」芙蘿拉說。「上次我在郵局看到他，他用拐杖戳我的臀部。」

「人家說自從他回來以後，他就瘋了。他是危險人物。」伊妮德低聲說。「他應該進療養院的，這樣對他最好……同時也是爲了他母親著想。」

「各位，拜託！」布隆利夫人打斷她們。「別老是講喪氣話。我們有責任打起精神。我們的子弟兵還要仰賴我們呢。好，現在是你幫忙的機會，賽門。你召集一些朋友，到沼澤採集泥炭蘚。」她從眼鏡上方看他。「你辦得到嗎？」

「可以。」賽門說，展現盡本分的男子氣概。

「你是個內心堅強的年輕人，賽門。也許請你爺爺一塊幫忙。」

滿桌的人面面相覷。布隆利夫人嘆道：「算了，大概不行。還以爲他親生兒子參戰後，他會改變立場呢。好……我看看，我們要清理泥炭蘚，然後寄到哈利法克斯或聖約翰。顯然，我們應該寄到哈利法克斯。我們本省的紅十字會絕對有能力製作符合規格的泥炭蘚敷料。這是個好機會，爲戰爭好好貢獻力量。大家同意嗎？」

女士們紛紛同意。

「只不過，」賽門的母親說，收回在桌面攤開的繃帶，「暫時別承諾要交出的數量，應該先弄清楚採集和清理需要多少工夫，以及春天船隊出港後，還有多少人能留下來幫忙。」

布隆利夫人大聲呼出一口長長的氣。「是是是，深謀遠慮。妳眞聰明，赫蒂。但妳要明白，我們只是表決要不要做一件事，我想我們都同意這是一件好事。」

賽門的母親極輕地碰一下他的背。「麻煩去泡茶，好嗎？」在廚房裡，他將母親隨意放置的茶杯和茶托重新配對——玫瑰杯配玫瑰茶托，豌豆杯配豌豆茶托——直到杯子和茶托都配成一對。茶杯和擺放茶杯的花邊銀質托盤屬於他的祖母蘿拉李．麥葛拉斯，她是哈利法克斯人，在那裡，早在太太小姐們從斯納格港接觸到爲戰爭效勞的管道之前，女士的茶會便蔚爲時尚。賽門用水壺燒開水，將他做的勞軍箱放在籃子上。籃子裡裝著襪子、手套、腕套、圍巾和睡帽，全是忙著操持家務、照顧小孩而沒空參加女士茶會的婦女織的。

那個月，他用在梅德船塢打工的薪水做了四個勞軍箱。他揭開其中一箱的蓋子，欣賞內容物。幾條乾淨的手帕！一條跟哥兒們共享的巧克力棒！他揮舞巧克力棒，翻看其餘的內容物。瞧瞧這個，是可以別住軍服的別針，還有可以將手套繫在皮帶上的繫繩。一把剃刀，附帶肥皂！一把高級刮鬍刀鋒銳俐落，在戰壕備受激賞，《哈利法克斯記事報》上的廣告宣稱。海外高地團第八十五營，是羅伯特．布魯斯[14]的後世子孫，用吉列刮鬍刀！蘇格蘭血統的濃密鬍子在操勞的戰場服役時會長得更濃密。有三十個傷口的軍士可能得麻煩護士幫忙打開勞軍箱，但勞軍箱將會撫慰軍士的心靈，而且能把鬍子刮乾淨。他會知道自己沒有被遺忘。

賽門蓋回蓋子，戴上手套，躍過屋子後面的臺階。現在下著大雪，藍灰色的天空襯著百萬片灰燼般的雪。但是在地面上，雪花片片相疊，片片都在下面那一片雪花上閃爍發光。他呼出一口長氣，看著熱氣停在半空中，然後竄向他挖開的小徑，前往棚屋。他跑了一段路，然後蹲下，知道狙擊手們都守在覆盆子叢的後面，窩在掘進西面斜坡的踏板上，監看他的一舉一動。他連步槍都沒有。他得回到棚屋。現在！衝啊！德國狗用機槍掃射戰壕。但是慢著！他外套有一顆卵形手榴彈！還剩一顆。他拿出手榴彈，拔掉保險

14 Robert the Bruce，一二七四—一三二九，蘇格蘭國王。

栓，扔進覆盆子叢。碰！五十個德國人飛到空中五十呎高。瘋狂的畜生們！他沒有時間看。他破門而入，在棚屋裡，心臟還怦怦跳。他是一個奇蹟！他是他父親的兒子。

他拿了木柴搬進屋子，扔進廚房爐子邊的箱子。風在屋簷邊低吟。他尋思著他給楊·弗萊德講的床邊故事，接下來要講什麼——故事大致以《金銀島》爲藍本，他是書中的主角吉姆·霍金斯，楊·弗萊德則是他取名爲「芬恩·維納布」的角色。他匆匆查探客廳的情況。確認安全無虞，便翻開習字簿，抽出募兵卡片。

卡片上蹲伏的人猿戴著帽頂上有一枚尖刺的德軍頭盔，斜眼看他，野獸的手臂攬著瀕臨昏厥的女孩，她濕透的輕薄長袍破爛扭曲，鬆開的頭髮根本遮不住她一邊的乳房，另一邊的乳房則完全裸露。賽門視線定在胸部，那隱約的乳頭，渾圓的曲線。人猿後面有一艘下沉的海軍軍艦，再過去是一座燃燒的城鎮。人猿張嘴露出尖牙。牠空著的那隻手拿著一根狼牙棒，上面有在滴血的「Kultur」字樣。Kultur就是文化——跟海斯特先生說的一樣。普魯士人把文化和禮數都破壞殆盡。以橘色大寫字母寫的「消滅瘋狂的畜生！」字樣彎彎排放在人猿頭上。「從軍！」印在底部。

「賽門！水燒開了嗎？」一個遙遠的聲音喊道。

水壺！他把習字簿扔在桌上，抓一條毛巾，提起爐子上的水壺。他母親出現在他身邊。她沏好茶，用毛巾裹住壺身，端到客廳。他用托盤端起茶杯又放下。募兵卡片。上哪去了？

「天啊，這是什麼？」伊妮德·拉富斯發出作嘔的聲音。他衝到客廳，黛爾西和芙蘿拉用力拍她的背。布隆利夫人從她手中搶走卡片，調整眼鏡。賽門覺得自己渾身燥熱，然後發冷。楊·弗萊德從桌子下出來，站到布隆利夫人旁邊。「給我看！給我看！」他嚷著，伸手要拿募兵卡片。

「女士們，日安！」賽門的祖父從廚房叫道。他跺著抖掉雪花，大步進來。「抱歉打擾妳們。雪下得很大，而且起風了。可能會變暴風雪。我剛看到華特．辛克到了這條路，他會送妳們一部分人回去，我已經把盧斯特套上馬車了，可以送其他人回家……」他打住話，看著她們又是搧臉、又是抓喉嚨的。「現在是怎麼啦？伊妮德怎麼那麼蒼白？」

「只是受了一點驚，被募兵卡片嚇到了。」布隆利夫人說。

「募兵卡片？妳發募兵卡片給這些女士嗎，赫絲佩拉？妳覺得她們會加入軍隊嗎？」他的語氣快活，但顯然不覺得好笑。「我看看。」

「它黏在茶壺跟毛巾上。以非常生動的畫面呈現德國蠻子的背信忘義。心臟無力者不宜。」布隆利夫人將卡片按在胸前，瞪著伊妮德，伊妮德清清嗓子宣稱自己沒事了。

賽門覺得像在做噩夢，看著祖父拿走募兵卡片，舉在一臂之遙，再緩緩放下。他背對著賽門，說：「這是哪來的？」他等到賽門小聲說：「是我的，爺爺。」

「你不用罵小孩，鄧肯。」布隆利夫人說，調整她的披肩。「雖然圖案不登大雅之堂，但既然是宣導從軍，只能說是完全正當的。」楊．弗萊德的頭上下顛倒，想看卡片。赫蒂把他拉到自己大腿上。

「完全正當——這隻殺人的人猿嗎？」

「那是描繪敵人，鄧肯。」

「普魯士人。」賽門衝口而出。「不是所有的德國人，只有普魯士人。」他祖父緩緩轉向他。「海斯特先生。他說不是德國人。」賽門結結巴巴。「反正，不是巴伐利亞人——是普魯士人起頭的。老師說的。不是整個德國。所以這隻人猿一定是……普魯士人。」

「這是埃梵．海斯特給你的？」鄧肯瞪大眼睛。

「不是！不是的，爺爺。是在漢尼格雜貨店拿的。海斯特先生在課堂上說禍首是普魯士人。他們反對自由。他們——」

「海斯特先生！」布隆利夫人挺起胸膛。「他說什麼？劃分誰是敵人、誰不是敵人？現在，我相信我們是跟整個德國打仗，德國先生海斯特最好記住這一點！」

鄧肯瞪著她，將卡片從中間撕開，又撕第二遍。

「不准你那樣看我，鄧肯。我們對他到底了解多少？一個人住在那個岬角？他做了什麼來誆騙我們的學子？把德國切割成巴伐利亞人和普魯士人，天曉得還有什麼。太荒謬了。不愛國，全是因爲他的血源來自……」

「來自哪裡？」鄧肯將碎紙撒到火爐裡，火焰將紙片舔舐成捲曲的灰燼——野獸、乳房都付之一炬。他轉向女士們，以平穩的語氣說：「我已經把盧斯特套上馬車了，可以送各位回家。在天氣好轉之前，雪還會下得更大。」

布隆利夫人講話一樣字斟句酌：「謝謝你，鄧肯。你眞慷慨。下星期四我們可以在我家聚會。我們要爲在海外的子弟兵著想。在打仗呢。」她收拾自己的文件，將眼鏡放回眼鏡匣。

女士們收拾各自的東西，鄧肯一手抓住賽門的肩膀，沒有看他，說：「我以你爲恥，也替你感到丟臉。」

他離開後，賽門快步到廚房，套上他父親的厚毛呢上衣。他摔上門，渾然不在乎。丟臉，是嗎？他父親才不會爲了一張募兵卡片覺得丟臉。

放柴薪的棚子寒氣刺骨，萬物一片靜寂。在柴堆旁邊，父親畫室的門開了一條縫。鎖頭歪歪掛在門栓上。就這麼擺著。是誰開的？誰有鑰匙？他母親？他祖父？艾妲？他們無權開門。

他伸出兩隻手指一碰，門就敞開了，默默邀請他進去。他鑽過老舊的橫樑，走下兩階到畫室中，吸進松節水和亞麻仁油的氣味，彷彿吸進父親的味道。他就著匯聚的暮光，辨識出凍得發硬的捲曲顏料管、一罐畫筆、散亂的素描。在面南的那排窗戶下，他認出寬大的架子擺著幾罐松節水、筆、一個舊墨水罐、一堆破布。在柴火爐左邊，是他父親顏料斑斑的凳子。

賽門瀏覽那些素描。一隻飛行的杓鷸。僅僅一隻的黑脊鷗。兩隻炭筆畫的潛鳥。一些船和海景。這是他父親在哈利法克斯以及載貨時販售的那種畫。他從匣中取出一支粉筆又放下。他旋開一管油彩顏料的蓋子聞一聞。

他轉身要走，瞄到一幅罩著防塵布的畫又停下腳步。那幅畫是其餘畫作的三倍大，架在角落的畫架上。他遲疑片刻，便揭開防塵布。粗略的色斑填滿畫布的下半部。賽門不得不後退，好辨識畫面。平底船？划槳船？這邊是一支槳的頭，男人的手在槳上。另一隻手，一個男孩的手，舉在那隻手的上方。還有軀幹的開端，男孩在男人的雙腿之間，沒錯，銀色油彩潑濺在他們四面八方，其餘的畫布是空白的。就好像男人和男孩從畫室划進畫面的底部，站在那裡的賽門本人，就像在船上一樣。他醒悟到自己的確曾經在這艘船上。豎著領子，聳起肩膀，手插在口袋，他一動不動，直到周遭變黑。

五

一九一七年二月十八日
法國　阿拉斯地區

「一九一七年二月十八日。」安格斯在大腿上寫字板的頂端寫道，用一隻髒手扒過髒頭髮。審查完畢的信件裝在麻袋裡，軟塌塌放在他旁邊冷冰冰的地下掩蔽部地板上。有一部分是他審查過的，這是下級軍官的責任——這個工作令他感到困窘，帕布里卡佛則乘著責任的風飛馳而過。我的份十分鐘內就搞定啦，他告訴安格斯。只要瀏覽看有沒有透露地點、軍事策略，或是對國王和國家、加拿大遠征軍或高級軍官的怨言。沒必要讓蘋果花的回憶或祝願貝蒂阿姨早日康復，絆住審查。

審查信件讓安格斯對弟兄們多了一點認識——有的弟兄，例如鮑德立，簡直不會寫字；凱茲、麥尼爾、偉茲可以輕易提筆爲文；也有的人根本不寫信。很多人染上思鄉病，有的人在想念甜心，但他們大致都避免自憐自艾。要活下去，就得要有某個人、某個地方，過得比他們淒慘才行。

大約再一小時就會天黑，安格斯忖度著，獨處的時候或許剩下二十分鐘。等到午夜，他就會走人。他的部下也是。他們要離開前線戰壕，返回在前線後方幾哩的營地演練和訓練，然後又回戰壕，按時換班。他就這麼過了兩週。還活著。

他盯著紙頁，手打開又合起。「親愛的家人。」他這麼起頭，接著自暴自棄地寫下去：

寫這封信的時候，只有上帝曉得我怎麼還有命在，儘管百般無聊，但死亡危機就藏在每個角落、在每塊木材、在每袋崩壞的沙包、在我們呼吸的空氣及我們躺臥的污穢中。在弟兄們臉上，也在我的每個夢境裡。我們等了又等，憑著我們打擊陰險敵軍的最新戰果，提振我們的鬥志。冠冕堂皇的目的已然失落，弟兄們死得毫無意義，好個悲慘的瘋狂境地。至於艾賓，我跟真相的距離，並沒有比我入伍之前更近。

他翻頁。振作一點。最低限度，他得回信給赫蒂。赫蒂在信上說她父母收到消息——艾賓已正式宣告爲作戰失蹤人員。「好歹不是『已知死亡』。失蹤表示仍有希望。」她如此寫道。老天。

他吹吹手，拿起筆。這枝筆想要畫弧線。這是問題所在。要畫一隻斑點雲雀的圓頭和仰起的喉嚨，V字型的喙部張開來唱歌。素描可以安撫他的心。**寫信吧**！他告訴自己。

他低頭看著郵件麻袋。裡面有一半的信件是野戰勤務明信片。這是鮑德立的選擇，他行禮如儀地每天塡一張。安格斯協助他背誦可以勾選的格子：「我很好。」或「我住進醫院。」在「醫院」一詞後面可以勾選「生病」或「受傷」，跟著是「復元情況良好」或「可能很快就會退役」。沒有「我的手臂被轟掉了」或「毒氣弄瞎了我的眼睛」或「醫生認爲我不會康復」的選項。要是有的話，接下來必然會是「此外一切安康」。如此一來，弟兄們可以寄家書而不必實際寫字。

這似乎是個絕妙的點子。文字太瑣碎，也太強大。提筆寫家書會喚醒記憶中的家。一旦喚醒了家的記憶，家的畫面便可能像彈片一樣，飛旋著刺進最簡單的工作，令他做不了事。

他該不該寫第一次巡邏時遇到迫擊砲攻擊，搞得他分不清上下左右，不到十呎外的里克茲中士則被炸得喉嚨開花？奇根在第二天升爲中士。安格斯已經知道超高速砲彈射出時會發出「咻」的一聲，但因爲極快爆炸，有沒有聽到咻聲其實沒差。一如前線的許多事情，迫擊砲攻擊似乎不是由人類發動，而是來自虛空另一端的陰暗惡意，這股惡意不時會露出一個頭盔、開槍、舉起一根香腸。

於是，他又想到那隻鳥。還有那個德國兵。

兩者都是他那天早上看到的。偉茲、漢森、鮑德立蹲在一鍋水旁邊，等著喝茶。鮑德立都用嘴巴呼吸，年紀輕，又好騙，就被大家當成吉祥物。弟兄們覺得如果他都能活得好好的，他們也行。水開始冒煙時，香腸煮熟的迷人香氣便掠過沙包飄進來，鑽進鼻孔，令人垂涎三尺。

麥尼爾抄起望遠鏡。在那一刻，看起來有一堆香腸又在一把刺刀上，高舉在德軍的胸牆上。

「德國仔亮出香腸給我們看耶。」麥尼爾說，還在用望遠鏡看。

「好了，你用什麼望遠鏡？我們都看得到他們，聰明鬼。」肯恩斯說。

「香腸？他媽的德國雜碎！我們讓他瞧瞧加拿大人的早餐菜色！」奇根說，矮壯靈敏的他竄進一個防空洞，帶了一頂德國頭盔回來。他將頭盔頂在他的步槍上，哐啷啷的舉到胸牆的沙包上方。「怎麼樣呀，德國狗？」他咧嘴對著其他人笑，叼著一根牙籤。弟兄們吃吃竊笑。

安格斯將他的手臂拉下來。「你要他們餵你幾顆超高速砲彈當早餐嗎？你要做弟兄們的榜樣啊，中士。」奇根的嘴巴張開。頭盔在硬邦邦的泥地上彈開。

安格斯拿走麥尼爾的望遠鏡，很快看一下敵軍的其他動態。香腸仍在揮舞。德軍戰壕沒有其他動靜，但他瞥見在東邊再過去一點、在無人地帶地形轉為開闊的地方，有個他認不出來的東西。看來像一個德國兵垂掛在有刺鐵絲網上。安格斯再看一眼。不，只是一件灰色外套，德國兵已經不在裡面。一個垂掛的稻草人。還有別的。一隻鳥在皺巴巴的袖子附近飛來飛去。牠振翅向上直飛，再俯衝下來，勇敢地跳到外套空盪盪的衣領部位。牠仰起頭，開始唱歌。鳥囀飄盪著，弟兄們不再出聲。香腸也收下去了。

「我相信那隻鳥在一件德軍外套上作窩。」安格斯說。

「是的，長官。已經一星期了。」偉茲回答。

「你是說外套還是鳥？」

「都是。」

此話一出，麥尼爾和凱茲便爭論起鳥兒待在那裡一星期還是一星期半。

「軍服的主人呢？」安格斯不耐煩地打斷他們。

「在衣服裡面，長官。」

「我的頭盔就是從那裡來的。」奇根說。

安格斯冒險用望遠鏡再看一遍，見到在外套底下塌陷的形體。長褲、吊帶。他第一次見識到的德國兵。看到屍體的腫脹。想像艾賓斜掛在鐵絲上，五官浮腫到無法辨識。他納悶著有沒有人發現威克漢，拉他出來。「那是雲雀嗎？」

「我們覺得是，長官。叫聲也很像。嗯，也許是不同品種的雲雀或……」偉茲回答。

「雲雀不是在地上築巢嗎？」安格斯質問，彷彿雲雀的習性有軍事重要性。

「就是說嘛。那怎麼會是雲雀？」麥尼爾帶著一絲洋洋得意問道。

「原因一目瞭然，長官。地上沒有草。」偉茲回答，沉著地點燃菸斗。

他的筆想重現這隻鳥，原因跟士兵們天天找牠是一樣的。一個優雅的註腳。他很想把這件事寫到信裡，卻覺得無從寫起——一旦下筆，勢必要讓無辜之人看到那不該言說的事。

安格斯拉開地下掩蔽部的門。在他左邊，漢森和坦納鄭重地用點燃的火柴，烤掉軍服上的蝨子卵。再過去，另兩人彎腰駝背，怔怔望著地面，睜眼睡覺。每個人都睡眠不足。一個醫官告訴安格斯，睡眠不足是戰壕將士出現錯覺和幻覺的原因。

上面的一片天空是暗沉的灰色，卻令人安慰。在夜晚，同一片天空就會閃爍著迫擊砲的砲火和眩目的閃光——星光彈和維利式信號彈——衛兵各就各位，狙擊手瞄準目標，工兵架設電線，坑道工兵挖坑道，沙沙沙地將十字鎬掘進白堊土，同時，白眼黑臉的弟兄們送來彈藥、茶包、果醬、麵包、罐頭牛肉和豆子、幾袋郵件、必須裝塡的更多沙包、更多壕板、防水油布、電線。

洶湧拍擊的海，平靜無波的水面，浪潮的起起落落。這些是他生命的節奏——才不是這個人造的地下世界。人家說在戰壕裡生活就像被活埋。安格斯覺得更像是墳坑，你在裡面喘息，動彈不得，等著第一鏟泥土掉下來。

跟他這一截戰壕相隔遙遠的防線，在無人地帶另一頭，矗立著七哩長的維米嶺，跟密密麻麻的三排德軍掩體和戰壕。在協約國試圖攻下維米嶺的兩年期間，法軍和英軍在此折損十五萬人，安格斯以爲會看到高高聳立的山嶺。但是沒有。即使把眼睛貼在地上往上看，坡度也很和緩，到頂端也許一哩——像一道碩大無朋的強勁波浪，可以把你捲進下層的逆流，將你埋葬在它的懷抱中，並繼續前進。

在波濤洶湧的海洋和飛沫間，安格斯不知爲何總是可以找到狹縫——在保持船隻漂浮的風與水之間的實際狹縫，以及在對上帝發火跟希望祂會救你之間的心靈狹縫——在這個狹縫中，外在的英勇行徑會轉變成勇氣本身。他知道那個狹縫，但不知道在這裡能不能找到。

「**我們**跟德國有什麼紛爭？該死的大英帝國！」他父親在安格斯聲明自己入伍以後說。「雙方人馬都變砲灰。沒有他們，大人物們自然會找到化解歧見的其他辦法。」聞言，安格斯駁斥：「你把公然掠奪歐洲、英格蘭，說成是**歧見**？」

在暮色中，他父親的深色毛呢背心將白色衣袖襯托得像在發亮。他的白髮也是。他矮壯的體格簡直壓抑不住怒火。他俯身到桌面上，說：「你不可能是認眞的。你是我的兒子。我們是和平主義者，看在老天份上！」而安格斯回敬他：「你才是和平主義者！」他不願重述自己將會待在後方。他父親的反應激發他想要置身槍林彈雨的愚蠢渴望。

結果，他果眞到了前線。

除了閃躲超高速砲彈，他在前線的角色只侷限在提振軍心跟保持低調，並且夾雜大量的監督工作。他逐漸認識了部下，不只透過他們的信件，也透過他們的腳，他會檢查他們的腳有沒有滲出體液的水泡、在水泡塗抹冷冷的鯨脂油。當他安靜地照顧弟兄，他可以檢查大家聞之色變的戰壕足，這是濕氣、壓迫、寒冷造成的疾病，可能令足部長出壞疽，腫成奇形怪狀。之後，有必要的話，他會把老家婦女團體寄來的乾淨羊毛襪發給他們。他們收下襪子時不會跟安格斯對上視線，大概是覺得他會跟其他的中尉一樣，早在眞的打仗之前就會嗚呼哀哉，離開人間。只有鮑德立例外，他總是直直伸出兩隻腳說：「謝謝長官。」

不出幾個月，維米嶺就要開戰了。每個人都知道，包括德軍。在沒有盡頭的按兵不動下，大家開口閉口都是打擊軍心的「消耗戰」。「消耗？」帕布里卡佛說。「見鬼了，我連那個詞的意思都不知道。我也懶得管它的意思。我只曉得我們正在準備大幹一場，等時候一到，母親啊，弟兄啊，到時就有好戲看啦！好戲連臺喔！」他們就這麼等待著。在無人地帶的另一端，跟他們沒兩樣的士兵在寒意中吹著雙手。

安格斯吸了一口氣，將筆尖放到紙頁上，幾分鐘便完成一幅極細膩的雲雀素描，牠兩側各有五吋長的帶刺鐵絲，而牠張嘴唱歌。他將畫收進箱子，這時帕布里卡佛蹦進來。「我剛才遇到希勒。可悲的傢伙。」他說，開始收他的裝備。

「他讓人擔心。」安格斯附和。那天早上，他看到希勒雙手扠在腋下，蹲在一個防空洞裡。安格斯不得不搖搖他，才引起他的注意，當他站起來，整個人又開始戰慄。

「希勒是應該讓你擔心。他呀，其實就是一個想裝病來請病假的膽小鬼。」

「你怎麼那麼斬釘截鐵？」

「因爲那種人我一眼就能看穿。他想閃人了。」

「那是人之常情。」

「一點沒錯。所以才裝模作樣。不管怎樣，他是危險人物。相信我，當自己人裡面出了一個懦夫，在子彈亂飛的時候，你會希望他死掉。」

「等我們換防，我要送他去看營地醫生。」安格斯伸手拿放在寫字板旁邊的照片皮匣，撫過皮匣柔軟的皮面。赫蒂．愛倫在照片一側——高高的顴骨，略微上彎的下顎，嘴唇輕啓，彷彿鏡頭外有什麼東西吸引住她的注意力。在另一側，穿著短褲的楊．弗萊德嚴肅地注視鏡頭。賽門．彼德一手攬著他，擺出隨和的姿勢。在安格斯啓程那一天，楊．弗萊德在赤斯特火車站鄭重地對安格斯說：「你不要去。」安格斯把賽門帶到一邊，避開在月臺上走動的老埃瑟爾．麥拉倫，他賣力地用風笛吹奏送別的歌曲。安格斯雙手搭著賽門的肩頭，直視他的眼睛，想說點寓意深遠的話。但他只想到說：「你是廣闊的世界上最棒的男孩。別的男孩都不如你。這你是知道的吧？」然後火車進站，他將他緊緊抱在懷裡。在火車的陣陣蒸汽中看到赫蒂。她的帽子被颳走了。

安格斯始終記在心上的倒不是他們說過的話，而是他們之間的距離，他們心照不宣地認定他應該入伍，而令人驚悸的現實是他要上路了。另一樁他記得的事，是他環抱她纖細身軀時的手部觸感，以及她將楊．弗萊德交給艾妲時微彎的背部曲線。他知道那個曲線，她嬌柔的後腰，她的頭向後仰。即使還在月臺的時候，感覺也像置身在一個悠遠的夢境裡。

當安格斯登上列車，她攫住他的手臂。不要，他心想。別在此刻心生懷疑。

「答應我，你會平平安安的。」她說。

「妳曉得我很安全。我是去倫敦！保證安全。」他說，車輪開始滾動，她的手滑開了。「我會找到他的。」他說。「現在你是一家之主，賽門．彼德！」他向臉皺成一團的男孩喊道。「我已經以你為榮了。」

「你一定想死她了吧？」帕布里卡佛打開鐵罐裝的火柴。「看你帶的那張照片，是大美女耶。還好我在家鄉沒有女朋友。等戰爭結束，也許在巴黎找個女人。因為到時候，我的年紀就大到不適合談情說愛了。」他笑一笑，坐了下來。他的笑容很好看，充滿優雅與快樂的期待，彷彿世界上只有美好的事物。他將一枝火柴劃過拇指指甲，看著它熄滅，又點燃一枝。

「你打算用掉全部的火柴？」

「正有此意……」

安格斯蓋上筆蓋，伸出手。帕布里卡佛不甘願地交出火柴罐。這不是安格斯第一回沒收他的火柴。安格斯將火柴放在架子上，又看一眼赫蒂的照片，才將照片皮匣收進胸部口袋。她確實很美。據說，是她母親的翻版——美麗的愛倫．藍斯頓，亞伯達人。艾賓和赫蒂簡直還沒離開搖籃，她便在那裡下葬。安格斯看過阿莫斯．韓特在幾杯黃湯下肚後，一見到赫蒂走進房間，便克制不住地顫抖。赫蒂說，要是安慰他的話，他會更難過。

帕布里卡佛在鋪位上往後倚，手臂枕在頭後面。「等我們換防到後方，我的計畫是這樣的。第一，泡個熱水澡，然後不被打斷地呼呼大睡。派公主輕步兵團沒辦法早點來，領不到我的賞金。我認識幾個他們的人。多數是好人，但等我們在夜色裡跟他們擦肩而過時，我很樂意跟他們說『再見囉，各位』。啊，我剛才是說派公主嗎？我講錯了。要來接替我們的，是麥布萊德的蘇格蘭裙步兵團。總之，熱水澡。羽絨枕。母親、母親、母親，爲我別一朵玫瑰吧。你呢？」

「我？只要有地面上的營舍就好——一個不會被你燒掉的地方。還有，睡覺時不會有老鼠跟你的鼾聲。另外，看能不能打聽到艾賓的消息。」

「你不能接受『作戰失蹤』……」

「對。而且，有個在家鄉的朋友認爲自己在古瑟列特那一帶看過他。」

「說得也是。換成是我，如果這個人在世時——我是要說他還在世——是我的兄弟、或哥兒們、或是我的誰，我也不能接受。」

「他是我的舅子。你有兄弟嗎？」

「沒有。我有一大堆姊姊。我以前就講過了。她們在老家烤派餅。」

「派餅？」

「蘋果派。蘋果醬。蘋果酒。別人講話你都不聽的嗎？在安納波利斯谷的蘋果園——一個叫天堂的地方，有印象嗎？」

「喔，想起來了，天堂。」

「我在那裡出生長大。」

「你眞好命。」

「我是很好命——只要我人還在這裡。」帕布里卡佛將雙腿挪到地上，傾身垂下頭。「你曉得不是每個人都有這個命。交上好運道。不是每次都找得到軍籍牌。也未必能留個全屍，可能變肉醬。我很不想說，但你知道我講的是眞話。第十二營打過那一仗。我們也都打過。」他緩緩向上看。

安格斯迎視他的目光，冷不防，自己便飛到地下掩蔽部的另一邊。在幾呎外，帕布里卡佛蹲伏在晃動的地面。在隆隆的爆炸聲中，斷斷續續的混亂，一個板條箱咔啦撞向安格斯。一枚砲彈的呼嘯聲破空而來，緊接著又一聲。安格斯喘不過氣，但求一口讓肺葉恢復運作的空氣。當他看到一根木樑掉落，便接上氣了。他竄向帕布里卡佛，在千鈞一髮之際把他從底下拉出來。

「砲彈擊中防線了！」帕布里卡佛咳著站起來。「有東西爆炸。可能是在地下。地雷或是——」

砲彈沒有擊中防線。而是命中了就在防線後方的一截交通壕，蘇格蘭裙步兵團十一人死亡，三位軍官受傷。至於爆炸，帕布里卡佛說的沒錯。儲放在一條坑道裡的卵形手榴彈爆炸了。只有天曉得那裡有多少亡魂，康隆說。他告訴他們，他會跟幾個親自挑選的軍官多待一夜，以協助安置蘇格蘭裙步兵團的人，其餘弟兄則行軍回到後方，由帕布里卡佛和格拉夫頓中尉隨行，安格斯只在一次蜻蜓點水式的引介中見過格拉夫頓中尉。安格斯得跟康隆留在防線幫忙善後。

蘇格蘭裙步兵團零零落落地爬起來。離去的黑色人影咒罵走進來的人影，步槍撞到背包，十字鎬打到頭盔，兵員被電線絆到腳，在壕板上踩空。最後，人影變成他們的弟兄，領頭的是帕布里卡佛，跟著是安格斯那一排——恍神的希勒，最年長的偉茲扶著鮑德立站穩，然後是艾斯納和布雷姆納，他們倆都是粗壯的盧嫩堡人，一向沉著穩健的漢森，再來是茲維克，一個笑聲很尖的矮壯傢伙。接著是麥尼爾和三流作家凱茲。在暗處的奧斯勒若有所思，把坦納向前推。接下來是娃娃臉拉普安特跟火爆脾氣的肯恩斯，只要你人在前線，而德國佬試圖越線，肯恩斯就是你的強大後盾。歐斯納必然很早便走過去了。快手快腳的老頑固奇根中士殿後。他們全都宛如鬼影。然後他們便走了。

蘇格蘭裙步兵團的人領到配給的蘭姆酒。來這裡的騾子在砲彈來襲時都四散逃跑，一併帶走牠們載運的輕武器彈藥，壯大了防線後方的燈光秀。德軍顯然知道交通壕的確切位置。

彷彿要印證似的，另一顆迫擊彈直飛向交通壕。從那陣黑煙判斷，應是口徑五．九吋的砲彈。帕布里卡佛。他的部下們。安格斯扳著木牆穩住身體。面色如土的康隆指著兩個二等兵，叫安格斯帶他們到牧師坑。他的手在抖，但聲音不曾顫抖——例行的巡邏，他說，就像在牧師坑的每一晚。

牧師坑是一個據說有一位牧師失蹤的坑洞，這不會比任何在戰壕流傳的傳聞更奇怪——蒙斯的天使群[15]、在天上盤旋的幽靈兵士，在一九一五年前線各處都有數百人目擊；在十字架上被釘死的加拿大兵，據說有個士兵被德軍以刺刀代替釘子，釘成老鷹展翅之姿。在前線，預兆跟異象盛行的程度不亞於海上的長途航行。誰曉得呢？也許在這個充滿極端的黯淡世界中，一個牧師會消失，死者會回來。安格斯覺得自己瀕臨消失。他穩住自己，這時二等兵們在背包裡多塞一些照明彈、照明槍、卵形手榴彈。牧師坑有一具槍榴彈發射器。康隆瞇眼看著安格斯，說：「專心提防蠻子們穿越牧師坑。有任何動靜、任何聲響，就幹掉那些雜種。」

安格斯深呼吸，翻過胸牆。二等兵們跟著他。亞契是「元老」——據安格斯所知，就是從戰爭一開始就入伍的人。另一個是安德魯．狄奇，一個新兵，年紀看起來像十二歲左右，眼睛圓得像碟子，他結結巴巴地說在他來的路上，他的中士在爆炸時受傷。中士在慘叫，不能動彈。中士還在那裡嗎，他問安格斯。安格斯考慮換下他，但能找誰呢？他不認識蘇格蘭裙步兵團的人。再說，也沒時間了。

現在，他們在淺溝裡慢慢匍匐前進，順著這條淺溝就能爬上斜坡，到牧師坑的邊緣，在黑暗中，這個坑寬得看不到必然在坑洞另一端巡邏的德軍。他們前進速度很慢，一路清除碎片，盡力不發出聲音。好不

15 據說一九一四年蒙斯戰役時，一群天使出現在英德軍之間，嚇得德軍潰散。

容易，在快到牧師坑的邊緣時，他們溜進通往槍榴彈發射器的淺溝。安格斯命令亞契把守左邊的崗哨，狄奇守右邊。四下悄無聲響。

狄奇爬到定位，卻不斷回頭看安格斯。一小時過去了。突然，一枚維利式信號彈向上射出，爆成幾道弧形的星星。在盛大的銀白色光線下，底下的萬物像顫動不定的影片忽明忽滅。安格斯看到狄奇縮著脖子，用手臂抱住頭。細小的紅色光點四散奔竄——是老鼠的眼睛。光線熄滅，信號彈的火花紛紛落下，像郡市集將熄的煙火。

一切恢復平靜。只有一個低聲呻吟轉爲哭喊，音量愈來愈大、愈來愈大，停止，再重來。狄奇著急地望向安格斯。安格斯搖頭。男孩將頭轉回去，但不斷伸長脖子，看著叫喊聲的方向，安格斯於是匍匐爬過去，並排趴在他身邊。他可以感覺到狄奇整個人都在打顫。狄奇從步槍上舉起一根手指，指著叫喊聲的方向，然後放下步槍，蓋住耳朵。安格斯小心翼翼地移開步槍。「說不定是我們派出去巡邏的人，」狄奇低聲說：「怎麼都沒人去幫他？」

安格斯一手捂住男孩的嘴，男孩的嘴唇在他掌心裡持續移動，雙眼在懇求。安格斯好想勒死他。他不能冒險解釋那叫喊聲八成是假裝的，是引誘他們過去的伎倆，也不方便解釋就算那是他們的人，要援救也是另外派一組人去。他搖頭，不行、不行、不行。他得把這孩子弄回戰壕內。

另一枚照明彈將大地染紅。狄奇弓起身體，指著那件仍然掛在鐵絲網上的德軍外套。不！安格斯撲上去抓他，手腳卻不夠快。狄奇滾出壕溝，跑向那件德軍外套，另一枚維利式信號彈的光線照出他之字形前進的身影，直到他跑到了外套那裡，被機槍射倒在地，槍火令他扭來扭去，彈躍跳動。然後空氣鮮活起來，子彈呼嘯經過安格斯，彈落在堅硬的泥地上。他用兩隻手臂護著頭，勉強回到壕溝，亞契已將槍榴彈發射器對準機槍掩體。「混蛋！混蛋！」他在喊。在外面，狄奇的身體持續彈跳，被子彈瘋狂掃射。亞契腿部中彈。安格斯推開他，將槍榴彈裝進發射器裡，射出。他們聽到爆炸，看到一個頭盔飛起。在無人地帶另一端的槍聲平息，響起了幾個人的叫喊聲。安格斯再次裝填槍榴彈發射器，又射出一顆，再一顆，直到尖叫停止。

「上面准我們回去了。拿好你的裝備，回來這裡跟我會合。」那天早上，康隆在安格斯向他報告時說。「你表現得很好，轟掉了機槍掩體。那件德軍外套底下又多一具屍體。要命。我會跟第三十五營的軍官說。他們可以派人去帶他回來——他叫狄奇吧？——順便讓他們拿掉那件倒楣的外套。」

安格斯拿了自己的背包，將皮製的繪畫匣塞進去。雲在天上翻騰，風勢增強。氣溫急遽下降，跟帕布里卡佛說的一樣。帕布里卡佛……他幾乎不認識這個人，卻像認識了一輩子。

他拾起一片黏到軍靴的碎紙——那隻鳥只剩下鐵絲網上的頭跟張開的喙。他揉皺紙片，雙手顫抖地點燃一根香菸，定定看著維米嶺——斜坡不再是捲起的波浪，而是凶惡的人造怪物——牠的牙齒是三道平行的彎曲戰壕，裡面都是步槍和刺刀；牠的腸子是水泥掩體、碉堡、地道，戴著尖刺頭盔的小兵從裡面出來，將迫擊砲和機槍對準底下的協約國軍隊。安格斯也想著一個自己本來應該能救回來的可憐男孩。他想像德軍等待時機，偶爾殘殺一支進擊的軍隊。他想像他們斜倚著槍枝，大啖香腸，面帶微笑。

他啐了一口口水到地上。**他媽的德國雜碎**。

雪開始落在他的肩頭。他幾乎沒有注意到。康隆的影子來到他身邊。他們一言不發，一起走出去。

康隆走小路到迷宮般的格蘭吉地道，這裡是戰爭的地下引擎。電線沿著蜿蜒的窄軌鐵路鋪設，以一連串罩在鐵籠裡的燈泡照明。燈光是黃色的；陰濕的空氣壓迫著人。迎面是一個路標，箭頭像許多手臂，指向通往各處的連結通道，有廚房、醫務室、置物區、儲備站、彈藥庫、軍官寢室。他們經過巨大的蓄水池，淨化泵在運轉，管線和閥門凝結著水珠。一列食屍鬼似的士兵步履沉重地經過，一個可輕易容納一百人但現在只有四人的洞穴飄出〈安妮．蘿莉〉的甜美旋律——兩人在打牌，一個倚著背包睡覺，一個閉目輕吹口琴。「爲了美麗的安妮．蘿莉，我願躺下就死。」另一個縱隊的弟兄們擠著走過去，康隆才總算拐上一道樓梯，離開地道。

出了地道，便是令人鬆一口氣的開闊天空和一片覆蓋著輕雪的原野。安格斯幾乎要跪在地上。遠方，岌岌可危地矗立在唯一一座看得到的山頭上的，是聖埃盧瓦山的殘破村莊，太陽恰恰照上修道院參差不齊的殘破尖塔。扇形張開的光束阻擋新的一天展開，直到幾秒後，嫣紅的黎明降臨。安格斯深深吸氣，整個人轉了一圈，張開雙臂。

「地道讓你吃不消嗎？」康隆說。

他們跟在一個縱隊士兵和騾子後面走。在下一個村莊，康隆拐進古老的墓園，彎彎曲曲地穿過墓碑，有的傾斜，有的陷進地下。「捷徑。」他說，卻停下腳步，取出水壺。安格斯點了一根菸，低頭看一塊石板。幾道長長的地衣覆蓋了姓名和日期，看來像墓碑得了麻瘋病似的。康隆手持水壺，倚著一個坑坑巴巴的石座，石座上是一尊有翅膀的天使，祂缺了鼻子，臉頰也有毀損。安格斯跟到他的外翼位置。

「這有什麼意義？」康隆嘆道。

「意義？」安格斯呆呆地重說一遍。

「這個。」康隆朝墳墓揮一下水壺。「墓碑、碑石。試圖從短暫的生命搾出永恆。崩毀到一絲不剩，是吧？連姓名都不能辨識。」他掏出一根香菸說。「別把我埋在墓碑底下。拜託。燒了我的遺骨，把骨灰帶回我老家，撒到風中。」

「老家的確切地點是哪裡？」

「亞爾馬郡[16]，現在，那邊姓麥庫斯特的跟姓康隆的人，絕對在一邊喝啤酒，一邊密謀要反抗英國佬。我卻在這裡替英國佬打仗。認眞想想，你可能得偷偷去撒我的骨灰才行。」

安格斯閃過一絲笑意，沒說什麼。狄奇，像個繫繩的傀儡永久跳動，威克漢的軍靴將永久滑進一個落水洞——他要他們的遺體慢慢地輕輕放進地下。要宇宙在察覺他們辭世時暫停。

「等到大舉進攻結束後，我們會把自己人葬在這裡。」康隆說。「大英帝國已經跟法國敲定土地了。我們會有自己的墓園。其實，已經有一些戰役的墓園了。」

「你不覺得這很撫慰人心嗎？」

康隆抬頭看著灰天使。「詩人他們會記住我們不能說出口的事。」

「對，特洛伊的榮光。但詩人寫的是英雄跟英雄事蹟。平凡的步兵呢？他們需要被記住。要有一個墳，一塊墓碑。」

「活人才需要墓碑。」

「說得也是。」

「但你錯了。每個人都在詩裡。詩是對共同行爲的共同緬懷。這就是重點。不然什麼才是重點？」康隆將水壺舉到嘴前。「我問你，你是教徒嗎？」他灌了一大口。「我聽帕布里卡佛說，弟兄們納悶你是軍官還是教士。他說弟兄們叫你『牧師』。」

「牧師？因爲奧蘭嗎？那沒什麼。只是念一下葬禮的祈禱文來送他上路——同時幫助他弟弟接受現

16 在北愛爾蘭。

實。」安格斯轉身要走。

康隆沒有動。「你剛好會背葬禮的祈禱文啊。」他蓋好壺蓋，交叉手臂。「你常跑葬禮嗎？」

「在聖公會的神學院念過兩年書。」安格斯嘆息。「沒畢業。那些東西還記在腦子裡。或許我註定應該替人送葬的。」

「神學院。」康隆又說一遍。

「我父親的點子。」安格斯摁熄香菸。「牧師。我不喜歡這個稱號。」

「嗯，」康隆嘆道，「我們前一個中尉叫班尼頓，他們叫他『小白兔』。我聽說，『對人好，而且，腦袋蠢』，所以跟你不相上下。」

「他們怎麼叫帕布里卡佛？」

「大無畏。」

「這倒是眞的。踱到很大無畏。」

「相信我，確實很貼切。你在神學院發生什麼事，牧師？失去信仰嗎？」

安格斯皺起臉。「我不會那樣說。我是失去假裝的興趣。或者說，失去爲了別人假裝的興趣。」

「那在這裡呢？信仰還撐得住嗎？」康隆笑了，又斜眼仰望天使，再度拍拍女天使，說：「我們可以開玩笑，但在這裡，信仰是你唯一擁有的東西。所以，你最好保持信仰——不論是對上帝，或正義，或你會平安回家的夢想。我們不認識那個男孩。」

「你說狄奇嗎？」安格斯決心承擔自己應得的斥責。也該讓康隆坦承他們倆心知肚明的事——他不是當兵的料，更別提當軍官。

「沒錯。我知道你在想什麼。」康隆說。「誰曉得他會崩潰？誰曉得誰會在幾時崩潰？誰都沒有錯，連狄奇也沒錯。你想扛責任，沒問題，但不要讓罪惡感綑住你。」

「是的，長官。」

「別叫我長官。我們是在聊天。我是指派他出任務的人。你執行了我的命令。」康隆將雙手放在臀部，低下頭。「你帶兵出任務，你做了決定，有的決定很正確，我猜也有糟糕的決定。你拿人命去冒險。不論當時你爲了完成任務做了什麼，現在你要再做一遍。」

安格斯深吸一口氣，視線掠過墳墓，落在遠方。「他們一直開槍，他都斷氣半天了還在開槍。讓他不斷跳舞，用子彈掃射他。死亡應該是……」莊嚴的、神聖的，他想要說。

「狄奇在第一槍就死了。顯然，早在那之前就死定了。我不是說要淡忘狄奇。我說的是緬懷他。不要讓他白死。狄奇不需要墓碑。他需要你。」他又倚著那尊天使，用拇指和食指拈著香菸，斜眼看著裊裊香煙。「我也需要你。你是個好人，麥葛拉斯。你沒能保住狄奇，但你幹掉很多個德國人。然後，能殺害我們弟兄的人就少了那麼多。」這時他彈掉香菸，重新上路。

安格斯拿起裝備，跟著走。他滿腦子想著狄奇時，已經將德軍拋諸腦後，忘了他們歸於沉寂的尖叫。他跟「好」軍人一樣，淡忘了他們。

「你覺得昨天晚上那顆五·九吋的迫擊彈離弟兄有多近？」他在追上康隆以後問。

「我努力不去想。」康隆回答。

「老天在上，希望帕布里卡佛的運氣跟他自己講的一樣好。」

「我們可以懷抱希望。說到這個，你那個舅子……叫什麼名字來著？」康隆彎進一條巷子，巷子一邊是教堂，另一邊是一排磚造房屋。

「韓特。艾賓·韓特。」艾賓名字的聲音在廢棄屋舍、空的畜棚和糧倉間反彈。「我家裡寄信來說他已經正式宣告失蹤。」

「有進展了嘛……等我們到阿拉斯，或許會更有進展。既然有了正式宣告，就去查查記錄。」

「我以爲我會在這裡找到他，眞是白痴。」安格斯說，以壓抑希望。

「不見得。」康隆舉頭望天。「但如果他是你的精神支柱，或許不要太認眞搜查消息對你比較好。」

他們走出巷道時，一隻公雞在一輛前車底下啼叫。一個中士在一群二等兵後面吼叫著下令，口出穢言。公雞昂首闊步從這頭踱到那頭，再走回來。一間廢棄石造樓房的頂樓有藍得刺眼的百葉窗，一座傾倒的大衣櫃從窗戶探出一截，從中吐出一塊色調毫無二致的藍色布條，布條在淡藍天空下飄飄盪盪。法國藍，安格斯判定。他貪戀著這樣的藍，這種藍色的純淨。

他跟康隆步伐一致，康隆說腳步要加快，不然就來不及出席他忘記轉告安格斯的簡報了。但他的步伐依舊從容不迫。他們及時抵達，差一點遲到，軍官們魚貫進入充當司令部的莊園大廳，各自落座。安格斯和康隆在人群裡搜尋帕布里卡佛。

「長官！」一個他們背後的聲音說。帕布里卡佛行了軍禮，以誇大的動作併攏腳跟，微微鞠躬。康隆一手抓住他的肩頭。安格斯拍一下他的背。

「是的，長官，我還活著。弟兄們都平安。連鮑德立也是。我讓弟兄們火速前進，那顆迫擊彈掉在我們後面。我們離開前線已經十六小時，沒人被幹掉。他們的迫擊砲、他們的雙手，統統沒碰到我們。很神吧？」他在他們找位子時說個不停。「我跟格拉夫頓帶著弟兄們在一間穀倉過夜。他們今天可以住進營帳。應該會搭建更多尼森式活動房屋。依我看，等活動房屋搭好，戰爭就結束了。在我們的營房搭好之前，我們要住在溫馨的小宿舍，麥葛拉斯。從外面看挺不賴的。我還沒看過裡面。我見過房東了，或者該說女房東。她長得瘦不拉嘰，而且就我所見，她有股酸味。那麼，」他看著他們兩人，「我不在時，你們做了什麼？」

「麥葛拉斯去巡邏。到牧師坑。」康隆說。「轟掉一個機槍掩體。」

「我們的嗎？」帕布里卡佛笑嘻嘻。

滿室的人聲都靜下來，大家立正站好，高級軍官帶著侍從參謀從一扇側門闊步進來。「拉許福少校在那裡，就是那個瘦皮猴，那個是斯托克上校，旅長。」帕布里卡佛細聲告訴安格斯。「總算等到這一天了。」帕布里卡佛低語。「整個旅都到齊。一定有大事要宣布。」

「恐怕未必。」康隆回答。

斯托克一頭銀髮，火爆性子。他靈敏地躍上凸起的講臺。職業陸軍軍人，不容輕慢，康隆稍早說過。在斯托克後面的拉許福比他高一個頭，油亮的皮帶繫在細腰上，錐形的鼻子在修得整齊的泛紅小鬍子上面抽動。他一本正經，近乎神經質。在第一夜派威克漢帶安格斯過來的人，就是他的副官。

斯托克雙手在背後交握，掃視軍官們足足一分鐘。有幾聲不合體統的咳嗽，然後便靜下來。「稍息！」他吼道。「坐下。」他背後掛著一幅整個阿托瓦地區的地圖。他的短馬鞭啪地打在阿拉斯城區。「我來這裡談阿拉斯戰役。大約一個月前，賓上將得到那座山嶺將交由加拿大拿下的消息。維米嶺。這大家都知道。」

「我就說嘛。」康隆低語。「這全是裝裝樣子。」

安格斯盯著地圖。世界縮小爲十哩長的地區，從北方的蘇榭河到南方殘餘的阿拉斯地區。

「對我們來說，阿拉斯戰役將是維米嶺戰役。」斯托克說。「現在……」這時，他的侍從參謀將地圖翻頁，是一張詳細的維米地區地圖。斯托克的短馬鞭慢慢從頂端劃到底部。「這個，就在這裡，就是我們證明自己的機會——我們從一開始就參戰，可是現在，是加拿大遠征軍第一次集結成一支大軍，四個師全員到齊——這是大英帝國在自己的領地之外，唯一一支獨立的帝國軍隊。不論好壞，這是拜前任軍事部長山姆・休斯所賜。」

安格斯附近的軍官們在翻白眼。許多事都是拜山姆・休斯所賜——加拿大製的羅斯步槍是二流的，挖戰壕工具會在手上斷掉，軍靴會散開……他用未經試煉的志願者建立一支卓越的陸軍，但他動不動就像個瘋子似地發火，想像自己受人侮辱，他所用非人，以致吃癟，終至遭到替換。儘管如此，由於他的狂傲與對英國人的蔑視，如今國家榮譽心高漲的加拿大人，才能擁有唯一一支自成一體的自治軍隊，沒有收編到大英帝國的軍隊之下。一個瘋子的憤怒自有其好處。

「我們會是在這座山嶺上算總帳。」斯托克說，抽打一下地圖。當他轉回身體，視線彷彿要射穿這些人。安格斯靠向椅背，像在看戲——激昂的領袖、精神訓話、即將來臨的歡呼叫好——彷彿拒絕扮演自己的角色，就能阻擋必然的結果，離開劇院，扔掉節目單。他旁邊的帕布里卡佛咔啦扳著指節。

「這個地方，」斯托克說，「法國人稱爲『威米』，但我們叫它維米。等我們攻下來後，也會叫它維米。七哩長，最高點是四百七十呎高。攻打兩年來，傷亡人數十五萬，這些山區仍然在德國手中。而在山區後面呢？是里耳和杜厄平原的工業和礦業。這兩者的重要性用不著我解釋。法國人太急著收復這座山嶺，於是自行開火，不肯好好集結所有的資源。英國人接手以後，照樣沒有進展。現在，」他啪地打在地圖上的北部，「英國將派出一個師，而在這裡，」他又啪地打在很下面的南邊，「是第二個師。我們的四個師會在中段這裡。我們面對的是什麼？根據我們的情報，是精良的普魯士軍隊跟巴伐利亞人。這樣更好。我樂得收拾掉他們的精銳。什麼時候開打？就在幾個月內。」

帕布里卡佛發出惱怒的嘆息聲。

「除非德國蠻子逼我們出手，」斯托克在假笑，「但他們不會的。他們何必呢？他們光是保持低調，待在原地，就擊退全部的襲擊。」他前後踱步，讓眾人玩味這句話。然後說：「我們學到一些教訓——在伊普爾，蘇瑞爾山，尤其是索穆河、布芒—阿爾梅、古瑟列特、蒂耶普瓦勒……」這些戰役的名稱激起了眾人的共鳴，這是斯托克意料中事。他用兩隻手指砰砰敲打桌子，說道：「加拿大遠征軍不想重蹈覆轍。」他停頓一下。「為此，我們召集第一流的軍事和科學人才。憑著彈著遠近標定的新方法——我們知道他們的大型槍砲在哪裡。還有新的戰術。現在由拉許福少校為各位說明。」

拉許福和斯托克交換位置。拉許福清清嗓子，閉上眼睛，彷彿在想適當的用語。結果適當的用語是：「準備、準備、再準備。」他講的聲音柔若蘆葦。他看看手上的一張卡片，咳嗽一聲。

「媽呀。這傢伙應該去坐辦公桌的。」帕布里卡佛低語。

「這是什麼意思？」拉許福在問對面的牆壁。「也就是在砲兵彈幕、隨之而來的煙幕、地面人員的前進行動之間，時間必須精密配合。彈幕射擊的時機拿捏必須精確到剎那之間，轟掉的才會是敵軍，而不是自己人——我不是影射我們轟過自己人。我是說，頻率不高。」他吸吸鼻子好幾次，順一順小鬍子。他的聲音有點喇叭的效果，時大時小，大家聽得一頭霧水，只知道他在說明他們如何在練習場上訓練軍士拿捏行動的節奏、而彩色膠帶又要怎麼標示每個師的目標——紅線、黑線、藍線和褐線。

拉許福總算說完後，斯托克踱到講臺中央。「還有另一項改變。我們都知道在戰壕戰中，我們唯一的路是正面攻擊。什麼東西擋住我們的路？沒錯——鐵絲網。」

有刺鐵絲網。每個大兵和軍官都攜帶鐵絲剪。在索穆河一波又一波的衝鋒士兵，在等待鐵絲網剪除時遭到機槍掃射。重砲不能摧毀鐵絲網。當剪鐵絲網的軍士陣亡，就換下一批人剪，然後陣屍在前一批人身上，最後終於通過鐵絲網的人，不得不從堆在鐵絲網狹窄開口的屍堆上爬過去。難得「甕中捉鱉」這個詞這麼貼切。僅僅第一天，協約國軍隊就有五萬七千人傷亡。

「目前為止，我們不得不使用只有遇到撞擊才會爆炸的軍火。鐵絲網自然是太細小，不足以讓砲彈爆炸。可是各位，現在我們有了一〇六引信——這種引信非常細緻，不必撞擊也能引爆。稍微擦過鐵絲就會爆炸。一〇六引信，就是我們的新鐵絲剪！」

狐疑的低語傳遍會場。

「沒錯。現在，報告另一件事。我們加拿大人，或許就像英國朋友說的難以駕馭。也幸虧如此，這支軍隊的最高指揮部想出一個我們優秀的友軍沒注意到的做法。我們決定信任弟兄們的聰明才智。想想吧。我們要確保軍官陣亡時，中士可以立刻接手。如果中士不能作戰，就由下士接棒，直到二等兵為止。地圖和標的將會分發給各小組的組長。」

鴉雀無聲。

「沒錯。」斯托克點頭。「我們不會讓弟兄們因為身邊的軍官陣亡就無所適從。我們要信任最低階的弟兄，因為我們夠聰明，了解我們要仰賴低階的弟兄，一如他們也要仰賴我們。我們是一體的，士兵與軍官，沒有哪一個人比另一個人更重要。這就是你們投效的陸軍。

「絕對不要忘記，一刻都不能忘，你們是上帝的綠色大地上有史以來最棒的戰鬥部隊。加拿大遠征軍。你們是將要攻占那座山嶺的部隊。**此刻**就是我們年輕國家的分水嶺，以神之名！不要懷疑，當你們戰鬥，你們是為了國王與國家而戰。你們為帝國而戰。為上帝的宏大目標而戰。但你們也是為**加拿大**而戰！大家怎麼說？」

現場歡聲雷動。安格斯不禁腎上腺素飆漲，歡呼音量幾乎不輸給帕布里卡佛，然後他驚奇地坐下。他是一份子。而且引以為榮。他納悶這種感覺會維持多久。也許會直到他吹響哨子，派弟兄們攻上山頂吧。

「散——會！」上校叫道。

「誰設計的啊？引信。是我們嗎？他說過嗎？我敢說是我們。對嗎？」帕布里卡佛在他們跟其他人魚貫出去時熱切地問。

「我聽說是法國佬。」一個上尉說。

「法國佬？」帕布里卡佛說。「少誇張了。」

康隆拍拍帕布里卡佛的肩膀。「不是所有的發明都來自加拿大，山姆。不要跟法國人搶功勞，好嗎？」

「你想那東西行得通嗎？」安格斯問。

康隆聳肩。

「讓弟兄們知道作戰計畫的點子，」一個叫克里克的中尉假裝驚訝地說：「還眞是大方啊。上將們瘋了嗎？」

「不。只有他們的軍官。」康隆回答。每個人都笑了。

「帕布里卡佛！」他們背後有人在嚷。「還眞的是你！」那是安迪．洛夫特斯，一個少尉。「宰了二十個人的帕布里卡佛！」他搖著頭說。「你是麥葛拉斯，對吧？我們在你到前線之前見過。很高興看到你們。要不要一起來聚聚？」

安格斯跟他握握手，但急著回到自己部下身邊。在他走開時，安格斯轉向帕布里卡佛問：「你幹掉二十個人？」

帕布里卡佛只是聳聳肩。

他的部下仍在穀倉。「謝天謝地，你們沒事。」他說。「是的，長官。」他們拘謹地回應他，但他覺得有幾個人的臉色鬆了一口氣。他尋找希勒。偉茲用風笛指著穀倉的最裡面。凱茲說希勒不肯吃也不肯喝，整晚都蜷著身體窩在那裡。希勒就在暗處縮著身體，一些乾草沾到頭髮上。他半邊嘴角緊緊抿成鬼臉，直到安格斯說要帶他去野戰醫院才放鬆。安格斯看到他的外套在上下起伏，活像有生命似的。因爲希勒似乎沒有行爲能力，安格斯避免直接下令，自己動手解開他外套的鈕扣。希勒噗通跪下。三隻黃色小雞從他外套裡掉出來。安格斯拉他起身，鮑德立努力抓小雞。一隻母雞氣呼呼地拍著翅膀東奔西竄。

希勒在到野戰醫院的路上都沒吭聲，安格斯將他留在醫院，並且留下一份關於他行爲的報告。就由醫生去判斷那是不是演戲吧。安格斯希望不是。希勒的顫抖和皺著的臉令弟兄們發毛。帕布里卡佛是對的。不管是不是裝病，他在戰場上都會變成大家的包袱。

在返回市鎮的途中，安格斯看看自己的戰壕錶[17]。快中午了。幾分鐘後，他經過一道和緩的山坡，聽到一陣步槍的槍聲。然後恢復安靜。打靶練習嗎？他看到坡頂上有個像船帆的玩意兒。原來是個隨軍牧師，牧師袍在飛揚。安格斯仰望著他。在他們下方，帶著步槍的士兵被帶往一棟磚造建築。在一棵樹旁邊，有個男人站在臺子上，雙手綁在背後，頭上罩著頭套，向前摔下。另外兩人穩住他的身體，摘掉頭套。

安格斯整個人向後轉。隨軍牧師爬到一邊。牧師袍絆到他的膝蓋，他向前栽倒，嘔吐起來。安格斯從地上拾起一個銀盒，走向他。安格斯擋著太陽，向他遞出水壺。隨軍牧師接下水壺，漱漱口，翻身坐起來。「眞不好意思。」他喃喃說。他用牧師袍的邊緣擦嘴，上面沾到了嘔吐物。

安格斯遞菸給他，但隨軍牧師只瞪著道路遠方。安格斯坐到他身邊。他們靜默良久。最後，隨軍牧師

---

17 因作戰不方便用懷錶，才應運出現有腕帶的戰壕錶。

告訴安格斯，前一天晚上的晚禱一結束，他就被叫去訪視囚犯。他以前沒見過他，但陪伴他度過漫漫長夜的許多小時。「他在從軍之前有過不少苦日子。我就問出這麼多。他有遺憾。請求受洗。今天早上，我想替他爭取減刑。我去問我能不能見上將，但上校說什麼都不肯。」

「斯托克？」

隨軍牧師點頭。

「他是無辜的嗎？那個囚犯？」

「戰爭裡有無辜的人嗎？」隨軍牧師嘆氣。「他的名字是伊旺．艾斯沃斯，一個二等兵。他們一個月前逮到穿著軍服的他，他住在離前線足足二十哩外的一戶人家裡。一個逃兵。我想說不定會有什麼可以減刑的情況。爲什麼住在人家家裡還要穿軍裝？怎麼不避人耳目呢？」

「他說了嗎？」

「沒有。一直沒有，但我問過他。我猜，是某個精心計畫的一部分。也或許是臨時起意。誰曉得？上面說我的責任是照顧他的靈魂，讓他勇敢受死。他的案子已經由所有適當的單位審查過了。」

「你爲什麼覺得他可能是無辜的？」

「其實沒有理由。」隨軍牧師嘆道。「可是，我捲進這件事情，看到這個人——看到悔恨、他眼中的驚駭。我不是想讓他重獲自由，只想讓他免於……」他往山坡的方向點頭。

行刑隊又列隊走過下面的道路。「他的命在我手上。」隨軍牧師說，雙手軟軟放在大腿上。「當然，他的命不歸我管，然而在領受聖體時，確實如此。昨天陪他一整晚的人是我。此刻他還在我心上。」

安格斯將銀盒交給他。隨軍牧師打開盒子。清風吹走盒中的聖餐餅，像一堆五彩碎紙般爭相滾下山坡。

六

一九一七年二月二十日
法國 阿拉斯地區

一個看來不好惹的女人，用一支叉形棍子叉起帕布里卡佛的蘇格蘭裙和外套。「不可以！」他撲過去要拿。她將棍子移開。他一個踉蹌，男孩哈哈笑。男孩大概就十歲，有一隻白濁的眼睛，還有一撮全白的頭髮，正在攪拌冒煙的大鍋，爐架底下正燒著火。

「不行！Non!」帕布里卡佛嚷著。「你過來好嗎？」他對安格斯說。「這個巫婆跟她的徒弟要毀掉我們的軍服。」

安格斯將內衣扔在曬衣繩上的床單上，剛才女人要求他在那裡褪下衣物。他用女人給的脫線被子包住身體，蹣跚地走出來，光腳丫凍得發疼。帕布里卡佛也裹著一條類似的被子，把能從地上抓到的衣服統統抓起來。她擺出凶臉看他。「毛料。」他邊說邊向她搖晃蘇格蘭裙。他的被子往下溜。他用牙齒咬住被子一角來遮掩身體，將軍服抱在胸前。「貓料。貓料卜能用滾水豬沸啦。」他說。

她用棍子叉起他的外套，連忙移向鍋子。「虱子！」她嘶聲說。用英語。

「我們知道。Je comprends，可是——」安格斯嘆氣。

帕布里卡佛顧不得拉住被子，揮舞手臂，比出特大的叉叉。「慢著！」他扯開嗓門。「我有辦法！」他跑回背包，渾身赤條條，只穿著軍靴，嚷嚷：「叫她等一下！」

「Attendez, attendez, s'il vous plaît.」安格斯說，碰碰她的手臂。她斜眼看著帕布里卡佛在背包裡翻找，拿起一個罐子。「珀蒂護髮乳！可以殺虱子！」他以巡迴推銷員的熱忱大喊。他一溜煙跑回院子另一邊，拾起他的被子。女人擺臭臉，拿了那罐護髮乳，舉在一臂之遙。「比煮沸好！」他對她說。「法語怎麼講？」他對安格斯說：「可以用法語講嗎？」

「你說『比煮沸好』這一句嗎？」

「我老姊莉姿剛寄來的。護髮乳，看到沒？殺虱子的效果好像不錯。莉姿認識的那傢伙指天劃地說的。我們只要抹在頭髮上，全身塗一塗。有何不可？還有我們的軍服。虱子會齊步走出來——還排好隊伍喔！保證見效。」

女人看著他們，聳聳肩，挖了一坨護髮乳放到水裡。

「不……」帕布里卡佛呻吟。

「S'il vous plaît, Madame.」安格斯說，伸手拿護髮乳。男孩跑了。女人不甘願地交出護髮乳，以靈快的動作，再次叉起外套。

「該死。可惡！」帕布里卡佛抓住那根棍子，這時響起一聲咔答。他和安格斯霍然轉身。男孩捧著一把左輪手槍。帕布里卡佛眼睛都圓了。「哇！」他說。「那是我的！小子，還我。」男孩走過來，槍口直對著帕布里卡佛。「碰！」他說，安格斯抓住他的手腕，拿走槍。

「喂！」男孩怒目相視。女人回過神，開始罵他、戳他。「一個玩笑！Je le taquine! 我在逗他！」男孩嚷道。

安格斯一顆一顆取出子彈，向帕布里卡佛搖頭。「你應該收好槍的。」

「這是我的錯？槍放在我的行李裡面。你的槍呢？這小子是天殺的瘋子。他們兩個都是。」

安格斯將男孩轉個方向，沒管他不服氣的表情。女人不再出聲。

「這是玩笑！這支是廢物。」男孩氣呼呼地說。

「不，不是笑話。這是上了膛的左輪手槍。」安格斯張開雙手，給他看子彈。「你說不定會殺死他。大概不是存心的，卻有可能。」

男孩手臂交抱。「虱子。」他說。

「不要找藉口，」安格斯說：「會死人。Mort. 他是軍人。Un ami. 懂嗎？」

男孩翻白眼。「Oui.（懂。）」他的視線移向母親，又移向安格斯。「我的papa（爸爸）是軍人。Il est mort.（他死了。）」

「很遺憾——」安格斯說。

「我也是軍人。」

「對，你當然是。」安格斯跪下來。「保衛家園。幹得好。可是，除非你打算要用槍，槍口千萬、絕對不要對著人。萬一槍走火怎麼辦？你得道歉。」

男孩挪挪腳。「快道歉。」安格斯說。現在他冷得發抖。

最後，男孩轉向帕布里卡佛，平平板板地嘆道：「Désolé.」停了一拍又說：「Votre revolver, c'est merdeux. Je peux vous obtenir un meilleur...pour un prix.」

女人和安格斯互看一眼。幾乎笑出來。

「幹麼？他說了什麼？」帕布里卡佛追問。

「嗯，他向你道歉，然後說你的槍是破銅爛鐵，他可以弄一把像樣的給你。要付錢。我想，他應該是這個意思。」

帕布里卡佛身子一僵，但說：「是喔？跟他說就這麼辦。報個價錢。反正我一直都不太喜歡那把左輪。」

男孩眉開眼笑，他母親迅速將衣服放進水中再取出。鹼水的味道很濃。安格斯跟帕布里卡佛打著寒顫，覺得煮沸水或許不無好處。他們實在冷到無力思考。女人將披肩拉緊，拍拍男孩的肩膀。「Allons-y!（走吧！）」她說，他便搶在她前面跑進屋子。安格斯問帕布里卡佛她的名字。

「Raffarin. Madame Raffarin.（拉法蘭。拉法蘭太太。）」她頭也不回地說。「Et Paul, mon fils.（還有保羅，我兒子。）」

「啊，妳會說英語嘛！」帕布里卡佛在她背後叫道。

「不，她剛才講的是法語。」安格斯說。

「你不就是那個該死的暴徒嗎？你到底跑哪去了？」

「見證軍隊照顧自己人。」安格斯說。「之後，我跟部下在穀倉過夜。你呢？你沒收到我留的口信嗎？你去了哪裡？顯然不是這裡。」

「顯然沒錯。我大概半夜到這裡，她把門鎖住了，所以我——」

帕布里卡佛還沒說完，男孩便向他們潑一桶水。安格斯從被子裡跳出來，恰恰趕上被水潑到腿上。是熱水，謝天謝地。泥巴流下。男孩跟他母親顯然是接待軍人住宿的專家。男孩保羅將頭往屋子歪一歪，他們便跟著他的腳步，來到廚房。

一缸水半掩在屏風後面，在最裡面的牆壁前冒煙。安格斯這會兒抖得厲害，他伸手從背包裡摸出一枚銅板，向上彈，差點沒接到。「正面！」帕布里卡佛說。結果是背面。

女人在桌上和櫥櫃各點一盞檯燈。羊皮紙般的黃色光芒照亮幽暗的室內，安格斯看到女人既不是難相處也不是容易激動，只是憔悴疲乏，而且舉手投足充滿尊嚴。她精瘦的體格、深色的頭髮和眼珠、肅穆的表情，他覺得很像自己。她指著浴缸。安格斯拖著腳步過去。她取下他的被子，沒有看他。他試試水溫，熱騰騰的，慢慢蹲坐下去。

保羅從母親身邊擠過去。櫥櫃上有張照片，她穿著緞帶洋裝抱著一個嬰兒。一個矮壯的男人得意洋洋，一手摟著她的腰。保羅移開照片，拉開櫥櫃的鏤空簾子，取出一個狹長的盒子。盒蓋上有一個快樂的稻草人，裡面是一組木棒。他向帕布里卡佛歪歪頭，帕布里卡佛檢視盒子。

「抽木棒遊戲！趁著我等洗澡的時候，玩玩也不錯。」帕布里卡佛說。

保羅取出尖尖的木棒，舉起來。「多少錢？」

「多少錢？你開玩笑嗎？你要賣這些木棒，還是要玩遊戲？」

「要玩！多少錢？」

「好吧。」帕布里卡佛嘆氣。「一根一毛錢。只有老天知道你藏著多少把你贏來的左輪手槍。」

女人拿著一塊厚厚的香皂和海綿，站在安格斯旁邊。

「妳不會是想幫他洗澡吧？沒那個必要。」帕布里卡佛愉悅地說。「他自己會洗。」然後問安格斯：

「水溫如何？」

安格斯沒有回答。

「能不能容許我補充，我昨天都沒得泡浴缸？我在穀倉跟弟兄們一樣，只能站在生鏽的水管下用細細的水流洗冷水澡。」他繼續說，跟著保羅到桌子。「沒有女傭幫我沐浴。但是，你儘管洗吧。」

被蒸氣吞沒的安格斯，捧著水淋到臉上。熱水。乾淨、清澈的水。他用雙手掬起水，讓水從指縫流過，彷彿見證一項奇蹟。他將水舉到臉上，一遍又一遍。他渾身打起一陣哆嗦。又一陣。

他感覺到女人在看他。他雙手掩面，壓抑著淚水湧出。

「La guerre.（戰爭。）」她細語，跪在他旁邊。

他搖搖頭，但無法向上看。顫抖加劇。她等著。

「Un jour, vous serez lavé de propre de lui.（有一天，這些都會被滌淨。）」她在他的顫抖消退後輕聲說。「Un jour...（有一天……）」

有一天。滌淨——要是可以就好了。好不容易，他才能向上看。La guerre（戰爭）就在她眼睛下的暗影裡，在她不畏縮的凝視裡。她知道。

她垂下眼簾，蘸濕大塊海綿，站到他後面，在他頭上擰水。她的動作緩慢而篤定。她在他頭髮搓泡泡。他試圖阻止她，卻讓自己沉浸在她雙手在他太陽穴上、頭頂、頸背的緩慢劃圈韻律。模糊的交談聲，英語和法語——帕布里卡佛跟男孩在玩遊戲——盤旋著繞過蒸氣，消散無蹤。她伸手拿大水罐，往他頭上倒水，水流下他的背、流到他的身、流過他的人。「Un jour. 有一天。」她說。

「妳眞樂觀。」他低語。

「你死了上天堂了是吧？」帕布里卡佛插嘴。「這裡某人不介意洗洗澡喔。熱水等等東西。什麼！你動了木棒。我看到了！」

「Non!（我沒有！）」保羅反駁，這時帕布里卡佛站起來，被子打到一根木棒，連帶將一堆木棒掃到地上。「啊！」保羅大叫，揪著自己那撮白髮，蹲著蹦來蹦去，假裝鬧脾氣。

「Merci, Madame Raffarin.（謝謝，拉法蘭太太。）」安格斯輕聲說。他拿了她的香皂和海綿。

「叫我茱麗葉。」她說，將一條毛巾放在浴缸旁邊的椅子上。

「嗯，你好了沒？」帕布里卡佛站在他前面。安格斯匆匆洗沐完畢。他們換手。茱麗葉將一盆水、刮鬍刀、修面刷跟一杯刮鬍膏放在鏡子下的桌子上。光線幽暗，雙手沉重，安格斯幾乎無力抹上刮鬍膏，幾乎不能用刮鬍刀刮過臉頰。刮完後，他用毛巾擦臉，盯著鏡子。凹陷的臉頰似乎更加下陷，法令紋也更深——這兩條細紋在他微笑時會加深，嚴肅時，則令他更嚴肅。這是別人告訴他的。誰呢？不記得了。帕布里卡佛在浴缸裡洗得嘩啦作響，說：「我這邊好像需要幫忙喔？海綿呢？算了。我知道了，你要刮鬍子。」

安格斯丟海綿給他，近乎恍神地爬上狹窄的樓梯到房間，倒在床上，像絲綢一般滑進床單和羽絨棉被間。

幾小時後，蛋和煎馬鈴薯的味道裊裊進入他的夢鄉。帕布里卡佛張開嘴巴，伸出一手一腳到安格斯的那半邊床位，抓住他的手腕用力扯，將安格斯拉回這個天花板很高的房間，回到在阿拉斯邊上的阿斯提勒。蕾絲窗簾拖到地上。他要幫赫蒂．愛倫找一條長長的法國蕾絲布，讓蕾絲從她肩頭垂下，帶她轉圈圈，看著蕾絲飛旋出去再繞回來，纏住他們兩人。

他把腳挪到地板上。到底幾點了？他的衣服呢？他的臉埋到雙手之間，聞到香皂和薰衣草的味道，慢慢摸到廚房。一壺咖啡。炒蛋跟馬鈴薯堆在大盤子上。他們的衣服晾在椅子上、披在爐邊的木架上。想必通過了虱子審查。熨好的上衣摺好、放在一張椅子上。

茱麗葉將鮮奶油倒在雞蛋上。安格斯盯著她的雙手，她長長的手指，三枚細銀戒。「Mangez, mangez.（吃吧、吃吧。）」她說，匆匆打個手勢便回到爐檯前，但臨走時給他一閃而逝的笑容。

安格斯拉出一張椅子。帕布里卡佛東倒西歪地坐下，拿起叉子。「蛋。這裡的家常食物。蛋跟馬鈴薯，是吧？我的天，好香！但也許我們應該去炊事營帳。開玩笑的！這宿舍不錯吧？我就說嘛。Merci.

（謝謝。）」他對茱麗葉說。

「帕布里卡佛，你是奇葩。」

「我確實是，但我不配有人幫我洗頭是吧？」帕布里卡佛用叉子指著安格斯。「你有什麼是我沒有的？我倒是想知道。我才是需要小姐服務的人。」

「她不是小姐，山姆。」

「也沒錯。」他把更多雞蛋塞進嘴裡。「但我從她那邊弄到好東西。」他從櫥櫃後面摸出一瓶裝著琥珀色液體的矮胖酒瓶。拔掉軟木塞，在安格斯鼻子底下晃一晃。「你聞聞。」

「蘇格蘭威士忌？」

「正是。那男孩告訴我，我意思是我從他的英語抓到的意思——其實他英語講得不錯——這是留下抽木棒遊戲的傢伙留下的。顯然，現在也死了。我猜，是這孩子從他那裡贏來的。」

「嗯。你付錢買的嗎？跟房東太太買，還是她兒子？」

「當然。房東太太不要酒。她對著酒皺鼻子。但是收下了錢。」

「如果是跟上尉一起喝，我就出一半錢。今晚帶去聚會。」

「好。你喜歡他的威士忌吧？今晚我們就到鎮上逛逛。聽說，鎮上有很多做軍官生意的妓院。但我不打算逛妓院。」

「你不想嗎？」

「老子才不幹！我要潔身自愛，守身等待一個只愛我一人的女孩，我不要整支軍隊的情人。啊！」他收好蘇格蘭威士忌，又叉進滿滿一嘴食物說：「講到我們大無畏的領袖，猜猜我洗澡時誰來了？他告訴我，他聽說古瑟列特那邊的埋葬作業做得差不多了——四個月了呢，但沒關係。那是苦差。總之，」他深呼吸，「嗯，我猜名單來了。資料比較新。他說要跟你去司令部查你的艾賓·韓特。如果你要的話。還有，他遇到一個朋友，這朋友在古瑟列特戰役時離第十二營很近。」

安格斯當下完全停止動作。

在夜空下，鎮上廣場周邊的狹長法蘭德斯建築呈現高矮不一的亂象，上方的樓層大半被炸毀，沒了。覆蓋在人行道上的廊柱拱頂是羅馬時代的遺跡，倒還完好。在廣場的酒館裡，軍官們並肩站在吧檯。帕布里卡佛跑去占最裡面的靠牆桌位，凶惡地來回踱步，直到桌位空出來。安格斯多搬來一些椅子。康隆端來幾杯威士忌。眾人一仰而盡後，帕布里卡佛拉開軍用大衣，抽出那瓶蘇格蘭威士忌。「送你。」他說。「送大家。」他將酒倒進空杯。康隆笑了，灌了一大口。

喝到第二輪時，康隆的朋友克里斯·寇德穿過人群，到他們這桌。他是第九十一營的少尉。眾人介紹完畢後，寇德挑起眉毛，對安格斯說：「聽說你在找一個第十二營第四連的人。那是一個奇怪的故事，我也不是真的想講，但我不能拒絕詹姆士·康隆……而且我可以被收買。」他一口乾了康隆推向他的蘇格蘭威士忌。他臉部骨骼上的泛光跟凹下的眼窩令他貌似骷髏頭。沒人說話。他給自己再倒一杯。然後開口：「我在八月底到那裡。古瑟列特。不是村莊，而是穆給農場，在屬於我們這一邊的村莊。」他旋轉酒杯，垂下眼簾，聲音疲憊而平板。

康隆低頭對著蘇格蘭威士忌，等著。安格斯盯著寇德，寇德繼續說：「澳洲佬守著那裡，天曉得有多久。四處是屍體。有的赤身露體。原因不明。只剩下一個軍官跟十個或十二個人。通訊中斷。他們派出傳令兵。傳令兵跑錯邊了。你們相信嗎？」

「當然信。」帕布里卡佛說。

「是。一點沒錯。所以，他一直沒跑回來，也就沒有增援。澳洲佬只能晾在那裡等死，或是被宰，於是他們就出去赴死了。」他重重嘆息，又嚥下一口酒。「我們在一個叫香腸谷的地方整裝。你還記得吧，老詹。」他對康隆說。「在德軍的舊戰壕。在九月推進之前。」

「我們去明斯特巷。」帕布里卡佛補充。

「對。我們那一組是到佩格戰壕。大半是肉搏戰。過程不值一提。來根菸好嗎？」安格斯把自己的玩家香菸盒推向寇德，幫他點菸。他的手在抖，不禁懊惱不該喝第三杯蘇格蘭威士忌的。一切似乎變得既鮮明又模糊。

「要命，全是好貨。」寇德說，呼出一道煙，幾乎停在那裡。「蘇格蘭威士忌。菸。附近有女人嗎？好啦好啦，我們去了糖果戰壕、太妃糖戰壕跟……」

「湯鍋戰壕？」安格斯問。

「對。不對。是糖果戰壕。德軍布署在糖廠南邊。」

「很甜蜜吧？」帕布里卡佛忍不住插話。

「我們到的時候，只剩下瓦礫。糖廠還是精煉廠什麼的統統沒了。就我所知，以前是加工甜菜根的。」寇德繼續說。「德國佬在那邊汲水。總之，我在那邊遇到康隆，還有這位宰了二十個老德的帕布里卡佛。」寇德讚賞地向帕布里卡佛點頭。

「那時還沒有，只宰了五個。在那邊又幹掉十一個。」帕布里卡佛說。

「一口氣嗎？」安格斯問。

「不是。」帕布里卡佛平和地說。「是一個接一個。其實簡單得要命，所以那些沒有算進去。是這樣的，第二十三營在糖果戰壕逮到很多戰俘。讓他們排好隊。一個德國兵就扔出一根木柄手榴彈。正在接受他們投降的少校就被炸死。我們給剩下的德國佬搜身。幾乎每個人身上都藏著炸彈。之後我們就下達命令。凡是搜到德國佬，一律革殺勿論。況且還有澳洲佬的仇。」

「澳洲佬？他們又不在那裡。」寇德說。

「是啊，我知道。但我們發現一群人——他們排好隊，頭部中槍。處決。他們沒給他們戰俘的權利，是吧？」帕布里卡佛眯起眼睛。

「那是後來的事，山姆。」康隆糾正他。「我們後來才發現的。」

「噢，對，是後來才知道的，但這種事有前例。」

「但我們當時不知情，所以不能算。」康隆翻白眼，向寇德點頭。「你繼續說。」

寇德用香菸指著帕布里卡佛。「反正，就是革殺勿論。帕布里卡佛樂得從命。不是殺囚犯，而是到戰壕盡頭，沿著戰壕的背牆走，斃了每個從一個地下掩蔽部出來的德國人。」

「不光是我。基歐在胸牆上做一樣的事。我沒把這些算進我幹掉的人數。」

「不管啦，那天第十二營第四連在我們後面。我只是跟你交代背景，讓你了解經過。」寇德看看安格斯。「那麼……」他清清嗓子。「幾天後，大概在九月中旬，我們在派公主輕步兵團右翼，向法貝克地塹移動，到古瑟列特。」

「喔，嗯。」安格斯說。「我們老家有人說，他在古瑟列特戰役之後看到我的舅子跟第四連一起行動，現在我開始想，說不定他是指拿下古瑟列特之後，而不是戰役全面結束後。」

「有可能。我不能保證，因為我不認識你的舅子本人。但我們跟派公主輕步兵團肅清鎮上的敵軍。還有，第二十二皇家軍團眞的很賣力，逐戶搜查。他們棒呆了。總之，德國佬從村莊外六百碼開火。大屠殺。但我們有一些人挺過去了，繼續往卓倫地塹和雷吉那戰壕前進……還有蒂耶普瓦勒。天啊。蒂耶普瓦勒。」

這時他停口，望著安格斯的後方。似乎過了幾分鐘。康隆的臉埋在手上。

帕布里卡佛插進來。「那第四連呢？第十二營。古瑟列特。」

「是。」寇德又倒一杯酒。「這是拿下古瑟列特幾天後的事。我們開往雷吉那戰壕。因爲彈坑實在太多，我們東邊的弟兄在挖臨時戰壕來連接彈坑。我的部屬在一間焚毀的木屋後面受阻。十二營有幾個排在我們前面守著西翼。那邊有個小山脊，再過去是一個山谷。那邊沒有動靜，十二營的一個排奉命過去。我看到大概十個、十五個人走向那個山脊，由軍官率領。一片風平浪靜。兩分鐘後，天下大亂。四處是砲彈。我們被三·九吋口徑的迫砲彈打到。一切變空白。弟兄們從碎裂物底下爬出來。醫務兵飛奔過來。我們掉轉方向，反擊從我們右邊進逼的一些德軍。那是我最後一次看到他們。也是任何人最後一次看到他們。他們就這麼消失在那道山谷前的山脊了。」

「什麼跟什麼？怎麼會一整個排的人都消失？」安格斯說。

「我們沒辦法回頭查看他們上哪去了。我們奉命前進。」寇德說。

「他們被俘虜的機率呢？」安格斯問。

「應該不會被俘吧，但凡事都有可能。」寇德回答。

「怪事年年有。」帕布里卡佛以不尋常的沉思口吻說。

「人會失蹤也會出現。」

「怎麼說？」安格斯問。

「在伊普爾，我們接收過一些跟自己單位失散的士兵。也許是原本的單位死光了。或是他奉命跟幾個人去出任務，最後落單了就投靠我們。在戰事打得如火如荼的時候，有的人會跟著自己不隸屬的部隊單位冒出來，常常就留在他們投靠的對象那裡。」

寇德點頭附和。然後他閉上眼睛，深呼吸。「我得走了，各位。」他站起來，瘦削得像鬼魂。「希望你找到他。」他對安格斯說。安格斯起身和他握手、道謝。寇德便消逝在人群裡。

安格斯迫切想要透氣。康隆拉拉他的手臂。「坐，麥葛拉斯。」他說。「明天再查。我們換個話題。」但安格斯太焦躁，太瀕臨臨界點。他用手背揩嘴。「你們繼續聊。」他說。

「早上七點見。」康隆站起來，一手攬著安格斯。「明天再找答案。我也要走了。」他有點搖搖擺擺。「山姆？」

「要走啦？我才不要。我看到湯米和瑞斯。還有安迪！」帕布里卡佛招他們過來。「回頭見。你去暖床，麥葛拉斯。左輪在你的枕頭下。再過個幾晚，我們就要去跟弟兄們住營房了。」

第二天早上，安格斯在濃咖啡和雞蛋下肚後，在六點四十五分來到康隆營房的臺階。沒等他敲門，康隆就開了門，他還沒刮鬍子，正在扣外套的鈕扣。三十分鐘後，他們來到一個矮胖下士面前，他對著手上的清單嘛嘴。更多清單。這一份，是死亡名單。

「韓—特。」安格斯重新拼出姓名，只差沒從他粗短的手指中搶走名單。

「是的，長官。」下士說，忍住呵欠。「這是剛來的名單。名冊是按照所屬的營、連、排製作，但還沒全部按字母排序。有的已完成排序，但這些……等一下。在這裡。找到了。韓特，艾賓——」

找到了？安格斯從他手上奪走名單，因爲艾賓的名字不可能在上面。「韓特，艾賓，一等兵，第十二營」的字樣就在紙上。在那許多名單中——傷兵、受俘、死亡的名單——艾賓的名字始終不曾出現。而現在，名字出現了，在黃紙黑字上。

「原來是這麼回事。」康隆說。「寇德是對的。看看這些兵籍號碼。一定是被砲轟了。寇德沒看到，因爲他那組人同時被砲轟。」

「長官？我有他的軍籍牌——不只一個。兩個都在。」下士用拇指和食指拈起艾賓最後的死亡證據。軍籍牌的掛索前後搖晃。「噢，還有這個。」他舉起一枚擦得亮晶晶的金十字架，十字架有獨立的鍊子。

安格斯一把抓住。

「爲什麼會有兩個軍籍牌？」他質問。「這個應該放在嘴巴，以便辨識身分。爲什麼兩個軍籍牌都在這兒？」他搖晃軍籍牌，昂然聳立在下士面前，下士不禁向後仰，圓睜的眼睛從緊繃的粉紅眼角突出。

下士向後退開，說：「沒有遺體可言。萬人塚。以後才會有正式的墓園。」

「是。謝謝你，下士。」康隆說。「現在，檢查你的文件，看有沒有你能告訴我們的資訊。」

「我……是的。我知道了，在這邊。」下士緊張地偷瞄康隆，迴避安格斯。「下面的註記說他的軍籍牌落了單。離其他人很遠。」

「多遠？離其他人多遠？有說嗎？」安格斯將軍籍牌握在拳頭裡。

「是的，長官。在山脊南邊約二十碼。」

「二十碼？南邊？什麼意思？」

下士哀求地看著康隆。康隆奪走他手中的名單，念出：「一等兵艾賓．韓特的兩枚軍籍牌在山脊南方約二十碼處發現。未發現屍首。」他放下文件。「他一定是被炸得飛回去。或是……他的屍塊。」

「或是他沒有去山脊。」下士說。

安格斯拉緊了名牌的皮繩。

「謝謝你，下士。沒別的事了。」康隆說。

「長官，請歸還那些物品，以便寄還給家屬，十字架也要還我。」下士說。

安格斯張開手，看著軍籍牌。這曾經掛在艾賓的脖子上。他身首異處嗎？但皮繩很柔軟，沒有染血變硬。清理過了。絕對是。但血跡可以洗到一絲不留嗎？而且艾賓幾時有十字架？沒有到山脊……他無法把這句話逐出腦海。

安格斯歸還軍籍牌，但留下十字架。「我要簽名領走這個。」他說。

「規定……」下士結結巴巴。

康隆打斷他。「你就給他吧。他是家屬。還有別的事嗎？」

「沒有，長官……我猜吧。」下士像洩氣的氣球。

「你猜得沒錯。」康隆凶巴巴說，然後對安格斯說：「走吧。查詢完畢了。」他硬是拉他走向門口。到了外面，他搖搖頭，喃喃說些勸慰的話。

「我想知道一件事。」安格斯說。「爲什麼他跟別人離那麼遠？他是被炸得飛回去嗎……還是他留在後面？不肯向前走？還有這個十字架。」安格斯將十字架翻到背面。上面刻了艾賓的全名縮寫ＥＬＨ。「從來不曉得他戴十字架。好像怪怪的。」

「你曉得人家怎麼說的——在戰壕底下找到上帝。常有的事。」康隆嘆道。「軍籍牌——是很怪，我不否認，但你見識過砲彈的威力。他盡忠職守，我會信任那份報告。死了，全員陣亡。」安格斯沒有回應，康隆一手搭著他的肩膀說：「這樣吧，你用一、兩個鐘頭靜一靜。打起精神。我找人代替你執勤。」

安格斯站在街上，愣愣看著康隆的背影，然後閃過轆轆駛過石子路的卡車、二輪貨車、前車，他開始走路。一支騾隊步履沉重地走向他，奮力拉著堆積如山、蓋著油布的沉重負荷。一隻騾子揚起頭，看著安格斯。尾巴垂在油布下面——這是拖運他們死者的騾子。那騾子在經過安格斯後低下頭，二輪貨車繼續前行。

最後，安格斯察覺自己坐在桌子前，盯著一小杯他不想喝也不記得自己點過的玩意兒。他解開外套鈕扣。赫蒂織的圍巾掉了。艾賓死了，他對自己說。艾賓死了。艾賓死了。艾賓死了。這句話不肯進入他心房。

他在桌上拋下一枚硬幣，半小時後，〈我心應該稱頌主〉的旋律像愈收愈緊的艄纜結，將他拉進基督教青年會的會所，裡面正在唱讚美詩。在裡面，軍士和護士聲勢滔滔的合唱幾乎壓倒鋼琴聲。「哈利路亞！哈利路亞！讚美永生王！」每個音符都是老家的回音。

他在山坡上遇見的隨軍牧師面向群眾，憑記憶唱出歌詞。一個老中士靠坐過來，分安格斯看他的讚美詩集。安格斯搖搖頭，卻無法拒絕那純粹的善意。他拿起他那一側的讚美詩集，這時開始唱第三段：

主如慈父護佑我們，
深知我們軟弱無力，
主手輕輕托起我們，
救我們脫離眾仇敵。
哈利路亞！哈利路亞！
主恩浩瀚廣流傳。

神辜負了艾賓，辜負了赫蒂。辜負了他自己。

上帝的拯救、上帝的慈悲在哪裡？抑或死亡就是拯救——與慈悲？他永遠不得而知，而不知道跟知道同樣難以承受。安格斯盡量放輕動作，將他那半邊的讚美詩塞回老兵的手裡。然後回到屋外的寒風中，他想要走一走，不停地走。

他在阿斯提勒最偏遠的地區，在一條他不認得的路上，停下腳步。清淺的溪流結了一層薄冰，流到冰封的池塘。麻雀輕快飛過無葉的樹叢。他豎起衣領。上方的天空褪成白色，色彩盡失的慘白就如同他母親的嘴唇，以及在伍德羅夫醫生輕輕將她驚愕的眼睛永久闔上前的眼白。他看見父親的頭靠著牆壁，艾妲抱著一個臉部蓋著毯子的死嬰，彷彿要保護嬰孩免於誕生的痛苦。靜止且蒼白，蒼白且了無生氣，他的母親被放進柔軟的春泥中，而隨她而去的，是他父親的喜樂與自在。他記得父親在幾個月後，帶著震驚的眼神從淺灘打魚回來，以鐵打的意志堅決逆轉財運，並傲慢地相信自己辦得到。

是何等的傲慢、何等的癡愚，令安格斯以為自己能找到艾賓，拯救他？他試圖想像艾賓的臨終時刻，卻想不出來。浮現在腦海的是赫蒂收到消息的畫面。他必須在軍事部之前通知她。他跪在地上，前後搖晃，反反覆覆重擬電報，直到電報也喪失意義。

那天深夜，在他發出電報並查看部下狀況之後許久，在他以一個拚命阻撓自己思考的人的熱切與精準講完課之後許久，他歪歪倒倒地回到屋子，見到茱麗葉。見到他那個樣子，茱麗葉不禁倒抽一口氣。

「Ton frère?（你兄弟嗎？）」

「舅子。Le frère de ma femme.（我太太的哥哥。）」他糾正她，彷彿那有什麼要緊。

「Il est mort?（他死了？）」

安格斯說沒有發現遺骸。只有軍籍牌。艾賓現在正式宣告死亡。她微微靠向他，雙臂抱著腰。他拉起她的手肘，拉起她跟紙一樣乾的雙手，拉得她挺起身子，將她擁進懷裡，搖著在自己懷裡的她，從她頭上盯著幽暗的走廊。「Mort?（死了嗎？）我不知道。」他低語。

她退開一些，探尋地看他眼睛。

「是我自己一廂情願。傻子。」他放她走，搓搓臉，心煩地來回踱步，手扠在腰上。「問題是沒有遺體，我一直想，我曉得自己的毛病就是想太多，但我一直想他只是不知何故自己跑掉了。留下軍籍牌。雖然那很莫明其妙，但也許他是逃兵。至於他到底怎麼打仗打到一半開溜？可能是因爲正好有那個時機。但他會上哪去？在古瑟列特會戰之前那麼多個月，他怎麼都沒寫信回家？」當他看到她的表情，他打住話。「妳一定覺得我瘋了。」他說。「妳大概是對的。」

她搖頭否定，但她的眼神別有意味——也許是憐憫，或者不是——是同情。

那晚，安格斯躺在太軟也太乾淨的床上，一身衣服都沒脫，只褪下靴子，帕布里卡佛像個嬰兒蜷縮在他身邊，月光從蕾絲窗簾透出來，映出明暗交織的精細花紋，安格斯想起米契爾·芬奇，他的妻子在榭爾本摔下船，遺體不曾尋獲，多年後，米契仍在說：「珍妮回榭爾本探望父母。應該隨時會回來。」

安格斯翻身下床，無聲地走到窗前，從外套口袋掏出那個十字架。ELH。艾賓·藍斯頓·韓特。在長年對信仰無動於衷後，艾賓買了個十字架。請人刻上姓名縮寫。十字架代表他的信仰，抑或希望信仰會隨之而來？他將鍊子掛在脖子上，讓十字架滑到胸口。他認識了快一輩子的艾賓跳下一個兔子洞，消失無蹤。死了，對，大家都說他死了。但他的命運仍然未知。

七

一九一七年二月二十一日
新斯科細亞 斯納格港

賽門聽見輪子的吱嘎聲，接著便看到喬治。喬治使勁推著輪椅前後移動，在廚房門口時而出現，時而隱沒。賽門一陣反胃——或許是在爐子上燉煮的甘藍菜氣味——但即使是在走廊上，他也能感覺到喬治的輪椅踱步含有恫嚇的意味。喬治瘦到剩一把骨頭，肩膀寬闊。聽說他從前線回來後就變成兇神惡煞。賽門希望喬治的母親快快將他來拿的圍巾拿出來。冷不防，喬治轉過來面對他。

「你騎我的心肝寶貝佩格來的嗎？」他粗啞地說。賽門緊張地點頭。彷彿在回應似的，佩格在外面輕輕嘶叫。

「心碎了。馬都操到肌肉抽搐斷氣爲止。」

「什麼？」賽門反射地問。他焦躁地望向走廊。

「抽牠們，打牠們。軍令如山！牠們眼珠子都凸出來——拖著我們的槍械砲彈走過泥地，一直到牠們累到不會吃我們給的燕麥爲止。牠們的心碎了，就這樣。」喬治推著輪椅經過賽門，去看拴在欄杆上的佩格。「我的心肝寶貝佩格。」他輕語，然後整個人一僵，霍然挺直身體。「當牠們變成那樣，就斃了牠們。兩旁那些濕答答的馬都在雨裡哭。死馬一匹都沒有下葬。沒那個時間。繼續抽鞭子要牠們走。」他握緊拳頭，定睛看著佩格。

「賽門，你在說話嗎？我馬上就來！」喬治的母親拿著一疊圍巾進來。「還是喬治，你剛才在講話嗎？」對賽門則說：「天啊。他一聲不響就是一兩個星期，突然又打開話匣。遇到那種時候，我們就會聊得很愉快，是不是啊，喬治？」她放下圍巾，抖開一條披肩要幫他披上，但喬治推開她。賽門拉住她的手來穩住她。「他話不多，倒是很壯。食量大得像匹馬。」她紅著臉，緊張不安。「喬治？這位是賽門．彼德．麥葛拉斯。記得他嗎？」

喬治狠狠地瞪她一眼，抓住拐杖。他拖著身子站起來，咚咚回廚房去。走到門口時，他轉過身。「我在十四個盒子裡收了十四個銅板，專門給你這樣的男孩。」他說。

馬瑟太太像座雕像，一動不動站在原地，然後把圍巾塞給賽門。「二十五歲，沒半個朋友。」她說。「你去問問布隆利夫人，一個好端端的男孩子變成這副德性回來，送圍巾給他們又有什麼用？」賽門退出門外。「你去問她！」這些話在他耳裡迴盪，他躍下階梯，讓佩格在貓頭鷹頭路上疾馳。

鄧肯抖開餐巾，再以摺疊前帆時的小心翼翼摺餐巾。「安格斯怎樣了？」他的祖父問，他總是這樣，像在問異邦的殖民地狀況如何。

赫蒂凝視廚房窗戶外面。「信要兩個星期才會到。」她嘆息。

賽門看著自己的盤子，想著累到不吃東西的馬兒，默默將甘藍菜撥到大腿上的餐巾裡，甘藍在餐巾上堆成濕糊糊的一堆，湯汁滲到他的褲子上。鄧肯用手指輕拍嘴巴。然後拍拍大腿，張開手臂。楊．弗萊德溜下座位，跳到鄧肯的大腿上。賽門將濕答答的甘藍菜丟進堆肥桶。

「你好乖，楊．弗萊德。好了，你最近過得怎麼樣？」

「賽門幫我做了一把砍海怪的劍。還有，我不喜歡爛泥巴。」

「他最近都不想弄髒靴子。」赫蒂眨眨眼睛，對楊．弗萊德說。

「喔。既然如此，我們得幫你買一雙好的漁夫靴，解決爛泥巴的問題，對吧？」鄧肯掏出懷錶，看著赫蒂。「有特利的消息嗎？」楊．弗萊德按下錶蓋的拴扣。懷錶蓋子便打開了。

「嗯？」赫蒂說，在收拾碗盤。「什麼事？」

「特利！該死，我在問妳特利的事。妳的表哥。楊．弗萊德的父親。他跟妳聯絡過嗎？」

赫蒂清理自己的盤子，將殘羹剩菜刮進水槽的盆子裡。「沒有。他應該不會聯絡我們。他在拉不拉多。」

「拉不拉多？他在那裡幹麼？他還是不關心這孩子怎麼樣了嗎？」

「看在老天份上，鄧肯！」

「怎麼，妳以為這孩子還沒納悶過？我的天，赫蒂。他父親是窩囊廢。妳要他將來跟他老爸一樣嗎？妳得老實告訴他眞相。教導他怎樣在這個世界安身立命。要有骨氣。過正派的生活，嗯，你說對不對，弗萊德？」

「他才四歲，鄧肯。」

「快五歲了！」楊．弗萊德大聲說。

「你上個月才滿四歲。」賽門說。

「你看吧？」赫蒂對鄧肯皺眉。

鄧肯嘆氣。「他幾歲不重要。好歹他的想法方向正確。對嗎，弗萊德？」

「我的鉛筆人需要一個新爸爸。」楊．弗萊德說，跳下來。

赫蒂拍拍他的頭，把他抱到腿上。「你有一個爸爸。」她說。「他只是現在出遠門。」

楊・弗萊德將臉埋在她身上。「不是我。是我的鉛筆人。」他挺起身體，渴切地看著排放在他盤子邊的三枝鉛筆，扭著爬下去，將鉛筆拿到桌子下。

「現在，」鄧肯說，彎下腰對著他，「假設你徵召你的火柴人幫忙洗碗，如何？認眞工作，才是火柴人需要的。省得他們胡思亂想。」他哼著起身離桌。「我到客廳抽菸斗、來杯咖啡，假如這也能叫咖啡的話。」他對赫蒂眨眼。「走吧，賽門・彼德。」

「是鉛筆人。」桌子下傳來的聲音說。「不是火柴人。」

賽門躊躇不決。「你去吧。沒關係。」他母親隨手一揮，讓他告退。賽門樂得離去，跟祖父去客廳，一屁股坐在父親的椅子上，凝視火爐。馬匹在跳躍的火焰中搖曳。他祖父用拆信刀拆開一疊他帶來的信件——信件來自渥太華、英格蘭、美國。那些人跟他討論戰事。「**海削一票**。」他咆哮。「看得我一肚子火。」

「海盜嗎？」賽門意興闌珊地問。

「**海削一票**。發戰爭財。我以前跟你說過——武器、糧食、衣物等等一切東西——從別人的苦難快速撈錢。認眞想想，跟海盜沒兩樣。把配備破爛裝備的人送上戰場。人心的貪婪沒有上限，賽門。你怎麼一副消沉的樣子？好像病懨懨的。」他祖父從眼鏡上方盯著他，一邊拆開下一封信。「我知道你又去了漢尼格雜貨店那間所謂的募兵辦事處了。別那麼吃驚。小子，我消息很靈通的。」

又是募兵卡片。「我只是跟澤努斯閒晃。跟澤布聊天。」

「嗯哼。你想過海斯特先生會怎麼說那隻人猿嗎？」

「海斯特先生會知道那不是他。」

「是嗎？怎麼說？」

「因爲他在**這裡**。他是我們的一份子。再說，普魯士人才是罪魁禍首。他不是普魯士人。他自己說的。」

鄧肯摘下眼鏡。「我想不通你這麼聰明的男孩子，腦筋怎麼鈍成這樣。你以爲海斯特先生爲什麼拚命區分兩者？戰爭打得愈久，他愈危險。」他又拿起信件。

「什麼意思？大家都認識他。」

「再多幾個變成喬治．馬瑟那副德性的小伙子回來，他會出什麼意外都不奇怪。」

賽門坐起來。「喬治——他是瘋子吧？」

「他被壓垮了。戰爭就是這樣。把人壓垮。他可能很危險。在他恢復正常之前，最好離他遠一點。」

他祖父抖出一封信，注視爐火。

「他講話瘋瘋癲癲的。」賽門走到窗戶，找起他的小朋友狐狸，但黑暗吞噬了原野，四處都看不到狐狸。就在晚餐前，牠跑過半個積雪的院子。連續三天。牠抬起一隻黑色腳掌，扭頭看賽門——牠的白色胸脯襯托出披著紅毛的肩膀，尖尖的吻部，黑眼睛直視他。

但外面的確有東西。一道黑色人影從路上過來，眼看就要走到屋子了。即使在黑暗中，賽門照樣認得那吃力的步伐。「澤布．莫拉許！」他說。「他爬上山坡來了！」

「嘎？都這麼晚了。」鄧肯踱到窗戶。「還眞的是他。」他輕聲說。

澤布看著屋子，搖搖頭，繼續走，慢如糖蜜，活像積雪深及膝蓋而且路徑難以辨識。

「澤布？澤布隆！」鄧肯叫道，打開門，一陣冷風吹進來。

「是我。」回應傳來。

賽門當下了然於心。電報辦公室在漢尼格雜貨店後面。從來沒人走路那麼慢騰騰的。

「來來來，快進屋子！」鄧肯把他拉進門內，用力甩上門。澤布又是咳嗽，又是喘息，像老馬似地跺跺腳。他褪下手套，疊在一起。然後將手伸進夾克的內袋，說：「鄧肯。很高興你在這裡，孩子。眞的。」他抽出一封薄薄的信。

鄧肯看著信，但沒有拿。血色從他的臉消退，但他站得很挺。宛如鋼鐵。

「安格斯拍的電報。收件人是赫蒂。」

赫蒂站在廚房入口。楊．弗萊德閃過她，衝向澤布。

「你說，是安格斯拍的電報？寄件者是安格斯？」鄧肯一手搭著澤布的肩膀。

「對。他寫的。他寄的。」

「謝天謝地。」鄧肯接下信封，領著赫蒂到客廳，說：「信上寫什麼還不知道呢。我們什麼都還不知道。」但賽門心裡已經有底。看一眼澤布的臉色，誰都會曉得。他的母親知道了。他祖父也是。

「來，赫蒂。坐下。要我來拆嗎？」鄧肯柔聲說。她沒有坐下。她一眨不眨地瞪著信封。賽門口乾舌燥。澤布摘下帽子，像祈禱似地抓在手裡，臉被凍得發紅，賽門沒見過那麼悲傷的臉。

鄧肯將信封翻面，抽出電報。他笨拙地拿眼鏡，弄掉了又撿起來。

澤布咳了一聲，滿臉慌張的表情。「我該走了。我想親自送電報來。很抱歉。眞的很不好意思。」他戴上帽子，向他們點頭。

「沒關係的，澤布。」鄧肯說，沒有抬頭。「你先喝杯東西再走回鎮上。來點蘭姆酒。我想送你回去，可是……」他幾乎將電報塞進口袋。

「說不定是好消息！他、他找到他了！對吧？」賽門說。他的話，一說出口，就顯得瘋狂，但無所謂，因爲現在他祖父已看完電報，將那張紙按在胸前，表情跟澤布一模一樣。

「艾賓。」他母親喃喃說。「沒有……？」

賽門之前放的柴薪往下掉，激起一蓬火花。沒人開口。

「念出來。」她說。

他祖父再度將眼鏡的金色鏡架掛到耳朵上，看一下赫蒂以茲確認，念出：

艾賓的軍籍牌在古瑟列特與同排弟兄的遺骸一併尋獲。

顯然遭到砲轟。全排陣亡。未尋獲艾賓遺體。哀傷無比。

我好想跟妳在一起。安格斯筆。

他母親緩緩搖頭，不願接受事實，伸出手向後退。賽門抓住電報。在檯燈的燈光下，打字的字跡匯聚成語句。**全排陣亡。顯然遭到砲轟。未尋獲遺體……**「爺爺？這是什麼意思？爺爺？」

「哀傷無比。」他祖父沙啞地低語。「就這個意思。」

八

一九一七年二月二十四日
法國　阿拉斯地區

天晚了。小酒館的生意冷清。大兵們多半都去觀賞劇名很貼切的基督教青年會戲劇《置身險境》。頭髮稀疏的老闆在康隆背後，溫呑呑地用拖把來回拖地。安格斯摺起鄧肯拍的電報，忖度父親得按捺多少情緒，才寫得出電報。

康隆點完酒，坐下。「家裡的消息？」他問。

「我父親拍的電報。說艾賓的家人收到官方通知，我太太在娘家。下星期舉行告別式。」他想像赫蒂面如死灰，倒在他父親懷裡。他滿腦子只想得到這個畫面。他才是應該擁抱她的人。「我入伍以來第一次收到父親的消息。他不高興我從軍。」

「我要你告訴我，你從軍不只是爲了尋找艾賓．韓特。」見安格斯沒有應聲，康隆又說：「當兵的理由無奇不有——有的人想跟朋友共進退、找刺激、閃避牢獄之災、逃離什麼。不是來找人的。」

「我一定是瘋了。」

「一定是很了不得的朋友。」

「其實比較像兄弟。我從小就認識他，那時候，我母親剛過世不久。或可說，他帶我走出陰霾。」

「於是你娶了他妹妹。就是她說服你從軍的嗎？」

安格斯正要解釋，才醒悟到康隆是在開玩笑。哪個太太會希望先生當兵呢？話雖如此。他記得那天晚上，她摺好的法蘭絨睡衣放在床上，一隻袖子歪了，他告訴她要從軍當製圖員，從後方搜尋艾賓的下落。當他說完，她在窗前的剪影僵挺起來，像一條被拉直的線。她將窗簾拉開一條細縫。而那安靜的姿態，默許他從軍。儘管她事後大力反對，他一再擔保自己不會置身險境，然而那一刻才是眞相。他自己也知道。

如今回顧，當時眞是瘋了。

「我們兩個對這場戰爭的樣貌壓根兒沒概念。從沒想過我必須作戰。還有她的父母、她的父親。我小時候，她父親很疼我。我猜我想要……唔，其實這都無所謂了吧？」他將電報放進口袋。

康隆嚴肅地注視他很久。「也許很重要。你老爸——他是反對一切戰爭，或只反這場戰爭，或只反對你參戰？他是和平主義者還是——」

「是啊。他是和平主義者。或許不太正統。」安格斯不自在地挪挪身子。「總之，他不是一般認知中的和平主義者。他是一個強悍的混蛋。他在一艘淺灘漁船當過很多年的船長，性子一直沒有變。他一個比較嗆的看法是大英帝國去吃屎。他自有一套表達方式。」

「說到底，你是在逃避啊。」

安格斯一口喝乾剩餘的酒，氣惱康隆三兩下就令他從全新的角度看事情。「或許吧。」他對康隆說。「話雖如此，我愛他。我是說艾賓。他失蹤時，我才曉得那份愛有多深。」安格斯傾身用雙手捧著酒杯。「當一個人走了以後，永遠都不會回來了，一部分的你也會跟著消失——當那個人在的時候的你，以及你心裡那個以前的你。」他的喉嚨變緊。他靠向椅背，別開視線。

康隆嘆息。「失落的青春夢想。找到他，或許就能重拾夢想，是吧？」

安格斯回以譏諷的笑容。「那些夢在艾賓入伍時應該就統統滅絕了。」其實曾經重新浮現，但他沒有說。

「人生要是沒有夢想，就沒意思了。」

「艾賓常說，要是沒有風險，人生就沒有意思了。」

「其實是同一回事。」

「應該吧。那你呢？你爲什麼從軍？尋找青春？不想坐牢？」

康隆挑起眉毛，點了一根菸。「要那樣說也行。我原本要當記者。有朝一日要開報社。我辦到了。在渥夫維管理一間小報館，直到瀕臨倒閉爲止。要是我不走，說不定會因爲殺人罪坐牢。」

「爲什麼？發生什麼事？」

「原來，我沒有商業經營的腦筋。而且……」他猶豫片刻，「跟老闆起爭執。是爲了一個女人。老闆不愛她，但是我愛她。很老掉牙，但既然發生在自己身上，感覺就是全新的故事。」

「你娶了她嗎？」

「我是想娶她啊，但有個問題。」

「她是老闆的老婆？」

「沒錯。另一個問題是我沒有停止過想她。或老闆。因爲老闆擁有她、因爲他對待她的方式，我已經在心裡宰了他幾千幾百次。我以爲那女人愛我。但我猜沒愛到願意離開她老公。而你，娶了你夢想中的女人。你眞走運。」

其實在他們大喜之日，赫蒂說他是「一個好人」。但赫蒂的意思究竟是儘管安格斯任憑熱情衝昏理智，仍是娶她的好人選，或單純說他是個好人，他始終不敢問。雖然他對令他們步上婚姻的輕率行徑滿心愧疚，安格斯不曾忘記那一刻的歡愉與擴張的感覺。

他想著自己曾經千百次幻想找到了艾賓。他們張開手臂互擁。老天，你怎麼這麼久才來?艾賓會這麼說。「老實講，感覺不像眞的——艾賓的死。」他說。「我猜，是沒發現遺體的關係。」

「是啊。我也說過，如果必要的話，就繼續懷抱找到他的夢想。只是千萬別忘了，你的部下是有血有肉的人。你會折損一部分弟兄。別讓弟兄先沒了長官。」

「是的，長官。」安格斯說。

「我是以朋友的身分勸你。」

「我知道。」安格斯說。他眞的知道，但他們畢竟有軍階差異的隔閡，況且他也有說不出口的事，比如他腦海裡才剛浮現的畫面是艾賓穿著鬆垮的長褲、帶著紅蕉，躲在前線的南方某處。康隆可能也想過他是逃兵。但是不會的，艾賓不是那種人。臨陣脫逃跟安格斯認識的他恰恰相反。安格斯摁熄香菸。外面有人聲。吵吵嚷嚷的人漸漸變多。「我還是先閃爲妙。」安格斯說。「戲已經散場了。我沒有應付散場人潮的興致。」

彷彿受到召喚似的，一群二等兵跟低階軍官闖進來，帶來戲劇的音樂與笑聲。完美演出，他們嚷著。猛拍軍官馬屁!爆笑!

有許多拖拉椅子、併桌的刮擦聲響。話題從希區穿洋裝有多漂亮（美腿!），迅速移轉到鎮上五大名妓的相對優點。

「五個?不中用的傢伙!有兩個就有二十個，而且我全部認識!」羅迪·戈登叫道。他反轉一張椅子，灌了一大口別人的啤酒。「她們跟我說：『你裙子底下有什麼貨?』我就說：『有種妳就自己看!』」他一隻大手搭在安格斯的肩頭，退回去，臉頰發紅，抬眼望天。「她們果眞有種!噯，她們很帶種啊!看了幾乎都要昏倒了呢!安格斯·麥葛拉斯，你居然在這兒!你好不好啊?」

「羅迪．戈登！眞的是你？」自從他們在英格蘭受訓結束後，安格斯就沒見過他。

「老天在上，眞的是我！我們又見面了。多謝上帝，我終於來了，是吧？我打算三兩下終結戰爭。我現在是下士，看到了吧。」他的頭向軍階徽章歪一歪，坐好，拍一下粗大的膝蓋。「你混得怎麼樣？」

「大家近況如何？他們在哪裡？」

「其實，還滿可悲的。」羅迪用手拿安格斯的馬鈴薯吃。「女服務生上哪去了？我一定可以撈到免錢的晚餐。我跟你說，她們愛死我的傢伙啦！我的傢伙可是身經百戰呢。好啦，很多弟兄們得了流行感冒病倒，其餘的就編制到官兵裡了。陣容龐大的第一百八十三營散了，沒了。現在我是你們的一員，準備跟德國鱉子對幹，把他們從他們的胸牆裡拎上來。你最近過得怎樣？對了，我今晚看戲碰到你的一個朋友。山姆．帕布里卡佛。」

「帕布里卡佛，天啊！」普萊斯考特說。「可惜你沒看到他的英姿！那小子是天生的鬥士。」

「根本是殺手。」契弗利．赫克插話。「戲散場後，要不是有人攔著他，他會把一個庫特尼步兵團的傢伙打死。那個庫特尼的人保命小住，都是多虧了羅迪。」

「嗯。」羅迪附和，若有所思地咀嚼。「本來是無傷大雅的打打鬧鬧，結果那個庫特尼的人嘴巴越來越毒，拿人作文章——比如『皮包骨鯡魚佬[18]』。當他叫帕布里卡佛美少男，場面就變難看了。」

「唔，他絕對不是鯡魚佬。但不得不承認，他確實很俊美。」安格斯說，現在他有了談興，很開心能跟羅迪重逢。

「就是說啊！他是美少年。本來他一副開朗的天眞爛漫模樣，但後來凶巴巴地瞪著庫特尼的人，就槓

---

18 Herring choker，加拿大沿海居民的謔稱，因常吃魚，尤其是鯡魚。

上他了，聽好囉，他一派沉著，揪著他的衣領把他提起來，緊跟著就狠狠修理他。幸好憲兵在忙別的事。但講句公道話，你的弟兄看到人家不是對手，就罷手了。我們不用眞的架開他。」他看了契弗利一眼。

「沒錯。」契弗利聳聳肩。「我跟他一塊長大的。他有五個溺愛他的姊姊。不曉得他哪來的火爆脾氣。」

「也許那就是問題所在。」安格斯微笑。

康隆轉著酒杯說：「山姆一向都很冷靜地深思熟慮。除非碰到德國佬，他不輕易打架。就算眞的開打，也很少打輸，而且事後一個字都不提。」他大聲嘆息。「他的行爲有失軍官風範，我大概得訓他一頓。」

「嗯，我再跟你們講一件他的事。」羅迪嚴肅地說。「他實在是個美少年！說人人到！」

帕布里卡佛咧著嘴大笑，藍色眼眸一派無辜，毫髮無傷，鑽過人群，找了位子坐下。「你們有沒有想我？」

汗水、潮濕的毛呢、酒的氣味瀰漫在酒館裡，話題轉爲關於護士的奇特景觀，那天早上有人看到她們披著藍色披風，看來朝氣蓬勃且健康，完全不可親近。原本沒打算待這麼久的安格斯去上公廁。他擠進隊伍，回想倫敦那個樓上房間——由測量、坐標格、坐標、交錯的經緯線構成的聖殿——他原本想跟那些製圖員一起伏在立體鏡上，將空拍照片變成地圖。畫地圖有種樸實、自然的特質，那審愼、不帶情感的繪製過程，跟畫鳥一樣能安撫他的心緒——撫平太過椎心的情感。他曾經懊惱自己不能成爲他們的一員，現在他慶幸自己不必置身在他們疏遠、了無生氣的世界。一條一條的精確線條——他的天賦、他的敗筆。或許是酒意，或許是有羅迪在場，或是笑語和袍澤之情，總之他很感謝自己置身在前線的混亂現實——因驚駭而更見深刻的喜悅時光——這樣的現實全都眞實可信、不曾明言，而且是前線每個人都懂的。

當他回到桌位準備告辭，羅迪站起來。「我一直想問你。查到你舅子的消息了嗎？」

「宣告死亡。他們找到他的軍籍牌跟他同排弟兄的殘骸。被轟爛了。那是官方說法。」安格斯說。「沒有找到他的遺體。」

「唉。抱歉。」羅迪低頭看著握在兩隻粗手指跟拇指之間的酒杯。「你信不過官方說法嗎？」

「沒有、沒有。」安格斯說謊。「我怎麼會懷疑眞假呢？」

「尋人之旅結束了，是吧？」羅迪說。「只不過，哎呀呀，你還在這裡。」

「就是啊。」安格斯說。「我人在這裡。」

「你想我們在執行自殺任務嗎？」羅迪是認眞的。

「這邊這一位康隆，明明有愛爾蘭宿命論的悠久傳承，卻似乎不這麼認爲。他相信的是準備，羅迪。」

「是啊，演練再演練、特訓，以我們的步調驅散懷疑。恐怕，我們是在抵抗懷疑。」

「恐怕是。」安格斯說。

「幫我問候最可愛的茱麗葉跟她討人喜歡的兒子！」帕布里卡佛向他的背影喊。

他進屋時，保羅還沒就寢，他母親已經睡了。「我在等你。」他說。他拉著安格斯穿過走廊到廚房，幾個水蜜桃罐頭在桌上。這孩子神通廣大，幾乎每個他認識的大兵都會跟他交上朋友。他孱弱卻剛硬的精力令人既憐惜他的處境，又欣賞他的勇氣。茱麗葉對他的管教出奇寬鬆，放任他四處遊盪、廣結善緣。「他自己會在這場cauchemar（噩夢）找到出路。這樣對他最好。」她聳肩說過。

「你搜刮到水蜜桃啊。」安格斯打呵欠說。

「Non（不是）。是別的事。」保羅說。他伸出一根髒手指，指著擺在桌上的艾賓照片。

「這個怎麼會在這裡？」安格斯質問，拿開照片。

「在你的床邊，」保羅說：「我看過cet homme（這個人）。」他靠向安格斯，又指著艾賓的照片。

「今天，我看過他。」他低語。

安格斯舉起照片。「你說這個人？是這個人？」

保羅踮著腳尖蹦跳。「Oui. Cet homme!（對。是這個人！）」

「在哪兒？在哪裡看到的？」

「在布麗吉那裡。他跟阿兵哥們和布麗吉在一起。」

「布麗吉？她是誰？」

「你知道她的啊。阿兵哥都知道她。Une amie，一個朋友。噓。別跟Maman（媽媽）說。」

布麗吉——羅迪還是某人，還是一堆其他人，提過那個名字。她在私娼寮工作。保羅自然是認識她的。「不。」安格斯對保羅搖頭。「你看到的不是他。不可能是他。」他指著艾賓的照片。「這個人死了。Il est mort，保羅。」他斟酌地說，脈搏加速。

保羅沒有退縮。「我看到他。你不高興嗎？」

他在捏造事實，安格斯心想。但保羅實在不是會給人空歡喜的人。他在動什麼腦筋？大概真是一場誤會。「你看到長得像他的人，對吧？沒關係。我不會介意。」安格斯輕拍保羅的頭，那一撮白髮在他掌心的觸感又硬又脆。

保羅從頭上移開安格斯的手，握在自己手裡。「Vous avez peur?（你害怕嗎？）」他細聲說。

「怕？怕什麼？怕找到他？怕他的幽靈？不，我不怕。」安格斯努力堆出笑臉，將照片收到口袋。

「我帶你去。」保羅拉著安格斯的衣袖。他堅持己見，一派可信的模樣，安格斯簡直想由著他拉走。

安格斯看了時間——十一點三十二分。「住手。」他說。「這麼晚了，你不能在街上遊盪。不行。你可以——」明天再帶我去找他，他本想這麼說。但萬一那眞是艾賓，明天他說不定就不在了。明天他說不定就死了。

保羅看著天花板，等待他推論出昭然若揭的結論。

「我看這樣好了，」安格斯說：「我去。你留在這裡。告訴我地方。」

「Une maison à côté du fleuve.」

「你是說河邊的房子嗎？河邊的哪裡？」安格斯說。

「天很黑。要找到——très difficile（很難）。」保羅鄭重地說。「我帶你去。Maman（媽媽）在睡覺。」他擺擺手，毫不顧忌她。

安格斯看了時鐘，又看保羅。天啊，他眞有說服力——他拉長一張瘦臉，近乎白色，完好的那隻眼睛閃閃發亮。安格斯掏出筆跟小本子。安格斯只想到要寫：「保羅跟我在一起（avec moi）。他認爲自己看到艾賓，現在帶我去找他。」這似乎太瘋狂，他差點劃掉，然後想到她大概看不懂英文，偏偏他不太會寫法文，寫字條實在多此一舉。他可以叫保羅代筆，卻希望親自寫。再說，他們會在她起床前回來。他將紙條放在廚房桌子中央，瞪著紙條。

「Allons-y!（走吧！）」保羅說。

「好。走就走。」安格斯將自己的圍巾圍到保羅脖子上，跟他出門。

在阿斯提勒的邊陲，保羅匆匆走下一條又一條巷道，穿過沒有屋頂的殘壞建築。周遭愈來愈眼生。明滅不定的希望在滋長。**快呀**，安格斯想說。**快呀**。**走快點**。

黑夜映襯著向東延伸的許多白色營帳，這裡那裡零星燒著幾個火盆。颳起的風，將營帳的布片從柱子上吹起，像鬆開的船帆一樣擺動。一棟有圓牆的一層樓磚房出現在眼前。一匹馬在嘶喊。馬廄在鎮上外圍的營區旁邊。保羅急轉彎，拐進右邊的泥巴巷子，夾道的籬笆跟戰壕牆壁一樣高。走了四分之一哩後，路變成下坡，保羅轉進一塊鵝卵石空地，空地四周有石造建築、幾棵極大的樹，以及可能是舊糧倉的建築。

他們像兩個間諜溜過空地，來到一間狹長建築的角落窗戶前，建築有一扇寬大的木板門。他們站在腐爛的雜草糊上，腳陷進薄雪中。安格斯從側邊湊向窗戶。保羅蹲下，鼻子就在窗檯上。燈光昏暗，人聲鼎沸。煙霧彌漫。一陣陣爆出的笑聲壓過小提琴的哀切音符。節拍突然變快。

這是妓院，而且明擺著是私娼寮——既沒有懸掛代表招待小兵的紅燈，也沒有軍官的藍燈。安格斯正要進去一探究竟，保羅便用尖尖的手肘戳他的肋骨。保羅一眨不眨，指著一群在打牌的大兵。一個像黃鼠狼的男人面向他們，身穿英國的卡其軍裝。背對他們的加拿大人腿上坐著一個女人，她那條粉紅跟黑色流蘇的披巾垂到他的肩膀上，她豐腴的手臂閒閒勾著他的脖子，撫弄他的頭髮。保羅瞇起健康的那隻眼睛，直指著他。玻璃不太透明，但安格斯掃視其他人。有很多英國佬，另一張桌位有幾個放肆的加拿大人。琴師是個穿黑色燕尾服的年輕女郎。另一個穿著輕薄褻衣的女人親吻她的嘴。

靠窗的加拿大人倚向椅背，說話、打手勢，其他人哈哈笑。然後他推開腿上的女人，在她站起時順勢摸一把她的臀部。她對著他舔舐嘴唇。安格斯捂住保羅的眼睛。保羅拉開安格斯的手，又指一遍。

「是，我知道。你認爲那是他，」安格斯低語，「但不是他。」不可能是他。不是這個人，這個人仰起頭，以一個安格斯太過熟悉的姿勢撥開額頭上的頭髮。

安格斯踉蹌後退。「天哪、天啊。」他聽到自己說。他抓下軍帽，扒過頭髮。「天哪、天啊。」怪不得保羅如此肯定。那個加拿大人驀然起身，安格斯還沒反應過來，他就鑽過人群走了。一道側門砰然打開。人聲流瀉出來。「別閃那麼快，哈弗斯！」有人嚷道。「我們有件小事要解決。」踩著鵝卵石的腳步聲。奔跑。一個重擊聲。一聲低哼。「逮到他了！」另一個人嘟噥著說。

安格斯急奔到巷子裡。巷子又黑又窄，一邊是妓院，另一邊是一堵高聳的菜園牆壁。巷子裡堆著木箱，爛菜丟得到處都是，還有兩輛單車；在他們前面，有三個人。一個架著加拿大人。另一個面對他。

「付錢啊，哈弗斯，可悲的騙子。」安格斯聽到他說。

哈弗斯？

那粗壯的士兵雙手扠腰，然後摑加拿大人一巴掌，揪著他的頭髮，狠狠揍了他肋骨底下兩拳。安格斯一手緊抓著保羅的肩膀。「你待在這裡。」他說，然後踱向他們，高舉左輪。

「放開他，二等兵。」他下令。「你！退開。」他對另一個士兵說。

矮子士兵打昏加拿大人，結實的士兵則衝向安格斯，將他撞倒。加拿大人像麻布袋摔倒在石子地上。左輪從安格斯手中掉落，但那士兵沒注意到。「你到底是誰？」他逼問，濕潤的酒氣噴在安格斯臉上。「你找哈弗斯幹什麼屁？」他的手勒住安格斯的脖子。

「Arrêtez! 放開他！」一個小小的聲音說。

那士兵困惑地望向安格斯後面。他鬆開手，醉笑漾滿整張臉。「瞧瞧我們碰到誰了？一個小軍官？」安格斯推開他，翻身站起。保羅雙手舉槍。還沒扳起槍機，另一個士兵便從後方抱住他。保羅踢著腿扭動，條紋襪掛在足踝上晃動。左輪掉到地上。胖士兵撿起槍，握住，望向安格斯，呆滯的雙眼注意到一個東西。

「沒錯。我才是軍官。」安格斯說。「放開那孩子，交出我的左輪。」

士兵下巴都掉了。「我……以為你是來捉這個哈弗斯。長官，我以為……」

安格斯搶走槍，看一眼不可能是艾賓又絕對是艾賓的軟趴趴加拿大人。「老子懶得管你怎麼想。快滾，願上帝幫助我，小心我宰掉你們兩個。」

他們回頭看一眼安格斯，連滾帶爬地從巷道逃跑，融入遠端的黑暗。安格斯將左輪放回皮套，匆匆摸一遍男孩的四肢，抬起他的下巴。「沒事吧？」

保羅上下點著頭。「沒事，中尉。」他說。

側門突然打開。安格斯將保羅拉到門後。他們平貼著牆壁，兩個下士東倒西歪地出來，嘻嘻哈哈。下士們急轉彎，面向牆壁，翻弄長褲，嘩啦啦地小便。安格斯望向那個加拿大人，他蜷身側臥，像石頭文風不動。如果哈弗斯是艾賓，現在保護他的唯一方式是讓他躺在那裡，不引人注意。

「萬歲、萬歲，上將即將槍決！」一個士兵唱道。

「萬歲、萬歲，那個可惡的醉鬼！」另一個唱。

然後合唱：「他對我壞透了，就在我……」他們停口。一個搔搔頭，扣上褲襠扣子。「想起來了！」他說，以深沉的男中音唱出：「他對我壞透了，就在我待在他部隊時！」他們以高亢的花嗓結尾：「弟兄們萬歲，他們要槍斃上——將啦！」

他們蹣跚地返回妓院。安格斯竄向加拿大人。小提琴樂曲在喧鬧的人聲中梭行。裡面一陣騷亂。碎石飛竄、傳來關閉引擎的聲音。一把左輪手槍開火。憲兵來抄妓院了。安格斯將加拿大人翻身，跟保羅將他拖到幾個木桶後面。安格斯盯著門，一手放在大兵的脖子上，抬起他的頭。大兵在呻吟。安格斯一手摀住他的嘴，向下看。仰望著他的人，就是艾賓。他淡褐色的眼珠向後翻。眼皮閉著。不省人事。

保羅說：「Allons-y!（走吧！）」

「到哪兒？」安格斯喘息說。

「Là!（那裡！）」保羅指著巷道對面一堵高聳的石牆。

「穿過那道牆嗎？有門嗎？」

「Oui.（有。）」保羅已抬起艾賓的腿。

「我用拖的。」安格斯壓低音量。「這樣比較快。」

保羅蹲著進入一叢木莓，使勁推開一扇隱密的木板門。安格斯拖艾賓進去。穿過一小塊黑色空地，就有一間棚屋或穀倉。保羅指著那裡。安格斯點頭。他們關上門時，長長的手電筒光束便射過巷道。安格斯在牆內蹲在艾賓旁邊，聽到腳步聲，一聲「沒有別人了」，接著是「把那些人都帶回去」。在一聲口哨後，他們便落單了。安格斯對雙手吹氣，抵禦寒冷；保羅也是。

安格斯將艾賓拖進畜棚，胡亂想著所有該做的事——舉報那兩個他忘記問姓名的士兵、送保羅回家、把艾賓送回他隸屬的單位或野戰醫院……艾賓！天啊。他找到他了。他口乾舌燥。他才不會放他走。

安格斯重新查看，確認沒有別人在。雞咯咯叫了一會兒，鴿子在屋簷咕咕叫，緊臨著敞開的門外——則是一座菜園，鋪著冬季的防寒材料。一小片孤立的住家和爐床屹立不搖。

保羅將圍巾疊放在艾賓的頭下，找到一盞提燈。安格斯點燃提燈，他們伸出手，活像那是營火。安格斯點了一根菸，在艾賓沒有扣上的外套底下，看到他脖子上有一小截繩索。他慢慢拉出，舉起提燈。E．**勞倫斯．哈弗斯，上等兵，第四十五營，加拿大遠征軍**。他放下軍籍牌，往後坐。保羅嘖口水，熱切地看著那根香菸。安格斯遞給他。

「是他。」保羅喃喃說，噴出一串煙，最後形成三個停在艾賓頭部上方的完美煙圈。安格斯在一塊布吐口水，拭去艾賓鬆開的嘴巴上的血。他輕輕擦拭艾賓腫起的部位跟臉頰上邊緣參差不齊的傷口，心知在他即將踏入的領域裡，他沒有能用的羅盤。

九

一九一七年二月二十四日
新斯科細亞 馬洪灣
深灣

乾爽的空氣令感官變得敏銳。初下的雪，像覆蓋在地表上的一層粉霜。在前往深灣的一路上，陽光暖洋洋照在他們臉上，他們膝頭蓋著小毯子，盧斯特緩緩前進，賽門跟爺爺幾乎沒說上幾句話。爺孫倆樂得不交談。

一切都變了。收到他父親電報第二天，韓特一家人便收到軍事部的電報。之後，他母親便為自己認定的真相顫抖不已。沒有遺體。沒有找到他。賽門左右為難，既想捍衛母親不受真相的侵擾，又想讓母親看見真相。但要怎麼做？他甚至考慮過說不定她才是對的。當他看見母親的兩個繼弟從山坡路上來，準備接她回赤斯特的娘家，他如釋重負，她的娘家親人自會照顧她，但賽門仍為自己的無能感到慚愧。

他們正在籌劃告別式，繼弟們說。她暫時失去定心錨了，賽門的祖父低聲告訴他們，他們也認了。她多愁善感，其中一人說，他拉長了臉，將一條毯子拋到馬車上。她會恢復的，另一個說。她是太震驚了，鄧肯附和道。

「賞心悅目吧？」他祖父說，這時他們爬到山脊頂端。在他們底下，冰川切割出來的狹長藍黑色水灣漾著神祕氛圍。山脊頂端非常靜謐，聽得見沿岸冰鬚下的漣漪聲。

「爺爺，這座峽灣是你的，對嗎？」賽門問。

「不是喔，只有我們腳下這片山脊。」他爺爺說。「不能把海買下來，小子。」

「對。」賽門同意道，片刻後又說：「我呢，倒是想買幾個島。拉富斯島，因為沙灘最棒。我會跟他們現在一樣，永遠開放大家到島上野餐。有朝一日，還要買橡島。」

「你想尋寶吧？」

「也許喔。我跟澤努斯今年夏天可能會開那艘平底船到橡島上。看能不能挖到寶藏。」

「那艘老爺船？它不能對準方向，根本是廢物。船帆也硬得跟木板似的。你們得一個星期才到得了橡島。」他祖父想到咯咯笑。

「它確實對不準方向。」賽門讓步。「但用橫風行駛修正方向就好。」他跟澤努斯發現這艘廢棄的盧嫩堡平底船，至少看來是沒人要的。船身比一般平底船長，但艤裝相同，浮標跟繩索也還在。它被沖到歐斯納船庫旁邊的石灘。由於沒人來認領，令這艘船蒙上迷人的神祕感。他們替菲利浦·梅德幹活，而且是做了不少事，以交換梅德幫忙他們更換朽爛的船板，安裝中插板、舵柄、舵，跟一根可以插進船頭座位洞口的新桅杆。船身比榭爾本河平底船寬，可作為划槳船或帆船，視情況而定。速度不太快，也不太靈巧，卻是他們的船。

「船名取了嗎？」

「還沒。我們還在討論。」他們為此吵了兩年。起初，在他們沒有為船名吵架前，他們經常押著拖把走下跳板，然後將平底船划回去援救，假裝拖把是溺水的姑娘，她濃密的繩索頭髮都濕透了。他們也談論怎麼樣對付橡島地下洞穴滑溜溜的沙地，大家都知道基德船長[19]的寶藏埋在地下洞穴呢。潛望鏡是他們今年出航到海灣時，要留意尋找的目標。「如果橡島是我的，我要開放給大家野餐，想挖寶藏也行。付錢跟我買開挖的權利。來野餐則免費。這樣，也許能吸引大家光顧。」

「賽門・彼德，捕人的漁夫，我想你具備企業家的本錢！」

「什麼？」

「就是商人。說到你的未來，菲利浦說你對造船有興趣。我不介意將來開一間造船公司。麥葛拉斯與麥葛拉斯造船公司。嗯？你覺得怎麼樣？你跟著菲利浦修理你那艘無名船，一定很快活吧。」

「是啊。」

「我就知道。今年夏年我送你到坦庫島待一段時間好不好？看史帝文斯哪個兒子肯收留你，或者是老岡帝・藍吉爾──嗯，他太老了。現在退休了。或是魯本・海斯勒。他手藝精湛。那邊那艘四十二噸的船就是他的。船名，就叫**銀橡**。」

「那菲利浦呢？」

「菲利浦是小角色。以修理爲主。他打造了蘿拉李號，但設計實在太過時。他很多年沒有造新船，手藝無論如何好不到哪去。我的計畫，是讓你從基礎學起。」

他的祖父總是有計畫。賽門才不要被送去坦庫島待一個夏天，跟著住在那兒的四、五個家庭，靠魚和德國泡菜塡肚子，沒半個朋友。他很清楚自己的打算。哪天他要是逮到去盧嫩堡的機會，就要跟尼可船長商量，讓他在他的淺灘漁船上工作。「如果我不想學呢？」

「嗄？不行。你得徹底了解這一行。你知道，我們建造蘿拉李號時，我帶你父親到馬汀河，我們一起找到最直、最堅固的雲杉來做桅杆。」

19 一六四五—一七〇一，蘇格蘭船長，因海盜罪被處決。

賽門記得當他將手放在蘿拉李號的主桅杆上，他父親提過這件事，這是樹木的第二次生命。他斜眼看著底下的黑水，變更話題。「深灣的深度足以讓鐵達尼號行駛，對嗎？那是爸爸說的。」

他祖父皺起眉，但同意深灣是冰河灣，應付得了鐵達尼號。

「所以說，深到潛水艇可以行駛囉。這是現在的傳聞。」賽門說。

「據說潛水艇躲在馬洪灣，是吧？而且就在深灣。你哪來這種想法的？」

「鎮上啊。還有《先鋒報》。」

「你竟然跟我轉述那種好戰的垃圾報導？」

「是你自己轉述給我聽的！」

「這倒是眞的。但那不是因爲我相信報紙一定句句實言。我又不是沒跟你說過。假如要相信《先鋒報》，盧嫩堡每個男人光是憑他們的德國姓氏，就應該被當成間諜逮捕。鐵達尼號是人類的狂妄產物，現在安息在另一個海溝裡，永遠找不回來了。鐵達尼號的姊妹船大不列顚號——則被魚雷擊沉。兩艘船都是人類自命不凡的紀念碑……上帝自有祂的一套。」

賽門想到堆放在哈利法克斯碼頭上帳篷裡的一排排棺木，有的棺木很小，以及被困在鐵達尼號船體內的所有人，他們撞上特等艙和樓梯，在海流中無聲地漂流過舷窗。「大不列顚號是醫療船，」他說：「不是你講的——什麼來著。自命不凡的紀念碑。」

「明明就是。」他祖父回答。「被捲進戰爭裡。我們這裡的人在散播潛水艇的謠言，你倒是想一想參戰的另一方，也有人變成失蹤的叔叔伯伯跟父親。對吧？」

賽門現在很後悔來了這裡。

「你自己的父親……跑去做傻事，這下子——」

「**傻事？**」賽門衝口而出。「誰管他有沒有找到艾賓舅舅！他是去那裡保衛我們的，而你——你連寫信給他都不肯！」

他祖父沒有畏縮。沒有看他。只以令人背脊發抖的低沉聲音威嚇說：「你講話放尊重點。」表明立場後，他的語調便愉快些：「好了，先生。不管是不是剛下雪，這裡都沒看到營火或有人闖進來的跡象。我們從這些冷杉之間繞出去，回去盧斯特那邊。我這把老骨頭覺得冷了。牠呀，一定也會冷。」他伸出戴著手套的手，拍拍賽門的毛呢帽，開始走下山坡。「我們去看能不能在托比那邊喝杯東西。」他頭也不回地叫道。

賽門很氣惱祖父居然邁開大步，那麼篤定賽門會跟上去。他抬頭看著從托比的煙囪裊裊升起的煙。托比想必坐在柴火爐邊，粗糙的雙手拿著陳舊的補網針，上上下下地補魚網。不，先生。賽門今年夏天不會在藍吉爾或魯本．海斯勒那些人的手底下工作。他要自己去淺灘捕魚。他會荷包滿滿地回來。到時，他的母親就可以倚靠他。他會告訴她捕魚的冒險，跟艾賓舅舅在世時一樣逗她笑。

他在雪地上拖著腳，跟在祖父背後，祖父在雲杉、粗矮的松樹、瘦削的白楊之間敏捷穿梭，閃過大石頭和矮樹叢，然後在山脊下，重重跳到地上。賽門以難看的大步在雪地上跳躍前進，圍巾飄揚，四肢揮舞。他祖父向前撲倒。賽門最後幾步是用滑的，在一片模糊中撞上祖父，看到祖父膝蓋邊的狐狸——僵硬、色澤暗淡，黑眼瞪大，牙齦退縮，形成猙獰的死亡容顏。

「**捕獸陷阱！**」他祖父啐道。

賽門用手肘撐著向後退。他祖父圓睜著眼睛看他，活像眼眶快含不住淚水的賽門可以向他解釋。他無言地將目光從賽門轉向狐狸。「這實在很殘酷。牠咬掉自己的腳掌來掙脫陷阱，就這麼死掉。」他說。血濺在雪地上。他將小腳掌舉在膝蓋上，身體前後搖晃。然後他拔掉地上的陷阱，舉到頭上扔掉。陷阱鏘鎯打到大石頭，陷落到雪裡。他步伐沉重地過去，拉起來再丟一次。

賽門爬到狐狸邊，試探地將連指手套放在毛皮上。他滾下淚珠。「我們可以埋了牠。好不好？」

他祖父拎著陷阱，繼續找其他陷阱。「拜託。」賽門哀求著。他祖父仰望天空半晌。「拜託。」賽門輕聲說。

「狐狸留給烏鴉吃。」他祖父說。「烏鴉也要活命。我們不用爲了自然而感傷，然後宣稱自己是文明人。」

賽門將小腳掌放在狐狸腿邊。這隻孤獨的獵人僵硬地躺在地上，沒有遮蓋。賽門將雪堆在屍體上。他摘下手套，切下將刀子掛在皮帶上的繩索，用繩索將兩根小樹枝綁成十字架，插在雪地上。上方，三隻烏鴉疾速掠過，拍動翅膀。

一週後，賽門在離開告別式會場的時候想著這些烏鴉。牠們刺耳的嘎嘎叫，參差不齊的翅膀。海鷗高高飛過他頭頂，高高飛過聖史帝芬廣場的鐘樓，展開翅膀，乘著氣流滑翔。烏鴉對風沒半點了解——怎樣找到風、怎樣馭風而行、風的來處、風的去向。

一如群聚在一棵樹上的許多黑色烏鴉，弔唁的賓客現在聚集在韓特家——靜默被零星幾句對話中斷，賓客在盤子上堆疊燻鱈魚片、餅乾和水煮馬鈴薯，叉起羊肉片冷盤，交談聲愈來愈大。他母親站在窗前，光線撒落在她奶油色的縷花上衣上，她在朋友過來致意時輕輕微笑——她在告別式時也掛著同樣的寬容微笑，彷彿很遺憾他們誤以爲艾賓已死，但願意給他們面子，接受同情。賽門小心地端著擺了一顆滑溜溜水煮蛋的盤子，在韓特外公偌大的手風琴邊的塡充椅子找到位子。那天不會演奏手風琴。不會吹擺在鋼琴上的銀色口琴，也不會彈鋼琴。

賽門覺得告別式是一片模糊，是黑紗、英國國旗、加拿大紅船旗、軍團旗幟，是老得不得了的埃瑟爾．麥拉倫用風笛賣力吹奏〈林中花〉和〈奇異恩典〉，是儀式前的演講及緊抓的手帕，是儀式時交握的手。是他母親緩緩轉身，伸出戴著手套的一隻手，招楊．弗萊德和賽門到她那一排座位去。那是一場沒有棺木的葬禮，鄰近村莊的居民湧進教堂。是體態沉重、動作遲緩的韓特外婆由兩個兒子攙扶，魁偉的阿莫斯．韓特跟在她後面，像慢速的火車頭駛過軌道。

韓特一家子都是大塊頭，只有賽門的母親和艾賓舅舅例外，他們一頭金髮，五官細緻，彷彿他們會成爲這個家的一份子，純粹是因爲他們一起被裝在籃子裡留在門口。其實他們確實有過那種經歷——艾妲在他們得知艾賓過世後的那一天，跟賽門重新講了這個故事——當阿莫斯．韓特將亡妻安葬在她亞伯達平原的娘家家族土地上，離開經營失敗的農場，返回馬洪灣的家，他曾將年齡只相差一歲一個月的兩個嬰孩擺在艾爾瑪．米契爾家的門口。每天晚上，當他在自己曾想逃離、後來卻繼承的鐵工廠工作一天後，他會來接寶寶回家。幾個月後，他覺得與其天天接送孩子，不如迎娶艾爾瑪．米契爾省事，艾爾瑪給他生了四個健壯的深色頭髮兒子。

而站在一旁守衛坐著的她、粗手絞著一條手帕的人，是布隆利夫人，她在談論上帝的偉大目的——「殞落的英雄」、「高尚的犧牲」、「勝利天使們」——每個詞都令賽門更害怕在法國的每一位軍士最後都會失蹤，不能入土爲安。賽門在告別式流的眼淚，就是在傾瀉那份恐懼。

在屋子後面，男士們圍著一個火盆。普南．帕格斯利、沃爾．穆迪、瓦勒斯、澤布、赫曼．維果、威爾森．貝休恩、法蘭克．史帝文斯跟他其中一個兒子，還有一些賽門不認識的人。從他們陰沉的臉色判斷，大概在談論戰爭。賽門想聽他們聊什麼，但他們在抽雪茄、喝蘋果酒，沒有能躲藏的陰影。

有人拿著一塊放在紙巾上的熱櫻桃酥塊塞給他。他接下來，鑽過人群到廚房，他母親在廚房裡跟瑪格麗特．麥金尼斯壓低音量，交頭接耳。他母親稱呼她瑪姬或瑪格，是她以前念書時的朋友，從哈利法克斯來到這裡，幾乎整個週末都沒離開他母親一步，穿了一身黑，自從她的兄弟兩年前在聖殿樹林炸成碎片以來，她都穿黑衣。賽門爲她難過，但他不太喜歡她，也不喜歡她向他母親輕聲訴說的祕密。他走出後門，打算在門廊上找個可以看見前港的位子。

「韓特的心，懦弱的心，勇敢的心。」

賽門嚇了一跳。喬治拄著一對拐杖，站在集雨桶旁，桶子在小徑彎過屋子處。他淡色的眼睛目光空洞，指節擦傷流血，頭髮直直梳到後面，額頭寬廣蒼白。他在告別式時，幾度像抗議似地站起。他母親不得不安撫他坐下。告別式後，每個人都迴避他。

「他的心盒應該得到一枚勳章。蒂耶普瓦勒、威普渥、雷吉那戰壕。他身上有四十五營的徽章，差點跟我擦身而過，但是他折回來。」

賽門忍不住想糾正喬治，因爲賽門知道每一場戰役的名稱。「我舅舅？」他說。「他不是四十五營的。他也沒參加蒂耶普瓦勒戰役。他在那之前的古瑟列特戰役就死了。」他消化這句話。說出「死了」這個詞，突然心誠意正地認同舅舅死了。

「韓特的心，勇敢的心。」喬治複述，搖著頭。「他跑回來。他是我心的朋友，我的骨頭跑出小腿，心臟在他的胸盒，隨著鼓聲跳動。」他開始打顫。唾沫積聚在嘴角。

「你媽呢？你這樣會冷的。」賽門說。但喬治盯著賽門手上的櫻桃酥塊不放。賽門請他吃。「來。給你。都給你。」喬治撲過來，雙手拄著拐杖，一口咬下。碎屑跟櫻桃餡沾到他龜裂的嘴唇上。其餘的掉到地上。賽門不禁張開了嘴。他向後退。

「我有五個銀幣，收在五個銀——」

「不！你沒有！」賽門叫道。

融雪從屋簷落下，打翻集雨桶，發出哐啷巨響。喬治弓身往後退，扔掉拐杖，在地面撲倒。他雙手抱頭，匍匐爬進門廊基部格架的一個洞裡。在那裡，他像個牽線的木偶抽動。賽門愣在原地，嚇壞了。然後那條腿便不再移動，他想喬治死了。

他抬頭看到海斯特先生扶正集雨桶。屋子底下傳出喘不過氣的窒息聲音。「是喬治！」賽門喊道。「那東西倒下來，他就鑽到門廊下。我去叫我爺爺來！」

「哎。你等一下，賽門。等一下。」海斯特先生堅持，踩著小碎步匆匆過來。「別把大家都叫出來，看到他這個樣子。我們先給他一點時間。」

「等什麼等？他在幹麼？爲什麼躲到底下去？他的瘋病發作了。他需要——可能要看醫生。」賽門著急地看著屋子。

但海斯特先生跪在灌木叢前，非常輕柔地對喬治說：「只是一個集雨桶。就這樣而已，喬治。沒事了。」他探出手，挨著格架稍微往裡鑽，直鑽到能用一隻手攬住喬治。「你聽，」他說：「一片平靜。看到沒？現在安全了。」賽門聽到喬治的含糊啜泣。他們就這樣過了幾分鐘。賽門跪下又站起，看看四周。一段時間後，海斯特先生從門廊底下爬出來，西裝濕了，沾到泥巴。他的衣領和眼鏡也是。「可能還需要一點時間，賽門。」他說。

「都是我不好。他有話想跟我說，我不肯讓他講。我想阻止他說——」

「不。不是你的錯。是集雨桶倒了。那聲音對喬治來說太大聲，也太突然。我看過這種事。」他摘下眼鏡，抽出手帕擦臉。「我們只能指望不會有人出來。你想想法子。」

「我？」

「不然呢？他在跟你說話。他不常開口的。」賽門垂下頭。海斯特先生擦擦頸背，再擦眼鏡。

「喬治？」賽門說，這時總算跪下來，保持距離。他看得到喬治的呼吸起伏，聞到汗酸，尿臭令他胃裡一陣翻攪。他艱難地嚥下口水，憋著氣，然後低語：「佩格在這裡。」喬治抬起頭。賽門回頭看海斯特先生，他點頭替他打氣。「佩格在想你跑哪去了。」賽門說。

喬治慢慢往外爬，終於整個人爬出來，像個嬰孩蜷縮身體，臉埋在手中。賽門別開視線。

上方傳來人聲。腳步聲穿過門廊。手杖的咚咚聲。賽門恨不得把喬治推回門廊底下。布隆利夫人走到臺階底下，差點被喬治的其中一根拐杖絆倒。她跟布隆利勛爵看到整個情況。「喬治摔倒了，」賽門連忙說：「是不小心的。」

「我們正要扶他起來。」海斯特先生添上一句。

「瞧瞧你！全身是泥巴！你跟他一起在地上打滾嗎？」布隆利夫人用自己的手杖推推喬治的拐杖。

「關在家裡？」海斯特先生說，迅速摘掉眼鏡，一手搭著喬治。

「眞會惹麻煩！他幹麼來呢？應該把他關在家裡的。」

「當然是爲了保護他的安全！」布隆利夫人噴氣說。「你哪知道什麼對他最好？賽門，你進屋去，看在老天份上，找人出來幫忙。去叫鄧肯來。」

「我們綽綽有餘。」海斯特先生說。

「顯然，你不行。」她回答，咚咚咚自己走回臺階上，用手杖攻擊每一級樓梯。「鄧肯！韓特先生！」他們聽到她在門口吆喝。

「唉，他回來的時候，簡直把他當成她胸膛上的勳章，」海斯特先生嘀咕說：「可是現在……」

喬治翻身坐起來，呆滯而困惑。布隆利勛爵把喬治的拐杖拿給他，他們三人拉他站好，盡量拍掉他身上的泥污。一隻烏鴉飛撲下來，啄著櫻桃酥塊，帶到屋頂上。賽門瞪著殘餘的紅色餡料凍結在髒雪上。

「蒂耶普瓦勒、威普渥。」喬治喃喃說。

十

一九一七年二月二十四日
法國　阿拉斯地區

在棚屋，保羅站著把風，安格斯則守著艾賓。他很訝異會在艾賓的衣袖看到四十五營的徽章。他跟別人換軍服嗎？艾賓咳了一聲，又一聲，然後翻身。「艾賓！」安格斯低語。艾賓吐出鮮血，手捧著下顎，四肢著地撐起身體。他蒼白得像幽魂，血往下滴，慢騰騰地抬起頭。安格斯看到他空洞的目光，整個人都僵了，這才想起艾賓總要耗上大半天，才能從昏厥中清醒。艾賓看一眼保羅，又回看安格斯，含糊地說：「謝謝。」他坐在屁股上，用破布壓住流血的傷口，閉上眼睛。然後，他望著中間的空間，嘗試敬禮。「上等兵……勞倫斯．哈弗斯……長官。」他說，絲毫沒有認得他的跡象。

安格斯看保羅一眼，保羅點點頭，活像他們是共同會診的醫生。

「艾賓，」安格斯抓著他的肩膀，「艾賓。是我，安格斯。我一直在找你。」

艾賓沒有回應，在那幾秒內，心碎的聲音連串響起。艾賓近在咫尺，兩人卻搭不上線。艾賓搖搖晃晃，往前栽倒。安格斯扶住他，用手帕輕壓他的傷口。艾賓連忙退著避開他，想要站起來。「頭好暈。」他說。他的呼吸很淺，顯然承受疼痛。

這時插手就容易得多。他可以扶著這個大兵站起來，說要帶他到野戰醫院，治療他的全部傷勢，打破往事闖進來弄碎他的心的脆弱時刻。他攙扶艾賓起身。「大兵，你穩著點。」他說。

保羅熄滅提燈。艾賓倚著安格斯，踉蹌前進。在棚屋門口，保羅指著自己的眼睛，揚起手，示意他們等一等。一隻貓衝向他們，從保羅雙腿之間曲折通過。他沒有畏縮。然後打手勢，要他們前進。

當他們走進巷道，一個女人從妓院側門溜出來，彷彿她也一直在觀望、守候。她穿著一襲寬袖的長袍，體態朦朧，金髮用白色棉布纏繞、打結固定。她赤足跑上前，帶來艾賓的外套。「勞瑞？勞瑞！」她說。在昏光下，她面色如土，嘴唇發白，雙手捧著艾賓的臉。外套從她手臂上落下。「Mon Dieu, mon chéri!（天啊，我的寶貝！）怎麼會這樣？」

艾賓無助地站著。安格斯從他臉上拉開女人的豐腴雙手。「把他交給我。」他堅定地說。「我會送他到野戰醫院。妳請回。」他不耐煩地指著門。幾乎要動手推她。她拾起外套，蓋在艾賓身上。沒必要問她怎麼會有他的外套。

保羅從一腳蹦到另一腳，跟她說法語。她氣呼呼，以低語明確表達她的輕蔑和懷疑。保羅朝著安格斯猛點頭，她才不甘願地離去。安格斯和艾賓繼續走。「走吧，保羅。」安格斯說。

「布麗吉，」保羅在追上他們時喘息說：「我叫她回去。Retournez! 沒事的。」他將安格斯給他的圍巾重新圍到脖子上，伸出一隻手扶著艾賓的另一側。他們一腳高一腳低地走著。

「你叫盧瑞？」安格斯看著艾賓。

「勞瑞。」艾賓糾正他。「勞倫斯的簡稱。」他停下來，彎下腰。他說話跟呼吸都有困難，但他想要澄清。「她只是……怪腔怪調……法國腔嘛。」

「喔。」安格斯說。「原來如此。」有何不可？勞瑞、勞倫斯……他們不再交談，就這麼抵達野戰醫院。我找到他了。終於找到他了，安格斯一直想，卻覺得自己帶著艾賓前進時，自己認知中的世界也隨之滑落。

「又來一個？」醫生在安格斯跟保羅將艾賓帶到檢驗區時說，調整燈光。

「又來一個？」安格斯複述。

「是是是是！又來一個。我就是這麼說的。」醫生有點年紀，從濃密的花白眉毛底下打量艾賓，一邊前後搖晃。他拿著筆輕敲自己坑坑疤疤的大鼻子，猛然吸一口氣。「還有四個人來過這裡。下巴脫臼，肋骨斷裂。他們大打過一場。他也有份，對吧？我們不需要更多掛彩的人，結果卻這樣。他們心浮氣躁，沒有出口。我跟他們說，要打就去打老德，不要打自己人。」

「嗯。」安格斯說。

「其實還滿愉快的。」醫生繼續說。「偶爾治療傷口、自殘等等以外的傷勢也不錯。很棒。」他對他們每一個人笑一笑，站在原地前後搖晃，活像他們沒別的事。

安格斯使勁將艾賓抓緊一點，盡量不壓迫到他的胸部，很驚奇那體格如此熟悉，卻如此輕盈，近乎中空。「要我來嗎？」安格斯向檢驗臺點點頭。

「什麼？當然，請便。」他們把艾賓弄上檢驗臺。一個護士將溫度計塞進他的嘴巴，打開他的外套。她輕輕清掉他臉頰上的血跡。醫生檢查傷口、摸摸他的胸膛。叫他呼吸，用聽診器傾聽。他的眉毛揚起又落下。他拔出溫度計。「沒有發燒。沒有流行性感冒。沒有敗血症。腹腔沒有彈片。沒有壞疽。很好。」他繼續檢查艾賓的軀幹，搖搖頭。「好慘，肚子被榴彈打到。是吧？沒有碰到光氣。只有六個這玩意兒。意外引爆。沒打到老德吧？當然沒有。自己人卻遭殃了。等他們送到這裡，肺部都變成冒泡的糨糊。幫我解開他的綁腿，好嗎？脫掉他的靴子。」他向安格斯點點頭，安格斯便拉下艾賓的靴子，開始解開綁腿。艾賓目光呆滯，凝視前方。醫生看安格斯一眼。「我敢打賭，你們很慶幸裙子裡穿著長襪。沒有的話，你們應該要很慶幸。我對戰壕足有個理論。綁腿在濕掉以後會收縮。阻斷血液循環。所以說。這可不只關乎男性雄風，是吧？要是我能作主，穿蘇格蘭裙的就會是全部軍人，不會是區區幾個軍團。」

安格斯回到檢驗臺另一邊。醫生繼續查看。「看！」他說，用手抬起艾賓的下巴。「他的臉是完整的！臉腫起來，傷口很大，但是完整。實在了不起，護士！」他對她微笑。「我想大腦也在裡面喔。」他從口袋掏出一根湯匙，輕敲著艾賓的頭，一邊伸手拿細長的手電筒和壓舌器。「嗯？大腦還在嗎？舌頭也在嗎？嘴巴張大。很好。嗯……護士會幫你縫合臉頰，你就沒事了。大兵，報上你的姓名和軍階。喔，等一下。後腦勺腫起來了。」

話音方落，艾賓便往後栽倒在檢驗臺上。「眞是的！」醫生咕噥著將艾賓在檢驗臺上拉正。

「我想他遭到重擊，或是摔倒撞到石頭。他很容易昏倒，昏倒了就很難甦醒。」安格斯說。

「容易昏倒啊？你一定跟他很熟。」

安格斯醒悟到自己露出的破綻。

醫生皺著眉頭，拉開艾賓的眼瞼，追問他是否曾失去意識及時間長短。

「幾分鐘。頂多五分鐘，也許十分鐘。」安格斯說。一切恍如做夢，他實在說不準。

「十分鐘？怎麼不早說？他呼吸停止過嗎？」

「應該是五分鐘吧。也許。我不知道。他呼吸沒有停止過，對。」

「很好，因爲他現在幾乎沒呼吸。」他俯身查看他的病人。「把腿抬起來！」他叫道。護士抬起艾賓的腿。「少鬧了，護士。抬高一點！一直往上！對，你幫忙她。讓血液流回頭部。」連保羅都幫忙抬起大腿，讓大腿舉在半空中。

「哈囉。」醫生說，用聽診器傾聽。「你醒著嗎？快呀。心跳快回來。老天，你的心跳跑哪去了？他要停止呼吸了。」

他呼吸停止。然後他眼睛霍然睜開，重拾的呼吸是急促深沉的呼嚕聲。安格斯將他的腿推得更高。他曾經見過艾賓這個樣子——那直勾勾、對一切都視而未見的凝視。聽過他從死境醒轉時掙扎的聲響。艾賓總是說，從昏厥中甦醒，就像從死神的懷抱裡回來。那很費力。死了並不太壞，他常這麼開玩笑。他的呼吸恢復自然的節奏，視線開始聚焦。

「你醒了嗎？」醫生的語調急切。艾賓呻吟起來。「你撐著點。我們要讓你保持這個姿勢。」醫生說，一手放在艾賓的肩上。「他的腿可以放下了。好，慢慢放下。保持膝蓋打彎。妳看，」他對護士說：「我們剛才目睹的休克可以影響全身系統，有的人只會喪失意識，有的人則會丟掉一條命。但願我們能知道原因。」他俯身看艾賓。「老兄，你醒了嗎？」

艾賓咕噥：「嗯，醒了。」

「這裡是哪裡？」

艾賓瞪著他上方的燈光。「醫院嗎？我昏倒了？我受傷了嗎？」

安格斯抬頭看，燃起希望。

醫生說：「不是一般概念裡的那種傷勢。但，沒錯。你還暈倒，就是人家說的昏死。你在野戰醫院。沒錯。一點沒錯。你的朋友可以告訴你細節。」他輕敲艾賓的肩膀。「大兵，你的姓名和軍階。」

「厄尼斯特．勞倫斯．哈弗斯，上等兵，隸屬於、四十五營。」

「是——很好。不用交代你的生平。我的建議呢？是遠離酒館，遠離酒精。這樣才是好傢伙。乖乖待在戰壕，就會平安無事，好嗎？開點小玩笑。這就對了。你好得很。現在，」醫生轉向安格斯，「我們還有一些其他工作，護士跟我……」他瞥向保羅，又回去看安格斯，彷彿他不但一直沒當保羅存在，也永遠不會當他存在，「有工作要做。」他輕快地說下去。「你一定了解的。畢竟這裡是醫院。因此，等護士清理創傷、縫合傷口，應該兩、三針就夠了，包紮好他的頭，然後你要負責維持他清醒！他要是睡著就不太妙。萬一睡著，可能不會醒。懂嗎？你說得沒錯，他很容易昏厥。可能有腦震盪。沒辦法判斷。讓他講話。或讓他聽你說話。如果你有什麼故事，現在是說出來的好機會——是跟他講，不用跟我講。兩個小時後，如果他沒有又昏倒，他就可以走了。知道嗎？會有人去檢查他的狀況。」醫生用口袋的湯匙敲敲鼻子，對著安格斯歪頭。

「我知道了，好的。」安格斯說。

「很好。保持清醒！」他吩咐艾賓，艾賓試著用手肘撐起身體。然後，醫生就走了。護士取出敷料和膠帶。安格斯帶保羅出去。他得先送保羅回家。這時，他恰巧遇到一個認識的下士，這個下士在紅十字會當差，剛剛交班，他答應送保羅回去。保羅想留下，但安格斯說什麼都不肯。

「我說得沒錯吧。」保羅在離開前說。

安格斯附耳跟他說：「確實。我以你為榮。聽我說，我只能指望你保守祕密。暫時別說出去。好嗎？」

保羅點頭。「哈弗斯。」他說。

「對。很好。你回家去，保羅，謝了。」安格斯向他行軍禮。「幹得好，大兵。」

保羅笑嘻嘻，用軍禮回敬他。

保羅跟著下士離去，安格斯抓著門框，感謝自己落單了。在他仰望的臉孔上方，沒有一顆星星穿透雲幕。夜晚的空氣涼冷潮濕，擠壓著他。嬌弱的月亮露臉了。他想再多停一刻，閉上眼睛，品味美夢中尋獲艾賓的這一部分——至於艾賓迷失到什麼程度，晚點再思考。但他按捺不住。他踩熄香菸，回到病房。

在排滿病床的長形病房裡燈光昏暗，只開了兩盞燈。傷口的腐臭味裡夾雜著刺鼻的消毒味。這是外科病房，這一夜只剩這裡有床位。艾賓醒著，床位靠著最裡面的牆壁，他枕著兩顆枕頭坐著。他身旁的護士正要離開。艾賓閉上眼睛，安格斯走上前。「你是帶他來就醫的人嗎？」護士問。「很好。讓他保持清醒。千萬別讓他睡著。你可以輕輕跟他說話。那邊有椅子。我會再來看他。」

安格斯搬來椅子，扳著椅背，艾賓那熟悉的渾圓額頭、突出的顴骨、淡色眉毛、耳垂下的小黑痣，令安格斯幾乎無法自已。一塊紗布用膠布固定在艾賓的臉頰上，現在他的臉分裂腫脹，因淤血而暗紅。安格斯注意到，他頭髮側分的位置跟以前相反。他穿著藍色睡衣。安格斯坐下時，他沒有睜開眼睛。

他的軍服整齊疊放在床尾。安格斯望著徽章。他怎麼調換單位的？他低頭看自己深藍色跟綠色的蘇格蘭裙，看著黃線像漣漪一般漾過裙褶，記起赫蒂·愛倫穿著百褶裙，裙身的綠與黃融入他父親家後面樹林的斑斑綠影，他則倚著那裡的樹幹，描繪午後林間的陽光。她彎腰穿過樹枝底下，光斑落在她的上衣上、在她往上梳的頭髮上，以及她學校別針的銀扣上。你父親說你可能在這裡，她說。我回來度假。再一個學期，我就畢業了。我有東西要送你。她舉起兩枝小號畫筆，向他踏出一步，宛如陽光下的柳樹。一根小樹枝在她腳下斷裂。赫蒂。從學校回家度假。跟他獨處。

他的思緒回到艾賓身上。勞瑞，勞倫斯的簡稱。他經歷了什麼恐怖的遭遇，才冒用別人的名字、軍服和軍階？安格斯覺得這未免太荒謬，他開始相信一旦艾賓重拾自我，答案將手到擒來。

「艾賓，」他輕聲說：「睜開眼睛。是我，我是安格斯。」艾賓一定抗拒不了他的聲音，抗拒不了他的名字。這次不會。偏偏他挺住了。

安格斯換一個策略。「大兵，我在跟你說話。」

艾賓猛然睜眼。

安格斯重重向後坐。「姓名和軍階。」他說。

「厄尼斯特．勞倫斯．哈弗斯，上等兵，四十五營，第四連，第十四排。」又是同一個答案。艾賓直視前方。

「我在找一個叫艾賓．韓特的士兵。你認識他嗎？他在第十二營。」

艾賓焦躁地動動身體。

艾賓就在這人的內心某處。安格斯很確定，要是艾賓不存在該有多好。那樣會好得多。安格斯會告訴醫生，瞎子都看得出這人顯然不能繼續服役。他壓根兒不知道自己是誰，不知道自己的軍階怎麼升級了，也不知道哈弗斯是誰。他會被送去休養——療養院的樹籬內長滿茂盛的草坪，沿著高低錯落的花園走，會到一座滴水的水池，水池裡可能會有一尊張開雙臂的石造天使。**凡勞苦擔重擔的人，可以到我這裡來，我就使你們得安息**[20]。一個躲避軍事法庭的安全港，天曉得會被判什麼罪。遠離敵軍的火網和行刑隊。免受他自己的侵擾，直到戰爭結束，到時安格斯會帶他回家。

安格斯說：「這個艾賓．韓特。我想他惹上麻煩了。我覺得你能幫他。」

艾賓悲傷地搖頭。「不。他沒有。」隨後是惱人的停歇，艾賓幾度欲言又止。最後，他說：「艾賓．韓特死了。」

「死了？」

「死在古瑟列特。」

「我看不是吧——」

「是嗎？你在場嗎？」

20《聖經》馬太福音第十一章二十八節。

「沒有。」安格斯承認。

「那你就不知道。」

「知道什麼?」

「任何事。」艾賓冷漠空洞的雙眼，轉向安格斯。

艾賓覺得下顎的肌肉繃緊。「比如什麼?什麼是我不知道的?」

「比如在人死後還聽到他們的慘叫，是什麼滋味。」艾賓低語。

「韓特聽到了嗎?」艾賓沒有回應。安格斯扳著他的肩膀搖他。「你說啊。」他的語氣很強硬，令他當場懊悔起來。謹慎行事，他告誡自己。克制一點。但他的呼吸時快時慢，感覺到悶燒的憤怒漸漸升起。隔壁床的病患不斷呻吟。護士帶著提燈出現了。

「我是交代你讓他保持清醒，不是病房裡的所有人!」她斷聲說。她摸摸另一位大兵的額頭，檢查他的敷料，眼神犀利地看安格斯一眼，然後去幫忙將新來的病患搬到病房另一頭的空床位;聽到那人掙扎著要呼吸。安格斯試圖將騷亂阻絕在外，卻完全辦不到。「艾賓·韓特救過我的命。」他說。「我也想救他……」他將手伸向艾賓的手。艾賓悍然縮回自己的手。「不可能。沒人救得了他。他是蹩腳的大兵。整個人都呆掉了。不只一次。他死了最好。很多人跟他一樣，礙手礙腳的，不中用。他們最好死光。」

「我認識的艾賓·韓特不是那種人。上等兵哈弗斯是誰?」

「是我。我就是。上等兵勞倫斯·哈弗斯。我告訴過你了。」

「不，你不是。」安格斯傾身逼近他，想突破他的心防。「你在囚禁他。」他沙啞地說。「那是犯罪。你的軍階還跳級。罪名更重。我再問你一次，不管上等兵哈弗斯是死是活，他是誰?」

「就是我。」艾賓毫不畏縮地回答。

「天啊、天啊，艾賓。這到底怎麼回事？」安格斯站起來，一手攏過頭髮。「我來這裡找——」

「韓特？可憐的混蛋，你在浪費時間。」艾賓沒有抑揚頓挫。

安格斯只能勉強壓下打他耳光的衝動。討厭的羞辱感熊熊燃燒。他想捶牆壁，把椅子扔過病房。他抓住床頭的鐵條，拚命克制自己，俯身貼近，對艾賓的耳朵說：「浪費我的時間？聽我說，你這個不知感恩的混帳。除非你跟我把話講清楚，不然你最好的下場就是上軍事法庭，可能槍斃。你究竟以爲你是誰？」他停口。「對不起。我大概知道你以爲你是誰。那赫蒂呢？你的父母呢？他們怎麼辦？他們以爲你死了。這就是你要的嗎？是嗎？」

他退開，但艾賓揪著他的衣領，把他向下拉。「對，」他在他耳邊說：「因爲那是事實。」安格斯向後縮，但艾賓緊抓不放。「聽我說。你聽好了。我們都會死在這裡。唯一的問題是怎麼死。艾賓．韓特早就死了。但哈弗斯沒有。哈弗斯活下來了。」他鬆開手。手臂垂到身側。

安格斯坐回位子，好氣自己一頭霧水。「他媽的哈弗斯是誰？」

艾賓轉而面向他，以急切的低語說：「你要找的韓特在伊普爾擊中一個大兵，是他的朋友。沒人知道這件事，因爲前一分鐘他們都在裝沙袋，下一分鐘德國豬就開火。韓特一槍射穿威利的脖子。」淚水積聚在他腫起的臉頰上，滲進繃帶。

安格斯充分咀嚼這段話。想起奧蘭。他凝聚全部的憐憫說：「那是一個失誤。這種事在所難免。我就親眼目睹過。槍枝誤擊——再說，八成是德國人殺了你朋友。你根本不可能斷定吧？」

艾賓搖搖頭。「他不是我的朋友。而且是韓特的子彈。他在那之前就不太行。出事後更成了行屍走肉。」

「那哈弗斯呢？他也在場嗎？」艾賓也幹掉了哈弗斯嗎？

「沒有、沒有。絕無此事。我是在韓特死前，聽到這個故事的。」

病房另一頭出現一番騷動。護士跟治療艾賓的那個醫生跑來。床邊的燈光亮起。凝滯、哽塞的聲音傳遍病房。安格斯半站起來。

「毒氣。光氣、氯氣，都無所謂。」艾賓呆板地低語。「他撐不過去的。」

護士們讓病人向前傾。最後一次發出拚命要呼吸的呼哧聲，然後呼了一口氣，之後是靜默。他們讓他躺下。病房裡的病患，有的用一隻手肘撐起身體，有的直挺挺坐著，靜靜觀看，豎耳傾聽。醫生看了自己的錶，記錄死亡時間。一個護士用床單蓋住大兵，然後他們將他抬到擔架上，用輪床推走。輪子咿呀滾過走廊。死神在空床上盤旋片刻，才沿著地板溜走。

「可憐的傢伙。」隔壁床的大兵嘆道。

安格斯將手伸向脖子上的鍊子，抽出那枚十字架。他摘下鍊子，緊緊握了一下，才給艾賓看。「認得嗎？」

艾賓一把抓住。「十字架！你在哪裡撿到的？」他將十字架握在拳頭裡。

「是你的呀？你還找人刻了字。」他們總算有了進展。「ＥＬＨ。」

「對，是我的。名字是厄尼斯特。中間名是勞倫斯，或勞瑞。」

安格斯絕望地扒一下頭髮。「老天。」他嘶聲說。

艾賓坐起來，前後搖晃，手臂抱著胸膛。「離我遠一點。別來煩我。拜託。」

「我不能走。」安格斯說。「我們一起解決這件事，好嗎？你要相信我。」

艾賓停止搖晃，看著十字架輕聲說：「艾賓．韓特死了，但哈弗斯活著。他會繼續活下去，直到我用來行走人間的這副軀體死亡。」說完，他便沉沉靠著枕頭，筋疲力竭。他討水喝。請安格斯念書給他聽。

安格斯看出他需要休息。要命，他才需要休息。他找到一些水，但光線不足以閱讀，他也沒有書。「不然念首詩也好。」艾賓央求。

這個要求是如此熟悉，安格斯燃起了希望。他開始朗誦第一首想到的詩，一首以前他常常和艾賓一行一行輪流背誦的詩。這或許能擊潰哈弗斯，喚回艾賓。哈弗斯究竟是何許人，他實在不太在乎。以後他會需要知道，但現在不用，現在不要。他開始朗誦：

「我要自由的生活，我要新鮮的空氣；
跟在牛群後面慢慢騎馬令我嘆息，
鞭子劈啪響，有如戰爭中的槍聲，
交雜的牛角、牛蹄、牛頭，
爭鬥吵鬧四散分布；
綠地在下，藍天在上，
衝刺與危險，生命與愛。

「還有拉絲卡！」

隔壁床的大兵沒有睜眼，就說：「繼續念啊。」

「我也想要。」另一個大兵吃力地說。「想要新鮮的空氣和自由的生活。一點沒錯。我還要拉絲卡。」

「噓！」護士說，站起來。

「拜託，給我們聽詩吧，護士。」一個大兵叫道，其他人附和。或許因爲剛才斷氣的大兵驚動了大家，她點頭答應。安格斯繼續念。

「拉絲卡以前騎著鼠灰色野馬，緊跟在我身邊，
藍色的毛披肩，亮閃閃的鐘形馬刺；
當我看著她，我便欣喜歡笑！
既不知她愛書，也不知她愛信條；
一句萬福瑪利亞便能滿足她的需求；
她也不在乎，只求在我身邊，
與我共同馳騁，永遠馳騁，
從聖薩巴的岸頭到拉瓦卡的灘頭。」

許多行後，他進入尾聲。

「空氣沉重，夜晚燠熱，
我坐在她身邊，忘了一切——忘了一切；
忘了牛群在休憩，
忘了空氣的沉重擠壓，

忘了德州的北風來得急又快，
在夜深人靜或在正午烈日當空時；
一旦北風颳得牛群受驚，
什麼都擋不住牛群奔逃；
哀哉騎士，哀哉駿馬，
在狂奔的牛群前方摔倒！」

後來，當拉絲卡橫身擋在愛人面前來保護他，因而死亡，安格斯深吸一口氣，繼續念：

「我挖出一座幾呎深的墳坑，
將她放在大地的懷抱裡安眠；
她躺在那裡，無人知曉，
夏天有陽光，冬天有雪；

他在最後幾句聲音嘶啞：「『我納悶自己爲何不再在乎以前在乎的事物……』」

「『我的半顆心也入了土，』」艾賓隔壁床的大兵輕聲說，兩人一同念完，「『埋在德州，在格蘭德河畔。』」艾賓也加入他們。

滿室安靜下來。「換一首講家鄉女孩的詩如何？」一個在對面的聲音喊道，「不要這麼悲傷的。」大家紛紛附和。安格斯望向走道對面。那個大兵的腿被吊起來，他微微揮一下手。在昏暗的光線中，安格斯只能看出他的白色繃帶跟他微笑時露出的白牙。

另一個護士進來，快步從走道過來。「安靜！你們吵得別人不能睡覺。真的！好，這位是誰呀？」她拿起床尾的寫字板，看看艾賓。艾賓笑著說：「上等兵勞倫斯．哈弗斯，四十五營，第四連。神智清醒，急著出院。」

艾賓獲准出院，附近床位的人很不捨。「祝你好運，好傢伙！」一個叫道。另一個對安格斯說：「你跟你朋友，記得回來爲我們表演一場。」艾賓跟安格斯被帶到一間辦公室，好讓艾賓穿戴整齊。他查看肋骨上的膠帶，沒有碰放在大腿上的制服，先將十字架戴到脖子上。

「你有這個十字架多久了？」安格斯問。

「從我有記憶以來。」艾賓說。「你相信天使嗎？」艾賓點燃安格斯給的香菸，等安格斯回答。

當靈魂呼求著要從巨大到難以承受的痛苦中解脫，可不能拿前線的天使來冷嘲熱諷。他不信這套嗎？

「也許我信。」安格斯說。「你呢？」

艾賓拉開窗戶，倚著窗臺。他將一串煙吐進夜晚的空氣。「我只知道一件事。曾經有一個大兵待在戰壕裡，當口哨聲響起，他的腿卻在發軟。一顆砲彈砸下來，飛沙走石，將他震倒。一塊彈片割傷他的腿。他聽到尖叫，但他只有一個人。然後一個上等兵跳進來，抽出刀子，清理他的傷口，像野戰醫院的醫生一樣給傷口消毒，包紮，說他的外套已經裂成一條一條了。根本是布條。這個上等兵前一天也在場，在槍林彈雨中閃躲穿梭，將人拖到安全的地方，幹掉每個擋路的德國佬。一個上等兵——醫務兵、復仇者、天使的綜合體。他是在你曉得當兵是怎麼回事之前，想要成爲的那種軍人。」

安格斯不敢接腔。

艾賓再接再厲，望著星辰。「連上的中士根本不知道他是誰，也不在乎。他只曉得他姓哈弗斯。這人不曉得從哪兒蹦出來的，名字不在名冊上，但他懂得如何冷靜自持。可是，就在他要從那個坑洞跳出去幫忙別人的時候，他背後中了一槍。流彈。也許是我們自己的槍火。不要死，阿兵哥哀求他。但他會死。他就要死了。」

艾賓深呼吸幾次。「那個大兵說：『天啊，但願我有你的勇氣。』哈弗斯告訴他：『你也行。你也有。』叫他收下他的軍籍牌、他的外套、他的裝備、他的槍和彈藥、他的十字架。大兵以為對方是要他幫忙將這些東西寄回家，也很感激人家願意把外套送給他。結果不是，他說：『你留著，東西留給你用。』說軍籍牌跟十字架也不是他的。是兩個月前另一個傢伙給他的，那個人則是在伊普爾戰役時從別人那裡拿到的，而這個別人可能是從某個在一九一四年便從軍的人那裡拿到的。說他這段日子很順利，但他大限已到。『我們都會死在這裡，勞倫斯．哈弗斯有死得轟轟烈烈的勇氣，』他說：『然後繼續活下去。我已經盡了一己之力。並且引以為榮。現在輪到你。』他將軍籍牌放在大兵手裡。『戴上。』他說。『你會發現哈弗斯是誰。』然後他就死了，臉上掛著笑容。大兵呆呆坐在那裡，哈弗斯在他懷裡。弟兄們川流不息從他旁邊經過。靴子和腿在奔跑。他低頭看哈弗斯，見到死亡似乎很甜美。但他不能動。他摩挲著掌心的軍籍牌，直到他終於遵照哈弗斯的交代，摘下自己的軍籍牌，戴上哈弗斯的，還換上他的軍服。他卯足全力，把自己的軍籍牌丟得遠遠的。然後奇蹟降臨。他站得起來了。可以動了！他離開那個彈坑，而且是在槍林彈雨中。」

「而你——你變成哈弗斯？像童話故事那樣？」

「我只是跟你說一個故事。」艾賓定定地說，依舊背對安格斯。「希望你好歹能夠體會。你懂不懂是你家的事。我之前就說過，我們都會死在這裡。唯一要緊的是怎麼死。」

「你眞的相信我們都會死。如果你相信這種事，怎麼撐得下去？」

「哈弗斯，就靠哈弗斯。哈弗斯在**這裡**。」他轉身，將拳頭放在胸口。「那就是我的解救之道。你信不信都無所謂，你做什麼都改變不了事實。你去打聽看看，就會知道哈弗斯做過的事。」

「你知不知道我是誰？我是艾賓．韓特的妹夫，我是他的朋友。」

「啊。很遺憾，兄弟。」他一手放在安格斯的肩膀上，拿了制服。

艾賓穿戴衣物時，他們默然無語。現在輪到安格斯到窗戶，仰望星辰。但他唯一能說的故事是關乎失落，是跟自我切割。他這一生的記憶，他依據自己跟艾賓的交情來給自己下的種種定義，是一條漫長、曲折的道途，讓他終於走到這個徹底孤絕的境地。而他將繼續孤絕。**我納悶自己爲何不再在乎以前在乎的事物……**

艾賓扣上外套的鈕扣，調整他的綁腿。他們的時間不多。沒理由舉報他。希勒回來了，診斷書說他「精神緊張但堪稱健全」——彈震症[21]的精湛**模仿**，診斷書是這麼說的，總得劃出一條界線。至於艾賓，他們會毀掉他，他們會因爲他假扮軍官而將他送進監牢，不會讓他進醫院。不論理性與否，安格斯一直在腦海裡看到他被押上一個樹樁，頭上罩著一個袋子。誰曉得哈弗斯的眞實身分或他的經歷？或這些事的眞相究竟是什麼。艾賓有可能在擅離職守這麼多個月，然後——重新加入軍隊嗎？凡事都有可能。他能夠斷定的是艾賓已經崩潰，卻**相信**自己完好如初，並以哈弗斯的身分活下去。**你們得救是本乎恩，也因著信**[22]。好吧。就這樣吧。

21 shellshock，現在所說的創傷後壓力症候群。

22 聖經以弗所書第二章第八節。

艾賓現在已穿戴整齊。他挺起胸膛，摸出一把梳子，就著窗戶的反射梳平頭髮。哈弗斯保住性命的機會不會輸給艾賓．韓特。或許還更有機會。

不久後，他們站在路邊，幾輛一般勤務車接連駛過。一輛貨車隆隆駛來，然後停下，刺耳的引擎震天響，泥沙飛揚，輪胎呼呼響。安格斯默默站在那裡，腿上濺滿了泥巴。

他聽到有人說：「哈弗斯！你好啊！你都跑哪去了？你最好馬上向中士報到。」

艾賓就走了。

半小時後，疲累不堪的安格斯倚著石牆，看著一頭牛獨自在遠方漫遊。保羅冒出來，端著一杯熱的牛奶咖啡，請安格斯喝，說兩年前，德國人在撤退時宰掉那片原野上的所有牛。他將手劃過脖子示範，然後跟安格斯一樣倚著牆壁，叉起腿。他們一直看著這頭牛拖著沉重的腳步，白費工夫地走動。

「保羅，你幾歲了？Quel âge?」安格斯問，歸還馬克杯。

「Onze ans。」保羅立刻回答。

「十一歲啊。這麼說，你將近三分之一的人生都在這場戰爭中度過。」自己戰前人生的飛絮飄過。他抓不到，也沒嘗試。他忙著壓抑一股自己在往上飄的異樣感覺，好像頭部將要飛升，而身體也會被一併拉上去。保羅又說起話來。安格斯先聽到話語聲，之後才把聲音聽進去。保羅告訴他，當德國人開始屠殺牛隻，他在叔公家的農場。他躲在地窖。他們焚毀牛棚，殺死牛隻，叔公想阻止他們，他們就一刀宰了他叔公。保羅從地窖出來時，他的頭髮……他伸手摩挲那一撮白髮。

語句的意思逐漸被理解。

保羅瞇起眼睛。「將來，我要去當兵。要當加拿大軍隊的阿兵哥。是他們發現我的。我在地窖。可是最早看到我的，是一個德國兵，一個二等兵。他看到我。『噓……』他說。」

「一個德國人？救了你？」

「Oui（對）。他是我朋友。你也是？」

安格斯點頭。「我也是。你的勇氣，不輸給我認識的任何阿兵哥。」

保羅露出淡淡笑意，吹著牛奶咖啡。「那人後來……？」他換個說法：「上等兵哈弗斯……呢？」

安格斯聳聳肩。「我猜，他應該沒事。回他自己的單位去了。來，再分我喝一口。」

保羅將杯子遞給他。「他是……上等兵哈弗斯？」

「對。」安格斯嘆息。「沒錯。」

「沒關係嗎？」

「應該吧。哈弗斯是……他的朋友。是他捏造的人。哈弗斯讓他覺得自己很堅強。像你一樣勇敢。你能理解嗎？假裝、不、相信自己是上等兵哈弗斯，幫助他保住性命。」

保羅嚴肅地點頭。

「但我們一定要守密。懂嗎？我們誰都不能說。要是我們說出去，他會倒大楣。他就不能勇敢了。」

「噓。一言爲定。」保羅交叉手臂，放上一隻手，再放另一隻手，雙手在胸口交叉，對著安格斯歪頭。「你還好嗎？你在……你在想事情？」

「對。我在想事情。」安格斯說，手臂交抱，望著地平線。「我在想世事沒有黑白之分，只有灰色。就像你的朋友，那個德國二等兵，還有我的朋友，哈弗斯，還有這整場該死的戰爭。」

保羅用口哨吹出長長的下降音調。他喝了一大口咖啡，然後說：「你在想很多事。你會畫出來？你用剩下的蠟筆——noir et blanc? Gris?（黑跟白？灰？）」

「沒錯。」這孩子有不懂的事嗎？「剩下的顏色——黑和白。混合就是灰色。你是哪來的神童啊？」

保羅害羞地對著馬克杯微笑。「你要喝完嗎？」他說，舉起杯子。

「剩下的都給你。」

「抽菸嗎？」

安格斯又搖搖頭。「晚點吧。你有家事要做，天曉得還要去搜刮什麼，我還得去教課呢。」保羅喝下最後一口，將剩餘的倒掉。一隻草地雲雀俯衝經過一片樹木殘幹，落在從一根舊欄杆突出的生鏽鐵絲上，引吭高歌，音調多變而抒情。已經轉身要走的保羅停下來。「Là!（那才像樣！）牠讓自己快樂。你也是？」

「我也是——牠讓我快樂。你也是。」安格斯回答。彷彿在回應似的，草地雲雀鼓起胸膛，頭向後仰，唱出音符跌宕多變的動人曲調。在原野另一邊，那頭牛停止動作，抬起頭。

無名之人與有名之人，安格斯這麼想著，一邊跟保羅走回去。他不會跟赫蒂提起艾賓或哈弗斯。他心意已定。根本解釋不了，風險也太高。就算找得到一套暗碼轉告這件事，憑她遠在千山萬水外的想像力，怎麼可能一邊看信一邊喝茶，就了解哈弗斯？況且，一旦告訴她，就會洩艾賓的底，他也得應付重燃希望的她，她會堅持爲艾賓做點什麼，但唯一能做的是袖手旁觀。她已失去艾賓一次。她承受得起第二次嗎？他能嗎？

但他確實告訴了茱麗葉。毫不意外的，保羅守住了保密的誓言。也毫不意外的，她跟保羅一樣，接受這個故事。她了解逃脫。她了解求生存。他告訴她，他不會礙艾賓的事。她同意這是上上策。她了解愛。

十一

一九一七年三月二十七日
法國 阿拉斯地區

三月分降臨了，空氣中絲毫沒有春天的氣息，也沒半片草葉從鋼鐵般的大地推擠出來。安格斯沒再找過艾賓，但有幾回，他隱約覺得看到他——飄忽的目擊——他將防潮布搬上卡車，跟他的弟兄們在基督教青年會的食堂嘻鬧，有一次則是在馬廄邊的圍欄裡不用馬鞍騎馬。

春季攻勢即將發動，在加萊海峽省、皮卡第的全部營區和村莊，所有的人事物都在為阿拉斯會戰動員，對加拿大遠征軍來說，就是準備攻打維米嶺——加拿大軍的四個師全員出動，計十萬人，兩翼另外布署英軍第一軍團的增撥兵力，騾子和五萬匹馬更不在話下。郊區道路擠滿川流不息的貨車、汽車、騾車隊、一般勤務車、機車、單車、紅十字貨車等等，凡是有輪子的統統上路。大後方的工廠製造的砲彈，數量終於多到可以把世界夷為平地，帕布里卡佛說他無所謂，只求老德比他早斷氣。重砲搬運到指定地點，每一門火砲都由十六匹輓馬合力拖拉，牠們垂著頭，眼睛都凸出來了。安格斯看過牠們腿軟摔倒。

在地底下，工兵挖通以前法軍跟德軍的戰壕，將遺體推到旁邊來架設纜線。醫務部隊的地下掩蔽部正在動土，據說有的深達六十呎，可容納最多三百人，有可以升降傷患的起錨機。托特納姆、騎士、國際、文森等坑道即將完工，延伸到比前進戰壕更遠，緊鄰德軍防線。人人都說，就算是凱撒大帝的軍隊，準備也不過爾爾。康隆偏愛特洛伊的典故——勝利遙遙卻有期。保持耐心、勤奮不懈、盡忠職守，他叮嚀他們。

勤奮不懈，盡忠職守。這些都是安格斯執行每日勤務時用的口號。他帶著部下到防線三次。換防下來時，他跟帕布里卡佛就和他們的部下同宿。營地隨時都看得到保羅跑腿、做交易的身影，安格斯不禁很訝異他沒穿軍服。儘管難得有空，但只要一得閒，安格斯會跟保羅回去探望茱麗葉。

安格斯沉浸在教導那些連寫字都不太會寫、更不會畫畫的大兵們，如何以距離、深度、線條和透視法重現物質世界。某天下午，斯托克把頭探進教室，說繪製地形圖是「無價的技能」，嚇得那堂課的學員目瞪口呆。他雙手反扣在背後，看著大家的畫，繞著教室行走，令安格斯想起海斯特先生。最後，他停下腳步，面向弟兄們，清清嗓子。「大家聽好，」他說：「一旦越過那道山嶺，一切就在未定之天，得等好幾天工夫，我軍才能把重砲搬運到射程範圍，在這段時間內，老德會重整旗鼓，建立新防線。我們的觀察氣球只是慢速靶子，老德的神射手則會擊落我們的飛機。因此，我們得把這些防線，畫成你們正在畫的這種圖——迅速畫好、複製、交給司令部。所以，要專心學，繼續你們優秀的表現。」

「優秀」的表現，安格斯提醒自己。他是戰爭機器的一枚齒輪，這是事實，但龐大的戰爭機器已縮小為他的部下，他不會貶低即將到來的犧牲，也不會因為內心對道德的疑慮而危害他們的安全，儘管內心的確很掙扎。這個月初發生的事幾乎瓦解他的決心——一場大型的突襲及加拿大遠征軍之前一直否決的武器——毒氣。毒氣名叫白星，是氯跟光氣的混合物。一千個毒氣罐已運送到前線。

這次突襲奇慘無比，實在不意外。毒氣一釋出，德軍立刻戴上防毒面罩，以密集的砲火重傷第一波衝鋒的加拿大部隊。當風向轉變，第二波的毒氣攻擊便取消了。但是命令並沒有傳達給加拿大防線的每一位毒氣員。毒煙往回飄向加拿大軍，他們作嘔且難以呼吸，不得不衝向德軍的槍火來閃避毒煙。其他人則被自己人的砲彈擊斃。破曉後，超過六百個加拿大步兵陳屍在無人地帶，許多人堆疊在彈坑裡，因白星的後作用窒息而亡。

安格斯聽到消息時，耳畔依稀響起了父親對上帝懲罰的說法。但事情還沒完。上帝加碼提高道德賭注。安格斯和其他軍官得知在隔天早上，一個德軍後備指揮官利用低垂的霧氣，鑽過有刺鐵絲網，冒著挨槍的風險，帶著口譯員和一支白旗過來。十分鐘後，他和一位加拿大軍少校在無人地帶中心無聲地行禮。德國人指著那些屍骨，建議雙方停火到當天下午兩點，以便搬回死者和傷者。雖然很稀罕，其實以前曾爲了相同理由而協議停火。但這一次，傷亡者幾乎清一色是加拿大人，不僅如此，德軍指揮官說他的士兵會幫忙。一連幾小時，他們利用戰壕梯及就地取材的工具，將德軍防線那一邊的加拿大軍搬到無人地帶的中線。到了下午兩點，便完成清場，德軍指揮官又提議停火到當晚六點，以便平安地將傷患運送到加拿大防線後方。加拿大與德國的雙方軍官握手。六點，他們恢復敵對。

這場突襲的倖存者安迪．洛夫特告訴康隆，當加拿大軍官跟德軍並肩站在無人地帶，德軍指揮官招待他們每個人抽菸，加拿大少校收起那根菸當紀念品，德軍又送一支香菸給他抽。康隆扠著腰，看著地上，轉述這些事給安格斯聽。在康隆背後，庫存的銅色砲彈從僞裝網底下露出尖端，看來像許多巨大的筆尖。

「一個德軍上將原諒我們的毒氣攻擊——我們要怎麼面對這麼驚人的人道作爲？」他掛著諷刺的笑容抬頭看，但安格斯知道他是誠心在發問。同一個問題在他心裡燃燒，消磨掉的不是他的勇氣，而是他的意志。

「我是這樣看的。」康隆繼續說，他們開始一起走路。「我們可以把那視爲神智錯亂的舉動，予以駁斥……或者，接受那是正常的人性表現。後面這個觀點可以讓我們安下心，我們凡夫俗子仍然有值得奮戰的某些特質。」

「有一天，羔羊會跟獅子躺在一起……」

「這個嘛，我想的是德軍跟協約國軍隊一起喝啤酒。」康隆回答。「我不介意跟那個德軍指揮官小酌兩杯。」他又說。「但我們要面對現實，除非雙方每一個人都放下武器，終結這場瘋狂的最佳方式是打勝仗。不然就是投降。我選擇打勝仗。」

「還可以從另一個角度來看。」安格斯說。「上帝安排這個舞臺，只爲了成就這一幕戲——好提醒我們在最黑的暗夜裡，光明仍然存在。」

「哈。我就曉得你的神學院背景，遲早會派上用場。」康隆說。「顯然，上帝不在乎用六百條人命來闡明觀點。」

「沒錯。上帝出手，自然不會太小家子氣。」安格斯回答。「你指出黑暗在哪裡，我就指出光明在哪裡。」

「就是這種見解，讓這場戰爭沒有白打，是吧？」

「一點沒錯。」安格斯笑道。「要是世上沒有諷刺，我們會變成什麼樣？」

「我看，大概是一直借酒澆愁。」

走著走著，安格斯漸漸覺得在康隆身邊很自在，幾乎要說出艾賓的事。但要是他一吐爲快，艾賓會有危險，他自己也不例外。而康隆會將職責列爲第一要務——否則，他就不是安格斯認識的康隆。

安格斯的口袋裡有一封赫蒂的來信，是那天早上收到的。在她寥寥數行的信文中，她以幾行的篇幅紀念艾賓。她的用語「每個人都很好心」、「不少人掉了眼淚」、「他們很哀慟」實在很冷淡，即使以她而言。她沒有明講，但安格斯覺得她沒有在哀悼。彷彿否認艾賓已死的她，知道眞相。

那一夜，他發現自己來到茱麗葉棄守的房子，站在黑暗的窗戶下。他可以在心裡看見她，她在他的對面，深色的頭髮用緞帶鬆鬆綁著，她的三枚銀戒映著火光。她的英語比他猜想的好很多。他的法語令她和保羅捧腹。他們三人，對艾賓的事心照不宣，不曾提起他的名字。

安格斯上次來的時候，送給保羅一幅畫，安格斯爲保羅畫了一幅煙囪上的鴿子會議圖，給茱麗葉的則是這棟屋子的細膩炭筆畫。她端詳許久，說她有個妹妹叫莎賓，住在沿海地區，丈夫來自阿爾薩斯，如今已過世。保羅插嘴說莎賓有幾隻棒呆的鴿子，要是安格斯再畫一幅鴿子圖，她一定會喜歡。茱麗葉說，她聽說如果這一次協約國不能突破德軍防線，德軍就會繞道沿海地區，進攻巴黎，到時哪裡都不安全。但光是留在阿斯提勒，沒有房客，就沒有錢賺。她丈夫的撫卹金太寒酸，不夠生活。她要投靠莎賓。「就要來了吧？戰爭？」

「對。」安格斯說，迎視她的目光。「快了。」爲了逃避這一刻與這一刻代表的所有意義，安格斯提議再給保羅上一堂地形圖的課，帶保羅走過街道，來到一個殘破院落外的空地。夜晚清冽明亮。在途中，安格斯說明霧氣會令半隱半現的物體，看來比實際距離遠；而空氣清朗時，從一條狹窄的路徑、或水面、或雪上直視一項物體，物體看起來會比實際近。一如他許久之前曾經教過賽門．彼德的，他指著低垂的碩大月亮，說明我們是依據各個物體的相對關係來判斷大小，很容易遭到誤導。保羅頑固地堅持當月亮高掛在天空，尺寸會縮水，因爲月亮比較遠。在安格斯瀕臨放棄的時候，保羅懷疑地說：「這麼說，跟我們覺得自己看到的不一樣嗎？」

「完全正確。」安格斯回答。「凡事都不一樣。我們倆都知道。」

「凡事都不一樣。」安格斯現在複誦，凝視著空盪盪的窗戶。在茱麗葉和保羅啓程那天，安格斯三步併作兩步衝上空房間的樓梯，叫喚她的名字，然後聽到自己的名字。她就站在樓梯底下，上氣不接下氣，抬頭仰望。他慢慢下樓，每一步都讓他更接近她，也更遠離她。

「我要跟保羅、跟妳說——我希望有機會……」他在樓梯上跪下，在背包裡翻找一塊橢圓形薄板，他親手將木板磨得光滑細緻，用黑色墨水畫了一隻雲雀，雲雀引吭高歌。「我想再給保羅一件東西。一隻雲雀——他會懂的。」

她跪在他下面一級的樓梯上，他將她拉進懷裡，親吻她的頭髮。「會結束的。」他低語。「我們會攻上那道山嶺，你們會在沿海地區。很安全。不再有槍火。不再有大兵。」他再多抱著她一刻，然後將背包甩到肩膀上。在走廊盡頭，他扳著門框躊躇，但就是沒辦法回頭。

現在仰望著屋子，安格斯想著自己的最後一幅畫——在一片原野上整潔的墳墓，一排又一排。在寂靜中，他聽見風在未來的地貌上低吟，爲無力合攏傷口的大地分擔哀愁。

當他回到營區，眾人的恐懼已成眞，希勒在床上縮著身體，在黑暗中瞪大眼睛。「你睡一下，希勒。」安格斯小聲對他說，輕碰他的頭。希勒在被子底下蹲坐著，但沒有闔眼。

直到他們接到命令，他跟弟兄們行軍離開鎭上，安格斯才想到那幅雲雀圖仍在他背包裡。

十二

一九一七年三月二十七日
新斯科細亞　斯納格港

清晨的陽光灑滿廚房。赫蒂從爐子上拿起熾熱的熨斗，熨著熨衣板上濕皺的襯衫衣袖。正在畫畫的賽門抬頭看一眼，出聲嘆息。襯衫是艾賓的。她在哼歌。

艾妲就在窗外，從架在火上的銅鍋裡叉起床單，放進水槽。她做到臉色發紅，幾縷飛白的紅髮黏在脖子上。

哼歌的聲音始終沒停。賽門離開廚房到院子。艾妲用圍裙揩揩額頭，跟他說什麼東西都敵不過在苦寒的漫漫長冬後的清新乾淨床單，一件都沒有。他問她怎麼洗了一件艾賓的襯衫。

「喔，」她說：「現在我每個星期都幫你母親洗一件。」

「何必呢？」

「她不是一直都像魂魄被小精靈牽走了嗎？在這兒、那兒發呆，跟個瘋子沒兩樣。拿起一支叉子或一個線軸，活像生平第一次看到似的。但你瞧瞧她現在在屋子裡的樣子，站得直挺挺的咧。」

「但她在熨他的襯衫，一副他會回來的樣子。」

「她每個星期都會熨燙那件襯衫，總有一天她會看出襯衫平平整整，一條皺痕都沒有，最好罷手。」

「是嗎？」

「不然，就是艾賓會從山腳下走上來，謝謝她熨了襯衫。」

「妳也覺得他沒死？」

「嗯，如果他活著，他就唬住了軍方。可能也唬住上帝。但他瞞不過上帝的。你就由著她去吧。有些事需要時間。比如豆莢裡的豆子，她跟艾賓。或者該說，是她自己自作多情。來。」艾妲彎腰從水槽裡拉起一條床單。「你抓著這頭，我來擰水。這些都要晾好。動作快。」

賽門乖乖照辦。「妳說她自作多情，這是什麼意思？艾賓舅舅跟她不是一條心嗎？」

「哎呀，小時候是。但艾賓長大以後就難得在家吧？要是他決定回來一兩天，逗大家樂一樂，他可以迷倒大家，叫你脫襪你就脫。」她將床單夾到曬衣繩上。「艾爾瑪．韓特一個接一個連生四個兒子，我想她光是照顧兒子就自顧不暇，至於艾賓和赫蒂，嗯，他們被晾在一邊，相依為命。你的韓特外公對艾賓是恨鐵不成鋼，赫蒂卻把他失去的妻子帶回人間。因此，赫蒂得到的關愛，都來自艾賓。還有你的父親，他既強壯又有耐心，每次艾賓讓赫蒂傷心，你父親都不離不棄。現在，你父親離家去找艾賓，而……」她拉起圍裙一角擦眼睛。

賽門很意外會聽到這番話，察覺到其實一直以來，自己都莫明其妙地曉得艾妲看艾賓不順眼。但聽到她說出口，在詫異之餘，心卻舒坦起來。他決定吐露一件心事。「如果我告訴妳，喬治．馬瑟很確定在艾賓舅舅應該過世了以後，還看過他呢？喬治在戰場上受傷，艾賓舅舅跑來幫忙他。」

艾妲回到水槽邊。「依我看，你看到喬治就該閃遠一點。他腦子有問題。他不是在他們家那片海灘上生火嗎？把火堆排成一列。他在戰場上是神槍手，槍法很準。天曉得他會幹出什麼好事。我不會跟你母親說我跟你講的話。每個人的心中自有定見，有時這樣最好。不論艾賓是死是活，我看到的是赫蒂又開始幫你爺爺管理帳簿。這樣很好。她上個星期不是跟鄧肯吵架嗎——罵鄧肯一時疏忽，少記一筆帳。鄧肯老爺警告赫蒂少插手他的閒事，管帳本就好，赫蒂馬上反駁很快就不會有閒事可管，也不會有帳要記。」艾妲用叉棍指著他。「別嘴巴開開的杵在那裡。你要幫忙還是要妨礙我做事？再叉出一條床單出來，不然就不要擋路。」

「等一下。家裡是不是有麻煩了？」

「現在沒有，沒事。你也看到你母親常常寫信。別人可能會說你爺爺只是有了新合夥人，說不定他們的說法哪天會成真。每一封信都署名『H．E．麥葛拉斯』。」

「所以呢？」

「她的姓名縮寫正好跟哥哥相反，注意到了吧。」

「那又怎樣？」

艾妲停了一下，一手扠腰，仰望天空。「我說不上來。只是剛好想到。好了，我做了肉桂馬芬，你給海斯特先生送一些過去。他人很不舒服。我猜他得了春季感冒。」

趁著艾妲從爐子裡拿出馬芬，賽門翻看母親桌上的郵件。艾妲說得沒錯，H．E．麥葛拉斯寫信給客戶關心拖欠的帳款，給一位佩瑟列克．卡麥隆先生寫了幾封信討論供應木料給金河的鋸木廠。很多封跟鮑福先生的往來信件。艾妲稱呼他銀狐。這疊信最下面的一封，來自瑪姬．麥金尼斯。賽門瀏覽信文，瞥見最後一段。

當我突破帷幕，便感受到我以為不可能的祥寧，知道哈洛德和湯姆安然無恙，由尼柯迪穆斯太太替我們傳話。我得知他們的死法，而他們向我擔保他們就在我身邊，陪伴我面對沉重的凡人生活。

對，這是真的，一直以來，女性因此被囚禁在精神病院，甚至監獄，但這根本不涉及異教徒的儀式，也不是大家說的巫術。那只驗證了我們基督徒信仰的永生。妳務必試試看。

她和鬼魂說話，還勸他母親跟進。但精神病院？監獄？跟死人交談是巫術嗎？違法嗎？海斯特先生應該知道。他將信塞回那疊信件中。

艾妲在廚房用一條布包起馬芬，在上面打個結，放進布袋中，一併放進一小塊奶油，並在奶油蓋了一個薊形花紋。他打趣艾妲一定對海斯特先生有意思。「才沒有。」她說。「這輩子我只有一個心上人，我絕不會說出是誰，所以你連問都不要問。你晚餐前一定要回到家。還有，要讓他把馬芬弄熱了再吃。跟他說，我們希望他早日康復。」

在抵達海斯特先生家的那條岔路之前，賽門騎著佩格經過馬瑟家的土地。喬治從原野上一瘸一瘸地過來，站在那裡，上衣敞開，袒露胸膛，頭髮被颳到耳際。他用一根拐杖支撐自己。佩格慢慢停下。賽門踢牠一下，牠卻只顧著磨蹭喬治，輕輕嘶鳴。賽門緊張得胃部翻騰，說：「牠跑了很遠的路——需要水。我還要趕路。」喬治跛行離去。沒說起銅板、盒子跟艾賓·韓特，看他離開，賽門懊悔怎麼沒有請他吃一個艾妲的馬芬。

海斯特先生的藍色小屋一片靜謐。賽門將馬芬放在階梯上，最後在窄長的碼頭找到他，他串起提燈，懸掛在兩根柱子之間，賽門惦記著心事，忘記問他那是什麼用途。他們爬上挖進岸邊的陡峭臺階，海斯特先生停下腳步咳嗽和擦臉。賽門跟他說，在路邊看到喬治，但喬治一聲不吭。海斯特先生說他去馬瑟家的時候，喬治也都安安靜靜。

賽門說：「他一開口就全是瘋話。根本是謎語。對吧？」

「表面上或許如此。」海斯特先生說，膝蓋使力，爬上最後幾階。「在我們看來或許是那樣，但對喬治來說不是。」賽門問那是什麼意思。「他盡力建立連結，但有東西絆住了他。」

「什麼？是什麼絆住他？戰爭嗎？戰爭不是只讓人……像他那樣瘋瘋的。」

「我的意思是要跟人溝通，得先能跟自己溝通。我想，這就是喬治的問題所在。他沒有跟自己的經歷搭上線，或許永遠不會。或許也永遠不應該搭上線。」

「那他生的那些火呢？」賽門問。

「啊，對，一排營火，或許他在召喚什麼回到他身邊。那些營火都控制得很好，受到嚴密防護。」

喬治完全不令海斯特先生擔心。

「那天在赤斯特，在你從屋子出來之前，他說他在蒂耶普瓦勒看到艾賓舅舅。至少，我覺得那是他的意思。」

「這樣啊。我們不能斷定喬治的意思，不是嗎？他看到你舅舅，還是他的鬼魂，還是希望自己看到他？也許他看到了。也許他是想讓你覺得安慰。」

「唔，他沒讓我覺得安慰。而且他錯了。艾賓舅舅那時候已經死了。」

他們到了菜園，地上有零散的積雪。他們走在小徑上，小徑邊整齊地鋪著海灘石頭，直到後門的門廊，賽門很訝異那裡有一組蜂窩狀的鏡片，架設在極光亮的黃銅組件裡面。這是燈塔的鏡片。一塊防水布擺在旁邊地上。在中央鏡片上方和下面的同心稜鏡在向晚時分的陽光裡閃閃發亮。

海斯特先生的小腳站定，前後搖晃身體，顯然很快活。「對。」他說。「一組四級菲涅耳透鏡。最近才到手的。看起來是不是很精密？卻照樣厚實堅固。菲涅耳稜鏡幾乎可以一網打盡從燈裡射出來的光線，予以放大。既是精緻的工藝，也是水手的實用器具。這個高度只有兩呎半，直徑兩呎，但我相信從海面外至少十五浬或更遠的地方，就看得到它，說不定還能遠達二十浬。」

賽門彎腰細看。「這是幹麼的？你要蓋燈塔？」他打趣他。

「才不是。只是運氣好，弄到一個。也許放在菜園趕烏鴉。」海斯特先生輕笑著。賽門幫忙他用防水布蓋好透鏡，綁在門廊欄杆上。然後，海斯特先生眺望著岬角的邊緣與伐採木之間的一小片風景。「那些樹被吹倒時，我很高興。我考慮蓋一個瞭望塔。」他說。

「瞭望塔？幹麼呀？」

「那還用說，當然是爲了好視野啊。那裡是在懸崖上那些常綠樹木的上面。不要太近。我想在上面搭個小屋頂，我就能在那裡喝茶，用望遠鏡看著船來來去去。你眞該見識一下船隊進港的場面。浩浩盪盪的雙桅帆船schooning……」

「Schooning？有這個詞嗎？」

「嗯？有，也沒有。有的人把『schoon』講成沒有h的『scone』，這是一個蘇格蘭詞，意思是『在水面上飛掠』。但荷蘭人一定會加上h，配上那兩個o，我喜歡把它想作『schooning』——我一廂情願地認定意思是『滑行』，儘管明明不是。這是我個人的小小的語言學異想天空。不過，我們走吧。我們到屋子裡，你跟我說你有什麼心事。」

在小屋裡，他拿擺在一疊書本上的茶壺去燒開水，給爐子添柴火。四隻黑色的薄襪子在爐子後的架子上晾成孤伶伶的一排。海斯特先生沒有配戴漿過的衣領和領帶，沒穿背心，一身寬鬆的藍色長褲跟藍色的舊毛衣四處蹣跚活動。他們進屋時，他挑剔地看賽門的靴子一眼，兀自換上自己的皮革室內鞋。賽門拔掉靴子。

他打量四周，海斯特先生拆開馬芬，吩咐他向好女人艾妲轉達謝意。賽門沒看過像這樣的屋子。除了臥房，基本上只是一個大房間，樑木都裸露在外，一排窗戶面向門廊，可眺望海灣。海斯特先生說他找人拆掉客廳跟廚房的隔間牆，留下兩根柱子支撐橫樑，如此一來，不論站在屋子的哪個角落，都能看到三側的屋外。從地面到天花板的書架塞滿書籍，書名有拉丁文的、希臘文的、德文的跟英文的。這裡那裡都有垂下捲鬚的盆栽。一個樂譜架放在房間中央，海斯特先生的小提琴盒也在那裡。建築物的墨水畫——賽門猜來自歐洲——掛在書架之間。一幅是一支男童合唱團從大教堂門口出來，吸引住賽門的目光。報紙、手稿、文章、整落整落的郵件，許多是德文的，散放在所有的平坦表面上。

海斯特先生指著廚房桌子前的一張椅子。在光滑的紅色桌面一端，有一臺打字機端正地放在墊子上，一疊乾淨的紙張放在一側，打了字的紙頁則正面向下，放在另一側。桌子中央擺著偌大的合訂本，書名是《南北美洲鱗翅目》，攤開的那一面是一隻異國藍色蝴蝶的全頁彩圖。說明文字是：「四十二號插圖：歡樂女神閃蝶」。

「這是眞的蝴蝶嗎？」賽門問，海斯特先生擺出兩個馬克杯。

「咦？當然是眞的。歡樂女神閃蝶跟任何蝴蝶一樣眞實。可惜，我們沒辦法親眼看到。除非我們到南美洲，一路爬到雨林的林冠上。」

「也許有一天我會去。」賽門沉思說。他全然沉浸在《第一次航行》小男主角的奮鬥，他爲了逃跑，愈來愈深入委內瑞拉叢林嘩嘩作響的流域。

「啊，但願我能陪你去，但恐怕我一把年紀，不中用了。其實，幸好如此。即使我還年輕的時候，一樣沒有冒險犯難的體質，也沒那個精神。我生來就沒有做優秀的博物學家的本錢。」他嘆道。「我永遠看不到這隻蝴蝶。但我們必須安於自己擁有的事物和自己的本性。來，我給你看一樣我目擊過很多次的東西。跟閃蝶比起來很無趣，但我猜你會喜歡牠的名字。」他用染了墨漬的手指翻過頁面。「屬於弄蝶科。啊。就是這個。長相沒有可觀之處，但你看牠的名字Erynnis icelus——意思就是夢幻黯翅。」

賽門同意。完美無瑕的名字。「你蒐集蝴蝶嗎？」

「釘在牆壁上嗎？絕對不會！我只在蝴蝶筆記本裡記錄我在這裡目擊的蝴蝶，還有這裡的鳥類——啊，那本筆記跑哪去了？」他翻了一下流理臺上的書堆。「總之，不管怎樣，你不會把鳥釘在軟木板上吧？當然不會！蝴蝶也一樣。觀賞牠們、知道自己看過，就夠了。你夏天務必再來一趟。我在院子種了一些植物，好吸引幾種蛾類和蝴蝶，以便列冊登記。我弄到了麒麟菊跟樓斗菜籽，朵拉．麥當勞還給我她菜圃的甜豌豆籽。她對我好到沒話說。」

「為什麼？記錄牠們要做什麼？」

「這樣，才能記住我觀察到什麼以及次數。這是在這個世界安身立命的一種方式。懂嗎？」

「不……太懂。」

「就是融入這個世界，賽門。投入世界。」海斯特先生放棄在書堆裡翻找，面向賽門。「你父親曾經說過一段話，我把它記在這裡。」他拍拍胸脯。「他說在長途航行的時候，他就不再是水域上的陌生人；他是水的一部分。他跟船不是在水上，而是跟水一體。他跟水一起變成翻滾的湧浪，他是拍打的浪潮，是風與深海交會的一根棒子。他的用語不是這樣，但你能理解嗎？不行嗎？不確定嗎？」

賽門點頭。他要更多解釋。

海斯特先生順從他。「這是他活著的方式。他說這就是他想呈現在畫布上的層次。這樣，他才能好好活著。他覺得自己畫的風景跟水鳥，始終沒畫出那種精神。他想畫出更多精神。一點沒錯。」他說，回應賽門的訝異。「我們聊過他的畫。討論過好幾次。他在出征之前告訴我，他在畫一幅畫。那個畫面瞬間出現在他腦海。我覺得跟海有關。當然，我個人呢，不知道成爲海的一部分是什麼滋味。我不是水手。」他輕笑著。「你最清楚了，對吧！我既沒有能應付航行的胃。也沒有勇氣。」

賽門確實很清楚。他仍然記得他們邀請海斯特先生到蘿拉李號上野餐的情景。海斯特先生穿著西裝和背心，笨拙地抓住欄杆，每次船身傾斜，他的眼睛就在被海水噴濺到的鏡片背後凸出來。他一直拿捏不到在船身傾斜時改變重心的竅門，老是站不穩。在那之前，賽門不知道有些人必須刻意學習，才能在船上站穩。事後，賽門模仿海斯特先生，他跟澤努斯都笑到前俯後仰。現在他覺得很過意不去。

「但你有一艘小划槳船。」賽門說。

「是啊。我會在風平浪靜的時候划船。即使如此，船上還是拴了一條長長的繩索，跟碼頭相連。而且，」他雙手拍拍自己的胸膛，「還穿著救生衣。」

賽門跟海斯特先生咯咯笑著。

「我想看比較深的海底，尤其是帶著提燈在夜晚出航。海星跟海膽在自己的世界裡潛伏。有什麼比夜晚海面的綠色磷光更美的？」

「是沒有。但是打了燈，就看不到磷光。」賽門說。

「是，那當然。在那種夜晚，我會關掉提燈，扔石頭到水裡，看著隨著石頭一路向下的綠光。」

「我也是！」

「那麼，我們就有一個共通點，賽門。」他倒出茶。「航海不適合我，但當我聽到海鷗或杓鷸的叫聲，或是在橡樹的葉子上看到阿卡迪亞細紋蝶振動的小翅膀，或是看到海星在碼頭的木樁上伸出一條觸腳，我會比前一分鐘更有活著的感覺。」

賽門不曾想過鳥類、蝴蝶，尤其沒想過海星，竟然會讓人覺得更有活力。他將頁面翻回閃亮的藍色閃蝶。

海斯特先生從烤爐取出馬芬。「你喜歡那個啊。」他說，一邊將馬芬排放到大盤上。「那傢伙非常精明喔。牠的翅膀上面是藍色的，但底下是發霉的褐色，你從下面就看不到牠。你看牠名字裡的Morpho這個字。你看出關連沒？Metamorphosis。就是變形。一如所有的蛾和蝴蝶，牠不是一直都很美，以閃蝶來說，只有從上面看才漂亮。牠既醜陋，又迷人。但你想想看——從毛毛蟲到化蛹，破蛹成爲蝴蝶，翅膀如此輕盈——那是純粹的美。如果不曾變成蛹，有可能這樣嗎？你想一想！先在地上爬，然後鎖在黑暗中，突然間，飛上青天！但蝴蝶記得自己以前不會飛嗎？」

「我、我不知道。」賽門說。

「我有幸看過一隻黑色鳳蝶破蛹的過程。牠足足過了五分鐘才起飛。那段時間，牠展開又收起翅膀，動作很慢，像在思考自己的蛻變有多大。我眞的可以用翅膀飛到世界上嗎，牠似乎在問。當牠確信自己辦得到，我好嫉妒那一刻。」

賽門一手撐著下巴。他可以聽海斯特先生說上一整天。

海斯特先生清清喉嚨，啜一口茶。「不過，你不是來跟我討論蝴蝶的。恐怕，我就是愛說教。你說你有一個問題，你在擔心一件事。」

賽門坐起來，沒有提起信，問海斯特先生知不知道「突破帷幕」的意思，以及那是否涉及巫術。

海斯特先生攪拌茶一會兒，堅持要賽門完整說明情況。賽門垂下眼簾，搖著頭。

「你想跟舅舅聯絡？是這樣嗎？」

「不！不是我。媽——」賽門煞住嘴，坐回位子。「也許吧。我不知道。」

「嗳。果然。我自己的三個姪子就在戰場上喪生。兩個在索穆河之役……如果放任不管，死亡會削弱生者。你可憐的母親啊。我在這裡教書十七年，我還記得我第一次看到艾賓．韓特跟安格斯．麥葛拉斯。那兩個傢伙，是一對無賴。很難相信艾賓走了。眞悲哀。她當然想聯絡他。這絕對正常。」

「是嗎？這樣會不會坐牢？或是關在精神病院？」

「什麼？」這回輪到海斯特先生嚇一跳，「因爲想跟死者聯絡嗎？」

賽門吐露信文內容，於是，海斯特先生暢談他所說的招魂運動，這股風潮席捲在戰爭中喪失許多子弟兵的英倫群島，連威廉．詹姆士[23]那樣的智者也探尋「科學與魔法之間的界線」。或許，那曾被視爲巫術，或是發瘋的跡象。林肯總統的遺孀就是一例，可憐的女人啊，沒錯，是有招搖撞騙的人，或許連那位尼柯迪穆斯太太也是；現在賽門想像她是一個穿著吉普賽服裝、帶著一顆水晶球的人。但海斯特先生豎起一根手指，又說，我們必須斟酌在遺族的心靈慰藉及懸而未決的科學證明之間，孰輕孰重。

這番話夾雜著「神祕學」、「降靈會」、「靈媒」等字眼，有點難懂。「你相信這種事嗎？我們收得到死者的訊息嗎？」賽門趁著海斯特先生停下來換氣時問。

海斯特先生想了想。「賽門，說穿了不就是『信念』嗎？我們相信很多看不見而且沒有憑據的事物。我沒有可以建構那種信念的經驗。同樣的，也沒有不信的依據。至於死後生命或者復活本身，除了我們對自己信仰的對象所抱持的信心，我們有什麼證據？又或者，那是我們相信的對象所抱持的信仰呢。兩者截然不同。」

海斯特先生跟賽門對上視線，說：「我是這樣想的。假設一張紙上有一堆金屬屑。底下是一塊磁鐵。金屬屑會怎樣？」

---

23 William James，一八四二—一九一〇，美國哲學家，一八八五年參與創辦American Society for Psychical Research（美國心靈研究協會）。

「全部集中到有磁鐵的地方，應該吧。」

「是的。我相信我們在這個世界的時候，靈魂會像金屬屑一樣，聚合成我們的人形。死亡降臨時，磁鐵就拿掉了，靈魂再度四散。就像金屬屑——形體消失了，我們個別的肉體不再存在，但金屬屑還在——成為一個大整體的一部分。」

海斯特先生傾身拍拍賽門的手臂，嚇了他一跳。「你提出一個問題，我給你上了一堂課。眞相是，我沒辦法告訴你那種事是不是眞的，但我可以給你一個關於你母親的建議——想一想你責任的極限。嗯？」他捏捏賽門的手臂，坐回位子，眼神很和藹。

「什麼？」

「你思考看看。我沒別的意思。還有，賽門？對喬治客氣一點。」

「謝了。」賽門不確定地說。「我該走了。」他將自己的杯子拿到水槽，另一個杯子掛在鉤子上，兩個盤子洗得乾乾淨淨、疊放起來。離開前，他又看一眼燦爛奪目的歡樂女神閃蝶。

經過馬瑟家的小屋時，賽門看到在原野上的喬治，是紫羅蘭色天空下的一抹剪影。他讓佩格加速再加速。「歡樂女神閃蝶！」他喊道。他想到了舒展的葉片和每個人都在說即將展開的春季攻勢。他考慮騎著佩格離開斯納格港，一路到赤斯特，奔馳到海灣另一側的哈頓山頂，眺望在冷杉樹梢之外的遼闊世界，讓靈魂御風而行，傳遞訊息給他的父親：「你有沒有救回艾賓舅舅都不要緊。救你自己！回來！我們把蘿拉李號修好，航行到鐐銬島之外，到世界的盡頭！守住防線，不要死。」這時，他讓佩格疾馳。不要死。不要死。快到家時，賽門才想到海斯特先生的姪子們，必然死在防線的另一邊。

十三

一九一七年四月一日
新斯科細亞　斯納格港

「你不會介意吧，科特南？」布隆利夫人問，跟一位普蘭特小姐占據狄莫克牧師旁邊的位子，擺出類似列隊迎賓的陣仗，三人就這麼在禮拜結束後，站在聖安德魯教堂的拱門下。牧師順著她的目光望向剛修復的尖塔，說：「哪兒的話。」繼續招呼魚貫離去的會眾。布隆利夫人向每個人介紹普蘭特小姐是她的姪孫女，普蘭特小姐則向大家伸出一隻胖手，手套像腸衣似地包覆她的手。賽門心想，以一個幼年喪母、父親又病弱到無力照顧她的人來說，她出奇愉悅。據說，陸軍拒絕讓她父親入伍。那天早上，他們走向山坡上的聖安德魯教堂時，鄧肯說：「想必是個廢物。」艾妲補上一句：「我猜是酒鬼。」

「哎呀。」普蘭特小姐說，跟賽門握手。「叫我夏洛特。我剛滿十六歲。」她淡到像透明的灰色眼眸嵌在一張圓臉上，一笑，雙頰的酒窩就更深邃。她令賽門覺得莫名快樂。

他母親遲疑片刻，才趿著蕾絲鞋踩在階梯上，令賽門一時分神。她渾身上下幾乎毫無色彩，但黑帽和斗篷看來很雅緻。在哀悼的外層衣物底下，她穿了知更鳥蛋青色的洋裝。她牽著賽門的手，看都沒看布隆利夫人一眼，布隆利夫人向夏洛特解釋麥葛拉斯太太無意失禮，而是哥哥不久前陣亡。「但是，」布隆利夫人尖銳地說：「妳不用放在心上。」

賽門漫步走向針櫟樹下的梅西和澤努斯。在他們不遠處，布隆利勛爵用拐杖戳著墓碑。「勞倫斯．梅德．普南，一八二三年！」他嚷著。「約翰．布雷克里．喬利莫，一八七七年！你們最近過得好不好？」梅西對澤努斯說。

「我媽說那個普蘭特小姐跟死人講話，所以才會被送到這裡來。這是為了她著想。」

「跟死人講話？妳確定嗎？她是靈媒？」賽門問。

「依我看，她噸位好大。」澤努斯回答，神色跟梅西一樣肅穆。梅西咯咯笑。「澤努斯，你好討厭。她眼睛很漂亮。」

「眼睛漂亮。」澤努斯搧動眼瞼。「只有胖到像酒桶的女生，人家才會那樣說。」

梅西轉向賽門說：「總之，她收得到訊息……來自死去的阿兵哥。」

「騙人的吧！鬼扯！」澤努斯說。

賽門轉頭看夏洛特。的確，身材有點像酒桶，但她軟灰色帽子上有鮮豔的小羽毛，看來完全不像馬戲團攤位上的吉普賽女郎。她像一陣清風。也或許，他心想，像一隻在哀悼的溫柔鴿子。梅西一定弄錯了。但萬一她沒弄錯呢？是不是上帝將夏洛特送到斯納格港，好讓他母親重拾心靈平靜？

「賽門．彼德！我們該走了！」鄧肯從教堂院落另一端叫道。

「我得走了。妳確定那些傳言……？」賽門瞇起眼睛看梅西。

「全鎮的人都知道。不信去問你爺爺。」是她的回答。

「真高興看到妳又出來走動了，赫蒂。」布隆利夫人在經過時說。「我們不耽誤妳的時間，天氣不好呢。再說，可憐的夏洛特，還沒從長途的舟車勞頓恢復精神。各位日安。」她帶著夏洛特走了。布隆利勛爵振奮起來，暫時有了精神。「我大概該跟著她們走。有那女孩在，我晚餐可能不保！」他碰碰帽子，在腳邊揮一下拐杖。

鄧肯為楊．弗萊德伸出一隻手。賽門走在母親旁邊，心生一計。「妳想她真的能收到死者的訊息嗎？」

「誰曉得？現在很流行。瑪格也有接觸。不知道合不合法……」

「妳說什麼合不合法？」鄧肯轉頭說。「不管是什麼，我看一定違法。」他點燃菸斗，揚起眉毛，自得其樂起來。

「招魂術。」赫蒂回答，抬起下巴。

鄧肯猛然抬頭。「招魂術！那女孩被送到這裡，就是要避開荒謬的迷信。沒人可以聯絡死者。死者都在上帝身邊。」

「你哪能斷定，鄧肯？」赫蒂回答。「也許普蘭特小姐那樣的人可以打破神祕，聽到什麼，看到我們其他人看不到的東西。」

「**神祕**。這就是重點，赫蒂。那不是我們血肉之軀可以理解的。」鄧肯嚴厲地說。「讓死者復活關乎**信仰**。難得科特南說得一針見血，信仰在我們面對未知時維繫了希望。未知。要是我們知道了神祕之事，我們對上帝就沒用了，不是嗎？」

「或許**你**弄錯了重點，鄧肯——維繫**希望**？」

「天啊，女人。我們是要對世界、對人類保持希望，不是——算了。妳不要去找那個女孩。」他又走了幾步，突然停下。他扯著耳朵。語氣軟化。「或許我真的弄錯重點。」他說。「妳是不是想聯絡艾賓？」

「當然沒有。我們不知道艾賓的下落。」她輕快地說，摘掉帽子，甩甩頭髮。

他聽到這個令人失望的回答，皺起眉頭。「妳不輕易放棄，這我承認。」赫蒂輕靈地超到前面，追上艾姮。楊．弗萊德跟在她們後面蹦蹦跳跳地下山，賽門和祖父殿後。他們走到岸濱路，到了堤道上的橋時，艾姮便告辭。她要去照顧罹患春季感冒的姊姊芙蘭妮，希望不會惡化成肺炎。她叮嚀赫蒂要拿出爐子裡的烤羊肉。

稀薄的雲層掃過天空，西南風定定地吹皺向他們捲來的浪潮——一道浪頭接著一道，洶湧而來，一波波急促地衝上石灘。楊．弗萊德對著水裡的原木扔石頭。**轟啊**！他每次都叫道。轟啊！一隻爺爺級的胖海鷗從大圓石上狠狠瞪他一眼。赫蒂倚著橋上的欄杆。

「好了，女孩。我討厭看到妳生氣。我們去看羊肉烤得如何，好嗎？」鄧肯說，勾起赫蒂的手臂。

訊息，賽門心想。一條訊息就能解決問題。

沃爾．穆迪告訴賽門，夏洛特每天三點四十五分來領布隆利家的郵件。「你對她有意思，對吧？」他說，將郵件塞進大家的信箱。「對任何一個年輕小伙子來說，她都夠有女人味了。」

賽門翻白眼。

「看到沒？」沃爾說，舉起一封薄薄的信。「又一封給埃梵．海斯特的德國信。每星期一封。」

「**德國**信？我們一起看。」

「不行。」沃爾搖頭。「那是犯法的。郵戳是英格蘭的，但這個傢伙，」他彎著一隻手指戳著信，「以前都從柏林寄信給他。我認得筆跡。」他從櫃面湊過來。他的皮膚在橫梳過頭皮的稀疏紅髮底下發亮。「發送訊息。」他低語。

「訊息？這只是一封信。來自英格蘭。」

「正是。哎呀。你的心上人來了。別擔心，我不會洩露你的祕密。」

賽門又翻白眼。這時，夏洛特果然慢條斯理地走進郵局。看到她的笑靨，賽門便忘了告訴沃爾她不是他的心上人，倒是油然生出勇氣，問能不能陪她走一段路。她愉快地答應；她原本就打算散散步。他們從岸濱路走向梅德灣。在路上，他指出一戶戶人家——錢德勒家、辛克家、弗列達家、雷登家、克洛西爾家、希爾契家——同時一直構思他要說的話。他但願自己比她高，而不是比她矮，但一會兒後，就不是那麼介意，因為他們聊得很投緣。她想知道每一戶人家，以及潮汐和島嶼。他們從路上拐到梅德灣，她從用針織繩拴在手腕上的小皮包裡掏出薄荷糖，請他吃一顆。

他接下糖果，問她倫敦的樣子。髒亂、擁擠、寒冷，她告訴他。她想回到父親身邊，但她母親那邊的親戚不認同他。他移居愛爾蘭南部的克洛納基提，說那裡有棕櫚樹，那裡的人對他也比較客氣。她說以前真是苦了他，而她思念父親。

賽門告訴她，他也在思念父親。兩人便在共同的思父之情中，默默走了一會兒，吸吮著薄荷糖。空氣沉重，雨勢欲來。他們到菲利浦的船塢時，豆大的雨珠叮叮咚咚落在平靜的海港。賽門指著大得像穀倉的船棚，提議到那裡等雨停。平時這個時間，菲利浦常會說「小酌一、兩杯也不錯」，接著便移駕到小酒館。他們走下臺階到碼頭，從第一間船棚的側門溜進去。

他們在那裡看著雨勢潑擊碼頭。雜酚油、油布、潮濕木屑、結了一層鹽屑的麻繩捲的氣味，與海風跟颼進來的清新春雨交織，還有她在他身邊的芬芳玫瑰香。她在打哆嗦，於是他來到菲利浦的桌子前，桌上堆著染了咖啡印的紙張跟鉛筆桿，在這堆東西裡找到一盞油燈。他點燃油燈來取暖，擺在他們旁邊的粗糙板凳上。雨水彈濺得更厲害，盛大的雨幕橫掃海灣以及在繫船處的愛爾西號的甲板。

在相連的棚屋陰暗處，矗立著蘿拉李號的龐大黑色船殼，船在托架上，舵片直立，露出沉重的龍骨，厚厚的木料因疲乏而呈海綿狀。「它瀕臨大限囉。」菲利浦在他們吊起船的時候說。「它的巔峰時期早就過了。瓦勒斯想替它裝引擎，可是那行不通。光是它原本的重量，在水上就很沉。它快撐不住了，賽門．彼德。」菲利浦若有所思地深深吸著菸斗。「我可以再等一陣子，但是到春天就得移走它，或是讓它回到水上，或是大卸八塊。我要用這個托架。」

「幸好附近有這些舊棚屋。」夏洛特說，第一次轉身。「那是船嗎？」

「對，我們的船。蘿拉李號。我爸是船長。」他帶夏洛特到下一間棚屋，將遠端的滑門打開一、兩呎，讓光線照進來。夏洛特抬起頭，打量著船。他也跟著看，以夏洛特的目光重新檢視這艘船。它在托架上的線條沒有他料想的優雅。它的船尾或許稍嫌方正，對銳利的飛剪式艏來說，樑有點太寬。他考慮說明在它打造的年代，長長的懸伸艉還不存在呢。最後他說：「它很能應付波濤洶湧的海象。」這是眞話。

夏洛特褪下一隻手套，將手擱在厚厚的舵片上。賽門讚許這個動作。「好宏偉。」她說。

「爲了紀念我祖母，命名爲蘿拉李號。她在我出生前過世了。」他不想打斷這一刻，但死亡的話題自然出現，機不可失。「假設、嗯、既然說到了死者，我在想……妳知道妳——妳收到的那些訊息？」

她放下手。「什麼？」

「我只是在想，那是什麼感覺。」他假裝滿不在乎，雙手插進口袋。

「才怪。是爲了你舅舅吧？唉，我早該猜到的。」

「不是啦！」賽門辯駁。「我、我不是想要訊息。」

她衝向棚屋門口，猛然轉身面對他。「我收不到訊息！」她大叫。「大家以爲我行，但我不能！」

他看到她的下巴在顫抖，淚珠在她淡灰色的眼眶打轉。「不，」他說，走向她，「別哭。」但她哭出來，肩膀在抖動，鼻水往下滴。「你走開。我孤苦無依。我被送來這裡，是因爲倫敦的阿姨不肯收留我，從來都不要。」

「不。」他輕輕說。「不。」他伸出手，因爲他情不自禁，她淚濕的臉頰爲他的掌心注入輕柔的暖意。她打掉他的手。

「不要！別人以爲我有天賦。我拚命拒絕，但他們求我，我、我就……找我的人變多了，他們砰砰砰的打門，每個人都想要訊息。但我沒有天賦！」

「那他們爲什麼一直找妳？」

「因爲那發生過一次！就一次！消息傳出去。之後……我就撒謊。讓大家好過一點，但謊言就是謊言。好了，」她帶著哽咽的嘆息說：「現在你知道眞相了。」她走出門外。

他呆呆站著，然後去追她。大雨淋在他臉上。「我說謊！」他嚷著。「我確實想要訊息！」她停下腳步，轉過身。「我想要訊息，因爲我母親認定他還活著。妳騙人只是爲了助人。我騙人是別有居心。」

她的表情在雨中看不清楚，但她站在原地不動。「拜託。」他說。「妳回來。」

他帶她回到棚屋，進了菲利浦的辦公室。瞧她站在那裡的樣子，默默盯著鞋子，雙手垂在身側發抖，他不禁冷靜下來。他用布擦擦手，將煤炭放進小爐裡，查看水壺裡有沒有水。他在架子上找到一個馬克杯，鉤子上掛著另一個杯子，破舊的茶罐裡有茶葉。他抖開她的斗篷，將菲利浦的舊毛衣披在她肩上。他的一舉一動都很莊重。彷彿情緒在爆發後，便滌清了所有猜疑，現在可以實實在在地重新開始。他指著一張椅子，她便坐下，雙手舉在火前，現在火勢旺起來，散發暖意。他泡了茶，她雙手捧著杯子。兩人不發一語。

他站在骯髒的窗戶前。風和湧進的潮汐增強了一波接一波拍擊的浪頭，飛沫濺到碼頭上。勁風颳得愛爾西號在繫船處晃蕩。在這種天氣，菲利浦短時間內不會從酒館回來。他聽到夏洛特的呼吸從刺耳的喘大氣轉爲平順的韻律。一會兒後，他說：「我眞的很抱歉。我大概不太會撒謊。我只是想要……」

「別這樣。」她說，無精打采地看著火。「撒謊要撒得好可不簡單，不把撒謊當一回事也不好。不然，我就不曉得自己在說什麼了。」

「我也不懂，但沒關係。」他轉身面向她。「我們重新來過？」

「好啊。」她喃喃說，盯著茶。浮現淡淡的酒窩。她放下杯子，將毛衣拉緊一些。「姑婆說我太聰明，這對我沒好處。」

「妳才沒有。她對每個人都那樣講。」他坐在菲利浦的椅子上。「她說我爺爺是和平主義者，那根本不是眞的。他不過是反對這場戰爭。」

「對，她昨天晚餐那樣說過。她還說你舅舅跟你母親像雙胞胎。」

「嗯，對，那是眞的。」賽門問她還說過他什麼事。

夏洛特想了一下。「說你舅舅很帥，嗯、隨和，有點四處漂泊，但大家都愛他。」

「妳知道他的遺體一直沒有尋獲。我母親才不會以爲他還活著。」

「也許他眞的活著。」夏洛特說。一陣雨沖刷著窗戶。

賽門凝視她良久，卻只搖搖頭，將椅子轉個方向。「眞希望能在這個天氣出航。一定很好玩。」

「乘船嗎？」

「嗯，對啊。在船上可以撇下一切。而且，你只是單純在天地間，我是指天氣。我想，今年夏天要去淺灘。如果可以的話。」

「嘎？錢什麼？你打算——」

「淺灘。我忘了妳還人生地不熟。」他解釋淺灘就是海洋高原上水淺的地方。「嗯，也不能說淺，大概兩百呎深，但跟海洋的其他部分相比算很淺。鱈魚就在那裡，所以在那裡捕魚的雙桅帆船就稱爲淺灘漁船。海鱒，妳知道吧……」

「啊，海鱒，海削。」她笑著說。

「什麼？噢，我懂了。」

「一個白痴笑話。你要開蘿拉李號去嗎？」

「不是、不是。它不適合捕魚。它是近海貨船。我祖父以前是淺灘漁船的船長，但他放棄了，好回家照顧喪母後的我父親。之後，我祖父也不讓我父親去那裡，不准他到淺灘。不准捕魚。」

「爲什麼？」

「因爲他……我不知道。他凡事都要作主。無所謂，反正我去定了。」

「他不會攔你？」

「想攔就放馬過來。」賽門說。「但我六月就滿十四歲了。」

這時太陽擠著鑽出濃厚的雲層，雨停了。夏洛特說她該走了。他問改天想不想去航行。他撿到一艘船。她想去，她說。隨時奉陪。

到了外面，潮濕的空氣充滿退潮的濃重氣味。她深深吸一口長氣。「想聽的話，我可以告訴你那唯一的一次。」

「現在嗎？」

「對。」她沒有遲疑，說她倫敦的鄰居雅得禮—蘭森夫婦的兒子傑克在索穆河陣亡，雅得禮—蘭森太太關在房間裡好幾週。一天，夏洛特聽到清晰得像鐘聲的話語聲，是傑克的聲音。那聲音重複三遍。她告訴雅得禮—蘭森先生，他轉告妻子，然後她首次下樓。「她親吻我、擁抱我。」夏洛特眷戀地說出結語。「不曾有人那樣抱過我，後來也沒有。」

賽門覺得這個故事完全屬實，極其悲傷。一會兒後，他問：「這個傑克說了什麼？」

「他說：『我很幸運。』」

「幸運。」賽門複述，感到懷疑。「只有這句？幸運？」

「對。」夏洛特回答，彷彿一個死人說自己幸運合情合理。「也許，是指擺脫戰爭很幸運。」

「但他死了。」

「我知道。」她走下碼頭，低頭看著小船。雨水和半滿的積水令菲利浦的划槳船閃閃發亮。賽門指著攀附在上方樁柱的一隻海星。「牠在水上還能活嗎？」夏洛特問。他向她擔保沒問題。必要的話，海星可以爬回水裡，但潮水會再升起。夏洛特彎腰端詳那隻海星，現在牠慢慢伸出一條觸腳，拱起另一條腿移過來，爬下濕透的樁柱。「他們有另一個兒子艾德蒙，」她嘆道，「有個精巧的裝置固定他的臉。那就是他一九一五年回家的樣子。大家會移開視線。以前，他跟我會坐在他們家的院子……我們在一塊的時候，有時我會替他講話，他再點頭表示是或不是，那就是他的交談方式。」她垂下眼簾，說不下去。

「我敢說，那對他有好處。」賽門說。「他一定很寂寞。」

她急促地點了幾下頭。「我就是跟他坐在他們家院子的石椅上時，聽到傑克的聲音。」她的嘴唇顫抖。

「我相信妳。」賽門說。他拉起她的手。「眞的。」

她點點頭，轉身離去。賽門陪她走到通往馬路的階梯，跟她道別，然後沿著碼頭經過堆疊的龍蝦誘捕籠，走下坡道，到小船邊。他扳著小船，搖到大部分積水都流出來，查看那隻海星的進展。他聽到腳步聲，以爲是菲利浦，回頭看到的卻是澤努斯，他信步走下碼頭，站著看底下的賽門，抱著手臂。

「包你猜不到我剛才遇到誰——夏洛特．維多利亞．普蘭特小姐。說她跟你在這裡。」

「才沒有。」賽門說，沒有往上看。

澤努斯掏出一根捲菸，點燃，走下斜坡道。他將菸遞給賽門。賽門深吸一口，讓世界失序再恢復正常。

「她沒必要騙人。」澤努斯說，穿著油布衣褲的他倚著濕漉漉的划槳船。「你在動她什麼腦筋？看碼頭能不能應付她的體重？」

「你來做什麼？」

「還會有別的事嗎？到酒館接我爸回家啊。別告訴我媽。」

「你老是來接他。你不告訴你媽嗎？」

「開什麼玩笑？要是我說每次都得去酒館帶爸爸回家，她老早就會因爲我讓爸爸上酒館而宰掉我了。」

「我是認眞的。你每一次都騙她？」

「賽門，好小子，你每次都是認眞的。反正是最近。想騙你媽說你跟夏洛特在一起嗎？」

「沒有。」

「騙人。」澤努斯說。

「對，我剛跟她在一起。再分我抽一口。」

「給你。我得去帶爸爸回家，不然他會跟菲利浦一起喝醉。」

賽門到家時，他母親在床上，就像楊．弗萊德說的一樣，臉色發白。賽門坐在床腳。「我見過夏洛特，她有一個訊息。」爲了眞相而說謊，實在很輕鬆。「她只幫每個客人收一次訊息。妳要發誓妳絕對不會說出去。不然她就慘了。」

不出他所料，他母親驚愕地坐起來。「你在說什麼？什麼訊息？」

「他說：『我很幸運。』」

「幸運？」

「那是他說的。也許……也許在那邊——就是天堂，比較好過，他說他在那邊，他是從天堂捎來訊息的。」他握著母親的手。「很抱歉，媽。」

「她說他死了？」他母親問。「不，她沒有。我一眼就看穿你了，賽門。你沒有收到訊息，她也沒說他死了。」

賽門頹然橫躺在床上，用一條手臂蓋住眼睛。他母親躺到他旁邊。

他們就這樣聽著艾妲在廚房碰碰響地使用鍋具以及樓下穩定的低語聲，直到交談聲變小，天空開始失去顏色。並肩而臥的兩人滿溢著慵懶的滿足感，兩人都沒有動，誰都沒試圖說服對方什麼，彷彿他們在筏子上漂流，輕輕浮在水流上。他甚至不確定自己相信什麼。說真的，她認定艾賓活著礙到誰了嗎？沒有遺體。也沒有訊息……

「記得你父親畫的瓣足鷸嗎？只有腹部跟腳，一腳站在林屈鐘聲浮標上？」他母親以做夢似的聲音說。

「當然記得。」天外飛來一筆地提起他的父親、他的畫，就像浮上水面的某樣脆弱的東西。那幅畫以特寫描繪一隻在風暴中待在林屈鐘聲浮標上的瓣足鷸。站在浮標上的那隻鳥腳透露出極度的悲哀，或濃烈的希望。他父親畫完後，將賽門抱到他肩膀上，大步走出畫室，走上斜坡到井邊，握住賽門的小手，伸出手臂。他跟父親盈滿了院子、上方的天空及遠處的海洋。唯有他們喜歡瓣足鷸。

「他很愛那幅畫。不曉得那幅畫後來怎樣了……」

「我不知道。妳喜歡嗎？」

「我以前不懂那幅畫。在鐘聲浮標上的鳥足代表什麼？可是現在，我好像懂了。」

「什麼？」

「瓣足鷸——水手把牠們叫做鯨魚鳥——會成群飛向海洋。而畫中只有那一隻。羽毛被逆風吹亂。一隻腳縮起來……像在衡量待在浮標上是不是安全，還是飛走爲妙。」

「妳覺得是哪一個？」

「難說，但不管怎樣，都非常孤單。」

十四

一九一七年四月六日
法國　阿拉斯地區

奇根吐掉泥土，裝完一個沙包又裝一個，活像他是手臂短短的地底妖怪。「應該頒發戰壕修復的獎牌給你的。」安格斯小聲對他說。也許奇根在另一世是掘墓人。話說回來，也許他現在就是。悅聖戰壕的掘墓人。再一晚，安格斯一再對自己說。再一晚。目前爲止，無人受傷。無人死亡。他只在乎這件事。此外就是加深戰壕，讓人可以站在裡面，現在深度差不多了。他的排已經連挖四晚，黎明前回到營地，日落再來。在東南方，野戰砲的爆裂聲跟火砲的轟隆聲撼動夜晚，稍微停歇，重新再來。猛烈的砲火準備[24]加碼了，每天要轟掉兩千五百噸砲彈，多數在夜晚發射。弟兄們愈挖愈快——轟隆巨響令他們手腳更加迅捷。跟奇根相隔幾個人的希勒把粗麻袋翻來覆去，似乎不確定如何裝塡。「裝進去就是了。」安格斯凶他。

廢棄的悅聖戰壕現在將要作爲出擊的起點，由於廢棄期間嚴重坍方，淺到在第一夜他們毫無遮掩，成了在無人地帶邊上揮鏟的剪影。「這是自殺。」凱茲嘀咕。「快給我挖。」安格斯下令，臉上沁出冷汗。

他們的營區在洛雷特山嘴後面。再過去，就是一道通往古伊—賽爾萬的山谷。谷中的八萬具遺體至今仍在他們兩年前跌落的原位——還在地面上。有人說，敵我雙方爲了清運屍骸吃過的苦頭已經太多，不願

24 在開戰前先以砲火轟炸敵軍的軍事設施及人員，以便先打擊敵軍勢力。

善後。有人說，雙方怨心都太重，容不下標準的搬運及埋葬作業。有人說他們被留在那裡，好提醒他們自己的命運。

第十七營原本要在一個廢棄的城鎮紮營，但砲彈轟開了村莊的墓園，炸爛的棺木被雨水沖下山，民眾扎扎實實收到棺木裡腐爛的內容物，水源也被污染。他們行軍到富凱樹林時，完全進入德軍槍砲的射程內。八顆砲彈轟來，軍樂隊猶在演奏行軍曲。死傷者以擔架拖走。羅迪．戈登蹲在那些炸壞的鼓及一把皺巴巴的小號之間，翻看一組壞掉的風笛。一個叫布雷迪的年輕二等兵問偉茲，罹患傷寒或將水拖運到最後一個營地，難道不會好過摯友的雙腿被戰火炸掉而亡。偉茲回答，最好忍著不交任何朋友。凱茲說，沒有軍樂隊或許好一點。

攻擊日，亦即「Z日」，仍然未知，但軍令說第十七營將作爲四十五營的後備，遞補他們折損的兵員及「支援」。康隆說明他們這一旅將要進行「地下任務」，就是拖運補給品和彈藥，掃蕩德軍戰壕，必要時支援第一波攻勢。第四十五營是艾賓那一營。在那最後一夜的挖掘，安格斯心裡就惦記著這條令人吃驚的消息。

但他有別的心事。四十五營的槍砲長安布羅斯，在營地吹噓他們的功蹟，提起在古瑟列特戰役那陣子，有個叫哈弗斯的傢伙加入他們。他是祕密武器，他如此稱呼他。

「你認識他？」安格斯半站起來，連忙又坐下。「咦，你認識他啊？」安布羅斯挑起一邊眉毛問。

「沒有、沒有。」安格斯聽到自己說。「我聽過傳聞。只是在想傳聞是不是眞的。」

「就是啊。」帕布里卡佛插進來。「你那個祕密武器做過什麼大事？」

安布羅斯回答哈弗斯打從開戰就在了，毫髮無傷。子彈沒擊中他。在蒂耶普瓦勒一役，他獨力幹掉九個德國佬，唯一的武裝是刺刀。或許能領到傑出服務勳章。

羅森貝克是個說話簡練的中尉，隸屬於渥太華步槍團，正要去司令部。他伸出長腿，說他也聽過哈弗斯的名號——是個上等兵，對吧？但以為他是另一個單位的。他聽說幹掉那些德國佬的是一顆卵形手榴彈。早在蒂耶普瓦勒戰役之前，哈弗斯就聲名在外，在伊普爾戰役就威名鼎鼎，羅森貝克說，但記得過程的人都不在了。

話題轉移到這次的大舉進攻，安格斯蹣跚走進凍雨中。羅迪跟著他。「兄弟，你還好嗎？」他問。安格斯沒有應聲，羅迪攬著他的肩膀說：「我在想，也許我們應該從四十五營把這個哈弗斯逮來，讓他跟著我們。」

安格斯摸索著拿火柴。弄掉了香菸。羅迪向後靠，手仍然搭著安格斯的肩膀，斜眼看他。

安格斯盯著解體的香菸。「神話人物，你不覺得嗎？」他最後說。

「是啊。」羅迪笑嘻嘻說。「所以我們才需要他。」

隨後幾日，奇異而美妙的狀態跟隨安格斯到了戰壕，他們在敵軍監看下持續挖掘，對方完全沒開火。這沒道理，卻是實際情況。希勒站在奇根蹲著的身影之外，鏟子跟十字鎬在硬土上咔啦相撞。奇根粗暴地推他一把。叫他快工作。希勒相應不理，其他人都乖乖聽話。安格斯推擠過去，扳住希勒的肩膀。或許他瘋了，或許沒有，反正現在無計可施，只能求快快完工、快快閃人。他不會放任希勒危及任務。他將希勒揪向自己，貼著他耳朵說：「看到這些人了沒？他們跟你一樣害怕。只不過他們盡忠職守。我命令你。拿起鏟子挖。別逼我來硬的，該死。」他拉開大衣，手放在左輪上。

希勒抽動鼻子。他斜眼看安格斯，彎腰、站起，開始柔若無骨、下顎磕磕撞撞的舞蹈般動作，將鏟子平舉到胸前，再舉到頭頂上。安格斯撲向他，高舉的鏟子在維利式信號彈的照耀下映出反光。

布滿彈孔的鏟子飛越戰壕，他們上方的沙袋被一千發子彈打得爆開。在戰壕梯上的坦納「砰」的墜地，雙眼緊閉。希勒的下顎跟臉分了家。其他人在戰壕裡臥倒。安格斯不肯看希勒汨汨冒血的屍體。他居然怨恨起一個自己人；他總算走到這田地了。

安格斯躺在希勒旁邊，雙臂抱頭，子彈呼嘯而過，點點打在上方的地面。他依稀看到山谷裡的八萬人爬起來——腐爛的屍身尚未化為塵土。他們暴露在外，沒有遮蔽，眼神空洞地繼續行軍——既不屬於這個世界，也不屬於彼岸。他們跟安格斯擦肩而過，要去撥亂反正，讓臭不可當的無意義浪費無法進犯。讓每個行動都一步一腳印，宣示我在這裡；這一切都值得——我在挖的戰壕、我在建造的護牆、我在架設的纜線、我在率領的騾隊、我在上油的槍、我在拖運的水、我在裝填的彈藥、我在磨利的刺刀。值得、值得、值得。否則，他們不如把鏟子拋到半空中，裸體跑到無人地帶，哇啦哇啦、結結巴巴地宣稱這個世界上的希勒們有先見之明。進而將那八萬亡靈及布雷迪失去肢體的朋友、威克漢和狄奇、奧蘭跟現在的坦納，將他們全部貶入永久不潔之地，困在不神聖的情誼直到永恆。

他爬起來，抓住希勒的步槍，冒險在槍林彈雨中插進彈跳的沙袋間，開始射擊。他完全不指望鎮壓住機槍，但他不要臉貼著泥巴死去。開了三槍後，絲絨般的靜謐像簾幕垂落在他們四周。

在天上閃爍的星辰下，他們緩緩抬起頭，跪起來。他們面面相覷，然後看著安格斯，懷抱對神才有的驚奇。

「繼續挖。」安格斯說。「不要命地挖。」

回到營地，他們得知開戰日期訂在兩天後的四月八日復活節早晨。「復活在我，生命也在我。」默瑟牧師在那個週六晚間的露天儀式中吟誦。安格斯為坦納、希勒及自己祈禱，因為他對希勒的禱告不帶半點誠意。他不知道感謝上帝昨晚在戰壕鎭壓住機槍是否得體。他不習慣面對奇蹟。

安格斯後來找到康隆，康隆在看那本綠色小書。「沒什麼比復活更撫慰人心，但我覺得那塡不滿弟兄的需求。」康隆說。

那天晚上，他在戰役前最後一次集合第三連，康隆提醒他們在那裡的原因。他們要對抗的是誰。提醒他們，在他們之前有十五萬人進攻那道山嶺未果，以及因此付出性命的人。他提醒他們每個人都見識過敵軍造成的流血及屠殺。他們的付出或可扭轉戰局。他打開那本綠色小書，但沒有朗誦內容，而是緩緩抬頭注視他們。「憤怒！」他說。「阿基里斯的憤怒，在劫難逃的勇士，在特洛伊海浪拍擊的岸頭怒火中燒，將勇猛的戰士、偉大首領們的靈魂，丟進底下的黑暗深淵，英年早逝，不曾掩埋，被飢渴的狗群撕成碎片，讓神的旨意走向終局。」

康隆注視四周錯愕的面孔。「現在我要問各位，什麼終局？你們在此維護在你們之前喪命與任何將在你們身邊殞落的人。你們在此伸張正道與義理。以憤怒爲盔甲，以榮譽爲盾牌。拔出英勇之劍。盡一己之力，不論是支援或置身槍林彈雨，讓加拿大以你們爲榮。至於我，你們已經讓我引以爲傲，很榮幸與各位共事。」他停頓一下。「現在，我們就讓諸神大吃一驚，扭轉戰局，帶來應有的結局。」

不知是天氣或一時的奇想，命令臨時異動，直到那天傍晚六點他們才步行離開富凱樹林，走上音樂廳線，在悅聖戰壕就定位，在寂然無聲中，等待復活節週一的黎明，開戰時刻，設定在清晨五點三十分。

十五

一九一七年四月九日
法國　阿拉斯地區
維米嶺

五點二十分，五點二十一、二、三分……靜極了，安格斯聽得到防線上弟兄們的呼吸起伏——在黑暗裡，他們的臉是蒼白的，表情是空洞的。雪花從鋼灰色的天空飄落，隨著微風打旋、上揚。寂靜是那麼生硬、那麼陌生，剝除他的外在，留下赤裸裸的他。

天搖地動。地雷在德軍戰壕下爆炸。拔地而起的一柱柱沙石像噴泉衝向天際。協約國軍隊開火——每二十秒一千發砲彈。此起彼落的震盪凝聚成一道聲音的鐵牆。那轟隆振動可能也傳送到倫敦，將拂曉廚房裡的一杯茶震得顫動；穿著吊帶褲的老先生停下拿衣領和領帶的動作，抬頭望向放下窗簾的窗戶。在戰壕和地下掩蔽部，所有的思緒——關於家、歡笑、哀傷、錯過與沒錯過的機會——一概壓縮成輕聲禱告。

隨著砲口向上移，砲火暫歇，接著一聲令下，弟兄們便向前衝刺。思緒消散無蹤。在令人窒息的煙霧和擠作一堆的人之間，安格斯看到奔跑的人——先是直立，繼而在沉重裝備下彎腰駝背，在撼動的大地上奔竄爬行，拚命跟掩護的彈幕保持同步。他們的身影旋即隱沒在迴旋的濃煙和雪花間。若是他們在翻出胸牆、在血液奔流、心跳如雷的奔跑時喊出戰鬥口號，那喊叫撕心裂肺，層層積壓，被踐踏消亡。

十七營就在這片混亂的後方，被雪凍得打哆嗦，在悅聖戰壕變硬的泥地上跺腳，蹲著避寒——等待他們上場的命令等得愈來愈不耐也愈來愈害怕。總算在好幾小時後等到消息時，他們的手腳幾乎麻木。一個傳令兵閃過大小彈坑，溜進戰壕，通報四十五營的第四連抵達紅線，但在山脊北端一個高地附近遭到箝制。傳令兵的眼神狂亂。頭盔掉落。他大口喘息，手撐在膝蓋上，好不容易才說得出他們遭到機槍和戰壕迫砲的慘烈屠殺。冷血無情，長官，他說，把人痛宰到不成人形。連上軍官多數陣亡，他們的機槍因硬泥而卡住。康隆派出另一個傳令兵，將消息帶回旅部。

「四十五營！」安格斯向康隆叫道。「老天。我們得去他們那裡！」

康隆吹著雙手，挑起一邊眉毛。「你急著加入戰鬥，是吧？」

二十五分鐘後，消息來了，十七營要去支援。這時維米嶺大部分已落入加拿大軍手中，但仍有一群、一群頑抗的德軍。德軍在維米嶺外的地方重整旗鼓。他們依然掌控最高的一四五號高地，並在紀梵奇開始反擊。十七營的第一、二連要開赴東南方的德軍第二線，肅清殘存的反抗者並守住陣線。第三、四連要越過他們，找到四十五營，如果他們尚未完成任務，就支援他們。

他們各就各位。訊號來了。他們便衝出去，閃避糾結不已的突出有刺鐵絲網和隱密的彈坑。他那一排設法通過了污損的棄置武器、血肉模糊的屍骸和染血的雪地，來到德軍第二戰壕。第二連鑽進戰壕，在戰壕全線分頭尋找敵軍。康隆率領第三連繼續前進。機槍的槍火來襲，安格斯繼續跑，他前方跟兩側的弟兄倒下。他滾進一條淺溝。兩個弟兄跑向他，半途轉彎，就消失蹤影。另一個東倒西歪地奔向他，但是被一個傷兵絆倒，傷兵的刺刀從前到後刺穿他的身體，他就被釘在那兒。那是茲維克，安格斯很確定。肯恩斯試著拔出刺刀。

一顆戰壕迫彈呼嘯飛過。安格斯和肯恩斯逮到機會，匍匐爬到下一個彈坑。安格斯辨識出山坡上有三個德國兵圍成一圈，似乎在一堆乾草前面，他們的頭盔和大衣蒙著一層雪花。安格斯舉起左輪瞄準，他身邊的肯恩斯拉開一顆卵形手榴彈的保險栓。他還沒扔出手榴彈，一個像史前鳥類的巨大展翅形影便撲過去——雙腿大開，蘇格蘭裙在飛揚。是羅迪．戈登！他一刻都沒延誤，立即出手攻擊，刺刀捅進第一人的腰部。他們三人跌成一團。羅迪退開。一枚手榴彈從其中一個德國兵手中拋出，滾向戈登。他抓住手榴彈，拉開保險栓嚷著：「這是替活人出一口怨氣！」使勁拋上山脊。他胸部當場挨了一槍，子彈打得他轉過身，面朝下，倒在死去的德國兵身上。乾草起火。安格斯爬出去，將他拉過來。安慰此刻耳朵必然聽不見的羅迪說：「你幹掉他們了。真的。」羅迪的頭滾向側邊，睜著眼，血泡流到安格斯的膝蓋上。

他們留下他，繼續前進，似乎只過區區幾分鐘，便氣喘吁吁地落進敵方另一段毀壞的戰壕。安格斯從鬆動的碎石溜到底部。他的腿在淌血，但不疼。弟兄們跟著他跳進來。他們看不到康隆，也沒看到帕布里卡佛那一排。在戰壕牆壁上，川流不息的俘虜用擔架搬運傷兵，經過安格斯一夥人，他們像雪天裡的幽靈，在粗笨的重擔下一腳高一腳低，像置身在平行宇宙。

安格斯率領部下繼續向山脊挺進，但其實不算向上——而是橫切而過，有時是向下。坑坑疤疤的山脊是個不起眼的斜坡，一片蠻荒，屍橫遍野，水坑，有些地方被踩踏成滑溜溜的爛泥地。一發子彈射穿艾斯納的脖子。一個舉著步槍的德國兵冒出來，又冒出第二個，安格斯擊斃一個，又宰掉第二個，兩槍之間幾乎不曾停頓，招手要弟兄前進，直到他流血的那條腿撐不住，滾進一個坑洞。上方，太陽試圖突破雲山重重。在黃色薄霧中，飄下的雪花折射出彩虹的光彩，令他想起粼粼水光和起起落落的船槳。他過了幾分鐘，才意識到他的傷口變大，流失許多血液。一個弟兄替他處理傷勢，剝掉大腿傷口上染血的蘇格蘭裙。是偉茲。他一言不發，包好傷口。安格斯坐起來。弟兄們東奔西跑。奇根問要不要將他送到急救站。安格斯擺擺手，要他清點人數。「有八個在這裡，包括我。」奇根說。「四個失蹤或死亡。」他報出名字——茲維克、艾斯納、布雷姆納、歐斯納。

「茲維克死了。布雷姆納也是。」安格斯說。「他們一起死的。艾斯納頸部中彈。」

凱茲說歐斯納絕對死了，腹部中彈。拉普安特不見蹤影。麥尼爾信誓旦旦說他掛彩，被抬離戰場。他還沒說完，拉普安特就出現了。

「好——九個。我們繼續前進。」安格斯皺起臉，掏出他們那一側山嶺的地圖，從外套口袋拿出指南針。玻璃已碎。他瞪著指南針，再抬頭看奇根。「我們只能仰賴位置推算了。」

「推算位置，是的，長官。」奇根說。「要往哪去？」

憑著位置推算，他們踏上一條斷斷續續的蜿蜒小路，爬上寬廣的山坡，來到地面陡然升高處。他們必須最後一次推算位置。遠方某處在發射砲彈。周遭的雪地蒙上黑色的火藥，因染血而顯得明燦。他們離開悅聖戰壕或許幾小時，或許幾分鐘。時間不再直線前進。安格斯看錶。傍晚五點零七分。一具屍體躺在他腳邊，雙手握住步槍，睜著驚愕的雙眼，小鬍子覆上一層白雪。上方，一道陰影矗立在薄霧中，形狀像一座水泥碉堡。

他們進入死亡的世界。在眼前和四面八方，殘破屍骸以各種怪異的角度，躺在發黑的樹木殘幹之間。安格斯又一次望向霜白的輕霧，看著龐然矗立的碉堡，謹慎地拂開腳邊死者身上的積雪，然後看到四十五營的臂章，下一個跟下一個也是。死者都是四十五營的人。

他們扇形散開，搜尋倖存者。半個都沒有。安格斯踉蹌地從這具屍骸走到下一具屍骸，拉起他們來看臉，發狂地搜尋，直到一雙靴子映入眼簾並聽到奇根的聲音。「長官？」他說。「我看戰線已經往前推了。我們是不是該……繼續往山脊走？」

安格斯揪著一個二等兵的衣領，察覺那人被切成兩半。奇根盯著不斷滴流到安格斯腳邊雪地上的血。

「你最好重新包紮傷口，長官。」他說。「我們是不是該走——」

可惡！他們不能走。奇根難道不懂嗎？還有屍體要查看。「我們要檢查屍體。」安格斯說。他覺得自己在瞎掰。

「查什麼呢？長官。」

「查——算了！我自己來。」

「是的，長官。我們可以幫忙，只要告訴我，我們要——」

又一次，奇根看著血，血在往下滴。

安格斯放開屍體，撇下目瞪口呆的奇根，踏過污雪，越過被射斷的胳臂和腿，揪起那些屍骸，再鬆手放開。每一張不屬於艾賓的臉都令他鬆一口氣。也令他驚駭。他在做的事很恐怖，但他狂熱地搜查著，直到遇見一具臉被轟掉的屍體，他才跪倒在地。

他哼著站起來，他們舉步維艱地爬上冰封的山坡，到了那座水泥掩體。裡面有砸爛的裝備，四處是德軍屍骸。安格斯倚著牆壁，漢森和奧斯勒拿走一具德軍遺骸的臂章和左輪手槍。紀念品。Se souvenir。作為緬懷之用。安格斯祈求自己會淡忘。肯恩斯踢一踢一具屍體。安格斯揭開腿上的繃帶，第一次看傷口——約四吋長的口子，仍在流血，但傷口很淺，已開始凝固。他重新包紮，率領部下上路。有的人聊著要怎樣幹掉德國佬，不論撤退與否，都要德國佬付出代價。但他們抵達東邊斜坡時，大夥都不作聲。嘴巴不禁張開。他們眼前的景像太不可思議，太超脫現實，不可能是真的。

底下可以直望到里耳的開闊大地，正是杜厄平原。小小的市鎮和教堂的尖頂星星點點散布在大地上。筆直的道路和鐵路在整齊拼接的平坦原野上交錯。草地和仍然矗立的樹林透出一抹綠意。簡直是伊甸園。這裡絲毫不像他們置身幾個月、幾年，沒完沒了的衰敗、殘破、老鼠橫行的地獄。戰火沒有波及這裡——

沒錯，這裡是德國占領區，但這裡有鐵路和昌盛的農場，有屹立的穀倉和教堂尖塔，房舍有屋頂。一個繽紛、有形、有體的世界。他們不禁屏息。

只有漢森開口。「見鬼了。」他說。

許久，沒有人動。安格斯掏出望遠鏡，掃視平原，找出侖斯—阿拉斯路，維米、小維米的村莊在東南方，秀迪厄賀在東方，記下這些地方的位置。他三兩下畫出草圖，收進口袋。

「叫大家集合。該走了。我們去找十七營的其他人。」他對奇根說。

弟兄們慢慢收拾裝備。安格斯在最前面跛行，感覺到他們注視的目光，聽見他們含糊的怨言。他們加入川流不息的大兵和俘虜、迷途者、傷患及只顧著埋頭做事的人。安格斯察覺除非處理好傷口，否則做不了份內事。

他問擔架兵最近的急救站怎麼走。他吩咐部下幫忙攙扶能走路的傷患。他們到的時候，流失的血液和門口那些痛到面孔扭曲的大兵令安格斯腿一軟，就噗通坐到一口木箱上，箱側畫著一個紅色十字。他直挺挺伸出腿，拉開自己的蘇格蘭裙，再度解開染血的繃帶。

「喂，你幹麼！那個我們還要用！」一個醫務兵說，指著木箱。這時他看到安格斯的傷口，他彎下腰。安格斯揮手趕他走。醫務兵拿出剪刀，裁開繃帶。安格斯的頭往後靠，只見薰衣草色的天空和飄忽的雪花在旋轉，每片都獨一無二。看到沒？賽門。剪掉邊緣，摺起來，再剪幾刀。好，別剪太多，不然就剪光了。攤平，好了。看到了嗎？賽門的雪花塡滿天空。「別剪太多。」他出聲說。

「沒有，長官。現在只是壓住傷口。清理創傷。」

醫務兵將橘色液體淋在傷口上。突如其來的痛楚，令安格斯霍然坐挺起來。

「碘酒。好了。現在你精神可來了吧。傷口不是很深。縫幾針就夠了，長官，然後我就要用木箱裡的繃帶。」他隱沒到一個木材搭的出入口，慘叫聲從裡面衝出來，帶回一根針和黑線。

「這就行了。」他粗壯的手指捏住傷口，俐落地用幾針縫合歪七扭八的傷口，重新包紮。

「好，長官，不介意的話，請給我你坐在屁股下的繃帶。」他向後退。安格斯站起來，試圖打開箱子。他癱靠到牆壁上，頭暈目眩，喘不過氣。一個平凡無奇的傷口，就讓他變廢人？

「是失血的關係。」醫務兵說。他掏出一小罐嗅鹽。「喏，坐下。這個你收著。你可能還會用上。木箱交給我。」

安格斯勉力向他道謝。嗅鹽令他猛然清醒。他渴極了，不知何故，水壺不翼而飛。旁邊有個人在咕咕喝水。他的水是哪來的？安格斯克制自己不要搶別人的水。「要喝嗎？」那人說，遞出水壺。安格斯灌了一大口，舉起水壺——是他的。他看一眼那人乾裂的嘴唇，繃帶下方的圓眼睛布滿血絲，安格斯又將水壺遞給他。

凱茲和拉普安特冒出來，帶著安格斯，繞過傷兵的隊伍。濃嗆的血腥味引發另一波的暈眩。安格斯命令奇根集合其餘弟兄——他們要到山脊，他告訴他們。他們進展緩慢，暮色已降臨。安格斯每隔幾碼，就得從殘礫中開出一條路，再回來帶領弟兄。他必須集中精神、集中精神。然後等待，等弟兄們都過去。清點人數，一個都不能少。但弟兄們還是會摔進坑洞，被鐵絲、軍械、死者、傷患絆倒。他們撞上其他往來的阿兵哥，很多人都迷失方向，沒了長官。後來，也不知什麼時候，一個槍砲長告訴安格斯，十七營的確已經跟四十五營挺進到山脊的另一邊。

他們爬到山頂時，黑暗已降臨。他們發現一座水泥的地下掩蔽部。後牆被炸毀，因此形同一座洞穴，與地面等高。安格斯打開手電筒，光束照過一張翻倒的桌子、四把椅子和兩個空箱子。

「他們把東西都搬走了是吧？混蛋。」肯恩斯說。

「好東西說不定是被我們的人幹光的。」漢森回答。

其實有遺珠。在角落，手電筒照到一把魯格手槍的黑色金屬槍管和珍珠槍柄，旁邊，是個死去的德軍上尉，頭部中彈。安格斯將手槍收到大衣口袋，將手電筒交給奇根，自己繼續檢查那個軍官的口袋。安格斯第一件找到的東西是另一把魯格手槍，仍在槍套中。他拔出來。在那人的外套裡，他找到一口袋的信件，他粗略翻翻，放回原位。他不要會讓自己想到此人生活的物品。似乎沒必要搬動屍體，但安格斯闔上那人的眼睛，將他翻個面，讓他背向他們。沒有可以蓋住臉的外套，那張臉既不吃驚也不錯愕，只是死了。要是有外套，他們就拿來爲自己取暖了。他將部下帶進地下掩蔽部。「摸黑趕路沒有用。殘礫太多，太危險。」他跟弟兄們說，他們一屁股坐下，在冰冷的潮濕牆壁前縮成一團。

他指示水壺裡有水的人跟大家分享。「有吃的嗎？誰有吃的？」他問。鮑德立的眼睛亮起來，很寶貝地從外套摸出一包巧克力。「從勞軍箱拿到的。」他小心翼翼地撕開硬硬的蠟紙包裝，照著溝槽掰成十二個方塊，他磨磨蹭蹭地搞了大半天，奧斯勒伸手去抓，弄得巧克力掉滿地。他連忙搶救。安格斯沒有干預，大夥等鮑德立慢慢全部撿起。那愼重其事的動作，莫明地令人安心。「鮑德立，不要握在手裡！看在老天份上，會化掉的。」奧斯勒咕噥說。鮑德立呼吸粗重，不爲所動，將每一小塊巧克力放在髒兮兮的手心裡，傻笑著一塊、一塊丟到大家張開的手裡。

「弟兄們，你們今天的表現很光榮。」安格斯說。「我們來爲茲維克、艾斯納、歐斯納跟布雷姆納默哀片刻。願上帝讓他們的靈魂安息。」他停了一會兒，然後宣布在那裡停留到破曉。但他們仍然垂著頭。「各位？」他說。漢森沒有抬頭，只說：「長官，剩下的部分呢？比照奧蘭的儀式？」安格斯點點頭。

「復活在我，生命也在我。」安格斯輕聲說。「信我的人，雖然死了，也必復活。我們存活的時候，也離死不遠。阿門。」他們這才滿意地坐好。「好，解開靴子。最好是脫下來，按按腳，再穿回去。睡一下吧。」他開始按摩鮑德立的腳。要是他有鯨脂油，就會用在給大家按摩。要是他有毯子，就會給他們蓋被子。

奇根和肯恩斯說要守夜，安格斯加入他們。他腿部的痛楚在短暫加劇後消退。一陣暈眩湧來，但也過去了。在幽暗的背牆殘礫中向外眺望，他尋思著當戰壕易主，背牆是不是就要改叫胸牆，而前線就往前推移。他聽到一陣有韻律的咚咚聲，像吊索拍打著桅杆。聲音的來源——一條固定在戰壕頂端的繩索，與木材等長，垂到地面——在風中輕輕拍打。安格斯將手靠在上面，低下頭，任憑漸次增強的拍擊聲帶領他超脫遠方砲彈的爆炸聲、照明彈的光亮，超越飢餓和疲乏，超脫到遠方再回來，直到他恢復清醒，在壕板上，守望著。

第一道曙光降臨，風勢轉為凜冽。沒有下雪，只有灰濛濛的輕霧。安格斯取出望遠鏡，掃視底下的平原。加拿大軍隊在前進，他希望德軍在撤退。他彎彎腿幾次——僵硬，但痛楚大幅減輕。他向上帝感謝醫務兵的治療。他仍然跛著腳，但沒有發燒。

這時他察覺到似乎有別人在。他拔出手槍，慢慢繞過一堆殘礫。一個德國軍官跪在地上，舉起雙手。天色亮到能看見他的眼睛，但安格斯看不出他的眼神。

「加拿大。」那人說。安格斯以為他會說「同志」，不料聽到了「加拿大」。軍官又說一遍，那口音，令安格斯在腦海中拼為「Kanada」，也因此，當這個軍官捧著側身在呻吟，安格斯更留心保持距離。德國軍官連忙重新舉起手，又說：「加拿大。」再說：「好。」他勉強擠出笑臉，旋即不支，用四肢支撐身體。他拉開大衣。槍套是空的。

安格斯走近一步，那人便竄過來。安格斯開槍。軍官倒下，手上握著刀。安格斯俯身查看，那把魯格手槍從安格斯的口袋掉出來。德國人悲淒地看著槍。「是你的嗎？」安格斯說。那人點頭。安格斯把槍踢開。「你大可投降的嘛，該死。我會安置你這個戰俘的。」軍官聽到這件不可能的事，露出假笑，現在他的臉色發白。一行鮮血匯集在毫無血色的嘴唇上，顯得明豔，鮮血積滿了，便涓滴從他嘴角流下。

「皇家維。」那人以幾乎聽不見的聲音低語。

「什麼？」安格斯將男人的外套捲成一團，壓住傷口。軍官氣若游絲：「皇家維。」他目光灼烈地望著安格斯，直到生命力從雙眼消失。安格斯硬著頭皮翻看他的口袋，找到一幅地圖，拿在抖顫的手上。還有一張蒙特瑞皇家維多利亞醫院的照片明信片，背面寫著德文。鮑伊刀的刀鞘掛在那軍官的皮帶上。他之前一定把刀藏在袖子裡。安格斯將地圖、手槍收進口袋，站起來。

奇根和肯恩斯從護牆繞過來。「這位是珍珠柄魯格手槍的主人。」安格斯告訴他們。「還有這個。」他攤開地圖。

刀鋒的反光照到他。一把鮑伊刀，德軍最愛用這種武器，劃開留在無人地帶的傷兵喉嚨。無聲的死亡。他拿起刀。偌大的刀片上刻著「雪菲爾」。割喉絕對沒問題。要閹掉誰也會像切奶油。他低頭看著死去的軍官，悲淒在嘴裡發苦。「你本來可以投降的。」他又說一遍，解開刀鞘，將刀插進去。風吹走了明信片。

在一小時內，他們切往山脊較陡的東側走了一段，追上安格斯稍早用望遠鏡看到的軍隊，原來他們是九十一營殘餘的第二連。安格斯向主管軍官報到，他是個O型腿的上尉，蓄著翹翹的八字鬍，說他認爲十七營在往秀迪厄賀的路上併入四十五營。

安格斯看地圖。「你確定他們往秀迪厄賀走？」他問。

「聽著，中尉。」上尉生氣地說。「我什麼都不確定。現在是開戰後一天。你找不到自己所屬的連。我們的軍糧隊好像不見了。跟所屬單位失散、在瞎轉的兵員我們不曉得遇到多少。我們本該守住防線。然後我接到消息，防線每個小時都在變，因爲德軍在撤退。我們要去追擊。行。我完全贊成。然後一個傳令兵來通報，我們要按兵不動。然後，不對，那是錯的。我有這張地圖……」

他們比對地圖，但上尉不肯依據安格斯的地圖訂正他的。「我情願相信我的協約國軍隊地圖，不要信你的德軍地圖。」他說。「反正，如果你不曉得自己在往哪裡走，有地圖也沒用。我要在前面那個廢棄的胸牆停下來，派偵察兵回頭找被轟走的軍糧隊。歡迎你們暫時跟我們走。」

安格斯拒絕他。

「也許我們應該跟著他們？長官，暫時跟著？人多勢眾？」奇根看著開闊的地形。

「他們不是往十七營的方向走。我們自己找路。相信我。」安格斯說。「我知道路。」他將地圖收回口袋，摸摸現在掛在皮帶上的刀。他槍殺那個德國人的時候，根本沒看到這把刀。但這人確實有一把刀。而且假裝受傷。「皇家維。」也許他曾經是那裡的醫生。或病人。離開蒙特瑞，返回家鄉。被迫入伍……或自願從軍。那有什麼要緊？安格斯以全力將那把魯格手搶拋到遠處，繼續走。

雨雪掩蔽了聲響，抹去地貌，只留下他們背後的山脊影子。地面濕滑，這可眞奇怪，因爲他們正走在高高的野草間。安格斯盤算著在介於秀迪厄賀和庫列特之間的侖斯—阿拉斯路附近找個點。在那裡，就能找到正在行進或已紮營的十七營。他很確定。他的排上弟兄步履維艱地跟在他背後。

接近安格斯打算用來判定他們位置的點時，他們遇到一個率領一小群人的銀髮男士。是斯托克上校！謝天謝地。或許不。他兩眼無神。他沒有行軍禮。他衣冠不整，孤伶伶的，只帶著一個下士跟兩個二等兵。他的制服烏七抹黑。

安格斯問他營地在哪兒。斯托克看看東邊、西邊和背後的南邊。「有沒有看到我的馬？」

「沒有，長官。」安格斯回答。

「那算了。叫你的人整隊。」斯托克說。

「整隊？」

「軍紀不容散亂。帶路。」

「長官，你知道營地在哪裡嗎？你的部下……？」

「我得照顧這幾個一〇二營的弟兄。」

「是一〇一。」下士小聲說。

安格斯把下士拉到一邊，問怎麼回事。「我們跟連上弟兄失散了，後來我們……遇到上校。」下士緊張地回頭看。

「一個人？他自己一個？」

「對，長官。他坐在草地上。」

安格斯不再追問。他沒空調查斯托克如何跟部下失散、爲何疑似跟現實失聯。侖斯—阿拉斯路不知是否被霧氣或上升的地形遮蔽，他不能判斷。坡度微乎其微，但確實存在——一道微微隆起的坡地，另一道就在後面。營地八成在兩者之間的谷地。那裡殘餘的樹木夠多，應該就是德軍地圖上的「wald」，亦即樹林。十七營還能在哪兒？如果九十一營軍官的情報正確，如果他手上的德軍地圖精確，如果他們在他猜想的位置，那就是唯一可能的紮營地點。

他們繼續走。斯托克站在一邊，看他們魚貫而過，宛如騎在馬上閱兵。安格斯吩咐奇根回頭去帶他，卻請不動他。爲了讓他移駕，安格斯請求他下達命令，他便以軍事作風，下達了充滿軍階威嚴的命令，唯獨搞不清現實狀況。

一小時後，他們梭行穿過一群在營地邊緣扒著罐頭牛肉的人。還有餅乾，安格斯按捺自己不從一個大兵的盤子上拿走餅乾。他看到一個二等兵坐在地上，在夥伴的懷裡抽泣。當他看到四十五營的人，他呼吸加速。但是他繼續走，斯托克踉蹌地跟在他旁邊。幾個人看到斯托克的樣子，吃了一驚，他的勛帶都歪歪扭扭，軍帽沒了。安格斯吩咐奇根帶弟兄們去用餐，自己帶斯托克去見拉許福，卻驀然停步。不到十碼外，蹲在地上、端著一個馬口鐵盤子的人，正是艾賓。沒死。沒受傷。沒失蹤。

「你認識他？長官。」他聽到奇根說。安格斯沒理他，卻移不開腳步。奇根狐疑地斜眼看艾賓，又看安格斯。安格斯定定望著艾賓，艾賓放下盤子，抬頭看。他們望著彼此，時間從他們之間返回純眞的孩提時代，再回到山上的發黑屍骸。就在那一刻，他們跟老家和彼此有了交集。但從艾賓抬起的下巴和清醒的面孔，安格斯也看到了哈弗斯。哈弗斯帶領艾賓．韓特度過蒂耶普瓦勒戰役，現在則度過維米之役，毫髮無傷。安格斯暗自感謝上帝，便撇下了上等兵哈弗斯。

安格斯帶斯托克進入營帳，拉許福行軍禮說：「長官！感謝上帝。」但拉許福鬆一口氣的心情瞬間消散，因爲斯托克心不在焉地敬禮，兀自坐到一張營帳椅子上撥弄外套的一顆扣子，沒有回應拉許福的提問。拉許福大驚失色，將安格斯拉到一邊。安格斯說明找到上校的經過。他們本來假定斯托克死亡，拉許福低聲說。他那一組人不知何故，被戰火困住，上校的坐騎奔竄逃脫。爆炸。他八成被坐騎拋下馬背，拉許福說。他還活著已是奇蹟，更神奇地是被人尋獲。他的貼身侍從官們就沒那種運氣了。他要安格斯做完整的報告，但告誡他不要提上校的情況。「你居然找得到營地，了不起。」他說。「直覺眞靈。幹得好。」安格斯給他那幅德軍地圖。拉許福感恩地接下，連吸好幾下鼻子。「你知道德國佬就在那裡。」他說，指節順著八字鬍底下劃過去。「徵召新兵，準備反擊。在我軍建出一條路、將我們的重砲運過那道山脊之前，我們只能坐著挨打。」

「瞧瞧誰從冷風裡來了。」康隆在安格斯找到他時說。他外套的肩部已是碎布。他從坐著的木箱上站起身，慢慢露出招牌笑容，兩人粗魯地擁抱。

「你好狼狽。」康隆說。

「你也是。我去地獄轉了一圈回來。你有沒有受傷？」

康隆聳聳肩。「沒有。命大。子彈射穿袖子。」

帕布里卡佛彎進營帳。髒兮兮的戰地包紮在他耳垂下晃呀晃；耳朵上部以一小排縫線縫合。他一手握住安格斯的肩頭，沒說半個字。在他們的靜默間，安格斯覺得過去二十四小時的片片段段開始凝聚，建立了秩序。

「有營部的傷亡數字嗎？」他問。

「還沒。大家還在陸續回報。」康隆停口，然後說：「斯托克失蹤了。」

「現在沒失蹤，找到人了。」安格斯說。

「真的假的。你找到他的嗎？」康隆問。

「唷，這我倒想聽聽。」帕布里卡佛扯掉耳朵上的繃帶。

「改天再說。我有東西要給你。」安格斯掏出那把牛角握柄的鮑伊刀，正要遞出去，卻臨時想起拿刀給人會傷感情的迷信。他將刀放在箱子上。「以後宰人可能用得上。」他笑著說。

「鮑伊刀。」帕布里卡佛吹了口哨，從刀鞘拔出刀，慢慢翻看。他從一綹暗金色的頭髮底下看他。

「讓我猜，你從某個掛掉的帝國軍人身上找到的。或是你赤手空拳幹掉一個德國軍官，據爲己有。」

「你自己想吧。」安格斯說。

帕布里卡佛促笑一聲，說：「歡迎回家，麥葛拉斯。」

十六

一九一七年四月十四日
法國 阿拉斯地區
維米嶺

「該死！」帕布里卡佛在四天後聽到康隆的消息時說。他繞著小圈圈跺腳，激得塵土飛揚。「可惡。他媽的命令下來了。開拔到維勒莊園。今天就走。」

命令改了，康隆說，現在他們一天都不會被撤換。他捎來其他消息。十七營的初步數字出爐。計五十一員死亡，傷兵兩百八十員。不知多少人倖存。但他們的兵員折損比其他軍團輕微，有的團傷亡率高達百分之七十。他們正在開一條路，鋪設窄軌軌道。補給陸續運來。他們在維米嶺東側全線建立新防線。他們那一區算平靜，但一支作業隊奉命到防線前方架設有刺鐵絲網，一去不返。更糟的是，據傳一門榴彈砲藏在那組工兵喪命處附近的灌木叢裡，準備反擊挺進的協約國軍隊。拉許福命令康隆帶隊偵察，搜集情報。

「什麼情報？」安格斯問。

「確認司令部覺得存在的重砲是否真的存在，辦得到的話，就拔除讓作業隊提心吊膽的機槍。看樣子，拉許福很欣賞你找回上校，點名要你去。『找麥葛拉斯中尉去。他很會看地圖。方向感一流。』這是他親口說的。」康隆對安格斯點點頭，又說：「怪就怪在他也要我去。八成想甩掉我，但那是另一個故事了。咱們短小精悍的拉許福好像一肩扛起野戰指揮的工作，沒有請示斯托克。我們指揮系統的主要問題是在更高層——沒有追擊的計畫。好像沒人料到我們眞的會拿下維米嶺。」他聳肩。「嘖嘖。計畫是我們去偵察，盡力蒐集火砲的情報。設法回來報告。之後，再依據我們的情報，派出更大規模的巡邏隊。山姆，你要去嗎？」

帕布里卡佛朝地上吐口水。「嗯。我要去。當然要去。」

「是。好，幫我找幾個弟兄。四個就夠了。」他看著安格斯的腿傷。

「我的腿不礙事。」安格斯說。「我要去。」

那天深夜在營地外圍，安格斯感受到在海上風暴倖存後的振奮與疲憊。他想著艾賓跟「大時代」。他參與其中。他們倆都有份。他跟倖存者結爲夥伴——純屬運氣。這等福氣。這等重擔。他輕聲爲折損的弟兄祈禱，還有羅迪。他可以聽到羅迪宏亮的笑聲，感受到他在場時所散發的力量。他眼前這一片連綿不絕的平原，覆著一層薄冰的草在月光下閃閃發亮。就在幾天前，背後的山脊還是他的人生使命，唯一的目標。不久，一切都會成爲回憶。因爲時間沒有停止。戰爭沒有結束。一如他眼前的冰凍平原，戰火綿延，沒有盡頭、不知如何了局。這些他都想過了，然後才回到弟兄身邊。

第二天晚上九點，在璀璨的夜空下，安格斯和奇根在營地外圍的約定地點等待其他人。康隆從暗影中走出來，帶來了帕布里卡佛跟另外兩人，康隆介紹他們是下士伯韋爾，會說德語，以及一等兵渥斯，是狙擊手。他們後面還有一個人。

「上等兵哈弗斯。」康隆說。

「**哈弗斯？**」安格斯結結巴巴。

「對。**哈弗斯**。祕密武器。記得嗎？怎麼了嗎？」

帕布里卡佛目光射向哈弗斯，哈弗斯走上前，冷淡地看安格斯一眼，然後別開視線。

「只是很意外。」安格斯小聲說。

原本就心存疑慮的帕布里卡佛，現在更激動。「是喔。你們之間是不是有什麼過節？」他的視線從安格斯移向哈弗斯。

奇根眉頭深鎖，也跟帕布里卡佛一樣。「長官，是不是——」

安格斯瞪他一眼，他便噤了聲。

康隆把安格斯拉到別人聽不見的地方。「你是不是有事瞞我？你一副撞鬼的樣子。」

「沒有。只不過……他能勝任嗎？」

「勝任？什麼意思？他可是**哈弗斯**，根本不知恐懼爲何物。所向無敵。活著度過伊普爾之役、古瑟列特之役、三天前維米嶺上的大屠殺。所以我才找他來。」

「是，但也許他想證明什麼。」

「怎麼說？」

「他有必須保護的名聲，或是想尋死的念頭，或……」

「你到底想說什麼？」

「沒什麼。算了。」

「你到底怎麼啦，麥葛拉斯？」康隆緩緩說出話。他垂著頭，雙手扠腰。「你發現了什麼我疏忽掉的事嗎？」

「沒有。只是——他讓我緊張。關於他的那堆傳言，全都可靠嗎？」

「我沒有不信的理由。」康隆抬起頭。「對嗎？」

「是的，長官。」安格斯繫好頭盔。除非招出實情，否則無計可施，說出實話的時機早已錯過。他又看看艾賓，艾賓打直腰桿站著，耐心等候。他必須堅信在他們身邊的人是哈弗斯。堅信自己能夠信得過這一點，進而恢復常態。

「對嗎？」康隆又說一遍。

安格斯點頭。

「沒有理由。沒有牴觸你認知的事……」

「沒有啊，該死。沒有牴觸我認知的事。」

「走吧。」康隆向他們發出信號，他們靜靜走進營地外的平靜夜晚。

他們貼近地面，在高高的野草間匍匐爬行，有時趴在地上，每次照明彈升空就靜止不動，等照明彈的光線消退，才能喘過氣，慢慢前進。一會兒後，不再有其他照明彈升空，敵軍可能派人出去巡邏了。在哪兒巡邏？這就是問題所在。

安格斯殿後，艾賓在他前面。不是艾賓，就是哈弗斯，而他祈禱那是無往不勝的哈弗斯。他讓自己沉浸在能夠粉碎思緒的恐懼情緒中，強迫自己留意地面——左邊的樹木殘幹、右邊的小丘——將這片新的無人地帶上的每個地標都按照相對位置一一記下。他祈禱自己記得住。

一小時四十五分鐘後，他們偷偷溜上一道斜坡，坡頂有雜亂的灌木叢、幾棵倖存的樹木、一棵粗壯的橡樹，給他們相當好的掩護。右下方的山溝裡躺著兩個死者，看來是工作隊的加拿大兵，兩人依偎著，一人彎腰，一人仰望天空，戴著手套的手拿著一捲纏得緊密的有刺鐵絲網。

在山溝上的原野，矗立著一棟石砌地基很高的倉庫。另一棵巨大的橡樹在旁守護。在靜謐的月光下，萬物都是鮮明的黑與白。他們看到閣樓上的門都敞開，面向他們。底下的倉庫大門則上栓，關著。左方十碼處有一道約四呎高的低矮石牆，跟倉庫平行。一旁的樹林圈住了倉庫後方的開闊原野。

安格斯掏出小本子。就著月光畫地面圖、作筆記，再收好。

一名德國兵從倉庫後方繞出來，舉目望天，又縮著脖子回倉庫後面。東南方遠處傳來機槍的噠噠聲。接著，是人聲。

在他們背後。

兩名敵軍走向他們置身的那道斜坡。瞧他們氣定神閒、毫不害怕，擺明了是仗著附近就有安全的庇護。敵軍顯然在倉庫中，但樹林裡可能也有。康隆向帕布里卡佛點點頭，帕布里卡佛悄悄抽出鮑伊刀。彷佛收到暗示似的，月亮從雲後面溜出來。不出幾秒，帕布里卡佛便割開第一個敵人的喉嚨，將刀抵在另一人的脖子上，押他走回斜坡。他逼那人跪在灌木叢後面。

士兵瞪大的眼睛滿是驚恐，伯韋爾也是。奇根摘下那人的頭盔。

「同志。」嚇壞的敵兵以德語囁嚅說。康隆叫他閉嘴，要伯韋爾告訴他，他可以救自己一命，只要招出機槍的位置、倉庫裡有多少人、榴彈砲的位置——對了，順便說一聲他們不是他的同志。伯韋爾驚惶失措，呼吸沉重，順一順他的黑鬍子，看著帕布里卡佛。帕布里卡佛挑起一邊眉毛。伯韋爾跪在俘虜前面，遵從命令，遲疑地低聲以德語說一遍。高個子的俘虜抖得很厲害，長臉上的五官充滿恐懼。帕布里卡佛將刀靠向他的脖子，令那人挺起身子。俘虜突然開口說話。

「他說什麼?」康隆追問。

「噢。老婆、小孩。他有老婆跟小孩，才剛出生。」伯韋爾說。他轉向那個士兵，親切地低聲勸說，指指帕布里卡佛，搖搖頭。俘虜拚命點頭，結結巴巴地回答。倉庫裡有六個人負責操縱機槍，但機槍故障。仍在設法修理。

「榴彈砲呢？」

「他不曉得有什麼榴彈砲。」

「那有任何火砲嗎？」

俘虜一個勁地搖頭。康隆跟他面對面。「跟他說，他不從實招來，別想再見到他的老婆跟小孩。」他以平靜的堅定口吻說。「跟他說，我們會留一個人在這裡守著他。要是他現在跟我們說的不是實話，就要他的命。他已經看到同袍的下場。要是他騙我們，他就要跟我們一起死。」

伯韋爾苦苦勸說那個士兵，然後往後坐。「沒有，長官。他說在這一段防線根本沒有榴彈砲或其他東西。他說他覺得北邊跟東邊大約一哩處有普魯士衛隊，但這裡的話，只有那挺機槍。在閣樓。而且不能射擊，故障。」

「他騙人。」帕布里卡佛說。

「是嗎？」康隆望向帕布里卡佛。

「沒錯。第一，他們怎麼會把機槍放在閣樓？那裡離地四十呎。機槍要設置在腰部的高度，才會有殺傷力，不然子彈會從人的頭上飛過去。」

「可能是瞄準我們現在這個斜坡。」安格斯說。

「也有道理。」康隆說。

俘虜急促地說話。伯韋爾翻譯。「他說他只是二等兵。沒有其他情報。無法提供別的資訊。機槍壞了。」

俘虜的眼睛凸出來。康隆扯著他的頭髮，拉高他的頭。「六個啊？六個士兵？機槍故障？」

「等等就知道了。」帕布里卡佛說。

「得冒險派一個人進去。」康隆說。他們剝掉那德國兵的外套。艾賓立刻自告奮勇。安格斯當場反對，也搶著要去。康隆說，他們需要他帶路回營地。奇根已經戴上德國兵的頭盔，勉強塞進去。他穿上外套，下襬快要拖到腳踝。他看來像穿著巫師袍的侏儒。「脫掉該死的外套。」康隆說。他對艾賓點點頭，艾賓穿上外套。完全合身。德軍頭盔幾乎遮住整張臉。勞倫斯・哈弗斯，德國二等兵。

安格斯和康隆用望遠鏡再次掃視農場。渥斯塞一片口香糖到嘴裡，平趴著，步槍就位，盯著瞄準鏡。突然，一個音符飄過原野。口琴吹奏的音符一個接一個，哀傷悠緩，〈漫漫長路彎又彎〉的曲調飄過山澗。記憶中的歌詞在夜色中靜靜舒展開來。

「漫漫的長路彎又彎
彎進我夢中的土地
那兒的夜鶯在高歌
還有銀月放光明。
苦候過一個漫漫長夜
直到美夢一一成真；
直到有朝一日我
與你共走那條漫漫長路。」

渥斯轉頭看康隆。伯韋爾凝視天上的星星。哈弗斯直視前方。沒人吭聲。

「什麼跟什麼？」奇根說。「那是我們的。他們不能那樣。居然搶我們的歌！」

「他們不但能搶，也已經搶了。問題是爲什麼？」康隆說。

「玩弄我們。他們曉得我們在這兒。」安格斯瞇起眼睛看倉庫。

「也許吧。」康隆說，坐起來。「我只曉得他們會納悶巡邏的人怎麼沒回來。在我們摸清他們底細之前，我不會冒險進倉庫。我跟帕布里卡佛一樣，信不過咱們這個德國兵。哈弗斯，你準備好了嗎？」

「是的，長官。」他伶俐地說。「如果他們人數不是太多，要不要我丟顆手榴彈到閣樓？我可以躲在那道石牆後面。」

「我們不是來消滅他們的。我們是來搜集情報回去。要是我們不能活著回去，就不會有半條情報。你只要去看一下——可以的話，到倉庫裡面。我們會掩護你，渥斯會隨時瞄準。如果看到榴彈砲，步槍就換邊揹。如果你覺得我們幾個人可以解決他們，就再把步槍移回去。然後你到那堵石牆，滾進樹林。就算那挺機槍是好的，一旦你到樹林，就不可能從閣樓的角度打到你。當然，樹林裡可能也有德軍。如果有必要進倉庫，我們就會進去，但我們的任務是取得情報。知道嗎？不准逞英雄。只要偵察。」

艾賓認眞點頭，但沒有動。「哈弗斯？」安格斯低聲說。他跟安格斯對上視線，這才慢慢起身。又一分鐘後，他便爬下山溝到死去的加拿大兵那裡，再爬上溝壑的頂端——一個穿著德軍大衣、戴著沉重頭盔的剪影。然後，沒有躊躇，直接進農場。

他側身貼近倉庫，片刻後又出來，將步槍換邊揹，迅速轉身，靈快地沿著倉庫邊緣走。他看到榴彈砲了。他步槍又換邊揹。他認爲他們可以擺平他們。

安格斯印象最鮮明的是哈弗斯在倉庫前面，將一枚手榴彈投進閣樓。只是哈弗斯不會在手榴彈沒有引爆時愣在原地。他會投出第二枚，或是跑去找掩護。因此，或許，最後被單單一挺步槍的單單一發子彈擊倒的，是艾賓。

起初無法斷定艾賓的死活，因爲運作順暢的機槍在閣樓上掃射斜坡，打得樹籬前方的地面掀起，將樹木打成木屑。伯韋爾的八字鬍垂在他張開的嘴巴前，複述俘虜叫喊說他們一定修好了、把機槍修好了！「他不知道！」但帕布里卡佛快刀一抹，便扔下他的屍身，跑下斜坡。安格斯跟著他衝，閃避子彈，奔向倉庫，丟出一顆卵形手榴彈，炸了閣樓。

之後冒出一蓬煙，木材、屋瓦、屍骸齊飛，烈焰把橡樹燒得劈劈啪啪響，子彈咻咻飛竄，他和帕布里卡佛、康隆等人跑向殘破的倉庫，躲在石牆後面。安格斯記得自己用帕布里卡佛的李恩菲爾德步槍射擊、裝子彈，記得喊叫聲、痛苦的嘶嚎、嗆人的黑煙、奔跑的腿。渥斯一個接一個擊斃德國人。然後一切歸於平靜。

他記得康隆的剪影俯身查看某個倒地的人——是伯韋爾，他心想。他記得自己躍過幾具屍體，到艾賓身邊，絕望地希望他仍然活著。記得扒掉那頂德軍的頭盔。他記得當他抬起艾賓的頭，艾賓喉部拱起的弧度。記得鮮血淋漓的外套。記得艾賓掏出十字架和軍籍牌，求安格斯收下、戴上。記得自己拒絕，跟艾賓說哈弗斯如今已登記有案，沒有誰把哈弗斯做得比他更稱職、更能令哈弗斯引以爲榮。「別讓他死，安格斯。」艾賓哀求他，呼吸不穩定。他說出他的名字。叫他安格斯。「我不會的。他會繼續活下去，由你替他活下去。活下去。艾賓！」他記得自己這麼說。記得艾賓的身體劇烈抽動，聽到他喉嚨哽住。然後他雙眼定住，一眨不眨，以及明白如今只剩下回憶的時候，那令人難以忍受的醒悟。

然後他聽見腳步聲，有個仍然活著的德國兵朝他來了。他記得自己擋在艾賓前面卻被拉開，那德國人開始踢艾賓的身體，咒罵他，安格斯又撲上去。然後是劇痛，刺刀插進他的肩膀，並在德國兵狠力抽回步槍時脫落。那德國人張開了嘴，步槍的槍托狠狠擊中安格斯的肩膀，然後是德國人中槍倒地的砰然響聲。他記得帕布里卡佛以輕鬆自在的步伐從倉庫後面跑來，露出一抹微笑，一手持槍，一手持鮑伊刀。然後德國人爬起來，一番扭打後，帕布里卡佛蜷起身體，捧著肚子躺在不再移動的德國人身邊。記得自己憑著安好的那條手臂，爬到帕布里卡佛身邊，血淋淋的鮑伊刀在地上，而他染上艾賓鮮血的手，放在帕布里卡佛的臉上。記得自己拾起鮑伊刀，捅了那個可能死了也可能沒死的德軍，但捅完後，那德軍絕對死了。記得自己抱著帕布里卡佛，跪坐在地上，這時奇根走來打開倉庫的巨大門片，便看到克魯伯榴彈砲要命的厚實巨大砲管，長長的砲管又黑又焦，砲架沒有裝輪子。事情還沒完。在那之後跟之前都有更多搏鬥，但他不復記憶。

不知是康隆還是奇根，從他肩頭拔出刺刀，爲他報廢的手臂止血。不過，在他們拖他回營地的路上，每回他一發昏，都是奇根拉他起來，說：「要走哪邊？這邊嗎？求求你，長官，要記起來啊。」他記得。他記得自己仰望星辰。他記得哀求上帝幫幫他。他記得嗅鹽的嗆味，令人目眩的繁星恢復秩序，他在途中挑出的地標像在夢中似地一一出現。他還記得自己詛咒上帝及上天賜給他方向感，讓他將他們帶回營地，保住他們的性命，卻沒保住渥斯和伯韋爾。沒保住帕布里卡佛。沒保住哈弗斯，也沒保住艾賓。

十七

一九一七年四月十五日

新斯科細亞 斯納格港

賽門考慮一下位置，將黏膠塗在《哈利法克斯晨報》四月十日頭條的標題背後，貼進他的大戰剪貼簿。

英軍驍勇滅敵

加拿大軍大勝

他很滿意。

在下一頁，他貼進另外三條頭版新聞：

加軍掃蕩著名山嶺上的德軍

六千德軍成戰俘

怒火衝天，揭開盛大的戰役

成千上萬的英軍殺聲震天
亮出的槍彷彿將世界染紅

太好了。報導內容可貼在隨後幾頁。他要日後的讀者一眼就看到標題，如此才能感受到完整的震撼。他想像父親在維米嶺上——不修邊幅、疲憊困頓、跟弟兄們在一起。也許在歡呼喝彩或插一支英國國旗。不，不行，賽門在片刻後決定。那不對。四周都是死傷人員，他不能歡呼。做人要體貼。一向沉靜寡言的他，注視的是陰霾與黑暗。他會跟弟兄說：「幹得好。」

「好好以你的父親為榮。」菲利浦這麼跟賽門說。「好好自豪。酒館裡每個人都把維米嶺掛在嘴上。加拿大這下子出名啦。」

一點沒錯。這正是他沒聽到祖父說的話。他聽到祖父的可悲言論，說加拿大以窮兵黷武之邦的身分躍上世界舞臺。賽門認為，同等可悲的是祖父不明白這場勝仗打得德軍逃之夭夭，而他父親返家的日子就近了。

放學後，賽門和澤努斯在漢尼格雜貨店，跟澤布、艾文．漢尼格及其他幾個人圍著鑄鐵暖爐，認真看報紙的詳細報導——地獄之門大開，「淒慘駭人」，槍砲「迸發死亡怒吼」，交織成「壯麗的煉獄」。雪和雨阻撓了由空軍掩護、向前推進的大無畏地面部隊；最精彩的是有個子彈用罄的加拿大士兵搶走德國士兵的尖刺頭盔，用頭盔宰了那個德國兵。

「久違的勝利。」澤努斯的父親快慰地說，趿著黑色漁夫靴站起來，舉帽致意，然後才跟瓦勒斯和菲利浦到對街的酒館。賽門想像他們勾著手臂，舉起酒杯。「我連攔都不要攔他。」澤努斯說。布隆利夫人從轉角走來，澤努斯的父親也向她舉帽致意。

「在這樣的日子，眞希望婦女也能去那裡！」布隆利夫人說，打開漢尼格雜貨店的門，轉身，隔著玻璃看酒館。「小孩也是！噯，不用一臉吃驚的樣子。我們需要共同的慶祝活動。我們來辦一場維米嶺勝仗聯歡會，你們兩個小壞蛋覺得好不好？為藍十字募款救助馬匹。午安。」她對坐在櫃檯裡凳子上的艾文點點頭。「我要一磅糖和兩罐豌豆。」艾文動手秤糖。她轉向賽門。「你一定很興奮你父親打了這場仗。想必你會幫忙我張羅慶祝會。」她見賽門沒有回應，便搖搖下巴，對他皺眉。「怎麼了？你的愛國心呢？」

賽門沒有忘記她曾經咚咚拄著手杖對喬治指指點點。「馬都工作到死為止，募款能幫上什麼忙？」他問。

「工作到死？你聽誰胡說八道？海斯特先生嗎？我就知道。」

「不是。」

「不然呢？你祖父嗎？果然。他凡事都見不得人好。」她噘起嘴，表情莫明其妙地軟化。「你一定不好受。你父親在打仗。艾賓奉獻出他的性命。你祖父堅決反戰。他那些自命不凡的想法，對戰場上的子弟兵沒半點助益。你的處境一定很為難。」

「不。」賽門說。「並沒有。」他當然很為難，這意料之外的同情把他搞糊塗了。

「總之，別相信關於馬的事。」布隆利夫人輕快地說，拿了艾文裝好的東西。「他一定是聽到謠言，就當那是事實。意氣用事的人就是這副德性。」

賽門立即為祖父辯駁。「祖父就是這麼說謠言的。不是他講的。是喬治．馬瑟，他親眼看到的。」

「你誰不好信，偏偏相信喬治！我不曉得你為什麼跟他打交道，他的話一個字都不能信。」她背後的艾文點頭附和。她付了帳就走了。

「你不曉得喬治是瘋子嗎？」澤努斯在門砰然關上後問。

一週後，最後一絲殘餘的污雪也融化殆盡，空氣轉爲溫和，隱約透出春意。賽門問夏洛特要不要乘船兜風。普南·帕格斯利跟戴維·修恩要到大坦庫島載兩艘划槳船。布隆利夫人不在，謝天謝地。布隆利勛爵舉起他那杯啤酒。「帶她去吧！」他呼哧呼哧地說。「她簡直足不出戶！」他倚著螺旋樓梯的中柱。「夏洛特！夏洛特·普蘭特！麥葛拉斯家的男孩子要帶你去一個小島！晚飯前回來，就不會有人追究！」

航程濕漉漉的。夏洛特一屁股坐在駕駛艙的地板，抓著帽子，用不靈便的斗篷包住自己。賽門勸她到迎風面的欄杆跟他一塊坐，但她搖頭。

「小姐，妳會害怕啊？以前沒搭過船嗎？」普南的淡藍眼眸從她轉向船帆，再轉向她。「妳這身行頭不太適當，對吧？」他將舵柄交給戴維，上前拖出一組硬邦邦的舊前帆，將她裹起來。他上了年紀，骨瘦如柴，繫在腰上的長褲在臏部像氣球一樣鼓起。他那麼瘦，彷彿風吹得走，胳臂卻強而有力。

他們的坦庫單桅帆船光榮二號隨風勢傾斜，破浪前進，船頭不斷濺起水花。那有韻律的聲音聽著就舒服。夏洛特慌忙彎下身，頭埋在膝蓋上，問風暴是否即將降臨。還說她不諳水性。

普南和戴維迸出大笑。「哎呀呀，快看，藍風暴要來了，對吧，普南！」戴維說。

普南斜斜看向左舷船尾。「還眞給你說中了，在那裡，好，戴維。降下主帆！關上艙口！風要颳到船啦！」

夏洛特狂亂地東張西望，準備防範衝擊。普南和戴維又是一陣大笑。賽門叫他們別笑了，他們立即斂聲。「我們逗妳玩的，親愛的。根本沒有什麼風暴。」普南說。「我們沒人會游泳，只有賽門例外。何必學呢？掉進這種水裡，馬上就凍死了。賽門會游泳，只是因爲他跟他父親一樣，被他祖父押去池塘還什麼池子，被逼著學會的。對吧，賽門？」

「或許沒有風暴要來，但我們最好祈禱不要遇到德國潛水艇。」戴維陰沉地說。「賽門，你盯著峽角另一邊那個學校老師在蓋的訊號塔。」

「不是訊號塔。」賽門說。「是**眺望塔**。海斯特先生想到比他家旁邊樹木高的地方眺望海灣。」

「他那樣跟你說的嗎？」戴維問。

「對。」賽門直視戴維的眼睛。

「他怎麼不把樹砍掉就好了，對吧？誰會爲了欣賞風景蓋一座塔樓？」

「只是說說而已，戴維。」普南插話。「根本連他會不會釘釘子都不曉得，還說什麼蓋塔樓。」

「聽說他叫人到布蘭德福找工人到這裡替他蓋。」

賽門忍無可忍。「那**不是**眞的。他沒有企圖打訊號給誰，這是我所知的事實。」

「知人知面不知心。你自以爲認識一個人，那卻不是他們的眞面目。」戴維說。

「戴維老弟，你待人處世的態度好黑暗。」普南評論道。

「聽說他不會續聘。我聽一些他班上的小孩家長說的。」

「因爲那些人的兒子沒辦法從六年級結業嗎？」普南回答。

「你儘管挖苦人吧，普南。**德國先生海斯特**，有的人就是這麼稱呼他。我說的可沒錯吧，普蘭特小姐？」但夏洛特似乎沒有聽見他的話。「倒不說我那樣叫他，我只是說他絕對有親戚投效另一邊的軍隊。」

「你說學校不會續聘他是什麼意思？他的忠誠不輸給任何人。我爺爺說的！」賽門在風中對他們嚷。

「你爺爺？他懂什麼忠誠？這又不是他說了算，怎麼——」

「這孩子已經開口了。」普南打斷他，斟酌用語的表情令戴維閉上嘴巴。「這孩子的父親在戰場上，你可別忘了。」他轉向賽門。「有消息嗎？賽門。」賽門搖搖頭。「沒消息就是好消息。」普南說。

賽門堅決地望著船頭。開除海斯特先生？他是學校最棒的老師。大家都這麼說。

普南看夏洛特依舊在帆布底下縮成一團，賽門在生悶氣，於是決定該說故事了。他看看堆積在地平線上的雲，問夏洛特有沒有聽說一場在淺灘的藍風暴，將賽門的祖父颳得從此跟他們分道揚鑣。「沒有比他更高明的帆船漁夫。」他說。「他的個性很強硬，對兒子很強硬，對我們也很強硬，但魚在哪裡他瞭若指掌，活像他有上帝的耳朵。」

夏洛特問什麼是藍風暴。賽門左右爲難，既想露一手知識給她瞧瞧，又擔心說了她會更害怕，可憐她已經快嚇死了。他好希望她在船上會如魚得水。

「我們那時在澤布隆．凱帝號。風平浪靜。」普南用說書的口吻說。「然後怪事發生了。溫度突然變化。大氣的溫度上升，可是裡面有停滯的冷空氣團。誰都曉得那會怎樣。」他一直等到夏洛特問：「會怎樣？」以確認聽眾在認眞聽。

「大風要來了，要颳風啦。」普南面色凝重地說。「藍風暴。賽門．彼德的爺爺鄧肯連忙叫手下快回到帆船上，收回平底小船。帆船則逆風停下，準備挺過去。風像從地獄來的蝙蝠颳來了。風勢猛烈，天地無光，這些都在我們意料之中，還掀起跟風旗鼓相當的浪頭。」又一次吊胃口的停頓。

夏洛特順著他的話頭問：「然後呢？」現在她整顆頭都探出了船帆。

「風拐彎了！就這麼回事。風持續增強。海面變黑。泡沫從波峰湧出，海浪往我們當頭打下來。其他的漁船，有的逆風停船，有的還想逃。即使桅杆光溜溜的，綠色的海水照樣從船頭、從船舷、從船尾灌下來！大家以爲就要在自己站的地方淹死啦。當海浪減弱，風勢變小一些，我們看到來自格洛斯特的雙桅帆船愛麗絲．邁諾號。他們急匆匆地回航，漁獲快要塞爆貨艙，眞的。幾乎是全速前進。貪婪驅趕著他們衝到船隊的最前面。」他晦暗地看著她。

「喔，是賽船！」夏洛特小聲說，眼睛發亮。

「賽船？根本不是，又不是說第一名可以得到漁獲最高價的獎賞。我們講的可是淺灘漁夫！不是時髦的遊艇比賽！」他轉向賽門。「賽門．彼德，你從哪兒找來這女孩的？」

「她是英格蘭人。」賽門說。

「啊……好吧。總之，愛麗絲．邁諾號的船帆張得太大，以致動力過盛。他們還在把船帆拉下來時，桅杆就啪啦折斷，一根斷了又斷第二根。船帆在海裡拖著走，海上冒出泡沫，將船往側邊拉，船舷斜向水面，他們沒來得及切斷索具，眼看即將翻船。」他的目光從夏洛特移到賽門。「但在翻船前，鄧肯．麥葛拉斯俐落地掌舵，把船駛到他們旁邊，只張開一點點船帆，好保持前進的動力，在風裡穩住船，不至於轉動不靈。」

「轉動不靈！什麼意思？」夏洛特坐挺一點。

賽門說：「不能前進，也就是不能操舵，也就是你只能呆在原地，被大浪打翻。」

「說得眞好，賽門。」普南舉帽致意，亮了一下他瘦長的禿頭。「這就說到結尾了。要聽嗎？」

「要！」夏洛特說。

賽門插嘴說普南的父親是紐芬蘭的採集者。當然，接著他就得解釋採集者會走訪一個個的村莊，一次停留幾個日夜，他的工作就是採集故事，再娓娓道出。

「全紐芬蘭沒有比他更強的說書人。」普南說，容許賽門離題。

「普南老兄輸他父親一大截。」戴維插進來。

普南反駁現在時間不夠他好好說這個故事，大坦庫島快到了，只能說濃縮版啊，假如誰再打岔，那他恭敬不如從命，就閉嘴囉。他等著人家請他繼續說故事，其餘三人都開了口。

「好，講到哪兒了……我們船員看到愛麗絲．邁諾號嚴重受損。鄧肯操舵功夫了得，把船駛近到可以拋出我們的救生索。他們的人已經在海裡，還有人從甲板滑下去，我們救起他們全體船員，就剩一個沒救到——是個年紀跟你差不多的男孩，賽門．彼德。那男孩被繩索纏住。邁諾號這時側躺在水裡，要不了多久就會沉沒。我們幾乎看不到那個男孩——他在浪頭間載浮載沉。一會兒冒出水面，一會兒消失。最後，邁諾號開始翻轉，他冒出來，靠在船體上。但男孩解不開繩索，他們沒辦法拉他過來。鄧肯哪肯善罷甘休。『放下那艘小船！』他嚷著：『我去救他。』大夥拚命跟他講道理，他聽不進去。小船放下水，鄧肯跳進去，就在那片刻功夫裡，愛麗絲．邁諾號溜到波浪下，將男孩拖向海底。人家都說，在颳起藍風暴的寒夜，在出現令人心坎涼半截的呻吟聲時，還可以看到他從海裡伸出的手。」

「我親眼看過他一兩次。大家都說，他還在想法子抓住鄧肯。」戴維說。「上次我聽到的版本是鄧肯從船舷跳下去，游向那個男孩子！這樣的情節才值回票價嘛。」

「誰把故事講成那樣的？」普南激動地問。

「還不就道夫．錢德勒。」

「他當時根本不在場吧？瓦勒斯也沒有。說穿了，道夫是從酒瓶底下聽到故事的。鄧肯摘下防水帽，正要跳下水，但我跟你說，那男孩在鄧肯下水之前就沉進海底。要是鄧肯游過去，就會被暗流沖走。不過，他眼睜睜看著男孩溺水，回到澤布隆．凱帝號，把船駛回港。從此不再出航。」

「一次都沒有嗎？」夏洛特低聲問。

「一次都沒有。」普南嚴肅地說，直望出船首之外。「反正，是再也不去淺灘。他賣了船，找魯本．

海斯勒幫他打造做沿海貨運的蘿拉李號。以他入土兩年的亡妻跟同名的孩子爲名。艾妲．柯昆說，妻子的死讓他很內疚。那個男孩是壓垮他的最後一擊。他從此不去淺灘。」

「他怕那個男孩會伸手把他拖進海底。」戴維搖一下頭說。

「一點沒錯。」普南說。「嚇得他回到陸地。」

「所以他不讓你爸……」夏洛特望向賽門。

「才沒有！」賽門說。「他才不害怕！」目前爲止，他只想過故事裡英勇的部分——救回船員，只有一個沒能救回來。「他回來是爲了照顧爸爸。」

「你眞難伺候。」戴維說。「他是因爲那個男孩，才決心重返陸地生活，遠離海上。故事就是故事。就這樣。」

普南正經地點頭，他們放鬆船帆，航向坦庫港。然後他低頭看夏洛特。「親愛的，妳現在還好嗎？我看妳臉色比較好了。相信妳可以爬起來，不會栽到船外面。妳來坐我旁邊。現在風在我們背後。看到沒？這樣航行比較平順。扶她起來，賽門。」

賽門握住她的雙手往後拉，很訝異她柔韌的手勁。戴維扶住她的腰。「妳很有分量喔，眞的。上等的壓艙物，對吧，普南？」戴維眨眨眼。夏洛特就坐在普南前面，出奇地生氣勃勃。普南拍拍她的膝蓋，指著。「看到了嗎？大坦庫在正前方。」

「爲什麼叫大坦庫？」她問。

「因爲它不是小坦庫。沒別的原因。小坦庫在左舷。拴在柱子上的就是我們的划槳船了。賽門，你拿那根艇鉤，我轉過去的時候就鉤住那條繩子。我們把平底船繫在船尾。」

賽門鉤住繩索，跪著解開將划槳船拴在纜柱上的纜繩。他牽著繩索，有點大搖大擺地走向船尾，卻被繫索扣絆倒，划槳船撞過來時是戴維幫他架開的。當纜繩從賽門手中掉落，抓住繩子的人是夏洛特。也是夏洛特不慌不忙地往船尾移動，以嶄新的安然自在保持步伐平衡，將繩索交給戴維，戴維將繩索牢牢固定在船尾的一個圓環。

「好了，親愛的。」普南說，這時划槳船整齊地拴在他們船尾，船帆又被吹得鼓鼓的。「隨時歡迎妳跟我們出航。教教這小子怎麼在船上站直。」

賽門哈哈大笑。夏洛特爬上欄杆，坐在他旁邊。「我要幫她準備防水衣，」他說：「跟漁夫靴！」

「沒錯。永遠不知道天氣幾時會變壞。」戴維說。

「戴維，你從來就分不清好天氣跟壞天氣。從來不行。」普南說。

對賽門來說，回航全程都是好天氣，因爲夏洛特的大腿抵著他的大腿，她的髮絲隨著風兒拂過他的臉。

那天深夜，他讓那些髮絲再次輕拂他的面龐，感覺她雙手細嫩的皮膚和圓潤的指尖，拉著她的手時那彈性十足的觸感，她的大腿貼著他的腿，以及在他想像中有酒渦的膝蓋。這不是能讓他恬然入夢的思緒。他起身到樓下的廚房。他看到母親穿著他父親的厚襪子，睡衣上披著他的舊格子呢襯衫。她雙手撐在水槽靠牆那一側，凝視窗外。他進廚房時，她沒有移動。她抬著下巴。一幅月下獨處的肖像。

他咳了一聲，以防嚇到她。「媽，妳還好嗎？」他問。

她手一撐，在水槽前站直，遲緩地轉向他。「應該吧。我有話跟你說。我花了很長時間……但我現在知道艾賓死了。我感覺得到。」

賽門慢慢坐下。

「爸爸今天早上來我們家，我是說我爸爸。他給我這個。」她從襯衫口袋掏出一條皮繩，尾端掛著一塊圓鐵片。「艾賓的軍籍牌。」她輕聲說。「軍方留著另一片下葬用。即使沒有屍體。」她以發抖的手點燃蠟燭。賽門盯著在燭光上幾乎閃閃發亮的軍籍牌。「來，」她說：「你可以摸摸看。」他拿起軍籍牌，用拇指撫過。這，也是他一直沒看到的有形證據。他覺得口乾舌燥，想到了飛翔的烏鴉。

她將他父親的襯衫拉攏。水壺在燒水。她取下兩個馬克杯，不慌不忙地切下奶油塊，跟一些糖和某種香料分別放到兩個馬克杯中，再倒進少許蘭姆酒和大量熱水，最後加點鮮奶油在上面。「有何不可？」她說。

賽門啜了一口。這像沒有蘋果的蘋果蘭姆派，而且滋味美妙得多。他的指尖酥酥麻麻。「嗯。」他粗啞地說。「有何不可？」

他母親望著自己杯子裡面。「艾賓跟我始終覺得我們是異鄉人。」她沒有繼續說明，他說：「其實也沒錯。亞伯達是另一個城市。」他又啜一口，用衣袖擦掉沾在嘴上的鮮奶油。

「而……我們都用母親的姓名命名[25]，愛倫．藍斯頓。我長得像母親，父親一看到我就傷心，看他那樣，我也很難過，就這樣長大成人。他對我過意不去，但他說，有時看著我，就像看到她騎著她的小馬，頭髮飛揚。或許那就是我熱愛騎盧斯特的原因。可是，那表示他眼裡看到的不是我，不眞的是我。」她手肘撐在桌上，慢慢摩挲太陽穴。「我父親拿軍籍牌給我時，你曉得他說了什麼嗎？」她突然抬頭看。「他說：『妳活著，赫蒂．愛倫。我們倆都得埋葬死者。』」

賽門點點頭，一顆心七上八下。

「他說得有理。放棄生命是不對的。艾賓選擇了自己的路。我也要做出選擇。我還有其他該做的

25赫蒂是以母親的名字愛倫爲中間名，艾賓是以母親的娘家姓氏藍斯頓爲中間名。

事。」她移開視線。「這場醜陋的戰爭自以為能奪走一切。我不會坐視那種事發生。」

「妳想改當和平主義者？」賽門輕聲說。

「什麼？沒有。我要在這裡打點一切。你爺爺沒在管事。」

「妳是說他的生意。」

「對。」

「我們家是不是要破產了？艾妲說……我應該休學嗎？我可以工作。我可以去……」

她胡亂揮一下手，打斷他。「冷靜點。我們哪裡會破產？但我要跟你說一件事。」她拿起糖罐旁邊的那罐草莓醬。「你知道艾妲為什麼叫這個『活果醬』嗎？因為這沒有蜜漬。因為連這麼簡單的小事我都做不來。我最近終於了解原因。因為我不喜歡囤放果醬。也不喜歡囤放胡蘿蔔或豌豆。我不喜歡端茶待客，也不喜歡喝茶聊天。我不喜歡把爐子弄黑——」

「好好好。但妳不能……打點一切。」

「怎麼不行？為什麼我不該插手？帳本都是我在管。」她將頭髮撥到耳朵後面，又讓髮絲掉下。「一直以來，我是愛倫．藍斯頓的女兒、艾賓．韓特的妹妹、安格斯．麥葛拉斯的妻子。」她說。「現在我要做我自己，赫蒂．愛倫．麥葛拉斯。H．E．麥葛拉斯。現在我替你爺爺寫信的時候都這樣署名。人家回信也客客氣氣。這也是我簽署帳單的方式。」

「妳要工作？像男人一樣？」

「你爺爺把艾妲借給我們用。讓我們住在這間房子。你父親好像一直覺得無所謂——反正他可以待在蘿拉李號上。但我在乎。況且，或許我也會喜歡駕駛蘿拉李號出航。」

「但妳會暈船。」

「那倒是眞的。」她說，也覺得自己好笑。「重點是我看到進出的帳目，出去的是大錢，回來的是小錢，我要扭轉現況。」

「妳要怎麼做？」

「我還不確定。我們得擬訂計畫。這就是我今天晚上在想的事。世道正在轉變。開枝散葉——投資。那一類的事。世界上不是只有船跟鱈魚——」

「妳是說利用戰爭撈錢。」賽門說，在胸前交叉手臂。

「撈錢？」她歪著頭。「喔。你說發戰爭財啊。不是、不是。我沒辦法解釋清楚。我只是看得到機會。」

賽門湊向她。「我可以幫忙。今年夏天讓我去淺灘捕魚。賺到的錢都歸妳。這是我最想做的事。讓我去，拜託。」

她拉起他的手。「賽門、賽門。我知道你想要討海，也許有朝一日你會如願。換成我是你，我就去討海了。可惜我會暈船。但現在，我需要你留在家裡。」

他看著她拉住的手。「是嗎？」

「是的。」她說。但她不是眞的對他說話。她凝視著艾賓的軍籍牌。她將軍籍牌輕輕拿起，放進口袋，然後起身，將馬克杯放在水槽。賽門站著深吸一口氣，緩緩呼出。然後閉上眼睛，咕嚕喝乾他杯中剩餘的奶油蘭姆酒。

十八

一九一七年四月十七日
法國　聖瑞尼安
十八號加拿大綜合醫院

他上方的白色天花板光線昏暗，是高聳的圓頂，像陰天的蒼穹，但幾顆光球散開成幾顆太陽，他看到這些太陽與一具鑄鐵吊燈相連。吊燈在晃嗎？他閉上眼睛，立刻又猛然張開。他專注在色彩上──他身邊有藍色和白色。是白窗簾嗎？不，是圍裙──硬邦邦的上漿圍裙圍在藍色洋裝上。上方，白色的棉質頭巾俐落地在耳下向後摺，只露出一張臉。這張臉在說話。

「歡迎回來，中尉。」那張臉說。素淨的臉蛋，美得懾人心弦。「你醒了。很好。」藍與白。大家稱呼她們青鳥，加拿大軍隊護士。她的聲音和臉孔消失，取而代之的是他左邊的一排病床。上方，有一道遊廊和欄杆。遊廊上也有病床，床墊擺放在地上。他聽到嗚咽與哭叫、命令聲，以及壓低音量的回應。陽光從遊廊後頭的拱窗流瀉到下方樓層。光斑撒落在他的毯子上。這是什麼國家？他的部下呢？

這位護士名叫莉迪雅．洛威爾。她說他在聖瑞尼安的加拿大軍醫院，位於卡利斯和埃塔普勒之間，與英格蘭隔著英吉利海峽相望。他的胸部傷口化膿，在解決之前不能治療他的肩膀。「現在我要檢查這個傷口。」她說。

「康隆呢？」他質問。

她將溫度計塞進他嘴巴，拉開床單和毛毯，解開他上身睡衣的鈕扣。他的右臂不在袖子裡，安放在一顆枕頭上，繃帶裡襯著內墊，只有手指沒有包紮。他的肩膀貼著紗布敷料。護士在處理繃帶時說：「我不曉得你叨念著的康隆在哪裡。你在這一天半裡，不曉得叫了他的名字多少次。還有其他人的名字。你給我他的全名和軍階，我幫你查他有沒有在傷兵名單裡。」

她是白痴。顯然如此。漂亮，但白痴。康隆沒有掛彩。在營地時，他蹲在擔架邊餵安格斯喝水。安格斯記得自己的舌頭像有千斤重，記得自己問起帕布里卡佛和艾賓。艾賓！他說出艾賓的名字嗎？

他拔掉嘴裡的溫度計。「我得去找康隆。」

「別動！」她重新插回溫度計，命令他閉嘴。他緊緊抿著嘴唇。她查看他的脈搏，最後拔出溫度計。

「我多久能回到前線？」安格斯問。

「回到前線？我看很難。現在我要幫你換藥。」

「不行。好！妳換吧。弄好後，把我的軍服拿來——我是軍官。我得回自己的單位。」

「中尉，你自己看，你的軍階沒有比我高。至於返回前線，你大概連走到自己的床尾都成問題。」她將一塊發臭的敷料扔進金屬盆。

熱辣辣的痛楚掃過他全身。他開始顫抖。護士將剪刀放在推車上，一手壓著他的額頭，另一手放在他脖子下。她的手冰涼而穩定。她直視他的眼睛，沒有移開。「等你康復，你就可以去找他跟你的弟兄。」似乎過了幾分鐘。他的顫抖消退，感到疲憊不堪。

「好了。」她輕聲說。「你想做什麼，都得等你康復再說。好嗎？我再去拿一床毯子。」

她一離開，他便硬撐著坐起來。這時，他才察覺他的手臂，亦即右臂，不會動。刺刀曾經挨著肩膀下方刺中他。他感覺不到手臂。他順著手臂往下看到手部，他掌心向上，擱在身邊的枕頭上。他動念要手指彎曲、伸直，但手指不動如山。他動念要手腕舉起手，但手腕停在原位。他動念要肩膀抬起手臂，卻沒有動靜。最糟的是，這條手臂像別人的。他扯開毯子——雙腿。還在，感謝上帝。他將腿移到床邊，將腳放在石質地板上。他的右臂像錨一樣滾下枕頭。他扳住床框，暈到不能站，然後俯身嘔吐。吐不出東西。他向後倒。他想哭。

他依稀聽到護士斥責他，這回的護士不一樣，是個高個子，眼睛被無框眼鏡的反光擋住。她扶他躺下，蓋上被子，將手臂四平八穩地放在枕頭上。他右方掀起一陣騷亂。一個大兵不停抽搐，停止時，他就斷氣了。

安格斯別開臉。「彈片插到頭部。」隔壁床的人說。「他那個樣子超過一天囉。不斷抽搐。現在他走了，眞可憐。也可以說是幸運鬼，視你的立場而定。你呢？你一直大呼小叫的。艾賓是誰？你還一直說『山姆、山姆』。彼德。賽門。赫蒂。一堆名字。」

安格斯怕自己會說溜嘴，但那人纏問不休。「你是手臂挨了一槍吧？手臂不會動了？」

「是啊。」安格斯低語。他覺得應該問一下那人受什麼傷，但光是攫住記憶的片片段段他就應接不暇。碎片從閣樓爆出來。樹木燒得像火柴。帕布里卡佛從倉庫後面繞出來。他身邊染血的鮑伊刀。帕布里卡佛。康隆看到帕布里卡佛死了時那難以置信的痛苦表情。

還有艾賓。現在他記起康隆的話。你沒有看錯哈弗斯。他一定一心求死。一陣寒顫竄過他全身。

「神經緊張啊？會過去的。」那個人語氣很和善。「這是我第三次住院。每次都會回到前線。我得斷一條腿或精神錯亂，才會被送回家。慢著。我應該已經精神錯亂了。曉得我怎麼知道的嗎？因爲我根本不在乎他們是不是送我回家。」他試著發出笑聲。

安格斯閉上眼睛。他祈禱永遠不必睜眼。一切都在停擺。他將手伸到小船外側，掬起一捧水，將陽光的漣漪捧在掌心。但水從指縫滑落，手指僵硬染血，在地板下攪盪。而他空著手，抬頭看他幼小的兒子。

幾天後，安格斯退了燒，精神便能集中。他一條手臂不能動，顯然是因爲他沒有說出艾賓的事，因爲艾賓喪命、帕布里卡佛和其他人喪生，才招致上帝降下懲罰。他的主治醫師——一位高大、熱切、肩膀很寬的年輕人，護士描述他「絕頂聰明，儀容整潔」——姓貝斯，拼作Boes。他是來自內布拉斯加州的美國人，如今在加拿大遠征軍服務。安格斯慢慢複誦「內—布拉斯—加」，彷彿試圖弄懂它的意思。

「對。意思是『平靜的水面』。」貝斯醫生的美國腔跟他描述的家鄉一樣平坦。他告訴安格斯，他離開內布拉斯加到倫敦，以便跟隨英國皇家部隊的臨時上校兼諮詢醫師普維斯—史都華學習醫術。「神經系統失調的專家。」開戰時，一位年長的同事告訴年輕的貝斯醫生：「那是你可以學以致用的地方。那裡會有很多神經損傷的病人。」

「他說得沒錯！神經損傷多得不得了。」貝斯醫生說，眼睛睜得圓圓的。因此，現在他累積了醫治安格斯這種傷勢的豐富臨床經驗，他說。「子彈和彈片可以切斷神經，骨骼碎片使神經挫傷，或形成出血性壓力，導致神經喪失功能，糾結起來——不能傳遞訊號到大腦，也收不到大腦的訊號。」

我們織出一張糾結的網，安格斯在聽著這堆話時想。

「阻斷了原發的、精密的訊息傳遞。」貝斯繼續說。「當然，包括運動訊息。」貝斯這一聲「當然」，講得活像安格斯是醫師同行。但安格斯慫恿他繼續這堂醫學課，他們共同締結了心有旁騖的協議，不去想這些傷勢——萎縮、癱瘓、變形的肢體及疼痛不休的病例——的實際影響。貝斯不是擺高姿態，只是熱情奔放——近乎愉悅，安格斯覺得這種格格不入的態度很新奇。

「總是有希望的。」貝斯最後說，從那令人暈眩的高度俯瞰安格斯。「神經可以修復，未必能修復，但有了最細的腸線輔助，多半可以。」釐清受損的神經是哪一條與能否挽救是他的工作。但他們得等等看。目前的症狀不全然是最初的病灶造成的。腫脹壓迫到神經，可能是癱瘓的原因。等待令人心焦。他們得等到十天後化膿消退，才能檢查「電流反應」，貝斯允諾，到時候他絕對樂於解釋那是什麼檢查。

「到時候是哪時候？」安格斯問。

「就是你接上電容器的時候。」貝斯醫生愉快地說。他們運氣好，距離前線這麼近居然能有一臺電容器。但現在安格斯應該休息。你可以好好休息嗎？安心養傷，等待消腫？可以嗎？很好。

安格斯克制著沒問電容器是什麼，也按捺著沒問世界是否會自行回歸正軌，因爲他緊抓不放的答案是「會」——只要他能回到弟兄們身邊。他拉著掛在脖子上的鍊子，將十字架握在拳頭裡。他不會讓一切在醫院的病床上終結。他會回到前線，彌補一切。讓這有價值、有意義。

十九

一九一七年四月二十二日
新斯科細亞 斯納格港

在教堂大廳，婦女在清洗杯盤，幾位男士和男孩收拾折椅的砰砰聲不絕於耳。賽門幫忙瓦勒斯拆下藍十字募款會的橫幅標語和漆上維米嶺勝仗聯歡會的告示牌。他們募到款項，摸彩券銷售一空，獎品是一張有一艘雙桅帆船和英國國旗的針織地毯，得獎人是提姆．巴克豪斯。

在摸彩之前，來自哈利法克斯的愛德溫．麥當勞少校朗誦醫務部隊同僚的一封信，信上說運送傷兵、醫務營帳前車及補給品的騾子和馬匹是「部隊的無價成員，我們應該感激牠們」。人人都同意這番話令人大開眼界，發人深省。他演說完畢後，布隆利夫人懇請大家慷慨解囊。在聯歡會尾聲，狄莫克牧師祝福與會人士，少校呼籲大家投效軍戎，並由威廉斯先生彈鋼琴伴奏，大家合唱愛國聖歌〈基督精兵，前進吧！〉。

一整晚，賽門都試圖將馬兒在雨中腿軟下跪的影像逐出腦海。那畫面總是突如其來地令他喘不過氣。當喬治在聯歡會尾聲出現，賽門更難受。看到他，賽門決定直接問麥當勞少校，喬治說的馬匹情況是否屬實。如果不實，他大概也沒有在蒂耶普瓦勒看到艾賓。但一旦問了，就會有答案。因此當少校跟黛爾西及艾妲談天時，當少校跟伊妮德．拉富斯、伍德羅夫醫師喝茶時，賽門都在附近徘徊。直到賽門察覺麥當勞少校獨自在穿堂準備離去，才結結巴巴地發問。少校不耐煩地皺眉。他將手臂套進外套的衣袖，對著鏡子端正表情。「當然，馬匹會受傷死亡。這正是牠們的英勇之處。牠們是駝獸，這是牠們的工作。」他整一整帽子，打開門。

「但牠們太操勞，」賽門不放棄，跟隨他走下臺階，「被鞭打到死，或是累到不會吃東西。」

「前線每個人都太操勞。」少校凶巴巴地說。他踱步經過狄莫克牧師，等布隆利夫人的車。

「很美的夜晚。」狄莫克牧師說，仰望令天空彷彿籠罩輕霧的浩瀚星辰。「銀河。深深吸進春天的氣息，賽門．彼德，讓上帝在天上展現的壯闊成爲你的引導，讓神不可動搖且神祕的偉大目的啓發你。」車子駛過來，他衝上前爲少校開門。在一旁看著他們的喬治悄悄貼近賽門。「我口袋裡有一堆銀星星，每一顆都是一匹在戰場上心碎、渾身泥巴的馬。」他說話時，牧師向少校和布隆利夫人道晚安。「還有三顆銀色子彈。」

六天後，傳來安格斯負傷的消息。在緊跟著來的震驚與哀傷中，艾妲帶著赫蒂上樓。鄧肯留下來做晚飯。他在背心上繫上圍裙，在水槽劈砍馬鈴薯。他在做葡萄乾布丁當甜點，手上沾了黏糊糊的麵糰。活像他們需要甜點。活像誰想吃似的。他的白髮黏在額頭上，汗珠徐徐流下臉頰。「我們晚上來吃戰鬥餐，如何？賽門！來削馬鈴薯。」

「我能幫忙嗎？」楊．弗萊德拖著凳子過去。

「人多好辦事。來吧，小搗蛋！」鄧肯一手攬著他。「我以前常在蘿拉李號上做戰鬥餐。現在很久沒弄了，但優秀的討海人都會做。你知道嗎？」他拿刀敲敲水槽。「這或許是好消息。他受了傷，但遠離危險。凡事都看光明面——我們來練習看光明面。現在，楊．弗萊德，幫我把盆子裡的鱈魚拿出來，我們來把魚切一切，放到水裡煮。」

光明面？那是哪一面，賽門想問。是父親右臂報廢返家的光明面，還是他康復重返前線的光明面？

楊．弗萊德掏出白肉的鱈魚，能抓在手上的他全拿了，魚都在滴水，有的滑落到地上。鄧肯拿出剩下的，粗魯地扔在桌上。賽門將葡萄乾塞進麵糰，甩進一個長條形烤模，送進烤爐。他不知道布丁麵糰需不需要發，但絕對需要烤熟。

「用幫浦打乾淨的水到這口鍋子裡！」鄧肯在水槽前大聲說。「好孩子！用力打水啊！」他拉著弗萊德的手臂上下移動，然後撇下他，水從幫浦嘩啦流出，他彎去冷藏室再過來。他得意地舉起一片包好的鹹豬肉和兩顆洋蔥。「看到沒？我們來煎這個。知道我們接下來要做什麼嗎？弗萊德少爺。」楊．弗萊德摩挲手臂，哭喪著臉。

「我們要……我想想。」鄧肯將洋蔥和豬肉擺在桌上，雙手拄著身體。「鱈魚要切片、不、先水煮，再切片。」他抿著嘴說。「水煮馬鈴薯。煎洋蔥跟水煮馬鈴薯。」他用黏答答的手撫過頭髮。

「統統煮熟就好了。一層一層鋪在大盆裡，淋上豬肉滴出的油。」賽門說。

「對！」鄧肯頓時回神。「現在我們需要一個盆子，要夠大的喔。」

「我來拿！」楊．弗萊德已經從腳凳上撐起身體，搆向水槽上的架子。這時，窗外出現兩道人影。澤努斯跟他父親拐過彎，來到廚房門口。鄧肯揮手招他們進屋。

「我跟兒子聽說你們接到安格斯的壞消息。想說過來看看赫蒂。」赫曼．維果將帽子拿在手上，視線從鄧肯的圍裙移到在桌子上滴水的幾片生鱈魚。

鄧肯搓搓手。搓得黏在手上的麵糰糊變成蛇狀，掉在地上。「她跟艾妲在樓上。她會沒事的。信上說安格斯肩膀被刺刀刺中。現在人在法國沿海的一家軍醫院。受到妥善照顧。」

「哪隻手？右手嗎？保得住嗎？」赫曼問。

「右手。保得住。我們只知道這樣。」鄧肯的聲音在發抖。他捏捏鼻樑，深吸一口氣。緩緩呼出。

「他不在死亡名單。不在失蹤名單……」

「沒錯。」赫曼若有所思地說。「已經不錯了。」他一手扠腰，搖著大頭。「你聽說克萊姆跟恩尼斯特·楊格在淺灘的事沒?他們兩個是捕魚的好搭檔。一塊捕魚十年了。」

「什麼?他們怎麼了嗎?」

「人家看到他們在霧氣消散時沉到水裡。海浪突然變大。從船舷上緣打進船裡。船像石頭一樣下沉——他們平底船上的漁獲太重了——這是我聽說的。」赫曼曾在淺灘捕魚，他失去的三根手指可以爲證。

「願上帝讓他們的靈魂安息。」鄧肯低聲說。他將手放在胸前站著，低下頭。

「他們運氣好，得了個痛快。」赫曼說道。「總強過一連划了幾天船，還找不到人——寒渴交迫而亡。永遠失蹤。」

鄧肯的呼吸粗濁。

赫曼拿帽子打一下大腿。「嗯，我們該走了。看得出你還有滿手的事要忙，再說我太太會納悶我跟兒子跑哪去了。去吧，澤努斯。問候一下安格斯。叫赫蒂要堅強。」

賽門把澤努斯拉過去。「我爸跟人肉搏。」他低語。澤努斯瞪大眼睛。

鄧肯裝填菸斗，手卻不聽使喚。潮濕的菸草絲從菸草袋掉出，沾在手指上。赫曼一手搭著他的肩膀。「安格斯會沒事的。」他說。「如果他被送回來，那好，起碼他活著回來，而且報效了國家。他是精壯的小伙子。會挺過去的。」他又拍一下帽子，帶著澤努斯走到門口。

鍋子裡的水煮沸了，漫流到爐臺上嘶嘶作響。生洋蔥的氣味瀰漫在廚房。鄧肯茫然四望，說要出去抽菸斗，反正他們做晚飯游刃有餘，就晃出去了，圍裙也沒脫。

「我就覺得底下這裡吵吵鬧鬧的！」艾妲說，步伐沉重地來到廚房。「誰在煮晚餐？」

「我們。主要是我。」楊．弗萊德大聲說。「但是、但是爺爺跑掉了。」他開始哭。賽門把他拉到大腿上。

「這樣啊。」艾妲說著繫上圍裙，急忙站到爐臺前。「現在，我先幫你母親做一杯安眠酒，然後做晚飯──完成你們開始做的菜。賽門，拿白蘭地來。我來熱牛奶。這什麼味道？」她連忙拉開烤爐的門，拉出布丁。「這要用水煮，賽門。連袋子一起下鍋。不是用烤的。這個家裡沒半個人會做菜嗎？」

「她怎麼樣了？」賽門問。

「她很擔心。沮喪。跟你一樣。跟我們所有人一樣。不然她還會怎樣？」艾妲拿刀子進攻布丁，從烤模裡挖出來。「她會振作起來的。」她倒轉鍋子，將殘餘物倒進水槽。「好。」她說，將牛奶注入鍋中，拔出白蘭地的瓶塞。她聞一聞，啜一口。「及格。我再試喝一遍。可以了，這可以幫助你母親捱過這一晚。她餘悸未消。她很驚駭。鄧肯也是。」她往窗外看。「你去看看他，賽門。我現在走不開。」她抱起弗萊德，攪拌牛奶。

賽門聽從她的吩咐，在堤道的橋找到祖父。他站在離他幾呎遠的地方，對這場戰爭悲憤交加，氣惱祖父突然在乎起別人、需要人照顧。但他祖父似乎沒注意到他。他顯然喘不過氣，倚著欄杆，探身到外面。「也許戰爭很快就會結束。」賽門說。「這樣他就能回家，而且恢復健康，兩全齊美。」他祖父只是搖頭，賽門又說：「大家都說，德軍軍心渙散。」

「是嗎？」他祖父手一推，挺起腰桿站著。「這條消息從哪兒聽來的？布隆利夫人嗎？她是這場戰爭的世界權威啊。」他取出菸草袋，裝塡菸斗。「就在昨天，我聽到她跟別人說，我們的軍隊不用毒氣。」

「那我們有用嗎？」

「老天，要是噴火器不會燒到我們自己人，我們也會用！你覺得如何？活活燒死？這就是戰爭，賽門，不是什麼基督徒的使命。我跟你說，赫絲佩拉．丘奇的唯一使命，就是在爲軍隊籌措物資上，贏過哈利法克斯的女士們。那些勞軍箱，那些『小小的需求』——線球、巧克力和別針——看在老天份上，別針——送到絕望的大兵手上，而唯一能派上用場的好禮物是一排子彈跟一把可以射出子彈的槍。勞軍箱唯一撫慰到的人心是大後方的人心。」他拿火柴劃過拇指指甲，拱起手掌，咂吸著臉頰，以有韻律的節拍將火焰引到菸斗上，注視賽門。「你得弄清楚事實。」他揮熄火柴。

「你怎麼老是反對他？你連他受傷了都不在乎。」

「小子，講話給我放尊重點！我告訴過你了。我反對的是這場愚蠢的戰爭，不是他。」

我高興怎麼跟你講話，就怎麼講，賽門心想，拖著沉重的腳步走上山坡。他撿到一根棍子，便拿來揮打灌木叢。他想宰掉刺傷他父親手臂的德國雜碎。他想切碎從祖父嘴裡吐出的每個字。

捱著吃完沒人想吃的晚飯，洗好碗盤後，艾妲去她姊姊家，他母親和楊．弗萊德睡得很沉，賽門站在廚房試圖釐清這一天的錯亂困惑。父親或許永遠回不了家的想法浮現在腦海。他披上毛呢襯衫，查看爐臺，摸出兩顆蘋果，從後門溜出屋子。他的頭靠著父親的畫室站了半天，但不忍心進去看被棄置的畫筆和顏料。

他於是去畜棚，給佩格和盧斯特各餵一顆蘋果，牠們用鼻子磨蹭他、給他慰藉。盧斯特想從他身上找出更多蘋果。「嘿，吃宵夜可別吃成習慣了。」賽門喃喃說。最後，他轉身離去。他倚著畜棚的門，仰望繁星，一切都自行溢出。他拚命要壓抑淚水，以致胸膛劇烈起伏。「他會挺過去的。他會挺過去的。一定要挺過去啊。」他低語。

在山坡上，祖父的屋子黑漆漆的，沒有點燈。煙囪卻冒出煙。老頭忘記用灰燼覆蓋爐火嗎？

賽門老大不甘願地走上坡道，順著路徑，緩緩打開前門。如他所料，客廳的火爐仍在燃燒。沒用圍欄擋住。而坐在椅背有側翼的椅子上、仍然圍著圍裙的人，是他爺爺，一瓶白蘭地放在他雙腳之間。

「金銀珠寶。」他祖父大聲說。「國王和國家。以英勇之名搜刮財寶。他就為這個送命！」

「嗳，爺爺。爸爸才剛受傷。」賽門走到他面前站定，很驚訝地看到他的背心解開鈕扣、衣領鬆開、頭髮凌亂。

「我講的是我哥哥喬治。」鄧肯咆哮。「十七年前的今天。」他舉起酒瓶，痛飲白蘭地。這時賽門看到他大腿上的槍。他頓時慌亂起來。

「他回到蘇格蘭低地的故鄉，回到所謂的家園。日子過不下去。很苦惱到底該靠什麼吃飯。我說，何不從軍呢？他簡直是被我推進軍隊的。我以為這下子他就不會喝酒。」他搖一搖手上的瓶中酒，又喝一口。「結果是白費心機。他加入騎兵隊。」他將酒瓶擱在地上。「死在非洲。」

賽門難得聽到祖父提起過世多年的哥哥。他放低身體，坐到對面椅子，盤算怎麼拿走祖父的槍。

他祖父將手放在槍上。「這個啊，裝在箱子裡送到我手上，箱子裡塞滿乾草。或可說，是遺贈。一封沒有簽名的信說：『令兄喬治．戈登．麥葛拉斯要您收下他的手槍。』」他舉起槍。「柯爾特點四五。你看過嗎？」

「呃，沒有。這槍……上膛了嗎？」賽門戒慎地伸手要拿。

「當然上了膛！」他祖父將槍握得更緊。「缺了一發子彈。也許喬治把它射到自己腦袋裡。」他在手上翻轉手槍，說：「他不是留下那些勳章給我，也不是一對袖扣，不是一本心愛的書。只有這把槍——這絕對是他存心留給我的訊息。」他停口，用袖子揩嘴。「日復一日的戰鬥會讓人染上暴戾之氣，你要麼愈挫愈勇，要麼被壓垮。不管怎樣，遲早會只剩下本能，終至喪失人性，於是這就成為他唯一的特質。」他向後坐，垂頭喪氣。賽門始終盯著槍。

「人人都有飽受煎熬的時候。」鄧肯又說，盯著火。「我死了老婆和一個小孩，幾年後，看著一個男孩死在淺灘。一個年紀比你小的男孩子。看著他從我手裡滑走。」他猛然抬頭。「一個素昧平生的男孩，從此留在我心裡。」

賽門點點頭，沒眨眼。

「你看過船沉沒嗎？沒有嗎？那很像看著一個人斷氣。船會在生命的邊緣旋轉一會兒，然後整個被吸到水底，海面合攏，好像那艘船沒有存在過。我情願用自己的命去換那個男孩子回來……」

時鐘響亮地滴答響，鐘擺的每次晃動都在測量著靜默。當祖父再度開口，賽門嚇了一跳。「我看著親生兒子從我手中溜走，在這個世界上，我只剩下他一個了。我回到他身邊。留在岸上。盡我所能當個好父親、好人。關注我的心靈狀態。然後是喬治的事。死在非洲大草原上。為何而死？」他用力捶一下椅子扶手，向前傾身，像要撲向賽門。「如果我們找不出死亡的意義，又怎麼找出生命的意義？你倒是說說啊！喬治的生命目的就是為了別人的貪婪而死嗎？我兒子也跟他一樣嗎？」

賽門艱難地嚥下口水。他很訝異自己的聲音這麼穩：「爸沒死。他會康復的。」

「他會康復，是嗎？再得到一次被宰掉的機會？天啊。」他祖父在手上掂量手槍的重量。「我還以為自己有點了解人性。了解人的脆弱，該死！海洋何其遼闊，船隻何其渺小。要是我知道我究竟還要從獨子所受的煎熬學到什麼，那就見鬼了。」他用枯槁的眼神看一眼賽門。「噯？我哀求他不要去。」他目光灼灼。「但他嫌不夠！他非去不可。所為何來？我的努力，統統付諸流水。」他霍然站起，胡亂揮動手槍。

賽門跳上前去搶，在爭奪時，他祖父腿軟跪在地上，半爬著經過賽門，爬到石砌的壁爐前，雙手攀住壁爐。靠在那裡，肩膀抖動。

賽門拾起槍，沉而黑，向後退開。最後的餘燼在灰燼裡閃著紅光。

「走廊的五斗櫃。」他祖父以粗嗄的聲音說。「槍平時都收在那裡。」

賽門拿起五斗櫃頂端的鑰匙。他祖父笨拙地架設壁爐圍欄，咒罵著，架設兩次才放好。賽門打開再關上五斗櫃，轉動鑰匙長長的插銷，直到聽見咔答聲。這時，他祖父已經來到走廊。他垂著頭，手砰地打在螺旋樓梯的中柱上，舉步維艱地爬上樓梯，拎著酒瓶的瓶頸晃呀晃的。「你回家去。」他口齒不清。「這只是一個老人的午夜閒聊。」

賽門走到橋頭便停下腳步。黃褐色的岩石海草讓大石塊看來很光滑。退潮的濃烈氣味像霧氣縈繞，淺水拍擊著下方堤道的石牆。輕風翻亂他的頭髮。他伸手從口袋拿出澤努斯給他的香菸，然後咒罵自己怎麼沒有火柴。然後他傾身從欄杆探出去，鬆開拳頭，讓鑰匙從手中掉落。一道璀璨的綠泡泡在鑰匙周圍出現，隨著墜向水底的鑰匙向下沉。磷光。他撿起一顆石頭扔出去，丟了一顆又一顆，拚命要將海水轉爲冒泡泡的綠色光輝，感覺自己躍入其中，直到他隱沒在無止盡的虹彩中。

但還要做一件事。他下橋，往梅德灣前進，下了菲利浦的碼頭，順手拿一組船槳。他走下坡道到浮橋，將菲利浦的小船推下水。他裝上槳架，力求安靜地裝上槳，很感恩輕風多少能掩蔽聲音。每划一下，磷光都在槳邊和船的尾流舞動。他划著船，綠光一路尾隨。他經過愛爾西號的黑色船頭，經過光榮二號，來到開闊水域。他可能划了大半天。最後，遠遠拋下那些船隻和峽灣，深入海灣，他收起船槳，將手槍放在船頭座位上，跪在前面。暗黑的駭人槍形，在他身體移動重心時向側邊滑開。他納悶裡面有幾發子彈，假如槍膛裡眞有子彈，又要如何取出。但他不想知道。他持著槍柄舉起槍，感受槍在手上的分量，然後傾身將手伸向船舷外面，將槍舉在黑色的海水上。放開槍。手槍悄無聲息，被淡綠色的泡沫包覆，向下沉。磷光的尾跡泡泡向上浮，縮減爲一串細小的圓珠，終至消失。賽門凝視著，直到眼前出現斑點，然後蹲著走回中央的槳手座。他舉目仰望，找到北斗七星，但沒有感到慰藉，開始打哆嗦。我孤伶伶，我孤伶伶，我孤伶伶，我要父親回來。他駝著背，手插在腋窩前後搖晃，許久只聽到自己粗濁的呼吸和怦然的心跳。

他這樣待了多久，他並不知道，但再抬頭時沒有看到熟悉的景物。這時，他省悟到風、海流、退潮帶著他快速漂流過了貓頭鷹頭岬。他已經離開陸地太遠。他感覺到冷風吹著他的臉，臉已淚濕，他開始發抖。他絕對划不回去的。黑色海洋更加漆黑，風勢增強。他想像著他父親以悠長、均勻的動作划動船槳，協助他推出船槳。協助他握住船槳、划動。他抬頭找到小熊座的長柄，直到看見北極星。眞北。不是最亮的那一顆，他父親告訴過他，而是眾星環繞、據以移動、判斷方位的那顆星。他目不轉睛看著它，手臂痠痛，但不再顫抖，將船划回港口，進港後，風向轉變，像上帝呼出的氣，推送他回到海灣，回到梅德碼頭。

二十

一九一七年五月十七日
法國 聖瑞尼安
十八號加拿大綜合醫院

花園的圍牆少說有七呎高，長春藤蓋住部分牆面——長春藤跟圍牆一樣年代悠久，扭曲的莖幹有安格斯的胳臂粗，葉片跟他的手同樣寬大。完好的那隻手。他腳邊的泥土肥沃柔軟，散發春雨的氣息，黑得極其純淨——全然不像他世界裡鋪天蓋地的白堊色泥土。第三畦花圃冒出具體而微的嫩芽。一隻褐色野兔從一叢灌木叢竄出，與夥伴們一塊偵察那些新芽，抽動著鼻子。在許久以前的人生，他或許會畫下牠們在花園裡的插曲以及他自己的觀察，用粉蠟筆。但這座花園的庇護只加深了他的混亂。

他聽見有人叫喚他的名字，一轉身，便向前栽，跪在地上。這位護士——別人都叫她「布琳米」，紅金色的瀏海從護士頭巾底下探出來，一片雀斑橫跨她的鼻樑，果決的小嘴，滿口命令與警告——全然沒有留意到兔子，踩著快捷的小碎步來了。「中尉！原來你在這兒！你做療程的時間到了。」

她伸手來攙。他擺擺手拒絕，笨拙地自己爬起來，跟著她穿越草坪到醫院。在維米嶺會戰以後的這幾週來，他體認到手臂的擺動對步伐的擺動極其重要，並調整了走路方式。這樣絕不可能在顛簸的甲板上保持平衡。

在醫院西側拱門的陰影蓄積了幾個世紀的寒涼濕氣，滲進他的棉衫。布琳米等他褪下橡膠靴。這種鞋，套上脫下都很容易。他不知道鞋子的主人是誰，也不在乎。能夠自行走動時，他立刻領到一套乾淨的制服。他可以獨力更衣，不像有的人必須任由護士擺布，由護士幫忙拉著衣袖或扣上褲襠。他已把穿上蘇格蘭裙的步驟練到爐火純青，將裙布放在腰部，用手臂的重量壓住，然後將裙片轉到臀部另一側。倚著牆壁，就能用左手扣上腰際的扣子，繫好腰帶的扣頭。

按理說，他應該因傷退役，後送到英格蘭。但一心想證明電容器療效的貝斯醫生，坦承自己不想放他走。貝斯說這叫電療法，亦即以電脈衝刺激肌肉和神經，保持肌肉和神經不壞死。安格斯聽過別人電療的慘叫，一位從英格蘭來了又回去的顧問醫生曾將電極貼在兩位啞巴大兵的喉部，他們竟然找回了聲音。刺激神經是好聽的說法，其實就是用電擊讓肌肉抽搐。安格斯不常感覺到電擊，肌肉倒確實會抽搐。事後，他會筋疲力竭。

他知道貝斯感興趣的是他的手臂——他們的獨立病患，需要治療、觀察、討論。安格斯不以爲忤。離前線愈近，愈可能回到前線。修正錯誤。這是他唯一的支柱。況且貝斯堅稱自己看過奇蹟——有的人突然在一眨眼功夫內恢復機能。

貝斯遲到了。安格斯兩眼無神地看著熟悉的棉墊和生理食鹽水，看著爲傳送電擊計時的果樹材質節拍器，在桌上晃盪的那堆電線和電極，以及跟這些東西相連的那臺機器。走廊有交談聲。

「這個麥葛拉斯，他的病情如何？」是柯博上校，那位高個子、彎腰駝背的主任醫師。

回話的人是貝斯。「整體而言，我相信他在好轉。」

「你相信的憑據是什麼？這是醫療機構，貝斯，不是信仰團體。他密集操練被動動作、接受按摩療程和電療。你儀器的檢測結果是什麼？」

貝斯沉默片刻。「我在意的是尺骨神經控制的肌肉。這些肌肉對低量的刺激有反應——不到〇點五微法拉——他卻不能自主移動手腕。」

安格斯低頭看手腕，憑著意志要它抬起手。沒有動靜。其實裹著襯墊本來就不能動。但那裡完全沒有**知覺**。

一陣紙張的窸窣聲。柯博開口：「我看看。刺刀貼著臂神經叢下方插入。在下方。運氣真好。刺刀在戰場上移除。出血……感染……清除。手術……骨骼碎片和纖維群壓迫神經。壓迫，但沒有切斷——對嗎？」

「不是，橈骨——」

「啊，我看到了。橈骨神經縫合。」

「我確信他會康復。只要身體的傷勢痊癒——」

「你相信的事會不會太多，貝斯？總之，你聽我說——這代表什麼意思？他的萎縮微乎其微，卻喪失知覺？肢體沒有變形？完好的神經沿線不能自主運動？我看問題主要出在**心理層面**。你說是不是？」

「我覺得如果他有什麼問題，那也是綜合的——**包括**心理和生理。神經曾經嚴重受損。」

「已經六星期了。病情進展不該只有這樣。這人是什麼狀況？」

「病歷上有。」

「**是他的狀況**，貝斯。」柯博嘆道。「不是他的傷，是受傷的**經過**。一個人的夥伴們撒手歸西，他倖存，一點點皮肉傷，就鬧成了癱瘓。往往，只要跟這些人說如果他們可以自主運動，而且是一定要，休假便指日可待，你就會看到他們神速復原，可以重返崗位。」

「他想要復原。」貝斯辯駁。「他是畫家。一定很希望能夠再次使用他的手。」

「畫家？啊，多愁善感型……」

「他跟任何人一樣急著回自己的單位，我跟你發誓。」

「急著回前線？沒人急著回到前線。你去過前線沒有？」

「沒有，長官。但前線造成的傷勢我看多了，足以了解前線的情況。」

「是嗎？眞的假的。你讓我想笑，貝斯。」

「可以容我說句話嗎？」

「嗯？」

「我相信你的說法，人員在短暫休假後，再回來就『可以重返崗位』。」

「是可以重返崗位，不是急著回前線。我搞不懂你，貝斯。眞的。這麼自信滿滿，還受過那麼精良的訓練。大概再一個月左右，我要到前線視察野戰醫院，我要帶你去，讓你瞧瞧他們這些歇斯底里的症狀是怎麼來的。」

「他神智很清楚，長官。」貝斯堅稱。「沒有抽搐或幻覺。他很安靜、很嚴肅。但他說話的時候，就講得很誠摯、很懇切。他全心全意想要復原。隨著肉體症狀消退，我相信其餘的問題也會消失。」

「好。繼續你該死的神經療法。但我勸你設法讓他聽進去，他的神經確實能夠運作，肌肉健康。還有，看在老天份上，查出他發生什麼事。只有最等而下之的懦夫，才會一碰到事情就不肯康復。他沒在四星期內好轉，就得因傷退役，送回英格蘭。」

安格斯踉蹌讓路給闊步進來的貝斯。

「四個星期？」安格斯說。「你要等嗎？還是乾脆認定我要麼瘋了，要麼是懦夫，或兩者皆是，然後結案？」

「慢著點。剛才的話是私下談話。我想你誤解了——情況很複雜。來，你坐下。」

「我沒有誤解。」

貝斯清清嗓子，拉來一張椅子，面對安格斯坐下。「聽我說，沒人說你懦弱。你受到很多很眞實的肉體傷害。」

安格斯捧著手臂，閃到一旁。「顯然不夠。如果我的病情應該比現在輕微，直說無妨。」

「事情沒那麼簡單。你就讓我做醫生吧。」

「不如你做個坦率的醫生。你跟我講眞話，如何？」

「不如你也跟我講眞話。當時你遇到什麼事？既然你聽到柯博的看法，你知道那就是你需要的眞相。」

安格斯渾身發冷。「你覺得我有話瞞你？我就跟你說眞相。我得回到我的單位。那是我欠他們的。也是欠我自己的。你懂什麼是榮譽嗎？你覺得自己逃之夭夭，把弟兄們拋在背後繼續苦撐，是什麼滋味。我應該在他們身邊。」

貝斯靠向椅背。「我們都克制一下情緒。」然後換上比較溫和的語氣說：「再說一遍在你受傷時喪命的那些弟兄叫什麼名字。我們從那裡開始。」

安格斯讓椅子向後傾斜，靠上牆壁。他之前沒注意過天花板——微微泛出光澤的細長深色木料。他闔眼。「中尉山姆·帕布里卡佛、下士理查·伯韋爾、二等兵安東·渥斯，還有上等兵勞倫斯……哈弗斯。」

「這個哈弗斯——你聲音變了。」

椅子砰然落地。

貝斯向前傾。「哈弗斯是你的好朋友嗎？」

「我不認識哈弗斯。他不是我們的連上弟兄。」

「好吧……你常把這個帕布里卡佛掛在嘴上。你曾經說他長得像你兒子。跟你兒子有關嗎？除了他們的名字，你沒有提過家人。說不定我能幫你安排休假，如果你——」

「橫越大西洋休探親假？」安格斯說。「你在說夢話。加拿大遠征軍的低階軍官沒有探親假。你又不是不知道。」

貝斯殷切地注視電容器。

「總之，我極可能瘋了，對吧？一定是，因爲要是我手腕或手臂能夠動，我就會動。但我不行啊。把我接上儀器。」安格斯嘆道。「我們把話說清楚，我的家人跟這件事無關。把他們扯進來，就會讓他們看到……」

「看到什麼？」

「不潔。」安格斯說。

二十一

一九一七年六月三十日
新斯科細亞 斯納格港

霧氣籠罩著灰色黎明。賽門將馬克杯放到水槽。若是霧氣不消融，到盧嫩堡的航程將會很漫長。話雖如此，被蒙住的世界正合他意。上回他去盧嫩堡，是跟父親去的。他們去達芬尼公司拿蘿拉李號的新軸承，一排排的軸承塊滴著焦糖色的塗漆，懸空掛在每個窗戶跟頭頂上，像太妃棒棒糖。

他父親最近的一封信擱在桌上。他已可起床走動，但仍舊住院；手臂不能動，但「在好轉」。賽門從字裡行間看出弦外之音。那不勻稱的左手筆跡也沒有多少行可看。收到信時，他母親哭了，說這眞是可怕的錯誤，他**應該**在倫敦繪製地圖，她萬萬不該答應他去從軍，失去右臂的損失實在太慘重。幾個鐘頭後，她已打起精神。他一定要復原。他**會**復原。如果沒有，他們就得調適一番。他們全部人。

她不再脫線，不再像夢遊般晃來晃去，不再用壓花做精靈，串起貝殼，掛在風中咔啦響。現在她談成生意便跟人握手爲證，騎著盧斯特奔波洽談生意，下巴繫著一頂寬邊皮帽，那是艾賓舅舅從一個澳洲人那兒贏來的。還有短髮。她剪斷長髮，看來像結籽的蒲公英。而她喜歡那個模樣。

「你別老大不高興，由著她去工作吧。」艾妲告訴他。「總比她想著艾賓還在人間好。她或許完全不懂家務——每個人都有自己的專長——但瞧瞧她現在的模樣。工人靴、拉起裙子。我從沒見過這樣的女人。人家指指點點，她只輕輕巧巧地走過去。她走在自己的路上。知道自己在做什麼。你看，老爺子也沒攔阻她。所以，你也休想。」

在搶奪手槍那一夜後，持續不斷的嚴重胸咳令他爺爺窩在家裡。他母親給盧斯特套上挽具，到金河談鋸木廠的生意。她談到的好價碼出乎他祖父意料，而且送進鋸木廠的木料價格也更實惠。「幾年前就該讓妳參與生意的。」他祖父在她回來後乾咳著說。她怯憐憐地露出勝利的笑容，說反正從之前的信件往返，鋸木廠的老闆們就知道她是鄧肯的代理人。他們很訝異H．E．麥葛拉斯是女性，起初還不太相信她，但當她開始議價，他們的疑慮便煙消雲散。她沒有一絲躊躇，又說鄧肯或許該考慮蘿拉李號的事。報廢或修復。留在托架上可賺不到一文錢。鄧肯陷坐到椅子上，不肯回答。

她離去後，他拖著腳步到窗前，被子披在肩膀上。他絕口不提那把槍。賽門覺得只要看著他，很難不想起他吐露的心事，可是見識過蟄伏在他心底深處的黑暗後，賽門覺得自己更堅強，幾乎生出守護之情。人的真心跟表相不一樣。那滋味奇怪又彆扭，但他同時覺得自己在這世界上多了一點立足之地。

鄧肯看著赫蒂闊步走下小徑，一手搭著賽門的肩膀來穩住自己的身體。「那女人要是穿上長褲，大概就是她哥哥會有的樣子。那也是我希望你父親會有的樣子。麥葛拉斯與麥葛拉斯公司。也許到頭來真的能實現呢。」

「但報廢蘿拉李號？她瘋了。」賽門說。

「啊，我們不會讓她得逞，對不對？」

「對，爺爺。」賽門知道他們倆的思緒，在那一刻比以前更明白一件事。

他從掛鉤拿下防水衣，很高興有機會出航。山腳水濱那一叢雲杉的銀綠色鬼影，便是可見世界的盡頭。他走到鎮上碼頭，看到四十五呎長的捕魚帆船愛爾西號的甲板上有兩個穿著防水衣細聲交談的人影，他們是船主梅森父子，父親法蘭克，以及他已經長大成人的兒子史提維。法蘭克在霧氣中抬起一隻手。瓦勒斯從樓梯間冒出來。軸承塊和滑車組的咿呀聲、史提維的笑聲、賽門自己在碼頭上的腳步聲，都被霧氣消弭，完全吞沒。

在另一段日子、另一段時間，賽門會敏捷地走上碼頭的「壕板」，手持「步槍——槳」，用刺刀刺穿德國人，連停都不停一下看他們倒地死亡。如今他早已不玩這種遊戲。兩天前，他滿十四歲了。

「賽門．彼德！上船！」是法蘭克。

「我們現在來測試新馬達。」史提維在引擎室蹲下。雙汽缸「斷續」輔助馬達抖顫顫地啓動，發出令人神經緊繃、震耳欲聾的噗——噗——噗——噗。一蓬蓬的油煙從愛爾西號的船尾冒出，空氣中瀰漫著汽油味。史提維鑽出來，用一塊破布擦手，笑嘻嘻的。「引擎發動了！」

「把船帶離碼頭。」法蘭克在嘈雜聲中喊道。賽門和瓦勒斯跳上碼頭。他們拉著索具，步行牽引船向前移動，避免船碰上樁柱，然後輕巧地從船尾走上船。史提維打檔。抖動轉爲平穩的振動。打旋的石板色海水浮著汽油的七彩色澤，在他們後面蜿蜒迤邐。賽門艱難地嚥口水，壓下肚子裡的燕麥粥，恨不得不曾有人發明馬達。

「什麼？」法蘭克將手放在耳畔。

「我說，這船裝上引擎後的情況如何？」瓦勒斯叫道。

「嗯，沒像普南說的那樣，魚沒有被嚇跑。」史提維說。

「我倒是不介意引擎把魚嚇得跳出水面，自己進到船上，可惜引擎沒那個功效。」法蘭克哈哈笑。「航速足足有五到六節。不費吹灰之力就能開過坦庫島，到鄧恩嶺那邊。那裡魚多。這船是加拿大規格喔。送到赤斯特給豪伊公司改造船體。在希爾奇公司安裝引擎。你覺得如何，瓦勒斯？」

「我看馬達會把蘿拉李號震成碎片。」瓦勒斯悶悶地說，然後鼓著眼睛，吹響銅製的霧笛。「上風舵[26]比之前嚴重嗎？」

「或許是糟一點。一颳風就會有點上風舵。畢竟是肥形艄啊。不管會不會上風舵，總比某些淺灘漁船更不會打濕我們。」

「也害我們比別人慢。」史提維指出。

「對，也會拖慢船速。不過現在霧大，慢才安全。」他讓船以蝸速行駛。

「我的老天，果然是慢點好。」瓦勒斯說。「看看那根棍子。」一根黑棍繫在水下的岩石上，從霧氣中出現又隱沒。

賽門跳上前甲板，避開油煙。「幫我們看前面，賽門！」法蘭克吆喝道。瓦勒斯把霧笛交給他，賽門遁進霧氣的空無裡，將大夥的談天拋在背後。

不久，霧氣消散，風向轉變，馬達停擺。在這突如其來的靜默中，法蘭克咒罵起來。每個人都開罵，唯獨賽門例外。史提維跟瓦勒斯撥弄著引擎，反駁彼此的建議，一對海豚從右舷起皺的水波間躍出。賽門連忙從甲板跑過去，牠們迅捷地在左舷重新浮上水面。他溜過去，牠們又鑽進水底，在船頭探出瓶狀的吻部，左右側各一隻，露出快樂的笑容。賽門慢慢爬上粗短的艄斜桅，垂下雙臂。牠們鑽下水，再次交換位子。他看到水下的牠們，覺得在牠們浮上水面時聽到牠們的笑聲。他趴在那裡跟著哈哈笑。

法蘭克看到清風從他們背後吹來，判斷用船帆航行會比較快。海豚已做出相同的判斷，在船頭前方二十呎浮出水面，等待他們。「我們張開全帆，各位。」法蘭克說。「賽門，你來掌舵。」

---

26 指船頭會隨著風轉向。

賽門爬回甲板。「我嗎？」

「這裡沒有其他人叫賽門吧？」法蘭克放開舵柄，交給賽門掌控，史提維將主帆往上拉。瓦勒斯備妥前帆。法蘭克繫緊繩尾。賽門盡力穩住船，但突如其來的強風殺他個措手不及，木環因爲船帆灌飽風的壓力而緊貼在桅杆中段。法蘭克連回頭都沒有。賽門靦腆地將船對準風頭，排解半升的主帆承受的壓力。然後，斜帆駛帆桿和主帆便上升。前帆、支索帆、艏帆也上升。隨著船帆的颯颯翻飛抖動，以及鬆弛的繩索在軸承塊上咻地拉緊，蓄勢待發的前進動力便竄過船體，並向上流過賽門。

瓦勒斯和史提維固定住升降索。法蘭克從賽門手中接下舵柄。賽門不想失落的心情被人看見，便跑去幫忙瓦勒斯推動主桅駛帆桿，將巨大的船帆轉往右舷。史提維將主帆拉進來。

「風說來就來，是吧？」瓦勒斯說，瞄著風勢，手一撐，坐上迎風面的欄杆，待在賽門旁邊。

「只要風勢穩定，就不會拖到時間。」法蘭克回答，解開防水衣的扣子。「史提維，去修修看掛掉的斷續輔助馬達。風說來就來，但也說停就停呢。」史提維往下爬到引擎室。

「我看『斷續』輔助馬達果然名副其實。」瓦勒斯說，笑嘴咧得好開。

法蘭克仰頭大笑。「我看你說得沒錯。」

既然船在乘風破浪，賽門便望向前方，尋找剛才的海豚。他要跟海斯特先生說看到海豚。這陣子他幫忙他搭建菜園的圍欄，翻土埋下新鮮海藻，種植蔬菜。他們將菲涅耳透鏡拖到菜園中央以阻止烏鴉靠近，不料似乎引來更多烏鴉。賽門也開始將佩格留在喬治那邊，自己一路走到海斯特先生的小屋。喬治會在路邊等他。賽門會跳下馬，喬治便將拐杖放在佩格身上，一言不發爬上馬背。有一次，賽門在回程看到他，他裸著上半身，長髮飄飄，張開雙臂讓佩格繞著原野小跑步。「今天有幾枚硬幣，喬治？」賽門在上次回程時問他。「四十個。」喬治回答。「裝在銀盒裡。埃梵．海斯特的大限到了。」

「什麼意思？他大限已到？」

「海斯特的心，掛掉的心。」喬治不肯再多說。

克羅斯島映入眼簾，風向轉變。他們向盧嫩堡海灣搶風前進。經過砲臺岬時，賽門手臂勾住前桅。儘管船隊已出海，吊起的魚排裡面沒有鱈魚，風仍捎來盧嫩堡隨時洋溢的魚腥味。當夾帶泡沫的海水湧過背風面的欄杆，船拐進海港，他膝蓋打彎。在海港內，陽光照著岸邊建築的紅牆及山坡上紫色、綠色、淡黃色山牆的房舍。瓦勒斯掛好連身工作服，拉起上衣的袖子，亮出連身內衣褲的髒袖口。「格洛斯特的人自認是全世界的鱈魚之都。他們雖然厲害，跟我們卻完全沒得比。嗯，有些是比得上啦。當然，比得上我們的人是盧嫩堡人。」瓦勒斯咯咯笑道。賽門只是笑。他老早就聽過這番話了。

「降下主帆！」法蘭克嚷道。船帆在船中央啪啪飛揚，然後順著桅杆咻地落下。當船帆收好，繩索也都綑好、繞好，他們四人便安然坐著，享受長程航行結束的喜悅。他們呷著冷茶吃冷豆子，以及愛爾西．梅森做的奶油麵包。史提維拿出一把濕梳子和一面方鏡，大家便整理儀容，搭上幾個小伙子的便車。

他們穿梭經過一排排雙層堆疊的木桶、幾群牛、鹽車，以及在茲維克碼頭上毀損的木桶，答應兩小時後在愛爾西號碰頭。大家分頭去辦自己的事，賽門落單。他瞥見盧蘭冰淇淋小鋪的廣告——加州橘子水！五分錢！——一個坐在階梯上的男孩也看到了。他的髒頭髮理得像狗啃似的，穿著太大的毛呢夾克，趿著黑色的及膝漁夫靴。店裡，店員閒閒揮打一隻蒼蠅。「我要一瓶這個。」賽門說，指著窗戶的廣告單。現在那男孩站起來，隔著窗戶往內看。「兩瓶好了。」賽門說。

賽門走出小鋪，手裡拿著兩瓶冰涼的亮橘色汽水，細細的白色吸管斜插在瓶口，站在男孩面前。「你好像口渴了。」他說，想裝出硬漢的口吻。男孩狐疑地打量汽水。

賽門噘嘴含住吸管，試探地吸一下，那神祕的甜蜜滋味令他挑起眉毛。男孩伸出粗厚的手，接下賽門請的汽水，也喝一口。「哦！」他說，揉揉鼻樑根部。「魔法。」

「不是的，先生。」賽門安撫他。「不過是氣泡。」男孩就笑了。

賽門坐在他旁邊的階梯上。男孩說自己叫拉滕．派克，來自紐芬蘭的雷克斯灣，那兒有五戶人家，沒有商店。他是得救的人。

得救？賽門立刻想像一位巡迴牧父高高站在他面前，揚起雙手，在閃爍的火把暗影間，宣告拉滕是上帝的人。澤努斯曾經在布蘭德福的一個帳篷集會得救。

「對。得救。」男孩又說一遍。原來，救他的是醫生，不是牧師。他很快便說出經過。賽門聽不太懂紐芬蘭腔，但掌握了大意。拉滕在淺灘的捕魚帆船工作時被魚鉤鉤到手，傷手熱辣紅腫，手指都不能彎曲。他「死去活來，還發燒」，因此船長在希特港放下他。醫生讓他住院到傷勢好轉，再送他搭火車到盧嫩堡，等他工作的漁船進港，帶他回淺灘打魚。

搭過火車？出海到淺灘？「你幾歲？」賽門追問。

「十二。比十歲多兩歲，我會數數喔，不蓋你。我長得比同年齡的人高。」

「你父母讓你去？」

「讓我去？就是他們送我去的。我叔叔讓我當他的捕魚搭檔。」拉滕聳聳肩。「他們本來也不想啊，但有一艘船把我家的擋土板撞壞了。」

「在那裡工作是什麼滋味？」賽門問。

「很辛苦。」是他得到的答案。「但伙食很豐盛，一次都沒有挨打。」

「你做什麼工作？水手嗎？」

拉滕吸一大口汽水，然後說出來。「不是耶。是在小平底船工作。要摸黑起床，划小船出去，懂嗎？我跟艾伯特叔叔是六號小船。毛鱗魚要先掛到繩索上的那一整排釣鉤，再垂到水底。在這條繩子的一端綁一顆浮球，把船划得遠遠的。我放下繩子。叔叔划船。然後拉回繩子——幾乎每個釣鉤都會有一條魚。然後重來一遍。等到漁獲讓船跟水線差不多高的時候，就把平底船划回帆船那裡。用叉子把魚吊到帆船裡，再划小船出去從頭來過，帆船上的船員會計算你捕到的魚，把魚清理乾淨、抹鹽、堆放在醃漬箱裡。魚多的時候，好幾天都不睡覺。在排鉤上掛魚餌的動作一定要快——另一個人划到繩子拉直時，魚餌就要掛好。我的手才會被釣鉤鉤到。那時冷得要命。叔叔忘記幫我帶橡膠手套，我的是毛料的，釣鉤才會刺進去。看到沒？」拉滕伸出他的手。他和賽門研究縫線跟黑黑紫紫的痕跡，像在看一段訊息。「我的手腫得快跟頭一樣大。發燒得很嚴重，醫生都不曉得我能不能活命。」

賽門抬頭注視他。「現在你的手能動了吧？」男孩點頭。「你的手指本來不能彎，但現在可以了。我爸爸也受傷。手臂不會動。總之，是還不會動。他在法國。被刺刀刺到的。」

「被什麼刺到？」

「刺刀。法國。就是——戰爭？你連打仗都不知道嗎？」

拉滕沉思著吸飲料。「我認識幾個打仗死掉的人。」

他們默默坐了一會兒。「你真該見識一下大比目魚。」拉滕說。「牠們會反抗，跳來跳去。有時得用棍子打，才能拖進船裡。」拉滕看到賽門瞪大眼睛，便站起來，發狂似地亂叫，舉著空瓶朝四面八方用力揮打。「打死了！」他說，笑著坐下。他放下汽水瓶。

賽門打了哆嗦，想到海豚。

拉滕嘆息說：「我到這裡的時候，心想得找個穀倉或一個可以窩著睡覺的地方。結果我又得救了。我夾克上別著一封信，我不知道上面寫了什麼。火車上的人看完信，叫我到鎮上以後去找以薩．蓋茲太太經營的宿舍，就在那邊不遠。」他指著林肯街。「我跟你說這個以薩．蓋茲太太做了什麼。她從信封裡抽出信——在這裡。」他從口袋取出皺巴巴的信，拿給賽門。「我找她幫我念了好多次。」

拉滕湊向賽門，賽門開始念：

「蓋茲太太您好，這男孩是紐芬蘭人。他在喬治．S．默頓號雙桅帆船受傷，在哈利法克斯醫院就醫，住院三週，險些喪命。您是否願意行行好，從現在起收留這孩子，直到默頓號幾週後回到盧嫩堡？房租由我支付。」

拉滕望著港口，一起說出最後一行。「『**他是個正直的年輕人，離鄉背井。請您將帳單寄到前面的地址給我。署名是約翰．K．惠特福醫生。**』」拉滕從賽門手裡拿走信紙，塞回口袋。「正直。我是正直的人。以前我不知道，現在我知道了。」他閉上眼睛微笑。「我得救了呢。兩次。」

賽門望著愛爾西號，想著最細微的變化便能翻轉生命。他吸乾瓶底殘餘的泡泡，往背後的桶子丟去。拉滕比照辦理，說：「要不要看史密斯與盧蘭造船廠在打造的雙桅帆船？」

「好啊。」賽門答應道。菲利浦說他造船的日子已經結束——現在主要做修繕——但他和賽門喜歡蹺著腳，聊四平八穩且快速的理想船隻，通常在菲利浦從酒館回來以後。

他們跑下街道，到山坡的頂端，鐵鎚、鋸子、斧頭的刺耳回響此起彼落。史密斯與盧蘭造船廠長長的紅褐色棚屋和空托架在他們下方延展。賽門彎著腰喘氣，已然等著聞到松木和雲杉木屑的濃郁芳甜氣味，堆放的工具、一捲捲的繩圈從架子垂到濺滿油漬和漆料的地面，擺在棚屋裡的木刻模型。他抬頭時，拉滕指著水濱。他生平僅見最美的船，高聳在巨大的托架上。也是生平見過最大的。「船身有多長？」他問。

「一百六十呎。」拉滕說，顯然很開心。

「好大。」賽門說。那線條不由得令他想哭。船首的曲線像湯匙背面，不像飛剪式艏有尖銳的斜角。圓而寬。賽門毫不費力，便想像出桅杆和桅頂橫桿、斜帆駛帆桿、長甲板、尖尖的船尾。

「艏斜桅呢？」他喃喃問道。

「十六呎半。主桅一百二十呎高，圓周二十二吋。洋松。一個美國佬訂製的。」拉滕從石頭很多的坡道溜下去。賽門跟著滑下。幾個穿深綠色連身工作服的工人從巨大的蒸汽閥箱倒出一片厚松木，拉滕跟賽門側身往前鑽，盡量靠近船站著。賽門仰起頭，將船收入眼簾。

「船名是什麼？」

「驅逐灣[27]。」

「什麼？誰把船命名為驅逐灣？」

「付錢建造這艘船的人。那個紐約佬。他戴白帽子，用有圓點的手帕。問我有沒有聽過香港的驅逐灣。我說這種名字啊，以前沒聽過，以後也不會聽到。我想，驅逐灣一定在紐約吧。」

「驅逐灣。」賽門重說一遍。

「對。他跟我說，他找不到比這更貼切的名字。說背後有個故事，但不適合說出來。我問他是不是得救了。我還告訴他，我得救了。」

「然後呢？」

27即香港淺水灣，英文名稱Repulse Bay，來自一八四〇年代停泊在該地的英國海軍軍艦驅逐號。

「他說沒有，但他遇到更離奇的事。說他不懂得航行，也不在乎能不能學會航行，但等我年紀大一點，他說不定會雇用我。他在召募船員。他說，可能會回驅逐灣做對的事。或只是出航再賣掉。」

「一個不會航行也不想航行的人，建造一艘那樣的船。」賽門吐口水在地上。「我不會上這種船。」話雖如此，他無法將視線從這艘船移開。

幾個在托架上的人向拉滕揮手。賽門驚愕地看他。「我每天做完雜活就到這裡。」拉滕笑嘻嘻。「要是默頓號不來接我，也許我能加入填隙的工人或其他類似的工作。但我也不會跟著那個紐約佬出海，我才不幹呢。」他抬起頭，瞇眼看太陽，又看著賽門。「要是我一直沒等到默頓號進港，不如你跟我天天做填隙的工作，每天吃完晚飯都喝一罐橘子汽水？」他亮出一抹微笑，然後說他得告辭，去幫蓋茲太太幹活了。他們互祝對方好運。拉滕轉身離去，一次都沒回頭。

賽門退回附近的一顆大石上，出神地坐下，看著驅逐灣號鮮活起來，記下船體的每一道線條、尺寸、從甲板到水線、從船寬到船長，心癢難耐地想畫在紙上，也許製成模型，再拿給菲利浦看。想著一個在階梯上邂逅的男孩，如何徹底解救他，讓他不會出海把魚活活打死。

他們在愛爾西號碰頭時，烏雲漸漸聚合。他們穿上防水衣。海面碎浪很大，他們一路被浪推出港口，挨著克羅斯島邊上拐出去。賽門很訝異法蘭克問他要不要再次負責掌舵。他跟法蘭克換位子。

史提維帶著望遠鏡站在欄杆前，跟他們說漂泊號的船員說，在鐐銬島靠海灣那一側看到一艘德國U型潛水艇。

「在馬洪灣？你竟然相信他們。」瓦勒斯說。

「也許是來偵察的。他們不是會騙人的那種人。」

法蘭克懷疑地斜眼看瓦勒斯。「你好像染上鄧肯的調調了。報上說整個沿海地區都有各式各樣的間諜，他們多數是在異國出生的外國人，替德國佬幹齷齪事。」

「聽說埃梵．海斯特要蓋自己的燈塔。」史提維插話。「你倒是說說蓋燈塔做什麼？比如，可以給潛水艇打信號，鄧肯還在拿他是老師來替他辯護。我沒說錯吧，賽門？」

賽門瞪著他。主帆的前緣劇烈抖動，船停止前進。

「要注意風向啊！老天！」法蘭克咆哮。船轉動不靈，在水裡動彈不得，還向後退，風從船帆的兩面吹過。「天殺的！」法蘭克大叫。「舵柄交給我！」

賽門狠力將舵柄轉向左舷。愛爾西號停頓片刻，然後微微轉向，風恰恰吹上主帆的前邊。他們放鬆船帆，直到船漸漸前進，然後將拉帆索拉回來，賽門再次讓船慢慢恢復動能。「小子，現在保持航向！」法蘭克喊道。

愛爾西號動作慢吞吞。「快呀，給我滑行！」賽門對著船低喃。舵承受的水流壓力從舵柄傳到他的手臂。這船眞的有上風舵！賽門溫和地解除上風舵。張力綳緊索具。愛爾西號像海鳥盤旋，然後在風與水之間找到船的位置，船突然向前衝，帆灌飽風，釋出動力。賽門找到間隙了。

「行了。我們有一位優秀的船長，對吧，小子？」法蘭克說，拴住主帆，閃開水花。「只要能留意船帆，搞不好有朝一日變成他父親那種高手。」

雲層打開，下起滂沱大雨，然後東南風颳得雨斜斜打來。「現在船走到雨裡了！」史提維喊。他跟瓦勒斯下了船艙，只有法蘭克和賽門在甲板上。法蘭克在陣風吹襲時放鬆主帆。這時，賽門以跟船傾斜側相反的方向移動重心站著，雙手握住舵柄，右腳抵住背風方向的座位，將船上下起伏的節拍，掌控得幾乎與呼嘯的風浪完美同步。他的帽兜飛到背後。綠水從船頭湧入。鹹鹹的水花淋下他的脖子。雨水打痛他的臉。他得告訴海斯特先生——叫他丟掉菲涅耳透鏡。沉進水裡。

「你沒力氣的時候，就交給我。」法蘭克吼著，閃避水花。

「海斯特先生他是好人。」賽門嚷著，緊緊握住舵柄。

法蘭克沒有回答。

二十二

一九一七年七月三日
法國聖瑞尼安
十八號加拿大綜合醫院

天命？
曾以為天命在我
加拿大如是說道。
攻打維米聲名揚
拿下山巔失血亡。
你們的寶貝，
笑咪咪的小詹

安格斯看著這首詩，假如這也算詩的話。小詹親筆寫好，現在在等候通過審查。可憐的小詹——不論詩文的意思是指他流血至死，或是指在維米嶺之役後沒有追擊計畫的加拿大流血至死，其實無關緊要。小詹死於感染，不是失血。加拿大也沒有。但兩者都大失血。死亡人數節節攀升——來自溫尼佩格的二等兵詹姆士·派瑞，不過是又一個亡魂。布琳米捎來他死訊的時候，安格斯正在審查他的信。她叫他在審查完畢後，把信交給她。

「維米嶺的死亡名單又多一個人。」她嘆道。安格斯知道此時的累積數字——加拿大軍隊死亡四千人，傷兵七千人——死傷如此慘重，德軍防線也才退後區區四哩，除了證明加拿大軍隊不容小覷以外，實在沒啥幫助。法軍已形同放棄。在維米嶺之役及第二次艾內河之役後不久，三萬個大兵走出戰壕要求改善伙食及增加休假，這些要求最後得到批准。六月底，一萬四千美軍踏上法國領土，捎來希望。埃塔普勒一家醫院的兩位護士說不曾見過那麼高大的男人。他們是巨人，但顯然沒有槍械，也不會使用槍械。美國投入戰爭，但不參與戰鬥，天曉得他們會這樣多久。

在這段期間，安格斯一直待在十八號加拿大綜合醫院。他又一次專心看信。很難判斷這算不算家書，因爲除了招呼語「親愛的老爸老媽」，內文只有這首詩。安格斯將筆擱在桌上的黑墨水瓶旁邊。只要壓住紙張，他就能用左手畫出黑線，所以才由他負責審核醫院的信件。眞相，首當其衝受到戰火重傷害的受害者，他心想。還有誰更適合封鎖眞相呢？

安格斯那天也收到自己的信件。三流作家凱茲寫信說弟兄們想念他，希望他早日歸隊。新來的中尉令奇根更是滿腹牢騷。拉普安特遇到一個在尋找自己阿爾及利亞步兵排的落單輕步兵。拉普安特用幾張明信片和其中一支口琴，跟他交換一隻錫製的發條猴子，它能做出令弟兄們大笑的下流動作。新中尉不覺得好笑，命令拉普安特丟掉。麥尼爾說這樣根本不對。凱茲說他們遇到幾個在河中沐浴的婦女，她們邀請他們下河。肯恩斯和漢森一件衣物都沒脫，嘩啦啦就下水了。幾乎每個弟兄都是，只有鮑德立落荒而逃。

康隆也寫過信。蘇格蘭裙步兵團使用安格斯繪製的地圖和地標，找到並取得在石砌倉庫的那挺克魯伯榴彈砲。他們發現帕布里卡佛和其他人仍在遇害地點，屍身不曾受到褻瀆，就地安葬他們。將來，會再將他們挖出來，帶回維米嶺安葬。「山姆會有他的墓碑，不管怎樣，我很欣慰。」康隆寫道。「我一定是心腸變軟了。趁著我還沒變多愁善感，你快回來行不行？」

我會的，安格斯說，一邊摺起小詹的信。他想像小詹在溫尼佩格的父母慢慢拆開包裹——他母親把他的襪子拿到臉前，嗅聞著最後一絲兒子的氣息。然後向她丈夫低語：「你看，艾佛德，有一封他來不及寄的信！可憐的小詹。」他想像他們拆開信……不，這信不能寄。不能交給哀慟、無法理解的父母。

他將油燈轉小，坐著靠向椅背，任憑淚水盈滿眼眶。幫幫我吧，他喃喃地說。上帝幫助我向前走。哀慟的父母。他父親見到他的傷勢會做何反應，是安格斯刻意不去想的事。戰爭會壓垮你，他這麼說過。也或許他根本沒說那種話。或許是安格斯一廂情願地想像他說過。好避免自己被壓垮。

還有艾賓的父親。他要怎麼面對他？維米嶺不會有艾賓．韓特的墓碑。他的姓名會列在失蹤名單的某處。一個沒有墳塚的軍人。但他會待在上等兵哈弗斯的墓碑下，永世得不到頌揚。上帝幫幫我吧，安格斯又說。他慎重地將摺起的詩文塞進小詹的其他遺物中。對，這會送到他父母手中。也許在百年後，回首前塵，這會對某人別具意義，也或許不會，但信上不會只有他的淚水。

一週後，幾位護士穿著正式場合用的制服，帶著安格斯跟幾位能自行走動的病患走下山坡，到聖瑞尼安的鎮上。護士長命令安格斯去——他們認為遠足是康復期病患的優良療法。他拒絕了，但護士長很堅持，說他從住院以來，一步都不曾踏出院區；這是治療，由不得他說不。「對你有益。」她說。

走下陡峭的山坡並不容易。零星的紅色、橙色罌粟花在路邊搖曳，側翼長著紫色的翠雀花。翠雀花排成一排，彷彿是從花園逸逃出來的，卻在重獲自由之後，不確定還能怎樣排列位置。

他們在鎮上石子路的交叉路口準備解散。布琳米指著一家髮廊，說幾位護士要去洗頭。其他護士要逛街買小飾品和明信片，或許喝杯茶。護理員會陪伴想到基督教青年會唱聖歌的人。

安格斯不願去唱聖歌，卻拿不定主意要往何處去。他在店鋪門口附近徘徊，護士們問候起經營商店的女子莎賓。他從口袋摸出一根菸。就在這時，他聽見她的名字。「茱麗葉，」莎賓說得一清二楚，「ma soeur.（我姊姊。）」他慢慢放下香菸。「我們都不曉得妳有姊姊！」護士們嚷著。接著，他看到茱麗葉——她拎著一個大水罐，對她們點頭致意。她放下水罐時，視線移到水槽上的鏡子，然後轉向敞開的門，她的眼神跟他一模一樣。

就在那一眼，她看見他手臂的吊帶，說是啊，她來妹妹的店裡幫忙，但今天她兩點就要收班，兩點四十分時她得跟一班從布洛涅來的火車領取一些補給品。她說話時，並沒有打斷跟安格斯的無言交流，護士們停下來互換好奇的眼神。地球也停止轉動。安格斯聽到布琳米說：「哎呀！等妳下班，我們早就走了。我們兩點要接回我們的病人。」

他們的確在兩點四十分的火車進站時在車站碰頭。但不是在這一天。而是一個月後。在這個月裡，柯里上將在考慮要不要派加拿大軍隊參與協約國的聯軍，再度向伊普爾推進。稱爲第三次伊普爾戰役。這場戰役還有另一個名字——巴斯青達。

在這個月裡，柯博忘記自己訂的四週期限，判定休假對安格斯有益——提振情緒，或許能促進他恢復健康。

茱麗葉不曾到醫院探望安格斯。她必然察覺到那嚴重觸犯禁忌。那天他離開商店，撇下握著水罐的她，一小時後，他回去站在鄰巷的陰影裡。粉紅色和紫羅蘭色的甜豌豆花在藤蔓上迎風招展——芬芳輕盈如空氣，令他暫時忘卻戰爭。在豆藤後方，在一棵榆樹遮蔭的枝葉之外，太太小姐們用厚毛巾擦拭頭髮，然後在陽光下坐成一圈，各自用寬齒扁梳梳著前面那人的頭髮。她們的笑語從光影斑斑的院落溢出。茱麗葉從後門出來，隔著柵欄門，將一盆洗頭水潑進泥巴巷子。水奔流到一條溝渠，一波波匯流成一灘泡泡積水。他退進暗影中。她彷彿感應到他在附近，打直腰桿，望向巷道。他在她臉上看見實實在在的安慰，這或許會讓他徹底毀滅。他緩緩向後轉，離開她。

就這樣，他們直到八月十日兩點四十分的火車在延誤半小時進站後，才再度重逢。他口袋裡有一張軍方的通行證，行程未定，他挑了一張木製長椅坐下，等著——至於等什麼，他說不上來。兩列火車進站又離去——一列是「四十人」，也就是運兵列車的名稱；一列是軍民共乘的列車。他沒有買船票，因為一想到待在倫敦，在無辜百姓的茫茫人海裡沖來撞去，他就受不了。沒人會造訪前線，即使是正在休假的瘋狂獨臂加拿大中尉，即使前線是他渴盼回去的地方。

他瞪著腳邊被踩扁的那堆菸蒂。火車進站。蒸氣噴出，巨大的紅色、黑色車輪減速，呼嘯停下。一雙在暗淡紅色裙襬下的破舊黑色靴子大步穿過蒸氣，掉頭，折返。他沒有抬頭看。他不能，於是她坐到長椅上，待在他身邊。兩人沉默半晌。之後，他終於擠出聲音說他有一張六天的通行證。她說她和保羅住在妹妹的海濱小屋，七哩遠，他走得到那麼遠的地方嗎？他說可以。

她有一輛單車。單車在石子路上蹦蹦顛顛，他跟在一旁走著，用健康的那隻手扶著車，並設法讓背包掛在健康的那一側肩膀上不掉落。他定睛看著她的靴子。破損蒙塵並裂開，看來像從前線轉了一圈回來，而且能再回到前線，跟他套在赫蒂．愛倫拱起的純眞雙足上的藍色皮鞋天差地遠。

走到熟食店時，她沒有先說聲不好意思，便兀自將單車靠著牆壁放好，讓他不覺得受到憐憫，不會自慚形穢。她為了豬排和香腸討價還價；他坐在隔壁糕點店外面的桌位。他點了杯咖啡，仰望盤踞在街尾有數座塔樓的聖瑞尼安教堂。那天早晨，他去車站的途中曾經彎進去。在迷濛昏暗的前廳有一張平臺，上面的一排排蠟燭照亮基督的腳。在十字架上的基督像極其巨大，也極度悲傷。濃重的蠟味吸走了空氣中的氧氣。牆壁懸掛著以華麗金箔畫框裝裱的宗教繪畫——都是暴力及祈求的絢麗畫面。

教堂大廳裡不是整排的那種長條座椅，只有零散的椅子寂寥地守著冰冷的石質地板。內部空間極其寬敞，朦朧停滯的時光與悲傷積聚在這裡，一直堆積到高聳昏暗得看不見的天花板上。幾重拱頂框住一組通往遙遠聖壇的寬闊臺階。他從大廳出來外面，再次見到那尊疲憊的基督像，恐怕祂在這三年來累積了更多疲憊，也許最近三分鐘也是，從祂的表情判斷，祂對人類沒抱什麼希望。有一些未點燃的蠟燭夾雜在閃爍的許願蠟燭之間，據安格斯所知，你可以點這些蠟燭來照亮一個願望、一項祈禱、一份希望。祈求自己重拾健康似乎太自私，畢竟他不是沒看過別人受的傷——那種會讓人苦苦祈求自己早日斷氣的傷。祈求寬恕則很荒唐。於是，他祈求能夠找到回去的路，無論什麼路都好。

現在，他一邊等茱麗葉，一邊看著幾乎空無一人的街道，街邊法蘭德斯式建築有尖銳的屋頂和平整的門面，長長的窗戶一眨不眨，窗戶的油漆百葉窗盡是褪色的藍藍黃黃綠綠，看來像一整條街道那麼長的門面，一個舞臺布景。

這時茱麗葉回來了，臉色微微脹紅，當下捎來一股匆忙感。她有點得意地將包在牛皮紙、用繩子繫好的香腸和豬排交給他，由他放到單車上的柳條籃子裡。他們走在單車的兩側，腳下的石子路變成一條堅實的泥巴路，彎向西南邊的海濱。幾哩路後，他們進入濃密的林地，樹葉沙沙作響，夾道的鳥兒蹦跳吱啾，洋溢著生命力。歡悅的罌粟花在青草溝渠裡搖曳，野生覆盆子的甜香浮動。他們恍如走進兒童繪本裡。出了林地後，路面彎向一片孤絕的土地，然後是沙丘。他們走出背後的林蔭，陽光灑落在他們身上。他累了，這才停下腳步喝水。他必須將水壺斜夾在雙膝中間，再扭開壺蓋。她沒有企圖幫忙。當他遞出水壺，她接過來喝，再交給他旋上壺蓋。

這條路帶他們經過風格不一的石屋和灰泥村舍，走到底時，她拐上一條堅實的沙徑。小徑兩邊的欄杆中間懸掛著細鐵絲，沙徑直通到沙丘後方的絕壁。銳利的海草擦過他的腿，但令他停步的是鐵絲網上的尖刺。清新的海風吹過沙丘。他抬起頭。沒有海潮之聲，只有風吹過連綿起伏的巨大沙丘，匆匆拂過沙丘頂部的草葉尖端。沒有人聲，沒有槍火，沒有砲彈。只有風。海風。他覺得自己是天地間的紙風車。

保羅在小屋側邊的棚子照料鴿子，背對著走近的安格斯和茱麗葉。但一聽見單車的吱呀聲便從棚子出來，用手替眼睛擋光。他跟平常一樣，穿著短褲、吊帶、鬆垮的條紋襪，但頭上戴著一頂陸軍頭盔。當他看見安格斯，拔腿就衝過來，結果頭盔彈落到背後的地上。他煞住腳，拐回去撿頭盔，又跑過來，一手將頭盔按在頭上，繫帶打著他的脖子。他跑到他們跟前，急忙停下腳步，敬禮說：「Bienvenu, Lieutenant!（歡迎你，中尉！）」

安格斯單膝跪下，伸出手臂。保羅讓他抱一抱，但只有一下下。他親吻母親的雙頰，說：「Maman!（媽媽！）妳帶他回家了。我就知道妳遲早會帶他來！」他拍著手。

當然，保羅知道安格斯在軍醫院。「我難過死了，知道嗎？我跟洛威爾護士談過。媽媽叫我不要去。現在你準備好了。你來了！」

安格斯笨拙地爬起來，摘掉保羅頭上的頭盔。保羅立刻戴回去。瞧他戴起來那麼好看，實在令人心驚。他和茱麗葉帶安格斯進屋。但屋子的天花板以樑柱支撐，有白洗牆和油漆家具，不像茱麗葉在阿斯提勒那棟幽暗的挑高房屋那麼陰沉。保羅想拖他四處跑一圈，到岬角遛一遛、到下頭的海灘、到屋外的棚子看他的鴿子和胖母雞、到原野上看莎賓的雙胞胎羊。但替安格斯打水的茱麗葉叫他別忙。晚點還有時間。

保羅遞給他一杯清涼的水，關切地看著他。他看來trop（太）蒼白，他說。安格斯將水一仰而盡，又喝第二杯。他的外貌想必跟他感覺中一樣疲憊，因爲茱麗葉立刻請他務必到保羅的床休息，晚上他將和保羅共睡一張床。保羅說他很樂意拿一床棉被打地鋪，讓安格斯在小住期間，每晚都可在床上躺平。

他們帶他爬上一座封閉式的樓梯，上去就是保羅的房間。薄暮時分，從採光窗照進來的陽光讓牆壁和斜斜的天花板都有柔和的光線。他將背包放在床鋪旁邊。茱麗葉輕輕推他，他便一屁股坐在陽光曬暖的花紋被子上。她低頭對他微笑。「睡吧。」她說，解開他靴子的鞋帶。然後她拉保羅出去，兩人回到樓下。安格斯閉目倒臥在床上，沉醉在陽光的暖意和拂面的隱約清風中。

保羅在兩小時後叫他起床吃晚飯。他們下樓時，莎賓一陣風也似地進屋，她畫了口紅，花披肩甩到肩膀後，而茱麗葉在做菜。她長得像茱麗葉，但只有幾分神似，而且有點不修邊幅。她的下巴較圓，笑容更親切，色彩較明亮，手更方正。她坐在桌子前，一腳踩著一旁椅子的橫桿，點了根細長的香菸，讚許地看一眼安格斯，那天安格斯站在店外時，她就看到店門外的他。安格斯汗毛直豎地聽她評論他的肩寬、蘇格蘭裙底下的膝蓋寬度、強壯的下頷輪廓，像在打量一隻可能買也可能不買的騾子。

莎賓沒察覺到他的不自在。她打開她帶來的一瓶波馬爾葡萄酒，以法語和英語繼續說話，茱麗葉和保羅則將盤子和叉子排放到桌上。她說第二天要去巴黎，整個週末都關店，也可能在巴黎多待一、兩天。她說她聽到一條小道消息，在一條著名的巴黎街道有一家店面，可供她從事聖瑞尼安那些混蛋外行人不懂欣賞的各式美容服務，她去看店面合不合適。因此，她眨眨眼，她跟茱麗葉共用的床會空出一半喔。啊，可憐的、親愛的茱麗葉，她說。

茱麗葉咂咂舌頭，放下一盤香腸、新鮮豌豆、蘑菇和焦黃的洋蔥。莎賓從包包裡拿出一條長麵包。茱麗葉告訴安格斯，莎賓在巴黎的小道消息其實是個「朋友」——「Oui! Un ami!（對！是朋友！）」保羅熱切地脫口而出——如果莎賓願意下嫁，他就提供店面，至少他是這麼說的。

莎賓插嘴說，他家空間很大，安置茱麗葉和保羅綽綽有餘。即使現在時局不好，他也有獲利，總有一天，這場該死的戰爭會結束。戰火平息後，巴黎的婦女會想要漂漂亮亮地慶祝，她便能把她們變美。她要做的第一件事，就是剪掉她們長不拉嘰的乏味頭髮。萬一德軍開進巴黎，她要做的第一件事便是砍他們的頭！他們聽了都哈哈笑。莎賓又給自己斟酒，說自己的本事遠遠超過他們的認知，從餐盤拿了一大塊香腸，說她的ami（朋友）即使年齡大到軍隊拒收，卻在其他方面彌補這項缺憾，其中一項是體諒婦女需要覺得自己美麗，而茱麗葉呢，或許可以探索一下美妝的世界。這時她停下來喘口氣、吃塊麵包、咕嚕嚕地大聲灌了幾口酒。

茱麗葉在桌前扭身，探向背後櫥櫃裡插在碟子上的蠟燭。若說莎賓令她難爲情，也只是因爲安格斯在場罷了，安格斯心想。儘管姊妹倆南轅北轍，她們的情感無疑相當深厚。茱麗葉將蠟燭放在桌子中央，傾身點燃燭芯。燭芯燒起來，在她的皮膚映出水蜜桃的光澤。她坐回位子。安格斯強迫自己只能看著燭焰。

莎賓指著他的手臂，問怎麼回事？幾時會好？他告訴他們精簡版的解釋，也就是「在維米嶺戰役後，被刺刀刺中肩膀。住院。治療……似乎有效。」

「喔，維米嶺！你是英雄！加拿大英雄！Nous aimons les Canadiens!（我們愛加拿大人！）」莎賓說。「有男子氣概！幫我找一個願意當逃兵的，我就取消巴黎的行程，跟他亡命天涯到永遠！相愛不必打折扣。」

茱麗葉翻白眼。

保羅說在戰爭前，莎賓曾與一個不能說出名字的圓壯男子相戀。保羅站起來，雙手環成一個圈圈，砰砰砰地從這頭踱到那頭，模仿那個男人。莎賓笑著拍手。「唯妙唯肖！Parfait!」保羅回到位子坐下。他說那人來自阿爾薩斯—洛林，在戰爭前夕投效德國步兵團，死在阿貢。莎賓很傷心，但後來就停止哀悼，保羅說，因爲這時她的混帳老公死了，保羅的父親也是，說不定就是被莎賓的士兵宰掉的。誰殺了誰？天曉得。

「只有一連串的失去。」莎賓說，推開自己的盤子，安格斯掏出自己的菸請她抽，她讓他點菸。她呼出一口氣，說：「但我們自己做選擇，不是嗎？不是死，就是活。我還沒死，所以我選擇好好活著。」

「我也要！」保羅說。

「噓！輪不到你抽！這個，」茱麗葉指著桌上的菜，「你負責這個就好。」他吹一聲口哨，揚起眉毛，但開始清光桌上的菜。「那不只是一個抉擇。」茱麗葉說。

「啊，mais oui，明明就是。我們選擇在還活著的時候好好活著。不然乾脆不要活。你說有沒有道理，中尉？」

安格斯靠向椅背，給自己點菸。「有些事會吸乾你的活力……讓你——」

「Pathétique!（太可悲了！）讓你怎樣？你以爲你命中注定沒有手嗎？你是被風颳著走的葉子？」莎賓不耐煩地問。

「不——」

莎賓打斷他，指著茱麗葉。「我跟茱麗葉說，沒有計畫，就沒有未來。但一定要照顧好現在，否則不會有未來。『之前』與『之後』是些什麼？就是今天、現在。你得找到今天，面對它、接受它。」她拿掉沾到舌頭上的一根菸草，彈向蠟燭。「痛苦確實存在。當然在。誰沒有受苦受難？」她聳聳肩。「La guerre（戰爭嘛），這是什麼新鮮事嗎？一向都有戰爭。一場戰爭，另一場戰爭。」

「我說莎賓啊，妳以爲我的生命裡沒有喜樂嗎？」茱麗葉說，把保羅拉到身邊。

「妳沒有夢想，茱麗葉。對妳自己、對這孩子都沒有。」

「我們撐著，」茱麗葉反駁她，「這就夠了。」

「Oui! Exactement!（是！沒錯！）妳是這方面的專家。整個法國團結一心，手牽手，撐著。事關我們的人性，non（不是嗎）？我們守著彼此。但我們要更有作爲，要善用一雙手，別跟雞一樣在地上扒土。妳不認同我的想法。我能說什麼？」莎賓傾身捧著茱麗葉的下巴。「妳、tu es ma（妳是我的）……嗯、英文怎麼說？啊，我想到了，ma boussole morale。不過，我啊，也得開創自己的道路——爲了妳、爲了我、跟這孩子。」

茱麗葉拉著莎賓的手腕，兩人雙手相碰。然後莎賓站起來，宣布現在她得離席收拾行李，因爲明天她要去抓住他們的未來。茱麗葉開始收拾碗盤，跟保羅說現在是帶安格斯看鴿子的好時機。

「『ma boussole morale』是什麼意思？」安格斯問，這時他已關上木板門。

「『Boussole』——嗯。」保羅在沙土上畫一個圓圈和一個N。「Nord et sud。懂嗎？」

「北與南。指南針？喔，道德指南針？」

「Oui（對）。指南針，boussole。道德指南針是什麼？」

「就是一個靈魂對準眞北的人。」安格斯回答，但這時保羅舉腳就往棚子跑。他跑近時，鴿子開始騷動，就地搖擺踱步、咕咕叫，嘴喙從籠子前的細鐵絲網探出來。共有三隻。保羅說本來有四隻，但可憐的芭貝特死了。被害死的，他肅穆地說。兇手是阿兵哥。

「什麼？被槍打死的嗎？」

保羅悲傷地搖頭。鴿子原屬於莎賓，她送給他以後，被英國遠征軍帶走。「英國雜碎。」因爲他們認爲莎賓或許是間諜。

「間諜？」

「Oui（對）。她有鴿子。還有那個投效德國步兵團的阿爾薩斯ami（朋友）寄的信。他們說，說不定她也派鴿子飛過去。」他繼續說明，由於沒有其他證據，因此他們沒有處決莎賓。Très bon（太好了）。但鴿子被忘在陸軍軍營，沒有歸還。保羅大發雷霆，後來去要回鴿子，但可憐的芭貝特因爲那些混蛋沒有供水而渴死。剩下三隻——愛德華、帕皮特，他最心愛的安潔莉卡則奄奄一息。

安格斯搖著頭說。「好可惡。」他說。

「Oui, très mal（對，他們很壞），但是……」保羅抬頭看安格斯，簡直喜不自勝。他說，他現在幫忙訓練信鴿，對方是協約國通信部隊的人。他抱出籠子裡的安潔莉卡，撫摸牠。「我對鴿子很有一套。我跟牠們說話。牠們也跟我說話。」

「你是通信部隊的一員！恭喜！」安格斯說。「先說你怎麼討回鴿子的。」

「喔。Très facile（簡單得很）。」保羅說。「首先，我給那個笨蛋中士上等的vin（葡萄酒）。莎賓的阿爾薩斯ami（朋友）魯道夫，在很久以前送莎賓的。噓……我們不能說他的名字。中士拔掉瓶塞，聞一聞，笑著喝酒。但他想要更多東西。所以，我給他幾包玩家香菸。」保羅從安潔莉卡身體下伸出三根手指強調。「Trois（三包）！我跟一個下士換來的，用掉我一瓶蜂蜜和兩張明信片，明信片上的女人——」這時他放下安潔莉卡，拱起雙手，放在胸部，「poitrines.」

「有胸脯的女人？」

「Oui（對）。我在阿斯提勒的一頂營帳底下找到的明信片。我眞捨不得送他。Très belles（非常漂亮）。中士幾乎就要答應了。他抽他的菸。他喝酒。再繼續喝。但他不給我鴿子。我看到愛德華、帕皮特跟安潔莉卡，但芭貝特沒有動。我想用酒瓶打他的頭。但我給他ma meilleure offre（我最棒的東西）……」

「我等不及聽你說了。」

「絲綢pantalettes（襯褲）。是莎賓的！我舉起襯褲。Ooh la la（哎呀呀）！他伸手就抓。我把褲子塞進口袋。他追著我跑，偏偏喝了酒，跑得東倒西歪。他說好好好。他把pantalettes貼在臉上跳舞，像這樣。」保羅仰起頭，伸出雙臂轉圈圈。「我帶走愛德華、帕皮特et la première étoile（跟大明星）安潔莉卡，他說這是公平的交易，沒人會曉得，也沒人會在乎。我用法語說他好臭而且芭貝特死了。」

安格斯搖著頭。「你拿走莎賓的絲綢襯褲，她怎麼說？」

「她說光是交換愛德華跟帕皮特，她就願意奉送全部的襯褲！而安潔莉卡呢，一輩子裙子裡都沒襯褲穿也甘願。」

這時幾隻鴿子歪著頭，咕咕叫得更響亮，彷彿在道謝。

「那你現在是替英國遠征軍信號部隊訓練鴿子嗎？」

「Non!（才不是！）是加拿大遠征軍！Maintenant, je suis Canadien, moi!（現在，我是加拿大人！）一星期兩次。」連他那隻白濁的眼睛似乎都在發亮。「他們給我頭盔。還付我錢。」

「我向你敬禮，信號部隊二等兵拉法蘭！」安格斯筆直站好，用左手敬禮。「我很訝異他們沒有徵用你的鴿子，但一定會有那一天。」

保羅笑道：「我不懂什麼徵用不徵用的。有一天，你會用右手向我敬禮，non（不是嗎）？但現在你有一隻手，我有一隻眼睛。」

「沒錯。」安格斯說，抱著他的傷臂。「我們兩個湊起來，就是一個——」

「阿兵哥！我們是阿兵哥！」

安格斯點頭微笑。保羅介紹他看莎賓的母雞，母雞都在棚子隔壁的小畜棚裡咯咯叫，還去看菜豆、站在單輪推車上的公雞、山羊，其中一隻在啃一張破爛的漁網，以及一排種在箱子裡的洋蔥。小屋和畜棚原屬於莎賓的丈夫，他曾經想當漁夫，保羅解釋道。這個丈夫會揍她，後來戰死。保羅說莎賓很快樂，因爲那個胖阿爾薩斯人令她感到安慰，希望是他宰掉她的渾帳老公。「魯道夫才是她愛的人，她這輩子唯一會愛的人，即使他是德國人。」保羅低聲說。「她說，她不需要再愛別人。」

安格斯望著野地彼端的岬角，絕壁在那裡與地平線相接，陡降到大海，到荒地的盡頭。

他點一根菸，分保羅抽一口。保羅順著他的視線，望向岬角。「想去嗎？」

「天黑前來得及嗎？」

「我不怕黑！」保羅跑向屋子。「Maman! Maman!（媽！）」他嚷著。

她加入他們。保羅的熱勁令安格斯精神一振，跟上他的步伐，他們三人沿著有車轍的小徑經過青草和灌木叢。幾條小路岔向右邊和左邊。在岬角前不遠處，他們走的小徑變寬。一條狹窄的叉路斜斜通向一道欄杆跟一長段的階梯，下去就是海灘。他們繼續走向岬角。兔子川流奔竄，在小徑上交叉來去。保羅打開安格斯的手電筒，想用光束追蹤在灌木叢蹦跳的兔子。茱麗葉吩咐他要照著小徑。他們到岬角時，黃昏已逝，夜幕落下。安格斯勉強看出有一線細細的白浪湧向五十呎底下的海灘。沒有月亮，風聲大得幾乎聽不見湧來的浪潮，但他可以感受到前方的浪湧，彷彿他就在海裡。

他們一度靜默不語，然後保羅抬頭看安格斯。「上等兵哈弗斯呢？」他說。

安格斯深呼吸。「死」字並不容易說出口。但不用他說。保羅問怎麼發生的。

「中槍。在我受傷時遇害。」

「他那個時候是……哈弗斯？」保羅問。

「他最後一口氣時是那麼說的。」安格斯一直凝視前方，然後放低視線。「我眞的不應該讓他——」茱麗葉的手堅定地搭在他手臂上。「哈弗斯。那是他的選擇，non（不是嗎）？」她說。「C'ést ce qu'il a voulu.」

「那是他要的。」保羅複述。

那是他要的，那是他需要的。但代價呢？安格斯回想他臨終的時刻及他的遺言。「最後，他叫了我的名字。」他說。

風從絕壁颳上來，吹得他的蘇格蘭裙貼在腿上，而茱麗葉的頭髮橫蓋住臉龐。她轉身面向風，但他聽到她的話：「你在他身邊。他不孤單。」

他們三人靠向彼此，將保羅夾在中間，任憑強風颳著他們。

那一夜，安格斯不能成眠。他們返回小屋時，一切似乎都更鮮明，同時更漫無邊際。廚房椅子的藍色，以及燈火透出的暗淡灰綠，色澤似乎都更濃稠、更飽滿。煎香腸和洋蔥的氣味繚繞不去，原本教人心花朵朵開，現在卻輕輕柔柔包覆他，令他深切意識到茱麗葉的一舉一動、她嗓音的低沉樂音、她頸背的細毛、她的銀戒、她每一次吸氣與吐氣。他宣稱累壞了。保羅拿了幾床毯子，自己打地鋪。他們敞開窗戶，輕風吹進房內。喋喋不休一陣子之後，保羅睡著了，輕輕打鼾，手臂環繞一隻破爛的填充兔子，頭盔在他身邊的地上，那一小撮粗硬的白髮從被子裡露出來。

安格斯坐在床上，在黑暗中取下手臂的吊帶。柔和的海風吹上他的臉，宣告一日終了，一段回憶跳上船隻停泊處，風勢減弱，船帆降下，乘著光榮二號來的戴維和普南向他揮手，夕陽將沉，襯出高聳桅杆的剪影，最後的光束照到羅盤上的那層鹽分結晶，長長的餘暉充盈天空，整個港口泛著珍珠的粉紅光澤。**漫漫的長路彎又彎，彎進我夢中的土地……**夢中的土地簡直像他自己捏造出來的，撇下他，自奔前程。賽門差不多六歲的時候，在船上東竄西跳，玩著海盜遊戲，然後突然定住，抬起頭，彷彿在側耳傾聽。聽著只有他能聽見的遙遠事物。他的雙眼轉爲疏遠，眼神無比沉靜。而在其中，安格斯依稀見到他日後將會長成怎樣的男子。

曾給這男孩唱著海中魚兒的男人，從夢魘救出這男孩的男人，把在他房間角落潛行的怪物和乳齒象刺死的男人，如今安在？這男人，曾親自朝一個傷兵的胸腔開槍擊斃他，用刀捅死另一個，而且在對方斷氣多時後還在持續捅他？

他了無生氣的手臂沉重地壓著他，想到自己或許一輩子不會康復，就算康復了也當之有愧，想到他跟貝斯那麼努力治療卻無效或許自有道理在，他整個人便僵了。他的思緒疾奔回帕布里卡佛，前一分鐘他才從倉庫後面跑出來，下一分鐘便流血至死。還有渥斯和伯韋爾。若是安格斯阻止艾賓出任務，若是他沒讓艾賓離開醫院，若是他說出眞相……他跳起來，下床，走下樓梯，踏出前門。在急馳的雲朵下，他匆匆前行，但怎樣跑都不能把艾賓·韓特的痛苦甩在背後。還有威克漢、狄奇，跟帶著皇家維多利亞醫院明信片的德國軍人。「法蘭茲。」明信片上的招呼語如是說。法蘭茲啊，當安格斯向他開槍，他眼中露出對生命的驚愕、對死亡的驚愕，以及在生與死之間的所有片刻。他們是死在他手上的人，他是配不上他們的活倉庫。**罪愆何其多，可悲的罪人。**他回想自己殺掉的另一個德國兵，就是踢過艾賓了無生氣的遺體、殺了帕布里卡佛的那個人。看到自己手裡舉著帕布里卡佛的鮑伊刀，一刀又一刀捅著那個德國兵，直到他捅著一具倒在血泊的屍身。而且他知道假如有機會的話，他會再殺他一遍。他內心絕對不健康。

他在絕壁上跌跌撞撞。伏彎的草浪帶他走向岬角的邊緣。他踉蹌地抵禦勁風。下方空蕩蕩的海灘向西南方綿延，白浪從黑色大海沖向陸地。漲潮了。波浪一道追著一道衝上沙洲，沾上海灘又退出去。「那邊」不再是法國的前線。而是家鄉的海岸。他不屬於哪一邊。他獨自在永恆的地獄邊境，被底下的大海和上方被遺忘的星辰拉扯。

他腿軟了，跪下時卻瞥見隱約有一抹右舷的綠色航行燈。有人在那裡，在波動著的無情大海上，守望著。他無法從航行燈移開目光。但光線不在海上；而是在絕壁外隨著海灘起伏而上下移動，現在有個消融到黑暗裡的墨黑人影站在碎浪的邊緣。一個女人。

他不能離開小徑，這點他清楚。他必須克制衝動，不從灌木叢間直穿過去，否則會迷失方向。他必須繞回到小徑分岔的地方，走那條路到階梯。他必須慢慢走，維持平衡，抱住手臂。他必須祈禱她仍會在那裡。然後他到達底端，她佇立在吹襲她的疾風中，綠色提燈拎在身側。他竭力跑到她站著的地方。

他在接近時放慢速度，整頓自己的心神。但當她轉身面向他，當她揭開披巾，他抓住她的手腕，將她拉進懷裡，而她將他向下拉，兩人都跪在地上，他的臉埋進她的脖子，他的右臂軟軟垂在身側。他封堵的所有痛苦和罪疚、所有驚駭與所有渴盼，此時從他內心躍出，粉碎他們周圍的空氣。他混亂不已，因釋放情感而有了生氣。他的嘴找到她的唇，她嬌弱地承受他的渴切，令他不禁退縮回去。她親吻他的眼睛、臉頰，又親吻他的嘴。他好想將自己的一切，自己所殘餘的一切，全都傾注到她身上，那份渴望排山倒海而來。

她以柔韌的力量將他拉進懷裡，他招架不住，而源源湧出的力量大得超乎他想像。他知道這不會長久，但也明白萬事萬物都不會長久。世間的一切都不長久。

第二天早晨，晴空萬里，莎賓的ami（朋友）駕駛時髦的黑色轎車來到車道，不久莎賓便跟他走了。

他是一位儀容整潔的男士，炭灰的頭髮，小鬍子修得很整齊，急著趕路，沒有聊天的閒工夫。他俐落地行個禮，吻了茱麗葉的手，扶著門。莎賓拉起茱麗葉的雙手。她對安格斯點頭微笑，固定好帽子，扣上手套的鈕扣，向他們全部人吹送飛吻。

隨後五天，安格斯跟著茱麗葉和保羅，住在絕壁上的小屋。保羅放鴿子出去繞屋子飛行。在薄暮時分，他們會在有小石子的漲潮線上方的軟沙地攤開毯子，三人坐在那裡吃覆盆子跟抹了羊奶乳酪的硬皮麵包。保羅將麵包屑丟向盤旋的清道夫海鳥，追逐成群的磯鷸，牠們細牙籤般的腿便向前疾奔，整齊劃一地從水濱飛掠而去。當風吹在安格斯的臉上，他可以聽見蘿拉李號的軸承將船帆捲拉上去的聲音，感覺到船頭的大轉向，在他的帶領下迎向風，在下一次搶風時傾斜船身。他不容許自己去想家鄉的其餘事情。茱麗葉坐在傘下，有時會捲下褲襪，涉入海中，讓她撩高的裙子沾濕、頭髮飛揚。安格斯提著她的靴子。他吃。他睡。他赤足走在沙坪堅實的脊線上，一走幾小時。有時她會跟他去。退潮時的海灘將近一哩寬，是一片廣闊的白色世界，白色貝殼在波浪間翻滾。看不到岩石跟海藻。他任由潮浪的泡沫聚集在腿邊，一次待上一段時間，感覺自己幾乎都洗滌乾淨。清晨時，近岸的海水總是千篇一律的霧綠，在沙洲變深處總是千篇一律的深藍。波浪很溫和。既不會將他拉向大海，也不將他捲進水裡。保羅說最棒的就是當他們不在的時候，浪潮照舊來去。

看著保羅拖著鬆垮的濕漉漉內褲，在海灘上跑到東又跑到西，雙手裡捧著一隻沙蟹，安格斯看到保羅或許是怎樣的孩子，以及就像以前的賽門．彼德，他們不認識轟隆隆的飛機，不知道鳥類可以在戰鬥中被徵召、阿姨會被當成間諜、牛可能被人抹脖子，不知道重要的事物全都可以在一夕之間逆轉。毫髮無傷、安穩地待在斯納格港，安格斯讓他待在那裡，站在粉紅色與灰色大石錯落的海岸上，看著潮起潮落。

一天下午，保羅跑回水邊，茱麗葉撫摸安格斯右手浮腫的彎曲手指。或許因爲他看得見卻感覺不到她的碰觸，他向她說出他想用畫布呈現可見與不可見之物，捕捉兩者的交集，恨只恨他的技藝實在太不濟。而繪製地圖或許是他最拿手的好戲——以黑白分明的精準筆觸繪製完全不寫實的有形世界地圖。

他們不談他的妻小，也不聊她先生，她先生的照片夜晚放在床頭小桌，白天放在廚房窗臺上。一晚，他們平躺在海灘上的毯子上，漂浮的月亮掛在他們上方，他跟她說起他的弟兄們，以及康隆對他來說，是怎樣的領袖和朋友。然後他坐起來，望著海灘外的波浪生生滅滅，和盤托出在那座石砌倉庫發生的一切。她也坐起來，一會兒後告訴他，當初她爲了安全起見，帶保羅去投靠他的舅舅，就在那一天，德國人在畜棚割開舅舅的喉嚨，屠殺他的牛隻，將他們的屍骸留在光天化日之下腐爛。她撇下他不管，跑回去滿足侵門踏戶的德國大兵的要求。

聽到這裡，安格斯低下頭，想像德國人提出什麼要求。他伸出攤開的掌心，她將手放在他的掌心，他們又躺下，看著月亮在浮雲間漂流。他們擁抱在那當下擁有的一切，他們只擁有那麼多，而這已足夠。

在第五天午後的屋外，安格斯站在門邊。保羅在茱麗葉身邊低下頭。安格斯伸手到背包裡，拿出一塊磨得光滑的橢圓板，上面是他用墨水畫的雲雀。「遇到難關的時候，就記住這隻鳥。牠往好處看，就像你一樣。」保羅上下點著頭，說不出話。安格斯抓住他的頸背，跟他說他是最棒的士兵，是世界上最棒的朋友。保羅埋在他身上。「你會回前線？」他對安格斯的上衣說。安格斯說他會試試看。保羅向後退，向他敬禮。然後他轉身跑向愛德華、帕皮特和安潔莉卡。安格斯注視他的背影，然後看都沒看一眼，便以全身的力氣，將茱麗葉拉進懷裡，擁抱她。

二十三

一九一七年八月十五日
新斯科細亞 斯納格港

賽門來時，海斯特先生在跪著拔雜草。賽門看到菲涅耳透鏡蓋著防水布擺在門廊，也沒有眺望塔的影子，不禁鬆一口氣——但棚屋有一堆上星期沒有的木料。他已經再三、再四告誡海斯特先生，不可以蓋眺望塔。

「賽門！」海斯特先生說，用手為眼睛遮陽。「你提早一天來上課啊！《伊里亞德》帶了嗎？」他拱起背。「噯，拔雜草眞是要人命。」

「我不是來上課的。」海斯特先生給他書，似乎已是久遠以前的往事——其實，他讓賽門決定要《伊里亞德》或《奧德賽》——要特洛伊戰爭，還是還鄉？賽門選擇戰爭，不管海斯特先生聲明還鄉的精彩，比起戰爭有過之而無不及。其實賽門在父親負傷後，便對特洛伊意興闌珊。缺了右臂可以做許多事，但不能駕駛帆船、繫繩結、畫畫。他抱著父親會康復的一線希望，不願再想起戰爭，因為現在賽門最由衷想要的是父親平平安安，活著回家。他祖父是對的。戰爭沒有止境。但當他想著父親，浮現的畫面是父親在維米嶺山巔，「高貴奉獻」，靜靜迎接勝利。一條傷殘的手臂不會減損他的光采。情況愈惡劣，他父親愈顯得強壯穩健。賽門記得有一次，他跟父親駕船到佩姬灣外一、兩浬處，閃電打在船的四周。他嚇得魂飛魄散，只盼望若是閃電劈到桅杆而船沉沒，他們能游回岸上。他明知海水太冰，卻不顧一切地嚷：「萬一船沉了，我們游得到佩姬灣吧？距離沒那麼遠！只有一、兩浬。我們游得到！」他父親閃避水花，盯著船帆。「要是那樣就好了。」他說。

海斯特先生曾說，不論是《伊里亞德》或《奧德賽》，假如有心讀出故事的眞味，就該讀希臘文的原著。即使是最妙筆生花的譯本，也別妄想捕捉史詩巨作的抑揚頓挫與韻律，抓住層層堆疊的寓意，而他將這些譯本失落的東西稱爲「詩人的武器——一袋可刺穿最厚獸皮的弓箭，披露共同的痛苦與不可言喻的喜悅。」

賽門問「不可言喻」是什麼意思，海斯特先生說如果他懂古典語言，就不會需要問。於是賽門開始一週兩次，跟隨海斯特先生學習古希臘文。一個月後，海斯特先生宣稱在他們斯納格港有這樣一位具備語言長才、求知若渴的男孩，本身就是不可言喻的喜悅源泉。

「我不是來上課的。」賽門重說一遍。「我來警告你一件事。」

「又是警告啊。」海斯特先生說，咂一下舌頭。「好吧。」他擦擦臉，但賽門還沒開口，海斯特先生便搶先說要給他看一件非常振奮人心的東西，匆匆朝小屋走去。進屋後，他揭開一具高倍數的望遠鏡和三腳架。「觀察夜空的效果絕佳，想想白天能看多遠！」

「望遠鏡？你——？」**瘋了嗎**是賽門悶著沒說的話。「我跟你說過，大家都認定你在蓋一座訊號塔。他們會怎麼說你的**望遠鏡**？」

海斯特先生用廚房水槽的硬毛刷，仔細刷掉手上的泥污。他放回刷子和皂盤上的黃色香皂，擦擦手，帶著近乎愉悅的表情坐下。「我跟你說過了，」他說：「在支柱上搭建木造平臺，是很引人注目的舉動，結構體也很醒目，這樣的平臺要怎樣變成暗中給人打訊號的工具？區區一個學校老師又能取得什麼機密？藍莓產季到了？帝王蝶曾在今年五月過境？我用望遠鏡看到一隻鯨魚在大坦庫島外噴水？」他愛憐地看著望遠鏡說：「來，我們把望遠鏡拿到門廊，你就會看到——」

「海斯特先生，你不明白嗎？有了這東西，你在這裡就能看到潛水艇的潛望鏡。」賽門懇求他。「我跟你說過，法蘭克·梅森跟一些人都說在馬洪灣看到潛水艇。」

「賽門，就我所知，在馬洪灣的潛水艇目擊事件，沒有半件是確認無誤的。」海斯特先生嘆道。「這一臺望遠鏡的倍數高是高，卻看不到海灣外面，最遠就看到地球曲線那裡。」

「求求你，海斯特先生，你得考慮望遠鏡會引發什麼聯想。」

「話是沒錯。但我們不能為了別人的猜想，就畫地自限。一個人最要緊的是尊重自己。況且，到了九月時，鎮民會看到我回到講臺上，教導他們的子女，就像他們念書時我也教過他們。從我二十年前來到這裡——取得公民身分也有十五年了，一直都是地方上忠誠、正直的一分子，他們看待我的眼光不會變的。」

「你說到重點了！這就是我要告訴你的事。爺爺說他們開過會，一場祕密會議，討論下個學年要不要續聘你。聽說學校決定不請你教書。」

「什麼會議？」

「不知道！我想有布隆利夫人、沃爾·穆迪、貝休恩他們跟一些人。爺爺很擔心。」

「但我不擔心。我簽過合約。那是依法必須履行的法律文件。」

這令人鬆一口氣，卻只是小小一口氣。「你那麼肯定大家對你沒意見，怎麼整個夏天都待在這裡？」

「現在在打仗啊。你說得沒錯——我對別人的成見很敏感。做一個老師，是一種身分表徵，背負這一行的榮譽，而且在地方上備受尊重。夏天時，我只是一個有德國腔的人。因此，我都一個人獨處。但說到底，我相信大部分的本地人會用理性的態度對待我。」

他用手帕抹眼鏡。「我的塔樓和我的望遠鏡是我的連結，是我打破狹隘世界疆界的管道。」

在尷尬的片刻沉默後，海斯特先生問賽門要不要現在上課。但賽門說不行，他早上跟菲利浦請假，沒去打工，現在得回去了。海斯特先生拍拍他的胳臂，說很高興賽門樂在工作，不願怠勤。他覺得日後賽門將從中深深受益，收穫遠勝希臘文翻譯。賽門把驅逐灣號的故事統統告訴菲利浦，給他看他畫的圖，卻不知該用怎樣的言詞向海斯特先生說明，海斯特先生連什麼是艙口、什麼是吊索都不知道呢。話雖如此，他似乎還是聽懂了。

菲利浦不在船塢，但夏洛特在那裡。她送午餐來給他。他們將腳垂在碼頭的尾端外面，她拆開三明治的包裝，拿出一罐茶水。他說他去看海斯特先生。「我不懂一個腦筋那麼好的人，居然這麼笨。」

「你擔心他會出事？」夏洛特問。

「要是他建造眺望塔……」

「他爲什麼想蓋呢？這沒道理吧？」

「他自有他的理由。他想看到貓頭鷹頭岬之外的地方。妳得了解他，才能體會。」賽門拿起自己那份三明治，但沒有吃。他很訝異自己開始跟夏洛特說出那個反覆做的夢。

當他描述完海水如何被吸走，魚都在萎軟的海帶上啪啪跳動，船都側臥，她說難怪他心情不好。夢境太恐怖了嘛。一會兒後，她說：「你不覺得美夢啊、噩夢啊，會影響隨後的事嗎？」

「妳是指預言未來？」

「不是啦，夢境會影響隨後一整天的色調呀。快樂的夢給事物染上陽光的亮黃。但嚇人的夢境——會讓夢醒後的每件事都變成煙青色。」

「對耶，一點沒錯。」賽門說。光榮二號繞進海灣，菲利浦砰砰砰地走到碼頭。「夏洛特、賽門，你們好嗎？我好嗎？沒什麼雞毛蒜皮的事。光榮二號要來換新的斜帆駛帆桿。快，接住纜繩，賽門。」

賽門接住戴維拋來的纜繩。「夏洛特小姐！」普南用高亢的含糊聲音說，低頭閃過駛帆桿。「麻煩妳接住我們的艉索，親愛的。」她果然接住了，賽門教她怎樣在纜柱上打幾個雙套結。「妳準備好防水衣了沒？」戴維問她。

他跟賽門捲收主帆，菲利浦跟普南洽談光榮二號需要的幾項修繕。然後普南伸手扶夏洛特，他們便都登船。「我看你臉色不太好，賽門。」普南說。「這位小姐難道不夠窩心，沒辦法讓你開心起來嗎？」普南打開一罐咖啡，傳下馬克杯。「來點咖啡，小子。」他對賽門說。菲利浦從隨身小酒瓶倒了點什麼到普南和戴維的馬克杯裡，戴維提到他聽說驅逐灣號在改裝。「那傢伙叫——叫什麼來著，普南，船東叫什麼名字？」

「巴克斯特．B．威德理。」普南說。「美國某地的人。搞砸一樁出口生意，好像賠到一文不剩。」

「對對對。船被一個哈利法克斯的財團買走。要改裝成捕魚帆船，目前還沒取名。」

「如果是我，我知道要取什麼名字。」賽門說。

「是什麼？」菲利浦問。

「眞北。」

「嗯，好名字。」菲利浦說，用舌頭滾動一根牙籤。

「對準眞北，就能到你要去的地方。」普南說，就著馬克杯喝了一大口。

賽門問他們在盧嫩堡有沒有遇到一個叫拉滕．派克的男孩，並說明拉滕怎麼會從紐芬蘭的雷克斯灣來到盧嫩堡。

「應該有。他可能在史密斯與盧蘭造船廠做工。在那裡看到一個年紀差不多的男孩。粗壯的小子。」戴維說。

「雷克斯灣！」普南說。「那男孩一定是第立家的人。跟我同宗。」

「他姓派克。」賽門糾正他。

「那當然。我不是沒聽到。姓派克的跟姓第立的，全攪和在一起。還有姓諾斯沃斯的。」普南不願讓賽門講的拉滕的故事專美於前，於是說起一個從他父親那兒聽說的故事。老埃妲．第立，時年八十一，在雷克斯灣土生土長，顯然是拉滕那小子的祖先。他清清嗓子。「事發當時，我父親在雷克斯灣拜訪一戶姓第立的人家，不確定是哪一家。晚飯後，附近的人都擠到巴斯康．第立的家裡聽故事，這時希伯倫．諾斯沃斯衝進屋子，面白如紙。他呀，嚇到說不出話。只能指著門外面。大家就跑出去，一出去，嘴巴就不禁張開，因爲他們看到海港裡的水不見了。浪潮退縮得很遠，船都臥倒了呢。但那可不是尋常的浪潮。瞬間就發生，知道嗎？然後，希伯倫大叫說海水後退了多少，就會湧回多少，大家最好腳底抹油趕快逃。就在這時，他們看到一堵水牆轟隆隆地打來。他們往山上狂奔到跑不動——老人、小孩——埃妲也是，不過她在臨跑之前，先拔下分界樁上的木頭十字架。

「那堵水牆湧進來，沖過船隻、沖過碼頭、沖過房舍。嘩啦啦沖上山坡，眼看就要淹沒他們全部人。埃妲．第立就在原地停下，轉過身。她在一塊花崗岩上站好，面對那堵水牆，乾癟的臉蛋凶巴巴的，黑色洋裝被颳得飄揚起來，拿著十字架伸直手臂。老天爲證，眞沒想到，海水當場停住，撤退回去了。」

「我的媽呀！」賽門說。他望向夏洛特，她圓睜著眼睛看普南。

普南舉帽致意。

戴維向後靠，叉著腿，簡潔地說：「你一個字都沒提到狗啊、山羊啊什麼的，普南。」

「什麼狗跟山羊？喔，我懂你意思了。其實，希伯倫．諾斯沃斯根本什麼都還沒看到之前，山羊、貓、狗全都連滾帶爬地跑到山脊上了。看來，牠們事前就曉得要逃命。」

「好多了。」戴維說。「這樣故事更像樣——更鮮活，對吧？」

「第一個版本就夠活靈活現啦。瞧瞧這兩個年輕人。他們好像看到鬼似的，所以我說第一版的故事已經相當不錯，不必扯到你的貓貓狗狗。還有山羊。」

「不，才不是。」戴維說。「就是這些小細節讓一個故事，值得花時間聽。」

「這裡誰才是說書人？是你還是我？」

賽門插話。「那麼，這——是什麼時候的事？」

「在你出生前很多年。我都還沒出世呢，我現在一定快要一百歲囉。」普南笑咪咪。

「到底是什麼時候？爲什麼會有這種事？」夏洛特問。

「不知道。戴維，看到沒？人家夏洛特小姐很沉浸在我的故事裡呢。」

戴維搔搔下顎。「也許什麼東西從天空下來，在海底弄一個洞，把海水都吸進洞裡面。」

「恐怕不是。」菲利浦說，擱下咖啡，直接從隨身酒瓶喝酒。

「或是一場地震。」

「可是，」菲利浦說：「如果那發生在海上，怎麼會是地震？」

「好吧，那就是海震。」戴維回答。

「你這哪來的蠢話啊。」普南說。

那天傍晚，他祖父說沒錯，聽說在這個世紀前發生過一場海底地震，在紐芬蘭南部造成他所說的海嘯，當然，海床確實會發生地震，畢竟海床不就是被淹沒的陸地嗎？賽門聽了這些回答，結論便是他所認識的世界、沒有盡頭的世界，隨時都可能爆發，將過去與現在的一切一掃而空。

這項結論在下一週得到證實。騎警拖走海斯特先生的望遠鏡和菲涅耳透鏡，拆下他的碼頭燈一併打包，把海斯特先生的書籍統統推倒，扔在地上，德文書籍、紙張一律拿走，連他的蝴蝶筆記都視同「潛在證物」帶走。在海斯特先生小屋門口被架走的不是海斯特先生，而是賽門的祖父；他祖父跟隨騎警從屋子走到菜園，抗議他們的搜查，求他們高抬貴手；他祖父想搶回他們手中的望遠鏡，以致被粗暴地推倒在地上。此時已知道學校不要他回去教書的海斯特先生，從頭到尾都驚愕地頹然坐在紅色廚房桌子前。

在隨後的禮拜日，在念完《使徒信經》後，在教堂中站起來的人是賽門的祖父。他斥責會眾背棄自己人，宣稱上帝會懲罰新斯科細亞，他們將付出慘痛代價，然後才昂首闊步走出教堂門外。跟著他走出去的人是賽門．彼德。

二十四

一九一七年八月十五日
法國　聖瑞尼安
十八號加拿大綜合醫院

在返回聖瑞尼安途中的林地裡，安格斯在斑斑光影裡停下。一路上他都腳步匆匆，垂著頭以免自己折回小屋，盤旋在腦海裡的想法是當初就是知道自己會離開茱麗葉和保羅，他才能容許自己和他們小住，而唯一能讓他離開他們的辦法，是想著日後或許能夠重逢。在移動的林蔭中，鳥兒輕快地從一根枝枒跳到另一根，小腳在林地的落葉間疾奔。別無他物打破寂靜。他一度考慮在那兒停歇，摒除所有思緒，但他手臂的麻刺感和手部的針刺感，令他重新上路。

貝斯說過，神經要三個月才會再生。如今已超過三個月，但無所謂——他的手臂似乎麻麻刺刺。手也是。可見癱瘓純屬肉體層次，與精神狀態無關。他決心要求一天進行三次治療。他加緊腳步。幾乎要跑起來。他會康復。他會康復。

他滿懷決心地走到俯瞰聖瑞尼安車站的山坡頂上，卻愣在原地。在他下方，傷兵從載運他們的火車下車。運輸載具、貨車、救護車在車站轟隆隆地來來去去。安格斯奔下山坡，遁入亂糟糟的人群間，那裡有抬著擔架的人和步行的傷患、失血的、中了毒氣的、瘸著腿的、瀕死的人。他看到一輛要到醫院的卡車，便捧著手臂，勉力跳上卡車的踏腳板。

卡車駛進院落，安格斯跳下車，看到布琳米在指揮傷兵的行進方向。她告訴他，柯博和布朗在視察前線的野戰醫院時，跟五位護士一起遇害。逃過一劫的貝斯，跟史賓納和山德勒在手術房連開二十小時的刀。如果他想幫忙，就去補給室。在那裡，他幫忙一位姓李的下士將許多盒子搬到推車上，準備送到第四病房。李告訴他，洛威爾跟三位護士姊妹在幾天前因爲碘仿中毒後送到倫敦。安格斯看著推車上一盒盒的晶狀消毒劑，想像護士因爲太頻繁施用消毒劑，以致雙手發黃、腫大。他用推車將這些消毒劑推到第四病房。在此起彼落的淒厲叫痛聲中，他很快便搬起便盆、分發一包包的脫脂棉、捧著承接髒繃帶和嘔吐物的盆子。

就他打聽到的消息，加拿大遠征軍的各師隨同其他軍隊，進攻侖斯市鎮上方由德軍長期占領的七十號高地。二十分鐘便攻下，然後補給減少，飢餓受困，儘管如此，他們擊退二十次的德軍反攻，包括芥子氣和噴火器。在那段期間，他在小屋。他不知道隊上弟兄誰保住性命。不止一次，他確信自己看到康隆，但每次都是誤認。

每張病床都有人，大廳又跟他在許久前醒來看見洛威爾護士的臉蛋時一樣，增設了床位。在其中一張病床上，他看到因爲胸腔受傷而費力呼吸的偉茲。安格斯握住偉茲的手，靠向他。偉茲告訴他，康隆還活著，鮑德立也是。還有拉普安特。凱茲和漢森可能也活著。他不知道還有誰。但這下子，還有誰會照顧鮑德立呢，他問。安格斯更用力地握偉茲的手。「我看看能不能想點法子。」他說。當他在深夜回去，偉茲已經走了，他的病床上是別人。

清晨四點，安格斯回到跟貝斯其餘的復健傷患同住的病房。他聽說，他們在兩天前被後送回英格蘭。他床位上的二等兵滿臉都是芥子氣造成的水泡。

安格斯在走廊頹然蹲下，背靠著牆，閉上眼睛。偉茲。他所有的弟兄。他想和他們共患難，品味小小的勝利，和他們並肩走過生死一線間——不是爲了用苦行贖罪，而是爲了恢復完整。一如他現在在忙亂的醫院裡的感覺。他的手臂有鮮活的針刺感。他的手漸漸復甦。他不能收縮手臂，不能移動手；但在疲憊中，他很確定自己感覺到在手臂裡搏動的血流。

「麥葛拉斯？」

是貝斯，他站在照明昏暗的走廊對面，脫下染血的手術袍。他招安格斯到他的辦公室，一屁股坐在辦公桌後面的椅子上。檯燈的光線昏暗。眼窩凹陷的貝斯抬頭看他。在他背後，電容器的那堆電線從一張桌子的邊緣垂下。他叫安格斯坐下。兩人一會兒沒吭聲。

「柯博死了。你知道嗎？」貝斯說。

「我聽說了。」

「還有幾位我們最優秀的護士。」貝斯伸手拿筆。「總之，我現在是少校。我要讓你因傷退役，回家去吧。」

安格斯猛然坐直。回家？「可是……我能說句話嗎？」

「當然。請儘管說，但我不會改變心意。」他扭開筆蓋，塡寫桌上的表格。

「但我在好轉。我發誓。我的手臂有針刺的感覺，跟你說的一樣。我的弟兄們還在戰場上。我得回到他們身邊，直到最後。」

「你的弟兄要到法蘭德斯加入英軍第二軍團。柯里終於決定讓他們參加巴斯青達會戰。再幾天就要開打。你要怎麼待在他們身邊？」貝斯停筆，疲憊地看著他。「你是不能舉槍的軍官，不能握筆的製圖員。我要送你回家。」

「那英格蘭的醫院呢？我會康復的。我知道我會。」

「你治療幾個月都沒起色。這已經超過我應該給你的治療了。或許我想證明什麼吧。」他眼睛向上看。「很抱歉，但他們幫不了你。」

「也許，純粹是我精神上的問題。你以前那樣說過。要不，我去能治療那叫什麼來著？歇斯底里？的軍醫院？」

「麥葛拉斯，」貝斯慢慢地反駁，「你知道實際情況嗎？英國有六間診治平民的醫院可以治療所謂的『彈震症』，軍方為軍官另外開設六間，再開十三家收治士兵。裡面全是口齒不清、語無倫次的人，他們不能說話，或不能走動，完全失去平衡。你不是那樣。」

安格斯在椅子上往後一靠，直視貝斯的眼睛。「你覺得我不會康復。」

「我沒那樣說。我的意思是你可以應付生活，只是不能當軍人。你會找到出路的。相信我。」

安格斯霍然站起。「何必呢？你說過我會好起來。你說過要相信電容器。你不能翻臉像翻書。你是醫生。我何必相信——」

貝斯擱下筆，頭埋在手上。「因為，」他柔聲說：「我是好醫生。」他沒再多說一句話，塡好表格。

五天後，安格斯扳著醫療運輸船的欄杆，橫度迷濛的雨勢和波濤洶湧的海面，前往英吉利海峽的另一側。他的手恢復麻痺。幾乎無法平衡，卻不肯到船艙裡找個位子。堅持留在甲板。祈禱不會跌倒。到了英格蘭，他就會被送回家，而康隆和其餘弟兄會行軍到法蘭德斯。在看不見法國海岸線以後，他感到空前的絕望。

二十五

一九一七年九月十五日
新斯科細亞　斯納格港

賽門．彼德盯著自己繪製的蘿拉李號比例圖大半天。將它送給父親的念頭，如今令他痛苦極了。他將畫收到最下層的抽屜，拿出他的大戰剪貼簿。他將剪貼簿放在大腿上，翻開寬闊的封面。在黑色紙頁上迎面而來的白色墨水字跡是：一九一四年大戰——是他的筆跡。標題下方的鮮豔小英國國旗和紅船旗，是他在得到剪貼簿時剪好、貼上的，現在他覺得，跟他的印刷字體合在一起看，似乎嫌太小。

一疊報紙上壓著一把剪刀，放在他桌邊的地板上，碰都沒碰過——維米嶺、七十號高地、第三次伊普爾戰役、U型潛水艇目擊事件的報導——沒有剪下，沒有貼上，也有的還沒看過。剪報旁邊擺著的《南北美洲鱗翅目》，是他在海斯特先生被拖走的那天搶救回來的，他同時拿了波普的《伊里亞德》英譯本，跟海斯特先生的希英字典。收在書桌抽屜最裡面的是一個漆盒。裡面是海斯特先生小屋的鑰匙。海斯特先生跟賽門交代過，在他被扣留在營地的期間，想要的書儘管拿去，並請他有空時過去照料植物和菜園。「扣留」原來是「成爲囚犯」的好聽說法，「營地」則是「監獄」的委婉語。

營地在阿模斯特，靠近新布藍茲維省——在新斯科細亞省邊界，以前是鐵工廠，被徵用來監禁戰犯和可疑的敵國僑民。海斯特先生不是外國人，但他拿不出證明文件。顯然，他不是敵國戰士。他也不是同情敵國的人，只是被人那樣說。然而，他卻遭到監禁——其他囚犯包括一九一五年被擊沉的威廉大帝號戰艦的數百位船員跟其他戰艦的船員、三教九流不可靠的冷酷加拿大人、跟一大群「可疑的」外國人——很多人的祖籍是德國，據海斯特先生說，即使這群人裡有讀書人，也很稀罕。他們的鋪位一層有兩個床位，上下共三層，幾乎沒有喘息的空間。德國軍官有自己的囚房，有的待人殷勤有禮，頗有紳士風範，他在給賽門的信上寫道。

賽門本來盼著完成剪貼簿，好給父親看，但他沒了興致，不再有了。再說，他懷疑父親會想看。唯一要緊的是他即將返家。艾妲說得對，這是奇蹟。一場漫長的噩夢已結束。我們會讓他那條手臂好起來，她說。運兵船上的眾人將帽子拋到半空中，宛若一陣帽子的浪潮，他父親和艾賓從船上的過道跑下來，大家在歡呼、在揮舞旗幟、一支樂隊在演奏——這是賽門在需要將心神拉回當下時，所固定使用的想像畫面，但老早被他拋下。跟他箱子裡的阿兵哥玩偶一樣收起來了。剪貼簿向下滑。他將剪貼簿放到地上，伸手拿那個漆盒。擺在海斯特小屋鑰匙旁邊的，是裝在橢圓小相框裡的夏洛特玉照，照片裡的夏洛特年紀比現在小很多，但灰色的眼眸跟坦率的神情一模一樣。他希望父親能夠見見她。在布隆利夫婦將她送進艾吉希爾學院的前一天，他們一起散步很久。他們發誓會寫信。他們都認為，他父親一定能解決海斯特先生的牢獄之災。畢竟，他父親可是一位軍官。一位負傷的軍官。一位受勛的軍官。慰藉，就在於兩人道別時她將手放在他的手心裡，在於她向上噘的大方嘴唇上，在於當他出乎意料地將嘴貼上去時，感受到她的唇如此柔嫩。他怔怔出神，那段回憶跟那一刻一樣親密，他放下盒子，用手指碰觸嘴唇。

皇家海軍雷吉那號

一九一七年九月十五日

在跟截肢的皮爾斯共用的潮濕、狹小艙房裡，安格斯看著一枝鉛筆從床腳櫃的一端滾到另一端，每次筆滾出邊緣，就用手接住。皮爾斯對著桶子吐完後，又癱在床上。安格斯用濕布按擦他的臉，失去平衡，差點悶死人家。皮爾斯在呻吟。艙房臭烘烘。安格斯在不通風的走道上東倒西歪，不時撞上牆壁，總算來到船頭，倒空桶子。裡面沒什麼，全是膽汁——皮爾斯已經嘔吐一小時。安格斯把桶子盡量洗乾淨，洗到自己都快吐了。回到艙房時，皮爾斯已經入睡，呼吸很均勻。他一直呼呼大睡，眞是好不容易啊，安格斯便去甲板透氣。

船昂然聳立在海面上，不受風和海流的影響。在甲板下鏗鏘響的引擎震得甲板抖動。雙螺槳在船尾攪起海水。白綠夾雜的尾流澎湃湧現，再化爲一蓬肥皀水般的泡泡——長長的尾跡迤邐延伸向一切被撇在背後的未竟之事。

在右舷，一片色澤較深的海面微波衝著他們而來。只是一陣風。但氣壓迅速下降。風暴即將來襲。天空是砲灰色，正前方，來勢洶洶的積雲正在聚集。青色閃電在雲幕間衝撞。他們不出一小時就會碰上風暴，他跟一個船員這麼說，船員神色凝重地點頭附和。黑煙從上頭的幾根煙囱噴出，安格斯忖度起即將來襲的風暴，將如何打擊這艘改裝過的破運兵船。船長必須改變方向，避免海浪不斷從船側打來。若是引擎報銷，然後呢？他們將形同漂流物，被浪頭推著橫衝直撞，直到翻船，而海浪繼續前進。溺斃並不英勇。但或許是恰當的結局。

風暴來襲時，他們在紐芬蘭南部。風聲呼嘯。怒濤洶湧。狀況跟安格斯預料的一樣糟。但大風的狂暴激發了一股熟悉的勇氣，直到一道浪頭從後方追上他們，高高抬起船尾，令螺旋槳在半空中無助地空轉，舵片也沒吃到水。然後他們向前衝，陡然下墜，但也沒直落到海底。

爲了去找皮爾斯，他在甲板下的舷梯和走道不知摔跤多少次，最後他跪在地上爬，左半身都在痛，吃盡苦頭才摸回艙房。皮爾斯在房間裡抵著床板，瀕臨驚慌失措。安格斯本想設法將他拖到靠近救生艇的上甲板，但燈光熄滅，安格斯就不再在乎了，拖著身子爬上鋪位。他躺在皮爾斯旁邊，用健康的手臂橫過皮爾斯，扳住床板以防在船向下俯衝時摔落，也避免自己在船被下一道高聳的巨浪向上抬起時，會壓到皮爾斯。他一言不發，因爲說不出話。

後來，燈光亮起，船回到航道。風暴來過了，但結局還沒來。安格斯恍恍惚惚地到上甲板。有幾個船員在大食堂掃碎玻璃。在外面的甲板上，星星在疾奔的雲幕間閃爍。船向前行駛。一天後，他們得知新斯科細亞已經在望，馬上就到哈利法克斯了。安格斯攙著跟破布一樣軟趴趴的皮爾斯到外面的欄杆邊，能夠走動的人全聚在那裡看陸地。一聲歡呼。又一聲、更大聲、音量再上揚。然後，他們鴉雀無聲。家。從遠處遙望，家鄉崎嶇的水道和峽灣是一條平順堅實的線，跟他們離開的那片殘破大地相比，是一片洗得清清爽爽的純淨。

「契茲庫克！」其中一個在船頭的人喊道。「他們說我們就在契茲庫克外海！」知道他們正經過何地的人攀在欄杆上，從腦海召喚出野生的海草、斷崖、海綿般的沼澤、遍布石子和大岩塊的海灘、暗綠色的冷杉和東岸正在變色的楓樹。一位盲眼大兵說他聞到了退潮的味道。沒人糾正他。

經過三布羅燈塔時，再次起霧。當船彎向哈利法克斯港的深水道，霧仍未消散。他們聽到切布托岬上蒸氣霧笛的低鳴。經過宛如霧中魅影的麥克納布島時，一位來自新布藍茲維的二等兵開始唱歌，聲音輕柔悠緩。

Un Canadien errant,
Banni de ses foyers,

Parcourait en pleurant
Des pays étrangers.

Parcourait en pleurant
Des pays étrangers
Un jour, triste et pensif,
Assis au bord des flots,
Au courant fugitif
Il adressa ces mots...

「他在唱什麼?」皮爾斯想知道。

「一首很老的民謠。〈Un Canadien Errant〉，」安格斯回答，「也就是〈迷途的加拿大人〉。」

皮爾斯搖搖頭。

「一個被流放的人離開家鄉——我猜是在英國占領阿卡迪亞後被流放的人。他漂泊天涯，在異鄉哭泣。然後他坐在湍急的河邊。」

這首歌以悲傷的副歌作結尾：

Si tu vois mon pays,
Mon pays malheureux.

Va, dire à mes amis,
Que je me souviens d'eux.

皮爾斯看著安格斯。「他對河流說，如果你看到我的國家，我可憐、可憐的國家，跟我所有的朋友說，我記得他們。」安格斯翻譯完又加一句：「我們可憐的國家……」

「就在那裡。」他旁邊的大兵平靜地接腔。

「說得沒錯。」另一人說，任憑淚水流下。「他們是好人，每一個都是。」

「我們不會忘記的。」另一人說。

安格斯倚著欄杆，探出身體。他們駛進海港，經過一個個熟悉的地標、浮標和航道標誌，他們面前的海灣便愈漸開闊起來——一個他覺得如今跟自己沾不上邊的海灣。話雖如此，他的心臟依然在跳動。

當安格斯在赤斯特車站走下火車，澤布按照安格斯的要求，獨自坐在貨車上。運兵船比預定早一天靠岸。安格斯簽完文件，不一會兒便完成退役手續，可自由活動，於是他恍恍惚惚地在街上漫步。他在北街車站購買一張車票，再到愛德華國王飯店的茶館打發時間，奢侈的舒適幾乎令他窒息。他對著杯子發愣到茶水變涼。

澤布搔搔下巴，把他上上下下打量一遍。「老天。你還真是打了一場仗回來。」他說。「我按照你的吩咐，沒跟鄉親走露消息，但如果你要的話，可以去站長室打電話。打到雜貨店，叫艾文跑到你家說一聲。」

安格斯搖搖頭，爬上貨車。

澤布雙手握住方向盤，打檔。他們默默顛簸駛過港口後方的道路，向上到赤斯特演奏臺，這時澤布停下車，讓引擎空轉。安格斯注視著龍蝦岬角與前方鯨魚形狀的貴格島，那兒缺少樹木，牛群滿足地啃草，還有麥斯納島，島上稀疏的冷杉樹梢尖尖的，被天空映襯成黑色的剪影。然後他探出窗外，扭身看小魚島、醋栗島和西岸。青碧的海灣，明燦、純淨、美麗非凡的各個島嶼，碼頭和船隻，依偎在岸邊的屋舍，不知何故仍在原地，耐心守候——一幅時光停滯的平面風景明信片。

「有些事就是不會變，是吧？」澤布說。

安格斯靠著椅背，閉上眼睛，讓溫暖的陽光照在臉上。澤布熄火。「你看那邊。」他指著一艘乘著風進港的船。「又是一艘休閒遊艇。船主是一個美國佬，可能是費城人還是巴爾的摩人。在山上那邊蓋一棟房子，只有夏天來住。」安格斯直盯著那艘船，桅杆兩側的主帆和艏帆全部張開，像一隻大鳥。澤布多等了一會兒，然後轉動鑰匙，發動貨車。

他們默默行駛，偶爾經過值得注意的地方時，澤布會點點頭——一間新蓋的小屋或一個熟悉的地標。接近斯納格港時，澤布在駕駛座上轉過身，飛快地說話，彷彿在為什麼事情緊張。「你離開以後，很多事都變了。」他開始說。「你兒子長得很快。沒有高很多，但長高了一點。現在他有一個心上人，叫夏洛特．普蘭特，布隆利家的姪孫女，從英格蘭來的。還有什麼事呢？赫蒂剪了短頭髮。她跟你說過嗎？老天，她是艾賓的翻版。」

「剪頭髮？」

「一刀就剪了。太太小姐們的閒話沒停過。你當然知道鄧肯的生意現在差不多都由她發落。她做得很起勁。騎著她那匹馬東奔西跑，購買土地、鋸木廠、木料，天曉得還有什麼。」他搖著頭，笑咪咪。「大家都看不慣她那德性，她卻似乎渾然不覺。赫蒂才不會注意到呢。向來如此。」安格斯一手撫過嘴巴來遮掩驚訝，不願澤布看出他大小事一概不知。他提醒自己，他也瞞了赫蒂不少事。

「還有海斯特。」澤布再說。「你大概知道了吧。他是間諜。」他突然瞄了安格斯一眼。「鄧肯沒寫信告訴你嗎？那赫蒂呢？」

「海斯特？」

「是啊，就是他。」澤布說。他在方向盤上收縮手指。「沒有能證明他公民身分的文件。被押到阿模斯特的營地。騎警把他家翻過來搜查。原來，他是叛徒。」

「叛徒？」

「不得不給高年級找個新老師。恩格小姐。她那兩條腿跟脖子，都是皮包骨。起碼啊，有一百一十歲。但埃梵·海斯特永遠不會回來了。」

安格斯搖著頭。「我一個字都不信。海斯特是叛國賊？這沒道理啊。」

「好吧，那是你的選擇。那也是鄧肯的選擇，但我跟你說，你們選錯邊了。海斯特有從那邊寄來的信。沃爾·穆迪一直以來就這麼說。還有，他在蓋一個訊號塔，好聯絡潛水艇。」

「不會吧，澤布。」安格斯試著想像穿著西裝跟背心的海斯特先生爬到塔樓上，向浮到水上的潛水艇以燈號打出摩斯密碼。他差點笑出來。

「是啊。這麼多年來，一直跟我們說他是公民。」澤布打低一檔。「迪奇·貝休恩說海斯特的親人在那裡送命——可能就是他倒戈的原因。我只能說，哎，不管你有沒有受傷，幸好你回來了。憑你胸膛上那堆勛帶和徽章，情況一定會改觀。」

「改觀成怎樣？你在說什麼呀？」這時，車子顛著駛下往斯納格港那條有車轍的叉路，來到梅德灣。他們接近梅德船塢時，安格斯請澤布停車。澤布搖頭，擺在方向盤上的手張開再合起。「你不想回家嗎？」他問。「停車。」安格斯重說一遍。幾乎就要補上：這是命令。「我只是想看一下蘿拉李號。讓我下車。」

澤布減慢車速，對著路面瞇眼。「才怪。」他輕輕說。「你不會想下去那邊的。現在還不是時候。」但安格斯打開車門。澤布踩煞車，拉住他的手臂。「這邊發生過一些事，不是好事。一點都不好。」安格斯下了車，走下碼頭。在淺淺的滑道上的東西，正是蘿拉李號的焦黑殘骸，船頭還看得出渦捲形花體字的船名。

木料燒毀。木料的填隙材料也燒光光，船體塌陷，直到只剩船名。「好了。你一定嚇了很大、很大一跳。你本來不該看到的。不該是現在。」他聽到人聲，但耳裡的尖銳嗡鳴愈來愈響亮，阻斷一切聲音。然後他移動腳步，爬下梯子，涉入水中，水淹到腳踝、到膝蓋，他伸出手，直到握住艏斜桅。

他後面的石灘上開始聚集人潮。嗡鳴消退，在靜默中，他聽見他們沒有用言語表達的每句話。可惜了一艘船，可悲、遺憾。返家卻人事已非。在他腳邊的清澈水中，有一隻綠色海膽移動尖刺，向他爬來。長在岩石上的一叢黃色海草在潺潺、潺潺、潺潺水波間前後搖擺，水波拍擊著龍骨和燒黑的船殼。這是天意，他心想。他的命運已定。情緒慢慢從他心裡流逝，令人凍到喪失知覺的冰冷水溫滲入體內。他仰起頭，放開握住艏斜桅的手。他已一無所有。他會問必要的問題，得到已有證據的答案，然後向前走。

安格斯終於從水裡走上岸，菲利浦握住他的肩膀。安格斯站在那裡，蘇格蘭裙在滴水，眼神呆滯地看著他，等著。菲利浦拍拍自己的連身工作服，掏出菸斗，但沒有點菸。「差不多一個星期前，鄧肯突然要我把船放下水。」他開始說。「或許是因為你要回來了。而我要用那個托架。他知道我要用。我照他的吩咐，修理了幾個地方。雖然不足以讓船正常運作，但我們讓船下水，那天下午，我們裝上桅杆。在這個河灣下錨。我還要檢查船上的裝具。那天晚上有一場暴風雨。沒什麼雨，但閃電從水面彈起來。一定擊中了桅杆。」

「船就燒起來，開始漂流，漂向愛爾西號。」瓦勒斯補充。「法蘭克跟他幾個兒子用繩索套住船，把船拖出港口。然後開始下雨，船就燒成你現在看到的樣子。他們又把剩下的殘骸拖回來。」他摘下帽子。

澤布開口：「有人說是被縱火，然後放船漂流出去。可能是喬治．馬瑟幹的，或是因爲你父親在海斯特被捕的時候說鎮上全是一堆叛徒，所以有人就想警告他。也有人說，是老頭子放的火，好領保險金。」

「你閉嘴行不行，澤布？」菲利浦嘆道。「鄧肯看到火燒船的表情，你又不是沒看到。這是天意。」

「天意。」安格斯沒精打采地複述。

「那是我的結論。」菲利浦說，然後伸手拿下一個帆布袋，從裡面拿出蘿拉李號的羅盤。「我親手拆下來的。玻璃可以換新的。黃銅燻黑了，但只要磨亮就好。」他雙手捧著羅盤，轉動角度，好讓指針移動。「看吧？還是好的。」安格斯撫過破裂的玻璃，然後迎視菲利浦的眼睛。瓦勒斯撥弄著帽子，突然戴上。漲起的潮水慢慢淹上殘骸。

安格斯爬上澤布的貨車，沒有回首。他們越過堤道時，他對船就跟對自己一樣疏遠。他在山腳撇下澤布，獨自走完剩下的路。他想悄悄進屋。慢慢將周遭環境收入眼簾，彷彿從夢境的迷霧中甦醒，準備好捨棄夢境，看看有形世界。幾株老雲杉在這裡，屋子在那裡，院子那棵有許多木瘤的老樹底下有個小男孩，不是賽門．彼德啊，他心跳加速地想，而是楊．弗萊德。楊．弗萊德，當然是在鞦韆上排放鉛筆——是他的鉛筆人，安格斯想起來。安格斯跪在他旁邊，楊．弗萊德靦腆地對他笑，彷彿看到他，不會比他那些會講話的鉛筆更虛幻。也或許是太超脫現實，所以不可能是眞的。片刻後，他倚向安格斯，讓安格斯抱抱他。「你濕掉了。」他說。「你剛剛去打海怪喔。」安格斯說大概沒錯。楊．弗萊德轉向鞦韆。「我一推，不乖的鉛筆人就會掉下來。乖的會留在上面。看到沒？」他推鞦韆一下，動作小到幾乎感覺不出來。

只有一枝鉛筆沒滾落，這是一枝長的紅色鉛筆，整枝筆上都有齒痕。弗萊德抓住那枝筆，向安格斯舉起。「這是你。」他說，笑容滿面。「這個很乖的鉛筆人是爸爸。」楊・弗萊德一手抓著紅色鉛筆，另一手輕輕搭在安格斯肩頭，這時，安格斯才哭起來，止都止不住。

賽門騎著佩格到馬瑟家的原野時，他踢了佩格的肚子，但牠不動如山。自從蘿拉李號焚毀以來，賽門還沒見過喬治。但是騎警逮捕海斯特先生時，他看過喬治的眼神。聽說，那一夜他打破母親的陶器，扯爛她的玫瑰，將玫瑰上下顛倒地埋在院子裡。即使是在路上，賽門也能看出玫瑰被砍光。但他沒有冒險靠近，瞧瞧是不是真的上下顛倒。他或許還不相信喬治焚毀蘿拉李號，問題是如今的世道既黑暗又危險啊。但佩格沒有同感。牠低著頭，用鼻子嗅碰青草。他跳下馬，領牠到草場上，關上柵門，開始步行。

海斯特的小屋在遠離道路的一片常綠樹木後面，只要錯過通往小屋背面的羊腸小路，就會完全看不到小屋。賽門第一次自己冒險進屋時，前廳是一片攤開的書海。他抖鬆每一本書，重新排在書架上。架上的那些空隙，是被沒收的德文書籍原本的位置。他查看每個空抽屜，只找到一盒錫盒裝的火柴，盒蓋有德國十字的浮雕，還有幾個薄薄的信封，裡面都沒有海斯特先生的公民證件。

第二次，他打掃被騎警弄亂的廚房和臥房。兩次他都在前門門廊的搖椅上坐一段時間，面向海灣和菜園，最後到碼頭確認划槳船牢牢拴在那裡，並想像海斯特先生穿著救生衣，划船出去，船還用長長的繩索跟碼頭相連。上次來的時候，賽門坐在船上看夏洛特的來信並且重看——信文很長，以圓圓的字體描述學校女生跟老師的故事，逗得他哈哈笑。她不知道蘿拉李號的變故。他還想不出該用怎樣的語句描述蘿拉李號那一夜的模樣，像一艘漂流的火船，火焰舔上索具，桅杆啪啦落水。他在岸上縮成一團，跟鎮上每個人一起看船燃燒，澤努斯對賽門輕聲說蘿拉李號還會回來，跟提澤號[28]一樣變成幽靈船，在南岸作崇。第二天早上，他祖父紅著眼眶說蘿拉李號一定是在除役後，不想被解體，也不願晾在一邊朽爛。這句話給賽門無比的安慰。上帝採取了行動，上帝依計行事。但他想像不出上帝對海斯特先生的計畫是什麼，除非上帝的旨意是要賽門化解他的牢獄之災。

他到達小屋後，便繞過屋子，走向海灣那一側，來到前院。他打算沿著小徑，走下階梯，穿過林地到碼頭。他只想坐在那裡思考，把千頭萬緒理出個頭緒——他父親返家、沒有蘿拉李號的生活。他需要獨自靜一靜。

但他不是一個人。玻璃碎裂聲令他僵住。接著，屋後傳來砰響，跟嘲弄的笑聲。他疑惑地轉身，槍聲破空而來。他掉頭狂奔過院子，悄悄順著門廊側邊，溜向屋子角落的柏樹和莖幹扭曲的杜鵑。從那裡，他認出彎腰俯身的人是羅比．麥拉倫，趴在院子地上的人是提姆．貝休恩。他們旁邊有一堆樹枝和破布、一罐汽油和一盒火柴。提姆狂亂地左右張望，卻無處可跑。因爲喬治騎著佩格慢慢從大路彎到小徑，走向他們，上衣敞開，步槍指著天空。他放低槍口，推動槍栓，再次瞄準。

他又開兩槍。第一槍讓提姆的帽子在半空中旋轉。第二槍射掉那堆東西上的石頭。賽門平貼著牆壁，然後蹲坐，呼吸短淺。羅比和提姆在哀求：「別殺我們！求求你不要殺我們。」喬治將槍閒閒橫放在佩格無鞍的背上，操控牠慢慢走向他們。他斜眼看看屋子。賽門聽到他們現在在啜泣。「射得神準很簡單。」喬治說。「我有四十枚包銀的子彈，專門用來修理你們這種懦夫。敢再來的話，我保證你們吃子彈。」

他們沒有動。喬治等著。最後，提姆掙扎著用四肢撐起身體。喬治向他們的單車歪一歪頭。他們像螃蟹一樣爬去騎車，抽抽噎噎。羅比怎麼踩踏板都騎不起來。最後他抓著把手，提姆也是，他們便牽著單車

28 Teazer，一艘劫掠船，一八一三年在馬洪灣遭英國軍艦追捕，爆炸焚毀。

跑到路上。

喬治騎著佩格筆直走向杜鵑。賽門死命閉上眼睛，貼著牆壁發抖。一隻山雀發出兩個音符的鳴叫。

「賽門．彼德？」這是喬治返家以來這麼久，第一次說出他的名字。他靠向佩格的脖子，伸出他的手。賽門整個人都呆了。「安全了。」喬治說，挺起腰桿坐直。他等著，依舊宛如雕像，凝視著海灣，長髮在微風中拂動。許久以後，仍在發抖的賽門，才貼著牆壁站直。更久以後，才從枝葉叢間側著身子出來。喬治一言不發，讓佩格掉頭，他們折回院子。賽門踢了那堆樹枝和破布，拿起火柴。「他們放火燒蘿拉李號。」他說。

「不是喔。」喬治回答。「閃電擊中桅杆。」

「閃電？你看到的嗎？」

喬治點頭。「我救不了船。船漂走了。」

賽門拿條毛巾塞住窗戶的破洞，鎖上門，走下階梯，然後拉著喬治的手，跳上佩格的背。他靠向喬治光溜溜的胸膛。喬治曬黑的強壯手臂圈住他，抖動韁繩，他的襯衣下襬在風中飄揚。「這才是我的乖女孩，佩格。」喬治輕聲說。

賽門獨自騎著佩格回家，還沒從畜棚走回屋子，就察覺家裡一定有事。澤布的貨車在院子。弗列達家的門大大敞開。廚房裡有人聲。廚房桌子前有個看來跟他父親一模一樣的人盯著面前的盤子，盤子上盛著一片艾妲做的麵包，艾妲正在幫麵包抹奶油，那人的眼神活像生平第一次見識到這種東西似的。

這個人緩緩抬頭，麵包和盤子隨著他起身的動作被打翻到地上。他蹣跚地繞過桌子，將賽門拉進懷裡。

安格斯總算獨處了——弗列達一家子跟澤布告辭已久，他父親還在他家，賽門．彼德去幫忙艾妲。他坐在床上，低頭看著蘇格蘭裙膝頭上方幾吋的一圈鹽分，然後從五斗櫃拿一條舊長褲。他將褲子放在床上，想像自己單手拉起褲子，以及褲襠那幾顆扣子可能會扣不上。五顆。他算過了。

蘿拉李號的羅盤像一顆被砍下來的人頭，收在袋子裡，擺在床上的長褲旁邊。他拿出羅盤，劃過玻璃上的裂痕。「水手回家了，從大海回家，獵人回家了，從山麓回家。」這是他父親在安格斯返家時說的歡迎詞——還是，他說的是：「從殺戮回家？」那不重要。這是史帝文生的〈安魂曲〉。安格斯知道這首詩，知道詩的第一句。「在遼闊星空下，挖個墳坑給我躺……」

他已經帶過羅盤到父親家，準備在好不容易走到時送給父親。老先生在上回安格斯撇下他的書房裡，看來極度脆弱。他一樣穿著白襯衫配深色毛呢背心。只不過，這一回他坐在有護翼的椅子上，頭靠在椅背上，張著嘴巴呼呼大睡。安格斯靜靜踱步，坐到桌子後。桌面凌亂放著剪報、信件和舊帳簿。有一張開給民主控制聯盟的支票。安格斯曾經聽過——這是一個宣揚止戰的英國組織，就他所知，成員淨是些沒上過沙場的知識分子、社會煽亂分子跟工會。支票金額是五百元，差不多夠訂製一艘新船或一間房子。

安格斯霍然站起來。書桌的椅子砰地向後倒。他父親頓時驚醒，不明所以地眨眨眼，不禁又張開嘴巴。「天哪。」他喃喃說。「我在做夢嗎？」他站起來，手探尋地扶著椅子。「水手回家了……」他繼續念完整首詩。他們互相看著對方，直到最後安格斯繞過桌子，他們粗魯地擁抱。

他們沒有閒話家常。他父親直接走到櫥櫃，拿出一瓶威士忌。「單麥。蘇格蘭的。一直留著等這個日子喝。」他說，找出水晶玻璃杯、倒酒。倒好酒以後，卻只顧看著安格斯，重新坐下。他總算開口時，講的是蘿拉李號。他們同意相信是閃電、是天意。同意這樣正好。安格斯想送他羅盤，但他拒絕收下。蘿拉李號屬於我，但同樣屬於你。它沒辦法給別的船長駕馭，他說，看看安格斯殘廢的手臂。蘿拉李號本來就氣數已盡，安格斯說，坦率說出自己長久以來害怕承認的眞相。

他父親的視線停在吊帶上。安格斯本能地用左臂擋在前面。「你見識過駭人的殘暴。參與其中。我想都無從想像。」他父親直截了當地說。

參與其中。安格斯玩味這句話。等著聽下去。但他父親無意將話題轉到安格斯身上，不打算直接談到他。沒錯，他確實想談論戰爭——戰爭的瘋狂、無止境的恐怖。他自己的努力及民主控制聯盟。達成和平協議刻不容緩。他激動起來，走過來戳著桌上的報紙。「報上講的這個薩松領過軍功十字勳章，跟你一樣是中尉，已經拒絕繼續打仗。你知道嗎？」

安格斯表示聽過，想盡快結束這個話題，但他父親不肯作罷。「英國下議院宣讀了他寫給上級軍官的信。」他從紙堆裡抽出一張新聞紙。他笨拙地戴上眼鏡，俯身用手指劃過紙頁。「這邊說，我照著念啊，英格蘭如今投入戰爭不是爲了『捍衛與解放』，而是『侵略與征服』。說他代表全部的軍人採取現在的行動。」他抬頭看安格斯。「你看人家多勇敢。懇求議會展開和平協議。結果呢？被送進瘋人院封他的口。」唾沫積聚在他嘴角。

「那是軍醫院。」安格斯平穩地說。「奎葛洛卡。那是一所英國的軍醫院。薩松不能代表我發言。有話我會自己說。」

他父親摘掉眼鏡。「什麼意思？他當然可以代表你。我站在你那一邊。這就是我想讓你明白的事。」

「那是哪一邊？人白白送死的那一邊嗎？現在我們退出戰爭，拱手奉上法國跟他們想要的一切？」

「沒錯！終止這場該死的戰爭。杜絕這種情況——瞧瞧你。難不成你想看到更多人變成這副德性回來……」他一手捂著眼睛。

安格斯一時之間沒有感覺。然後想到，他父親多麼恐懼。寧可站在義憤的盾牌後面，將死亡和犧牲視為抽象概念，判定為沒有目的，也不要一一想像那些死亡的人，或看到殘廢的兒子站在他面前。「我回來了。」安格斯堅定地說。他向前一步，注視父親，俯身，拿起羅盤，就走了。

不久後，賽門回家。「別說話。」安格斯這麼說。「一個字都不要說。先讓我抱抱你。」他感覺到兒子胳臂的肌肉出奇結實，感覺到兒子靠在他癱瘓的手臂上，而且抱他實在抱得太久。他總算放開兒子時，兒子的雀斑、金髮、愉快的笑容，儼然是帕布里卡佛。他捂著眼睛，沉重地坐回椅子上。賽門直勾勾看著安格斯的動章。視線避開他的手臂。說明海斯特先生的現況，以及他是無辜的。說他告訴海斯特先生，他父親一定能解決他的牢獄之災。他喋喋不休。幸好，沒問起戰地生活。他們聊到蘿拉李號，安格斯說看到火燒船，一定很可怕。賽門默然，安格斯向他擔保，沒了蘿拉李號，照樣能過日子，他們只要想著美好的時光，以及蘿拉李號以前多麼英勇。艾妲端出茶、更多麵包和一些海鮮雜燴濃湯。賽門將食物塞進嘴裡，繼續聊天，填滿每個空隙。跟安格斯說，他整個夏天都在梅德船塢打工。一五一十告訴他，史密斯與盧蘭造船廠有一艘曾經命名為驅逐灣號的船，現在沒有船名。描述它的線條，技術細節出乎意料的多。又笑一笑。再匆匆瞥他手臂一眼。嚴肅起來。提起維米嶺。說，你給了他們教訓，爸。

艾妲端出一些肉餡塔，說不如就當作是晚餐，因為赫蒂要晚歸。她去金河見鋸木廠的新領班。她騎著馬四處跑實在太荒唐了。鄧肯答應買一輛貨車，澤布會教赫蒂駕駛。聽好了，是駕駛貨車喔，她說。要不了多久，她就會自己開車去道森伐木場啦。她等著看安格斯的反應。見他沒反應，又說：「她跟你父親一樣有眼光、消息一樣靈通，而且她還有其他本事。但或許她原本就是這樣，因為就我所知，只要她銀貨兩訖，跟她打交道的男人似乎不在意她是女人。當然，一概由鄧肯出資。」

「只要還有剩下的錢就好。」安格斯說。

艾妲點頭。她懂他的意思。「我只能說，他的錢都投資在他看好的東西上。」

即將日落時，粉紅的天空加深爲紅色，赫蒂騎著盧斯特爬上山坡，艾賓舊帽子的皮繩掛在脖子上，帽子垂在她背後。安格斯在門廊上無法動彈，像在看一個流逝的夢。盧斯特隨著每一步緩慢的步伐點著頭，赫蒂厚重的靴子踩在馬鐙上，她褐色的樸實裙子垂墜下來，凌亂的短髮，臉曬得黑黑的，充滿決心。她騎馬上來時，沒有看到他。

在畜棚裡，他叫了她的名字。她在關畜欄的門。她身子變僵，慢慢轉向他。「赫蒂。對不起。」他說。他走向她。她以顫抖的手指碰觸他的唇。他們倒在乾草上，盧斯特的鼻息在他們上方，他們相擁而臥，直到她抽身退開，擦擦她低垂的雙眼。他挑掉她短髮上的乾草屑。她碰觸他的手臂，他感覺不到她的碰觸。他搖搖頭。他們又坐下，倚著畜欄門，肩並肩，而他們不曾在信上告訴對方的事像龐然大物，夾在他們中間。

「我找到他了。」他不禁脫口而出，未經大腦，卻很高興自己說了。他想要告訴她，想要罪疚壓垮自己，從而贖罪。想要跟唯一能懂的人一起理出頭緒，她是世界上唯一另一個對艾賓有相同認知的人。眞相沉重地壓在他心頭。

「你是說找到他的遺體嗎？」她低語。「軍方說……我以爲、我以爲——」

「不是的。」他說，沒等她說完話。「妳沒有聽懂，我找到他了。」但她不肯聽。說她受不了再聽到他的名字。她已經埋葬他。並且找到沒有他的生活方式——

他默默凝視她，體會到「**找到沒有他的生活方式**」的意思。她抬起的下巴在顫抖，她眼裡透出心焦的困惑——這些他都看在眼裡，拿來跟自己自私的需求、莽撞的話語掂量孰輕孰重。

「不。我是指……我打聽到他的事。他……最後很英勇。在最後的時候。」

「這樣啊。」她說，又頹然靠著畜欄。

他等著看她想不想多聽一點——即使她敞開心扉的可能微乎其微。但她依舊緊閉心扉。「那又怎樣？戰火帶走了他，不論他英勇與否。」她嘆道。她直視前方。「有很長一段時間，眞的很長，我不能接受事實。但最後……在我父親拿這個給我的那一天，我知道他走了。」她探手到裙子口袋，將艾賓的軍籍牌按在安格斯手上。「你也得埋葬他。」她說。然後她拾起艾賓的帽子，站起來，雙手捧著帽簷。「記得這頂帽子嗎？記得他的故事嗎？記得他從一個『瘋狂的澳洲人』那裡贏來的嗎？記得他怎樣逗得大家哈哈笑？那才是我想要回憶他的樣子。不是想著他是一具屍體，不是一個被炸成碎片的大兵，身體支離破碎——我不在乎他在那邊的事蹟，也不想管他的死法。拜託。就讓我記住原本的他，我才能向前走。」

安格斯握住手上的軍籍牌，收進口袋。他也站起來。「赫蒂。」他說，伸出手。但她向後退，扭開頭，閉上眼睛。安格斯垂下手。

她深吸一口氣，沒有看他，說道：「還有一件事。一件你該知道的事。可怕的事。我不曉得怎麼啓齒——」她面向他。眼眶含淚。

「妳不用說。我看到了。蘿拉李號。我不能出航，這個樣子沒辦法出航。」他向手臂點點頭。「反正船況也不行。我們心裡都有數。蘿拉李號的時候到了。跟艾賓一樣。」

逝而未去。消失卻存在。死亡卻沒有下葬。不是眞的入土爲安。

盧斯特抖動鬃毛，跺著腳。佩格挨到自己畜欄邊緣，探頭到盧斯特那一邊。赫蒂摸摸佩格的鼻子，取下盧斯特的馬轡，迅速爲牠刷毛，餵牠們吃燕麥。不肯讓安格斯幫忙。我馬上好，她說。我做慣了。她當然做慣了。安格斯幾乎不騎盧斯特，更別提給牠刷毛或餵牠。向來都是他父親和赫蒂在照料馬兒——看著她，安格斯心想，這又是一項他們倆的合夥事項。她的動作靈快且篤定。她看來很有效率又強健。他記得父親曾叫他讓赫蒂定下心來。現在她的心已定。不再是在山間漫遊的幽魂。他周遭的氛圍和馬的氣味變得濃重。他踱到外面。

她做完工作，來到他身邊。他點了一根菸，差點想請她抽一根。「妳扛了好多擔子。」他語氣有點生硬。「聽說妳接手掌管爸爸的生意。我以妳為榮。很感謝有妳在。」

她滿不在乎。「這樣我日子比較好過。」她說。依他想來，她不假思索的態度用在洽談生意或許效果不錯，能讓誤以為她表裡如一的人卸下心防。

「就我聽說的情況，是讓**我們**日子過得下去。」

她歪著頭。「我在想，」她輕聲說：「蘿拉李號沒了，而你——我不曉得你打算以後做什麼，但我們又進了木料。也許會買造紙廠。你對這些有興趣嗎？」

「造紙廠？」他幾乎笑出來。然後他感覺到了。這個問題冰冷且疏遠。

「你以後要做什麼？」

「我才剛回來。」他斷然說。

「我知道、我知道。」她以安撫的口吻細聲說。「對不起。我應該問問你在那邊的經歷。但是……」她咬著唇，別開視線。「鄧肯說，宣導小冊上說軍人返家以後不會想談那些事。如果你想聊——我是說，你的弟兄們，好像是一群好夥伴……根據你寄回家的信。」

他阻止她說下去。「沒關係。我父親是對的。宣導小冊是對的。」他仰望紫色天空，剛出現的星星。**一群好夥伴**。康隆告誡過他，翻攪起的回憶或許會壓倒現實世界，將你拉回過去。但不明就裡的人若是威脅到那片聖地，也會造成相同的效果。「天黑了。」他說。「我們進屋去。」

她躊躇著，或許在等他。他沒有動，她兀自走下山坡。「你在那裡想過我嗎？」他覺得她在擦身而過時這樣問他。「想過。」他說。這時她經過水井，穿過院子進屋。於是他知道那句話出自他的幻想。「妳想過我嗎？」他喃喃說。

那天深夜，安格斯手裡拿著艾賓的軍籍牌，脖子上戴著哈弗斯的十字架，走到屋子下方的海灘，坐在大石頭上。小時候，他常坐在那裡等父親從淺灘回來。他凝望著那些島嶼，想著以前父親會把他扛在肩膀上，帶他在鎮上碼頭走來走去。他想著他那隻沉到波浪下的瓣足鷸。想起有一次他在幻覺中看到一隻軍艦鳥低空飛過戰壕——一隻他比照圖片畫過卻沒親眼看過的鳥。保羅的鴿子在盤旋，月光在刺刀上的反光，結了一層冰的草，他們從草間爬過時他如雷的心跳，威克漢上下顛倒的靴子上綁得整齊的鞋帶，帕布里卡佛的雀斑，他的笑容、他的笑聲，在維米嶺戰役前幾週，有一晚在一家小酒館，康隆變了聲音，他也變了聲音，隨著〈勇哉沃夫〉[29]的悠緩鼓聲吟唱。**雙方的砲火怒吼似雷霆……自負的青年粉身又碎骨……**安格斯喃喃複誦這些句子。蘿拉李號的焦黑木料跟許久以前在河畔的焦黑樹木殘幹融爲一體。他探看著蘿拉李號空蕩蕩的停泊處外的黑色水域。但看不見綠色的航行燈。

夜更深之後，他站在臥房俯瞰床上的妻子，凝視她的呼吸。他出征時想過她嗎？不常想，也想得不夠。當他想起妻子，想到的是在世界初始時的一個女學生。她斜臥在床上，已然習慣不和他共寢的日子，

29 Brave Wolfe，加拿大民謠，描述英軍的沃夫少將在一七五九年九月十三日擊潰法軍，贏得亞伯拉罕平原戰役的故事。

她平躺著，嘴唇輕啓，一手舉到後面。他撫過她的一綹短髮，讓頭髮在他指縫間呈羽狀散開。他憑什麼干預這樣的革新？侮蔑如此大無畏的努力？也許她終究埋葬了艾賓，或許連同自己的半顆心一併下葬。

仍未寬衣的他坐在搖椅上，褪下靴子。解開手臂的吊帶。有個他從下了火車、爬上澤布貨車後的八百年來不曾踏進的地方，也就是他的畫室。他披上褪色的藍、灰色被子，靠著椅背坐著。

維米嶺山邊會有一塊上等兵哈弗斯的石碑。這他毫不懷疑。但其餘時候，只有他和另外兩個活人知道誰埋在下面。而他們，跟安格斯一樣，萬分遙遠。他的手臂沉甸甸壓著他的大腿。他肩膀痠痛。

二十六

一九一七年十一月二十八日
新斯科細亞　斯納格港

賽門．彼德推開畫室的門。自從他父親返家，兩個半月的時間來了又去，他都沒有費心鎖門。但賽門看過他進入畫室，晚上晃著提燈走過院子。他看過火爐邊行軍床上的被子亂了。畫室乾枯靜寂——一個空殼，跟他父親一樣。賽門大著膽子踏進去。但一進入畫室，便放輕腳步。無論他父親在不在意，畫室仍是聖地。

他父親許多事都不在乎。周遭的生活如常進行，他以悲傷的空洞眼神旁觀。他每天早上更衣、刮鬍，天氣好就雙膝併攏坐在門廊上，天氣壞就坐在火爐邊。他用完好的手臂上下移動殘臂，稱為「被動運動」。他腿上擺著一本書，身邊一具望遠鏡。他將蘿拉李號的羅盤藏在一個櫥櫃裡。他不在乎有沒有訪客，也不進城。他謝絕乘船，也禁止賽門搭平底船。不安全，他說。他不願談論戰爭。根本難得開口。

狄莫克牧師在第一週登門拜訪，說想在週日禮拜後舉行歡迎戰爭英雄返鄉的慶祝會，就像先前也給喬治．馬瑟辦過一場，但他父親拒絕。狄莫克牧師殷殷懇求，說這將能大幅消弭海斯特事件的傷害，或許還能讓鄧肯回到教會。賽門的父親起身，昂然立在牧師面前，嚇得牧師將佐茶的餅乾擋在前面，活像舉起盾牌似的。他說他不是英雄，若是狄莫克牧師以為在上帝的殿堂歌頌戰爭就能攏絡鄧肯．麥葛拉斯，未免太過無知。狄莫克牧師脹紅了臉，夾緊帽子，說安格斯或許該以自己的靈魂為念。他父親關上門，頭靠在門上許久。

賽門很苦惱該不該向父親透露，喬治說在古瑟列特戰役後看過艾賓。最後，他告訴了父親，他父親半天才回應，講了句類似「有時候，我們看見自己想相信的事物」的話，但這話講了跟沒講一樣，而且出奇像喬治的口吻。

艾妲叫他給他父親一點時間。我們艾妲啊，是個睿智的女人，他祖父同意道。但海斯特先生的處境堪虞，賽門口袋裡的信就是證明。他父親卻坐在搖椅上，待在門廊的暗影裡，拒絕伸出援手。他說，儘管他是退役軍人，而且是軍官，掌管阿模斯特營地的人根本不會將他放在眼裡。他祖父已盡一切努力。或許海斯特先生最好還是坐牢，如此在戰爭結束前都能受到保護，他說。他似乎不明白海斯特先生的遭遇。尤有甚者，他對如此的不公不義，似乎毫不生氣——只感到氣餒。

同時，海斯特先生在獄中一天比一天陰鬱且心痛，賽門按照《南北美洲鱗翅目》的圖片，仔細描繪藍色的歡樂女神閃蝶，決心寄給他。在早期的信件，海斯特先生要他繼續研讀希臘文翻譯。奇怪的是，他父親一度對他的譯本展露興趣——說他的一個朋友，一位康隆上尉，帶著《伊里亞德》到前線，《奧德賽》也帶了，還引述內文呢。詩人都記得，他說。賽門等著父親細說分明，他卻沒有第二句話。人就站在他身邊的父親，心思已經飄走了。

海斯特先生的最近一封信在賽門口袋中。信裡不提阿格曼農或特洛伊的苦，只訴說海斯特先生在艱難處境下的苦。他說追求美麗的事物漸漸索然無味，即使他目睹日升日落，目光卻愈來愈晦暗。

因此賽門需要藍色顏料。水彩跟畫筆一樣枯乾，但添水就能復原。書不能寄去，否則恐怕保不住。他不願撕書。只能用畫的湊和湊和。他坐在壁爐架旁邊的凳子，混合他要的顏色，填進他用黑墨水描繪的輪廓裡。顏料乾了以後，他在翅脈和翅膀尖端補填黑色油墨，留下一些小白點，一切比照相片上的歡樂女神閃蝶。這沉悶的過程，他卻自得其樂。

他俯身換水彩，注意到一束黑紙。他拿起一張，看到紙不是黑的，而是幾乎整張紙都用粗重的炭筆線條畫滿。楊．弗萊德來過畫室嗎？而且還用他父親的炭筆？賽門翻過面。在紙背，粗拙的筆跡寫著「解脫，一九一七」，然後是「A．A．麥葛拉斯」。賽門翻看其餘的畫，每一張都署名，每一張都一樣，全是畫向一個白點的線條，白點非常渾圓，位置不一——有的是頂針大小，有的是果醬罐的尺寸，有一幅僅僅是一個點。

門咿呀打開，他祖父踱進來，質問賽門怎麼跑來這裡亂碰父親的畫。賽門一聲不響，遞出炭筆畫。他祖父不耐煩地翻一翻。「這什麼鬼？」

賽門將畫翻到背面，他祖父一看，用手捂著眼睛，留下兩枚黑印。「解脫？天啊。」他粗啞地說。

「這是什麼意思？」賽門問。

「我看不出個所以然。總之不是好事。」他將那些畫扔回壁爐架上，轉向仍放在角落畫架上、用布蓋著的巨大畫布。他拉開防塵布，站在畫到一半的划槳船父子前面。「他原本可以畫這個，可惜他——」

賽門不禁張開嘴巴。「你看過啊？」

「當然。別跟我說你沒有。我知道你會進來這裡。我猜，你看過很多次。」他沒有尋求確認，他的猜測自然是正確的。「長年以來，」他祖父說：「我都覺得他畫畫是浪費時間。那些該死的鳥和海景……但這一幅——這幅有想像力。剛開始，我以爲他是把油彩亂抹到畫布上。在發神經。但我站遠一點，畫面便跳出來。划槳船從畫布底下這裡出去，好像你就在船上。陽光照在水面。看這幅畫，就是置身在畫中。」

確實如此，賽門想。

「啊。他有天賦，而我沒看出來。無所謂，他以前沒畫過這樣的畫。我知道。我找遍了這裡的每一幅畫。我猜你也是。而這幅畫擺在這裡。永遠不會完成。這是最悲哀的。這是我們都要付出的沉重代價。」

賽門不想讓祖父開始談論整個新斯科細亞正在付出的慘痛代價，也不想讓自己對父親的憐憫愈漸加重——他父親好像不知道自己活著——於是賽門拿防塵布蓋住畫。但他祖父拉住他的手臂。「我們以前有一艘魚鱗外板的舊划槳船，你還記得嗎？我會唱歌給他聽，『在海裡所有的魚呀——』」

「『我最愛鱸魚。牠爬上海草樹，用手和膝蓋撐著溜下來……』我知道。以前爸爸划那艘老划槳船帶我出去，他會唱給我聽。」

「是嗎？」他的聲音減小為沙啞的低喃，賽門看到他的嘴在顫抖。

「等一下。」賽門說。「你以為這幅畫——你覺得畫裡的人是你跟爸爸？你是這個大人，爸爸是這個小男生？」他再看一眼畫，又看看祖父，得知畫中人未必是自己的痛楚漸漸明晰起來。

他祖父伸手攬著他。「嗳，畫的是誰不要緊，對吧？這是所有的父與子，凝結在時空裡。你覺得呢？」

賽門猛然閃開，將炭筆畫放回架子下。「他是瘋子，我覺得他是瘋子。瘋子。」

「等一下，小朋友。他只是失去自己的羅盤。他會找到的。」

「他要羅盤幹麼？他哪裡都不會去。」賽門指著釘著彩色大頭針的法國地圖。「他只在乎那個地方。」他說。

那一夜，安格斯點亮畫室的檯燈，這是他每晚都做的事。天氣冷到可以生一爐火，但他坐著打顫。有的人一聽到突如其來的聲響就會發抖，安格斯倒是不會；不過他常常顫慄，腦子裡會充滿尖厲的聲響，唇色白得像灰燼，他發現在發作完畢後，最好別動。一動不動，彷彿自己遠在千山萬水外，以免污染周遭的世界。以免他說出一個朋友、舅子、手足與兒子的故事，然後這個故事被那些有耳卻不能聽、也永遠不會懂的人玷污。他在自己的孤島上，與他的戰爭獨處，看著家人各做各的例行公事。他翻開書本，來來回回重讀相同的文句。再回神時，往往是幾小時後。他勉強自己進食。他熱切地期盼自己變隱形人。他訂購一幅法國和比利時的放大地圖，釘在畫室，每一條戰爭新聞的小消息都不放過，以改變宗教信仰者的狂烈熱忱與迷途朝聖者的殷切渴盼，關注戰爭。在有些日子裡，在悲痛與回憶的暗井中，他會看到一道光亮，白燦燦的光亮，死亡的解脫就是那樣閃閃發光。在深坑上方的白色洞口。

到了夜晚，他便卸下侷限在陸地上的幽閉生活——他可以眺望黑色水域，什麼都看不見，感受並知道自己的空無。

他坐下來，打開康隆的最近一封信，這封信一如他所有的信，脈絡是相連的——弟兄們的消息，誰活著、誰死了，戰役的消息。巴斯青達戰役落幕。第三次伊普爾戰役宛如漲潮一般，將法蘭德斯的大地轉爲一片血海，康隆以新聞寫作的天資寫道。那片血海，包括幾個月前柯里預估將要傷亡的一萬六千位加拿大軍人鮮血。

鮑德立是最新一個死者，他的死讓仍然活著的人驚愕不已。從壕板摔落，在泥巴裡溺斃，康隆寫道。漢森、凱茲、肯恩斯傷重不治。拉普安特、歐斯納、麥尼爾——因德軍砲彈如雨下，在深及腰部的水中連續站立五天——發燒被撤離戰場。現在，輪到鮑德立。「倖存是意外，」康隆寫，「喪命是遲早。」

他試圖理解鮑德立的死，安格斯想到的是阿格曼農。在滔天苦難中，宙斯允諾的智慧在哪裡？記憶的哀傷「在睡夢中滴落在心上」，無止無盡。他渴切企盼會有盡頭。先前那些幾乎沒注意過的事物，如今比現實生活更重要——他襯衫的一顆鈕扣，會讓他想起帕布里卡佛染血的破損外套上只剩一條線跟衣服相連的鈕扣……他霍然站起，任憑手中的信掉落，掀開火爐的蓋子，劃燃一根火柴，丟進去。起火後，他抓住他的「解脫」畫作，一張一張，舉向火焰。每位逝去的弟兄各一張。剩餘的也燒掉，一張一張，看著紙捲起來，化爲灰燼。

有東西動了一下。他沒眞的看到，主要是感覺到的。在那裡——在火爐後面，防塵布從畫架滑落，露出船上父子圖。怎麼偏偏是現在滑落？分明在嘲弄所有他們未能信守的承諾。他將畫扔到畫室另一頭，然後扔畫架，盲目地伸手到高高的架子上一掃，摸到刀子，跪在畫前。他舉起手臂，正要將畫割爛時，一張紙卻像一抹氣息落在他膝蓋邊的地上。一隻蝴蝶。底下是用心寫上的「歡樂女神閃蝶」字樣，在下面，則是：「記住，這是你的生活之道。」

安格斯慢慢站起身，將蝴蝶圖拿到窗邊的檯燈前細看。他抬頭時，他癲狂、煎熬的臉孔從玻璃反射瞪著他。

字是賽門．彼德的筆跡。「你的生活之道。」安格斯驚異地坐下。賽門啊，諱莫如深的賽門，非常氣惱他沒能拯救海斯特。他跟他說過那完全無濟於事——又一次失敗的任務，他如是想，但沒有說。他解釋過海斯特待在監獄實在安全得多——渴盼在家鄉開戰的人將不能動海斯特一根汗毛，況且事實證明，海斯特很容易變成眾矢之的。賽門瞪著他的眼神，從困惑轉爲呆滯的疏離，將湯匙扔進他的空杯。那聲響，在他們之間的距離回盪。安格斯坐在那裡，只是個反覆思量、被壓垮的男人，無力給人什麼。而現在，他兒子捎來一個訊息。

第二天一早，賽門．彼德在上學前看到父親倚著架子，睡著了——畫筆和顏料散放在他身邊。他注意到那幅畫被扔在放平的畫架上。他不願放在心上。那幅蝴蝶壓在他父親的手肘下，仍然完好。這才是他關心的畫。他父親動了動，坐起來眨眼。

「那蝴蝶，」賽門說：「是我的。」

「你畫的?照著那本蝴蝶圖鑑畫的?」他父親搓搓臉。「底下那句話。這是你的生活之道。那是什麼意思?」

「沒什麼。是我跟海斯特先生的事。」

「所以這句話……是給他的?」

「是啊。」賽門說。「我爲他畫的。他需要這個。一件美麗的事物。因爲那是帶給他生命意義的東西。他是那樣說的。」

他拿起蝴蝶圖就走了。

二十七

一九一八年四月九日
新斯科細亞 斯納格港

五個月後，是維米嶺那一天的週年，有著閃亮藍翅、翅尖有白點的歡樂女神閃蝶——挾著無法企及的美——振翅飛過安格斯，空留憾恨。牠在安格斯從哈利法克斯返家的火車上飛來，安格斯從前一年十二月起，便在哈利法克斯投入救災工作——不是救助海外的戰爭受害者，而是家鄉的死者。一場爆炸將半個哈利法克斯跟半個達特茅斯夷爲平地，並撼動六十幾哩外的斯納格港。

滿載比利時救難物資的挪威籍不定期貨船伊默號，撞上滿載戰爭武器原料——船艙內是苦味酸和黃色炸藥，固定在甲板上的則是三十五噸裝箱的石油醚——的勃朗峰號，釀成充滿殘酷反諷的航運重大意外。最後一項要命的諷刺是勃朗峰號在港口的景觀引來眾人圍觀，人總是會跑來看火燒船的。他們不知道船上堆滿致命的貨物，痴迷地站在街道上、在辦公室窗前、在水濱。然後，船爆炸了。

超過兩千人喪命，兩萬人無家可歸，數百人變成孤兒，被玻璃碎片弄瞎的人更多。爆炸令船隻斜飛過天空。迫使港口的海水分開，引發沖向市鎮的海嘯——這條新聞令面無血色的賽門說不出話。

隨後的暴風雪也是數一數二的嚴重，將災區覆上冰霜，埋在積雪下，從加拿大各地及新英格蘭運送物資過來的火車因而停駛。調查發現的鐵證指出這場爆炸既非戰爭行動，也不是間諜搞鬼，純屬人爲疏失，德國後裔卻在光天化日之下遭到攻擊，許多人被暫時監禁，他們有些人在斯納格港還有親戚呢。鄧肯在布隆利夫人策辦的鎮民大會上挺身主張加強救災工作。沒有人邀請他發言，他是自己主動站起來說這場悲劇造成的絕望不僅在於實質的煎熬，更在於精神上的折磨。他還談到被復仇塗黑的心靈。「別讓生者的靈魂也淪爲死亡人數。」他說。他說的是哪些人的靈魂概無疑義，這一回，眾人一致無聲通過他的主張。

艾妲告訴安格斯，這是他最高貴的一刻。她將圍裙拉到臉上，指節又紅又粗。「爆炸發生時，他納悶上帝是不是在懲罰我們參戰。他老是說新斯科細亞必定會付出代價。他沒跟別人那樣說，別誤會了。他只跟我說。但嚴重的災情傳出來後，他就拋下那個想法。」

「妳愛他，對不對，艾妲？」安格斯說，跟她坐在廚房桌子前。

「我愛他，毫無保留。」她說，迎視他的眼睛。

安格斯決定略盡棉薄，赫蒂祝福他平安，坦白說出她如釋重負。安格斯收好行囊，前去哈利法克斯，發現儘管手臂不方便，照樣能在救災工作大顯身手。他的服役經驗也派上用場，讓他從一般助手之間，拔擢到有幾分權力的臨時職位。他懂得如何駕馭人類的苦難。

他在工作結束後返回斯納格港，捲縮的春葉舒展，冬雪消退。他曾寫信給賽門，收到的回信卻總是簡略到不能更簡略。赫蒂寫得比較勤快——照例以五行篇幅告訴他諸事順遂，他猜自己不在家，她反而落得輕鬆。怎麼可能不是呢？在哈利法克斯時，他感受到軍事作風的親切自在，肩膀和手也出現可喜的痛覺。他以沉著的超然態度工作，籌劃物資分發、查核物資在收容所的配置情況、細聲訴說慰藉的話語、聆聽慟失的故事。他的肩膀可以移動胳膊，但疼痛和活動能力在他返家時消失。彷彿神經力圖振作，但終究失敗。黑暗再次籠罩他。他變得相信自己的人生注定只有在最殘酷的情境下，才能有所作爲。他不配凝視美、創造美。因爲他狂妄地認爲自己可以，神廢了他的手臂。但他也想到分發食物和毯子的手，想到自己發現一個學步的女童在雪封的街道上遊盪，在他將小孩抱回災民收容所的路上，她在他肩上睡著，細小的呼吸溫暖了他的脖子。

到六月中旬時，艾賓過世一年兩個月，安格斯從奇根的來信得知總是游走在優雅、沉著、堅定的邊緣且最近剛升等爲少校、軍服上多一枚傑出服務勳章的康隆，已經死了。

康隆，是安格斯不在場的傾吐對象，安格斯會無聲地向他吐露自己的不軌，也不曾請求他寬恕，康隆曾在五月寫信給安格斯，說要不是有哈弗斯，他們不會發現石砌倉庫裡的那一挺榴彈砲。要不是有奄奄一息的安格斯在，他、安格斯、奇根三人，絕對找不到路回去跟拉許福回報榴彈砲的位置。

他在那封奇怪的信裡聊起他們共處的時光，請安格斯在戰爭結束後回去一趟，在維米嶺、巴斯青達的同袍墳上獻花圈。他估計戰爭再打也不久了，但極可能以戰敗收場。「答應我，無論戰爭勝負，你會榮耀我們的墳墓。」這實在不像康隆會提出的懇求。

安格斯的回信，跟他所有的回信一樣，是以左手吃力地寫成。他提醒康隆那天在修道院墓園的事——康隆曾嘲笑碑石會崩毀、姓名會淡去，沒人會記得，「只有詩人幫助我們其他人記住我們不敢說的事。」但安格斯答應了他——他會在戰火平息後，在每個墳墓上放個花圈——無論勝敗。但他要康隆同行。要他背誦他記得的詩。

而今，奇根在信上寫道，嗓音柔和、笑容更柔和的康隆啊，在巴斯青達率領他殘餘的兵力，締造他們根本配不上的英勇戰蹟，這個豪情萬丈永不消滅的人，自己另尋出路。奇根隨信附上康隆那本《奧德賽》，康隆曾交代在他遭遇不測時將書寄給安格斯。康隆留給安格斯的信夾在磨損的書頁間，說他不像奧德修斯[30]，也不像安格斯，他不認爲自己能夠找到回家的路，但他希望安格斯能夠衷心珍惜自己的回憶，一如像他珍惜安格斯的友情。幾天後，他便在倫敦一家旅館了結自己的性命。

安格斯將手上的《奧德賽》轉個面，放在壁架上。他翻開書扉，夾進康隆的信。在他闔上扉頁前，他將掌心平貼在字句之上。然後走出畫室，沒關門。他一個勁地走，沒跟半個人說話，深入山林，最後，一腳高一腳低地涉過泥沼，轉向西南方的海岸。幾小時後，他踉蹌穿過貓頭鷹頭岬海灘上的石塊。在那裡，他讓風吹走所有惱人的爲什麼。一陣陣的狂風湧過樹梢。在他腳邊，一道愈漸強大的大浪打到岸上，以小瀑布般的白沫將岩石打濕，無止無盡，漠不關心。他有康隆遲早會殞命的心理準備，卻沒料到他會尋短。

安格斯不明白自己爲何抗拒輕生的念頭，不明白康隆爲何屈服。也不明白他爲何繼續抗拒。答案不存在，奇根日後頂多可以告訴他當時的情況。康隆人生最後幾天的點點滴滴，永遠不會是充足的解釋。我們不能從單單一個字了解整首詩，他終於有力氣說，也不能從單一行動了解一個人的生命。

被逼著走到人類知識的極限，向奧祕下跪，而不僅僅是向康隆之死屈膝，安格斯窺見更浩瀚的奧祕。這不是奧祕的全貌，唯有憑著超脫一切知識的覺知，才能知曉。他侷限的生命從他延展而開，在那一刻，他的束縛都消失了。

「麥葛拉斯！」不知在過了幾分鐘或幾小時後，他聽到有人叫他。他一轉身，差點在岩石上失足。喬治就在那裡，狂放激越，試圖在大石上站穩，拐杖在沙地上。「蒂耶普瓦勒，」他嚷著：「他在那裡！救了我的命。」

「我知道。」安格斯說。「我相信你。我也看過他。在維米嶺，之後也看過。」這幾句話釋放的眞相讓他迅捷地從滑溜溜的岩石上，來到喬治身邊。

30《奧德賽》的主人翁，返鄉之路歷盡波折，耗費十年才到家。

喬治的頭髮被颳到臉上。他慢慢將頭髮撥開。「他在四十五營嗎？」

「對啊。自稱哈弗斯。但那是艾賓。我親眼看著他斷氣。之後我看著他死一百遍。」

他們望進彼此眼裡。「沒有終結的終結。」喬治說。

安格斯腳下一個不穩，伸手去抓喬治，兩人便一起跌到沙地上，掙扎著爬起來，跛行穿過石灘，到樹蔭下，一屁股坐在通往海斯特小屋的階梯上。安格斯縮成一團，點根菸，遞給喬治。

喬治用拇指和食指拿著菸。「男孩哭著要媽媽。給他一根這個。」

安格斯抬頭看喬治，也給自己點菸。飄起一陣迷濛的雨。

喬治吹出一道長長的煙流，低下頭。「死了或繼續過日子。兩者都不能把他們帶回來。也帶不回我們。心碎了，腦子也壞了。」

安格斯向後靠著欄杆。喬治的手無力地垂在膝蓋間。安格斯閉上眼睛，記起沾滿泥巴的蘇格蘭裙在赤裸膝蓋上的刮擦感。一段時間後，風開始平息，空氣柔和起來。一隻櫑鳥在他們上方發出一連串空洞的叫聲。

安格斯說：「在無人地帶中間的鐵絲網上有一件德軍的外套，一隻雲雀在那裡築巢。唱歌唱個不停。」

喬治抬頭聆聽，拾起一根被颳到階梯上的山月桂樹枝。他將一片葉子撕成兩半，舉在鼻前深深聞著。他給安格斯另外半片葉子，安格斯也如法炮製。濕答答樹林的清新氣息──藍莓叢和月桂、濕透的松針、濕潤的大地──如洪水湧來，壓倒記憶，抹除時間。他們慢慢走上階梯，到海斯特的小屋。喬治在那裡停下。他們緊緊握手，安格斯便留下在門廊搖晃身體的他。

他踏上歸途，獨自走在山路上，怯憐憐的藍紫色渲染著向晚的天空，充盈在天上，色澤逐漸變濃，直到驀然放出冷光，染上銀亮，遁入黑暗。「我們存活的時候，」他曾對徒勞無功地幫已死的哥哥止血的奧蘭說，「也離死不遠。」萬事不長久。時時刻刻都是有去無回的一刻。但他走著走著，黃昏隱沒到夜色中，那藍紫色天空的精髓停駐在他心裡，喚醒他在戰壕底下時對看見完整天空的渴盼。現在，天空在他之上，遼闊且繁星點點。每顆星星都因爲一望無際的黑暗而更明亮。

戰爭在他心裡，是他的一部分，不是全部。回憶會永遠糾纏他，一如喬治也受到回憶之苦。這他明白。但他也明白，只憑著回憶，不足以向犧牲奉上敬意，唯有在內心最純粹的部分，才能領略到犧牲是無法完全看透的。**我們如今彷彿對著鏡子觀看，模糊不清……我如今所知道的有限**[31]。

走到梅德碼頭時，他停下腳步。下樓梯到碼頭上，走到底。船棚的門咿呀打開，一個人影走出來。

「安格斯？是你嗎？」菲利浦叫道，望進黑暗，一手擱在圓滾滾的肚皮上，另一隻手搔脖子。

「是啊。」

「我就知道。獨臂人的腳步聲很特別啊。你半夜來這裡看我過得好不好嗎？嘿，我來告訴你。我活到七十二歲，還活蹦亂跳咧。」他眨眨眼，自己也覺得好笑，說：「既然你來都來了，過來這邊。我有東西要給你看。來、來。」他喘著氣說，打手勢要安格斯進去。

到了船棚裡，他用菸斗指著一具美麗的小巧船殼，一艘單桅小漁船，約二十四呎長，擺在托架上。

「宏都拉斯桃花心木。」他說。「便宜買到的，如果你信的話。但別相信我。」他擠出高亢的輕笑。

「好美。」安格斯說。

31聖經哥林多前書第十三章十二節。

「是啊。很美。」菲利浦趾高氣昂地踩著木屑，繞船而行，爬上四腳梯，將粗糙的雙手擱在舷緣上。甲板尚未完工。只有以平鋪法製作的船殼，柔和的紅褐色，尚未上漆，磨砂磨得很光滑。「你兒子跟我設計的。沒料到我還會有打造新船的一天。我實在太喜歡它，忍不住就動手打造了。他一直慫恿我造船。大致上是他的設計。他想要那個長的懸伸艉跟匙形艏。每個步驟都幫忙。」

「賽門．彼德嗎？」

「對啊。不然你有幾個兒子？」

安格斯繞著船，看著船的優雅線條，深邃的龍骨，艉橫板的橢圓形尾端。他不曾看過如此四平八穩、美麗的小船。「他幫忙設計的？怎麼說？」

「他跟我討論尺寸。他甚至畫了**幾張圖**，他跟我說，是比例圖喔，假如這樣還不夠看的話，他是在我們做放樣[32]之前畫的。他不要船漆成五顏六色。只上清漆，才好保持原色。我還沒看過誰打磨得那麼細。他叫我把船命名為**眞北**，但我告訴他，船名是買家說了算。」

安格斯說不出話，撫過船的木板，按著匙形艏的光滑曲線。

「他跟我估算桅杆大概要二十八呎。」菲利浦說，爬回地上。「他已經挑好一棵樹。它以後得支撐很多船帆，但它游刃有餘。只要迎風面的欄杆上面有兩、三個瘦小子，憑那一副龍骨，就不會被五十節的大風颳到翻船。」

菲利浦掏出隨身小酒瓶，請安格斯喝。安格斯長飲一口，倚著門框，凝視著艉橫板。「菲利浦，」他說：「我在想，在船尾寫上**眞北號**一定很好看。」

32將船隻平面圖製成立體圖或立體模型，並計算、繪出每個組件的形狀、尺寸等。

「是啊，確實如此。眞是個好名字。」菲利浦同意道。「棒呆了。」他將菸斗塞回牙齒之間，笑咧咧的。然後他關了燈，向安格斯道晚安。安格斯走到碼頭盡頭，感覺到解放感滿溢到天空中。美並沒有棄絕他。是他棄絕了美。在戰場上，他在死亡環伺下用生命冒險。之後，他不再拿生命冒險。他閉上眼睛，讓星辰落在他周遭。

回到畫室後，他用手的熱度暖化顏料管，調出他所能想像到最完美的藍——馬洪灣在清爽的十月天時近乎藏青的顏色，黃昏的靛藍，聖瑞尼安百葉窗的法國藍，歡樂女神閃蝶的朦朧彩光，在法國小屋絕壁下海水的海玻璃藍綠色，帕布里卡佛眼睛的冰藍，他兒子眼睛的灰藍。他左手拿起一支畫筆，畫圈圈沾上許多顏料。一開始他的動作很笨拙，但那異樣的感受卻解放了他。他立起畫架，放上一塊乾淨的畫布，以粗重的筆觸開始創作那種藍的實際精髓，而非完美的複製。

他絲毫不在意筆下的形體，但一旦畫在畫布上，在遮蔭中、在墓碑中、在鼓丘中、在鳥翅的渾圓曲線中，線條便同時成爲這些東西。他一畫幾小時，調和不同的顏色，愈畫，血液愈澎湃奔竄，在他體內搏動。他加進一抹綠。然後便不畫了。

他筋疲力竭，癱到角落的行軍床上，看到皺巴巴的藍、灰色舊被子整齊地疊好，放在床尾，床單和毯子反摺回來，枕頭拍得蓬蓬的。赫蒂。他用手背輕輕撫過枕頭，這才想到這張床夜復一夜，都這樣打點得整整齊齊。

隔天日出時，他被艾妲粗魯地搖醒。「你最好起床照顧你兒子。赫蒂去橋水。你該起床了。」

安格斯坐起來，揉揉臉。

「你看一下，這是海斯特先生寄來的信。我看，赫蒂昨天八成忘記拿給賽門。現在賽門看過信了。」她把信塞給他。「賽門把蝴蝶送給他，他一聲謝謝都沒說。這你知道嗎？現在他寄這封信來。說他不是我們的一分子。」

安格斯攤開信來看。海斯特在信上說他找到了保持希望的新理由。他的新朋友戴米特羅跟約翰，是跟他一起負責削馬鈴薯的壯漢，在一場鬥毆中救回他的眼鏡，並寬厚地將他納入他們的羽翼下——實在是天助他也，因爲營地裡滿是粗人和惡霸。他們追隨一個名叫特洛斯基的俄國人，他在一艘從紐約取道哈利法克斯、準備前往俄羅斯的船上被捕，被送進阿模斯特，以防他呼籲推翻腐敗政府的思維會擴散。「其實擴散才好呢。」他寫道。監禁一個月來，特洛斯基屢屢聚眾開會，得到許多囚犯的追隨。情況即將轉變，海斯特先生說，這給他活下去的勇氣。海斯特說賽門．彼德大概沒有意識到這一刻在歷史上何其關鍵。「你們同胞沒幾個人了解。」他說。

安格斯抬頭看艾姐，繼續看信，想像海斯特四肢著地，閃躲別人的拳腳，努力想撿眼鏡。海斯特說他得把信偷渡到監獄外。現在他有朋友了。信就到此結束。

「我父親知道這封信嗎？」安格斯粗啞地說。

「不知道。我直接拿來給你。」

「可憐的海斯特。」

「可憐的海斯特？」

「對，可憐的海斯特。他想活命，如此而已。」安格斯說，站起來。「人都是這樣的。」看看你的周遭，他想說。他將吊帶拉到肩膀上，問賽門在哪裡。

「出門了。天曉得去哪裡。我猜是去梅德碼頭。他的心快碎了。」

「老天。」安格斯說。任由心魔宰割這麼久的他，呆立在那裡一動都不能動，想著自己辜負兒子的每件事、在各方面都不認識他，他想像自己拚命保護兒子不受戰爭的荼毒，然而眞相是他沒有給兒子任何能夠依靠的東西。

看不到屋子後，賽門開始用跑的，每一步都把海斯特狠狠踏進地底下。枉費他爲他辯白這麼多個月。信任他。他要把他的臭書扔到海灣——他的蝴蝶和希臘文。他那間臭房子的鑰匙。沿著路跑到鎭區後，賽門放慢腳步，覺得自己好蠢。渺小愚蠢可憐——他不曾感到如此孤獨。他永遠不要再信任任何人或任何事。他已經學到了一課。只有自己靠得住。在這麼多個月以來，眞相始終瞪著他的臉，他卻沒認出來。好吧，如今眼罩已取下。記取了教訓。他希望父親會再離家。回哈利法克斯、回法國。希望他回去打仗，他自以爲認識的父親，卻連他還活著都不知道。到了路的岔口，他轉向梅德灣，打算獨自划那艘平底小船出去——只求遠離這一切，讓他可以得到應有的孤絕。每一步路，他都重寫對父親的認知——一個他知道自己永遠不會眞的了解的人。他曾自以爲了解父親，其實從來沒有。一如海斯特先生。

到了梅德灣，賽門看到澤努斯在平底小船上解開一些繩索，達爾．諾斯在浮臺上。他弟弟普迪往船上爬。賽門深吸一口氣，從碼頭上看他們。

澤努斯抬頭看到他，歪著頭。「你要跟我們出航，還是這樣會破壞麥葛拉斯家的戒律？」他用手給眼睛擋光。「媽呀。你吃錯藥啦？」

賽門走到船上，船幾乎沒有晃動。大塊頭達爾跟在他後面跳上船，船身向下沉。他頭也不抬，就捶普迪的腿一下。「把水清掉。」他說，把木桶交給他。

澤努斯對著賽門笑，裝上槳架。「還以爲你老爸說你不能坐小船出海。」

「誰鳥他說什麼。」賽門拿起一支槳。澤努斯拿另一支。

他們將船划離碼頭。「哇。你慢一點行不行？」澤努斯對他說。「你害我們繞圈圈。我們在比賽划船嗎？」賽門沒有應聲，只放慢動作，配合澤努斯的速度。他們動作協調後，船便隨著每一次的長槳迅速前進。海斯特去死。他父親也去死。

他們很快便到海灣中段，在港灣內尋找清風吹來的跡象。普迪倚著船頭，腿擱在一個舊的排鉤桶子上，手臂垂到拍擊的波浪間。達爾在船尾將木槽裡的魚餌掛到釣鉤繩上。「那裡有風。」他說，朝西北方點頭。「山島的背風面有鱈魚。」

「你瘋啦？」澤努斯搖頭。「就算有魚可捉，我們最好待在海港裡。我們還沒給這艘船配備像樣的船帆。也幾乎沒風。」他停止划動。「哎呀。你看那邊，賽門。」他往回指著碼頭。

「賽門！」叫喊聲從水面傳來。他父親揮舞手臂，跑到碼頭尾端。

「繼續划，」賽門對澤努斯說：「假裝你沒聽到他。」

進入港口後，他們將小斜桿帆的桅杆插進前座的一個圓洞裡。船帆吃到右斜艉向的些許微風，風不斷增強，他們以前舷側風駛帆行駛。澤努斯操控船帆。其他人收拾繩索。賽門掌舵。一段時間後，船帆前緣開始抖動。澤努斯回頭瞪他，「你忘記怎麼掌舵啦？」他說。他指著背風面。「我們要去的是那一邊。記得嗎？」

賽門點頭。他張開放在舵柄上的手，再緊緊抓住，指節泛白。

「就是說嘛。不要偏離航向行不行？我還以爲你應該跟你老爸一樣強。」達爾說。

賽門看著船帆，一邊說：「是啊，總之，人跟你想的不一樣。說不定，他一直都沒那麼厲害。」

澤努斯捲起錨索，搖著頭。「完全聽不懂你在說什麼，但我跟你們說，各位……」他雙手在褲子上揩一揩，掏出一個皮袋，取出一撮菸草跟幾張菸紙。他在膝蓋上捲好一根菸，舔舔菸紙，用火柴點燃。一縷輕煙升起，消散在風中。他將菸傳給其他人，每個人輪流抽一口。「這個啊，」澤努斯說：「好到不能更好。我們今年夏天，應該駕駛這艘船越過海灣。」

普迪插嘴。「嘿，我們也想啊，但是等夏天的時候，我跟達爾要在一艘淺灘漁船當水手。」

澤努斯翻白眼。「哪有這種事。你年紀還有點小，不是嗎，普迪？」

「我九歲了欸！」普迪說。

達爾從駛帆桿底下鑽過去，盯著背風面的水面說：「嘿，我要去淺灘，但普迪不能去。他得等以後再說，因為不管他幾歲，年紀都太小了。」

「才怪！」普迪站起來。「我露一手給你看。」他將香菸傳回給澤努斯，兩秒後就岌岌可危地站上舷緣，一手握住桅杆，這些舉動根本莫明其妙。船向迎風面歪斜。

「別鬧了，小混蛋。」達爾在吸氣時說。「你只是在晃動船。」

賽門將重心移向背風面，來抵銷普迪的動作。「就是啊，快下來，普迪。」他說。普迪似乎想炫耀自己的超凡技術，放開桅杆。達爾扔掉香菸，站起來抓他。船突然傾斜。普迪為自己展露的平衡感綻出得意的笑，緊接著腿一軟，雙手像風車般亂揮，嘩啦落進蔚藍的碎浪間。

「普迪！」達爾尖叫。賽門撲向迎風面，在經過下沉的普迪時伸出一隻手。船再度搖晃。賽門猛力將舵柄推向右舷。「繞回去！」他大叫。「記住這個點，牢牢記住！」

澤努斯拉回船帆。船迎向風。船帆前緣抖動，接著橫掃過船上。達爾閃到駛帆桿底下。澤努斯放鬆船帆，船便溫吞吞地朝著在拍水、喘氣的普迪前進，普迪升上水面一秒鐘又沉下去，達爾大喊：「那裡！他在那裡！」普迪的手是他們最後看到的東西。

賽門已經脫掉靴子。帽子滾落到位子上。「我們到的時候，降下船帆，用船槳。」他從毛衣裡說。他將衣服從頭上拉掉，船接近時，他們看到普迪仍在清澈的波浪間以慢動作揮動手臂。唯一會游泳的賽門跳下水。

突如其來的冷冽鉗住賽門的胸膛，令他不能呼吸。他又用力蹬水，吸到空氣。再踢兩下潛入水中抓下沉的普迪。可是他在水裡構不到普迪。他再用力踢，雙手揪住普迪背上的毛衣，將他往上拖，吸口氣，再下潛，把普迪推轉到他的頭上，祈禱普迪仍然剩下足夠的體力抓住船槳，他知道船槳一定會在那裡。他的手仍舊推著普迪，猛力踢一下腿，以空著的那隻手往下揮動手臂，自己浮上水面。大大吸氣。他放開毛衣，手臂向上移到普迪的胸膛，直到他扳住小小的下巴。普迪的腿浮在賽門的腿旁邊。賽門用空著的那隻手，在側邊的黑水裡划動，一邊尋找小船。他在普迪下沉的身體邊划動手臂、踢水，右手緊緊扳住普迪的下巴，波浪沖著他們兩人。一隻船槳伸向他——太遠了。船溜過去。槳伸到水裡。達爾划回小船。陽光在上方。下方的寒意減緩了他的速度。暗黃色的船再次靠近。槳在水中。只差一點點。繩尾打的繩結擊中他的頭，然後沉到水裡。賽門又用力蹬腿，抓住繩索，手一轉將繩索纏在手上，然後，依然抓著普迪，感覺自己被寒意和麻痺感向下拖，直到他來到船體旁邊。達爾用艇鉤去鉤普迪，從他腋窩鉤住他的毛衣。賽門放開他的下巴。普迪滾了開去。賽門發現自己沒辦法向上伸手。陽光在澤努斯暗影裡的臉四周扇狀散開，澤努斯抓住他的手腕，將他的手拉到舷緣上。「我們抓到他了，我們抓到他了。挺住啊，賽門。」他說。

達爾抓住普迪的頸背跟長褲的屁股部分，拉他翻進欄杆內。

「快呀，賽門。」澤努斯大叫。「我們要拉你上來。準備好了嗎？你踢水啊！」

他的腿已經沒有血液。他試圖踢腿。他凍到不能吸氣。他的手滑開，船擦身而過。接著，船便離開了。他感覺到自己沉向一個所有行動都終止的幽冥界。他感覺到自己的氣息隨著泡泡散逸。一連串的泡泡將他封堵在一個無聲的世界裡。虛空。平靜。但有個東西……一條繩索在水中徐徐晃動，被深水襯得雪白無比，繩索尾端有個繩圈，他看見自己的手滑進繩圈的白洞裡。然後繩索被拉緊，將他向上拖，澤努斯左右手輪流拉動繩索，接著賽門的肩膀撞上船身，澤努斯從賽門腋下抓住已完全無力的賽門，賽門便在糊里糊塗間回到船上。降下的船帆和倒向外面的駛帆桿探進水裡，船身便自行回正。達爾在捶打普迪的背部。水涓滴流出，然後湧出。普迪咳著吐出水，睜開眼睛。

賽門在地板上弓起身，緊緊蜷縮身體、戰慄著。吸著空氣。「他活著！」他聽到達爾在大叫。「普迪活著！」慢慢的，賽門察覺到船的動態，陽光照在他背上，還聽到澤努斯裝上帆片、將船帆升上桅杆的聲音。達爾摩挲著普迪的肩膀，普迪唇色發青、抽著鼻子。「老天。」達爾在說：「還以爲你們死定了。」他粗魯地搖一搖普迪。普迪吸吸鼻子、點頭。澤努斯緊緊抓住賽門的肩膀，繞過賽門去推動舵柄，讓船調頭。「我們要回家了，各位。」他說。

賽門將單套結的繩圈拉鬆，從腕上取下。現在他跪著看水從他的頭髮滴到中央槳手座上，每一滴滴濺下來的水散開成圓圓的水珠，隨著黃色的船、藍色的天劇烈搖晃——每顆水珠都追上另一顆，慢慢匯聚成一灘。

接近灣口時，他們看到一艘補給船以怪異的之字形向他們划來。「哪有人這樣划船的？」達爾哼說。

賽門瞇眼看著那艘划槳船。站起來。東方的太陽令背向他們的這個人落在暗影中。一個一條手臂不能划槳的人。一個一手強壯、一手無力的人，划船就會是這個樣子。他們接近時，他看出這個人將右手綁在船槳的把手上。

他們跟划槳船呈直角時，澤努斯將船急急轉向迎風面，讓兩船並排。陽光在他們之間的水域閃閃放光。兩船的間隙變寬，開始漂開。安格斯笨拙地要解開手腕上的繩索，但目光無法從兒子身上移開。他的槳斜斜滑向水裡。在最後一刻，賽門伸手拉住船槳。

作者小識

本書是以第一次世界大戰爲背景的虛構作品。除了公眾人物、造船師傅艾爾佛・「岡帝」・藍吉爾（Alfred "Gaundy" Langille）及魯本・海斯勒（Reuben Heisler）、製帆師傅藍道夫・史帝文斯（Randolph Stevens），其餘全是虛構人物，若角色與在世或已逝的眞實人物有相像之處，則是無心的巧合。

西部戰線的事件時間軸、實際細節、傷亡統計人數、武器及戰術、一九一七年三月一日突襲的事前準備及結果、攻打維米嶺的戰役、帆船漁業的所有相關文字，是以廣泛的一手及二手資料爲依據。補充資料則是在我造訪下列地點時取得，計有哈利法克斯城堡山歷史遺跡（Halifax Citadel National Historic Site）、新斯科細亞省哈利法克斯的劍橋軍事圖書館（Cambridge Military Library）、新斯科細亞省盧嫩堡的大西洋漁業博物館（Fisheries Museum of the Atlantic）、法國維米嶺的加拿大維米嶺國家歷史遺跡（Vimy Ridge National Historic Site of Canada）與西部戰線的其他幾處遺址。也有的資料來自與菲利浦・羅賓森中校（Phillip Robinson，退休）及奈吉爾・凱夫牧師（Nigel Cave）兩位歷史學家的通信，他們與維米遺址的加拿大退伍軍人服務處（Veterans Affairs Canada）已密切合作多年。

以重大歷史事件爲題材的小說必須仰賴現行的史料，同時借助那個時代的觀點。我特別感謝約翰和派特・諾斯沃斯借我六冊限量發行的《大戰時的加拿大》（*Canada in the Great War*, Various Authorities, Vols. I-VI, *Patricia Edition*，一千套之第九百四十二號，Toronto, United Publishers of Canada, 1919）。該書在大戰後一年出版，每一章都由一位受邀的軍方或民間官員執筆，這一套不曾被歲月淘洗的著述不僅忠實記載時人認知中的事實，並且呈現戰後時代剛揭幕時的用語、觀點、情感。親身經歷者撰寫的正式部隊歷史也一樣。截然不同的訊息類型包括協助釐清回憶與虛構事物交會點的作品，或者，如同保羅．福塞爾（Paul Fussell）在《大戰與現代記憶》（*The Great War and Modern Memory*, New York, Oxford University Press, 1975）所述，這表示西部戰線已「進入記憶，出現定論，成爲神話」。正史跟單純的部隊日誌是以條理分明的方式，披露對戰爭或特定戰役的看法，而個人的戰爭回憶錄，諸如於一九三〇年發行初版的威廉．R．博德（William R. Bird）《鬼魂的手是溫熱的》（*Ghosts Have Warm Hands*, Ottawa, CEF Books, 1968），則表明所有可能發生的事幾乎都發生了；儘管沒有哪一部著作捕捉到大戰的全貌，有些著作在交代戰局詭譎變化方面，表現得特別出色，博德說得好：「那個顛三倒四的世界。」

書中人物在戰場或大後方目睹或參與的特定行動，都視情節需求作出必要的想像。新斯科細亞的斯納格港、紐芬蘭的雷克斯灣、法國的阿斯提勒和聖瑞尼安都是虛構的市鎮，十八號加拿大綜合醫院、悅聖戰壕，以及皇家新斯科細亞高地團、渥太華步槍團、麥布萊德的蘇格蘭裙步槍團等軍團，純屬虛構。

在此聲明，穿蘇格蘭裙的軍團只有幾個，多數軍團是穿一般軍服。但穿蘇格蘭裙的軍團在作戰時通常就是穿蘇格蘭裙，這點跟本書虛構的皇家新斯科細亞高地團相同。除了曾約略提到的派翠西亞公主輕步兵團（「派公主」）、第二十二皇家軍團、庫特尼步兵團（第五十四營），書中以數字命名的步兵部隊並未在法國服役。這是爲了尊重曾跟隨加拿大遠征軍開赴法國的將士及其後代子孫，而做的刻意安排。曾參與第一次世界大戰的加拿大部隊清單，可參閱《加拿大遠征軍一九一四年至一九一九年：加拿大陸軍第一次世界大戰正史》（*Canadian Expeditionary Force, 1914–1919: Official History of the Canadian Army in the First World War*, Colonel G. W. L. Nicholson D.D., Army Historical Section, Authority of the Minister of National

Defense, Ottawa, Queen's Printer, 1962）。

我曾造訪比利時和法國的戰地墓園，爲本書作研究。這些墓園很多都隱身在連綿起伏的農場原野間，位於戰役的實際地點，從塌陷的道路上簡直看不見。絕大多數墓園既不招搖，也沒有任何墓園的建築形式，只有低喃的風。但那一排排的白色墓碑，有時是幾百座，有時是幾千座，前面栽種著百合、玫瑰、鳶尾、罌粟花床，看不到半根雜草或枯褐的葉片——由英聯邦國殤紀念墓園管理委員會（Commonwealth War Graves Commission）的園丁在第一次世界大戰將近百年後悉心維護。

站在那裡時，本書的故事軌跡浮現在我腦海，但我不敢用維米嶺作題材——維米嶺對加拿大人的意義，等同蓋茨堡對美國人的意義。然而有一回我到新斯科細亞時，恰巧跟一位大概八十幾歲的「老水手」同船。他開門見山地問我會不會寫維米嶺。哎呀，並不會，我回答他。他斜眼看看地平線，然後望著我。「妳要寫。」他說。「年輕人會忘記。大家會忘記。」

謝辭

許多人在寫作期間大力幫助我。感謝每一位閱讀初稿的早期讀者給我寶貴的建言和意見。我運氣非常好，傑出的經紀人茱麗・拜耳（Julie Barer）不但具備遠見，而且爲我盡心盡力；諾頓出版（W. W. Norton）的凱蒂・韓德森・亞當斯（Katie Henderson Adams）與企鵝集團加拿大的艾德蓮・凱兒（Adrienne Kerr）這兩位經驗老道的出色編輯以慧心巧手編輯文稿，一直啓發我。我還要感謝多倫多庫克經紀公司（Cooke Agency）的迪恩・庫克（Dean Cooke），他在加拿大爲本書的代理工作不遺餘力。很感謝新斯科細亞省盧嫩堡大西洋漁業博物館的雷夫・蓋森（Ralph Getson）及克里夫・茲維克爾（Cliff Zwicker），他們給我的關注與協助不曾間斷；感謝哈利法克斯第一次世界大戰利益團體的馬克・山德勒（Mark Sadler）和蘇珊・瑞黑（Susan Rahey）的早期支援，感謝羅瑞爾（Laurel）和凱瑟琳・威爾許（Kathleen Walsh）對草稿的評語，並在一個扭轉乾坤的關鍵時刻貢獻熱忱。另外，感謝瑞奇・凱茲（Rich Katz）對「故事」的建議、許久以前搭乘火車到伊普爾的經歷與因而衍生的一切。無人能比的芭芭拉・托曼（Barbara Toman）惠我良多，她的建議總是言無虛發，對本書的貢獻實在無與倫比。感謝吉姆・達菲（Jim Duffy），對他來說，往日時光與現在的時光一樣眞實，這些書頁間的人物在他心目中也跟在我心中一樣眞實，我衷心感謝他陪伴我走過這趟旅程。我的親朋好友以數不清的方式支持我，我的福氣大到無法計量，尤其是我先生喬・達菲（Joe Duffy）——他的愛不曾間歇，信心不曾動搖——他是我不變的讀者、我第一位讀者，永永遠遠。

藍小說225

無人地帶的製圖師

作者—P.S.達菲
譯者—謝佳真
主編—嘉世強
編輯—邱淑鈴
美術設計—莊謹銘
企劃—張燕宜、石瓊寧
校對—邱淑鈴、蕭淑芳、謝佳真
董事長
總經理—趙政岷
總編輯—余宜芳
出版者—時報文化出版企業股份有限公司
10803台北市和平西路三段二四〇號四樓
發行專線—（〇二）二三〇六—六八四二
讀者服務專線—〇八〇〇—二三一—七〇五
（〇二）二三〇四—七一〇三
讀者服務傳真—（〇二）二三〇四—六八五八
郵撥—一九三四四七二四時報文化出版公司
信箱—台北郵政七九～九九信箱
時報悅讀網—http://www.readingtimes.com.tw
電子郵件信箱—liter@readingtimes.com.tw
法律顧問—理律法律事務所　陳長文律師、李念祖律師
印刷—勁達印刷有限公司
初版一刷—二〇一五年六月十二日
定價—新台幣三八〇元

⊙行政院新聞局局版北市業字第八〇號

國家圖書館出版品預行編目（CIP）資料

無人地帶的製圖師 / P.S. 達菲 著；謝佳真 譯. --
初版. -- 臺北市：時報文化, 2015.06
面；　公分. --（藍小說；225）

譯自：The cartographer of no man's land

ISBN 978-957-13-6291-5（平裝）

874.57　　　104008961

ISBN 978-957-13-6291-5
Printed in Taiwan